성장 없는 서사
빌둥스로망의 최전선

성장 이미지 서사

성장 없는 서사
빌둥스로망의 최전선

성장 이미지 서사

조선대학교 인문학연구원 이미지연구소 편

앨피

우리는 발전하고 성장했는가?

박정희 정권의 개발독재 이후, 한국 사회에서 '성장'과 '발전'이란 단어는 라캉의 표현을 빌리자면 일종의 '주인 기표' 자리를 차지해 왔다. 그 어떤 가치 개념보다 상위의 자리를 차지한 채(그러나 왜 그래야 하는지에 대한 반성은 전혀 없는 채로), 우리 사회의 모든 분야에서 이 두 단어는 사회 구성체의 구성 원리이자 운동의 동력이었다. 심지어 민주주의와 평등, 혹은 인권과 윤리 같은 자명한 가치들마저 일단 저 두 단어가 주인 기표로서 작동하기 시작하면 부차적인 지위로 밀려나거나 주눅 든 채 그 실현을 유보당하기 십상이었다. 마치 목적지가 어딘지도 모르는 채로 오로지 앞만 보고 달리는 기관차라도 되는 듯, 성장과 발전은 이상적인 미래를 위한 수단이 아니라 그 자체로 목적이 되어 현재까지 우리 사회를 짓누르고 있다. 그러나 이제와 생각하면 성장과 발전이라는 것이 과연 그만 한 지위를 누려도 될 지고의 가치인지는 미지수다.

실제로 '성장'과 '발전'이 지고의 가치로 인정받기 시작한 것은 그리 오래된 일이 아니다. 파우스트가 거대한 바다를 메워 '피가 뚝뚝 듣는 본원적 축적의 서사'를 개시하던 시기, 증기기관이 발명되고 속력이 곧 바로 미덕이 되던 시기, 다윈이 《종의 기원》을 쓰고 마르크스는 《자본론》을 써서 역사란 더 나은 상태로의 진보라는 이념을 설파하기 시작하던 시기, 실은 그때부터 세계는 성장하고 발전한다고 여겨지기 시작했고, 실제로 미친 듯이 성장하고 발전했다. 그런 의미에서라면 소설 《드라큘라》의 말미 철두철미한 이성주의자 반 헬싱 박사가 한 말은 다분히 예견적이었다. "우린 모두 미쳤어."

그의 말대로, 성장과 발전이라는 맹목적 가치에 헌신한 근대적 이성이 일종의 광기로 판명되고, 그 한계에 부딪히는 데 걸린 시간은 그리 길지 않았다. 우리 시대의 지성은 이제 더 이상 성장과 발전이라는 이데올로기를 믿지 않는다. 푸코는 19세기를 지배한 '역사'(진보하고 발전하는)라는 에피스테메가 얼마나 자의적이고 단절적인지를 증명한 바 있다. 신진화론은 생물체의 진보라는 것이 실은 전혀 연속적이지도 개선적이지도 않은 우연과 돌연변이의 소산임을 설파했고, 과학자들은 혼돈과 불확정성이 실은 이 세계를 지배하는 법칙임을 발견해 냈다.

굳이 이러저러한 학문들의 성과를 거론하지 않더라도, 주위를 둘러보면 성장과 발전이 낳은 결과가 얼마나 참담한 것인지를 우리는 금방 이해하게 된다. 파괴되는 환경, 저속해지는 문명, 끊임없는 전쟁, 역전될 것 같지 않은 과잉 경쟁 상태와 빈익빈 부익부의 가속화 등등. 성장과 발전이 가져온 것들이 저것들이라면 이제 인류의 역사를 두고 성장했고 발전했다고 말할 수 없음은 자명해 보인다.

이번 연구에서 '성장'과 '발전'을 키워드로 삼은 이유가 여기에 있다. 극도의 성장주의에 제동을 거는 일은 단순히 정책 입안자들만의 몫일 수 없다. 게다가 우리가 익히 보아 왔다시피 정책 입안자들은 믿을 만한 이들이 못된다. 다른 이유보다도 그들이 바로 인문학적 지성을 '성장'과 '발전'에 전혀 도움이 되지 않는다는 이유로 퇴출시키거나 실용화하려 시도한 장본인들이기 때문이다.

그러나 항상적인 위기 속에서도 인문학은 항상 인류의 운명과 미래를 염두에 두고, 그것에 해가 될 일들을 미리 예견하고 폭로하는 데 주저함이 없었다. 그러므로 지금 시점이 이미 방대한 양의 반성장주의 서사 텍스트와 문화 텍스트들, 그리고 반성장주의 이론과 담론들이 누적된 뒤라는 사실을 감안하면, 오히려 이와 같은 시도가 뒤늦은 것일 수도 있다는 아쉬움만이 앞설 뿐이다.

1부에는 주로 철학적·이론적 차원에서 성장과 발전의 담론을 비판적으로 다룬 글들을 묶었다. 2부에서는 서사 텍스트들을 중심으로 성장과 발전의 의미를 다시 묻는 글들을 실었다. 마지막 3부에는 남성적 성장의 서사 아래 묻혀 있던 여성의 (반)성장 서사를 다룬 글들을 묶었다. 옥고를 보내 준 여러 필자들에게 감사의 말을 전한다.

2013년 8월
조선대학교 인문학연구원 편집진 일동

머리말 우리는 발전하고 성장했는가?

I 성장의 시대, 교양의 부재

II 사회적 발전과 개인적 성장의 이미지

I

성장의 시대, 교양의 부재

1

인간의 교양과 취미

공 병 혜

이 글은 조선대학교 인문학연구원 이미지연구소 학술 발표 때 발표되고, 동 연구원의 《인문학연구》 43집(2012.2)에 게재된 것이다.

인간 교양의 핵심을 이루는 '취미'

한스 게오르크 가다머는 《진리와 방법Wahrheit und Methode》(1960)에서 예술적 감정이나 감지력을 바탕으로 인문주의 전통에서 형성된 공통감이나 취미가 어떻게 인간 교양Bildung의 핵심을 이루며 발전되었는지 보여 준다. 특히 인간 교양의 본질을 이루는 취미의 역사 속에서 그 의미가 보존된 공통감은 공동체적으로 형성된 옳고 그름, 선과 악 등에 대해 판단할 수 있는 보편성을 지닌 감각이다. 비코나 사프츠베리를 비롯한 18세기 유럽의 인문주의자들은 이것을 공동체의 실천적 지혜의 형성과 관계하여 윤리적인 시민의 연대성을 지니는 사회적 덕목으로 이해하였다. 그래서 인간 교양의 본질로서 취미 개념이 지닌 역사적 의미는 일종의 예술이나 아름다움에 한정된 미학적 개념이라기보다는 오히려 진정한 인간성의 실현을 추구하는 좋은 사회에 대한 이상으로서 사회적 정치적으로 주요한 현상으로 발전되어 왔음을 보여 준다.

특히 이러한 전승된 의미를 가지고 18세기 교양의 핵심을 이룬 취미는, 칸트의 《판단력 비판Critique of Judgementt》에서 전통과 단절된 단지 미적 판단을 가능하게 하는 선험적인 의미로서만 분석되는 것이 아니라, 도덕적 목적을 향해 인간의 자연적 기질이 도야된 육성된 의식으로서의 문화적 의미를 지닌다. 또한 공동체를 살아가는 복수적 인간 사회에서 육성된 이러한 취미는 개인의 사적 편견이나 관심으로 벗어나 타자의 관점, 세계시민의 관점을 향해 확장된 반성적 사유 방식이며, 인간들 사이에서 자유롭게 생각과 감정을 서로 교류하고 공감할 수 있는 사교적 능력으로 해석될 수 있다. 즉, 취미가 육성된 사회야말로 세계시민사회의 자유로운 소통과 동의가 일어나는 교화된 사회임을 보여 주는 것이다. 이렇듯 참된 취미는 칸트 미학 내에서의 아름다움과 예술에 대한 미적 반성적 판단력이라는 제한된 해석을 넘어서 세계시민사회에서 인간성 실현을 위해 자유로운 소통과 합의에 이르는 정치적 행위를 할 수 있는 세계 교양인에 대한 의미를 제시해 주고 있다.

이 글은 우선 가다머의 《진리와 방법》에서 소개된 인문주의 전통 속에서 보존된 교양에 대한 의미를 공통감과 관련된 취미의 역사를 통해 고찰해 보도록 하겠다. 그리고 칸트 미학에서 전개된 취미의 이념이 가다머가 주장하듯이 도덕 실천적 의미를 지닌 전통과의 단절이 아니라, 역사적 연속성을 가지고 어떻게 인간 자연의 목적을 실현하는 인간성의 도야로서 교양의 역할을 하는지 살펴보도록 하겠다. 마지막으로 칸트의 미적 반성적 판단력에 대한 아렌트의 정치적인 해석을 고찰해 보면서 인간성 이념을 향해 확장된 반성적 사유 방식으로서 취미가 인간들 사이에서 자유로운 소통과 합의에 이를 수 있는 세계시민사회의 교양이라는 해석을 검토해 보도록 하겠다.

인문주의와 교양

교양은 인문주의Humanitas의 전통에 속한다. 가다머는 《진리와 방법》에서 자연과학에 맞서 정신과학 혹은 인문주의 전통을 밝혀내기 위해 인간의 교양Bildung과 그 핵심 요소인 공통감sensus communis, 판단력 Urteilskraft, 취미Geschmack라는 개념이 지닌 다의적인 역사적인 형성 과정을 추적하고 있다.[1]

가다머는 특히 19세기 정신과학의 독특한 인식 방식의 가능성으로 예술적 본능적 귀납법을 제시한 헬름홀츠에 주목한다. 그는 자연과학

---

[1] H. G. Gadamer, *Wahrheit und Methode*, Grundzuege einer philosophischen Hermeneutik(이하 *WH*로 약칭), Tuebingen : Mohr, 1975. SS. 7–31 : 한스-게오르그 가다머, 《진리와 방법 1–철학적 해석학의 기본 특징들》, 이길우 외 옮김, 문학동네, 41~94쪽.

적 방법이 지성적 사유에 의한 논리적 귀납법에 의식적으로 따르지만, 정신과학은 무의식적으로 수행되는 예술적·본능적·귀납적 추론으로 수행된다고 말한다. 정신과학의 본능적 귀납적 추론을 가능하게 하는 능력이 감지력Taktgefuehl[2]이며, 이것이야말로 계몽주의적 합리주의에 따른 진부한 취미의 이상을 극복하고 인간성 개념에 근본적으로 새로운 내용을 불어넣어 정신과학을 성립시키는 토대가 되었다는 것이다.

가다머에 따르면, 헬름홀츠가 주목한 감지력이야말로 정신과학의 탁월성의 원천이 되며 육성된 의식으로서의 인간의 교양 개념을 형성한다. 즉, 새로운 이상을 향한 인간에로의 교양Bildung zum Menschen은 19세기 정신과학의 본질적인 요소인 감지력을 토대로 형성된 개념인 것이다.[3] 이렇듯 가다머는 육성된 감지력을 토대로 하여 인간의 교양을 풍부히 해주는 인문주의의 주요 개념이 공통감, 판단력, 취미임을 지적하고, 이에 대한 역사적 의미의 변천 과정을 추적한다. 우선 감지력을 바탕으로 한 교양이 과연 어떠한 역사적 배경을 지니는지 살펴보고자 한다.

교양의 원천은 중세 및 바로크 시대의 신적 형상을 모방한다는 신비주의적 의미와 더불어, 헤르더가 부여한 '인간성에로의 고차적 형성Emporbildung zur Humanitaet'이라는 의미를 함께 지닌다. '빌둥Bildung'은 본래 사지의 형태와 같은 신체의 외적 현상이나 산맥의 형성과 같은 '자연적 형성'이라는 의미를 지녔다. 그러나 그것이 '육성Kultur' 개념과 짝을 이루면서 자신의 자연적 소질과 능력을 계발ausbilden한다는 독특한 방식을 지니게 되었으며, 19세기에 이르러 헤르더의 '인간성에로의 고차적인 형성'이라는 새로운 교양의 의미를 오늘날까지 획득하게 된 것

---

[2] 'Takt'는 원래 '접촉'을 가리키는 라틴어 'tactus'에서 유래하였으며, 느낌이나 감각이라는 의미를 지닌다.
[3] *WH*, S. 7.

이다.

특히 칸트는 교양이라는 말을 사용하지 않고 자연적 소질의 '육성 kultur'이라는 용어를 사용한다. 이것은 행동하는 주체의 자유에 기초한 행위로서 자신의 재능을 녹슬지 않도록 계발해야만 하는 자기 자신에 대한 의무이다. 헤겔은 이러한 칸트의 사고를 수용하여 자기 형성 과정으로서 교양을 언급하고 있다. 또한 훔볼트는 문화 혹은 육성Kultur과 교양Bildung의 의미를 구분한다. 그는 교양이란 일종의 내면적이며 고차원적인 것으로서 "정신적이고 도덕적인 전체에 대한 인식과 감정으로부터 흘러나와 조화롭게 감성과 성격을 형성한 인간의 본질적 특성"이라고 말한다.[4] 여기서 교양이란 자신의 자연적 기질을 육성kultur한다는 이상으로서 자신의 영혼 안에 지니고 있는 형상Bild, 마치 고대의 신비주의 전통을 상기시키는 신의 형상을 자신의 형성 과정을 통해 자신 안에서 실현시켜야 한다. 인간은 신의 형상에 따라 창조되었기 때문에 인간의 교양을 바로 이러한 형상Bild을 모방하는 자기 형성 과정으로 이해할 수 있기 때문이다.[5]

따라서 교양은 생성 과정의 결과를 통해 존재 상태라는 의미를 지니게 되면서, 이제 타고난 소질의 단순한 계발 그 이상의, 어떤 사람으로 형성되게 하는 것 그리고 전적으로 그 사람 자신의 것으로 습득되는 것을 말한다. 이렇게 "습득된 교양 안에서는 어떠한 것도 사라져 버리는 것이 아니라, 오히려 자기 형성 과정에서의 모든 것이 보존되어 있는 것이다."[6] 교양이 지닌 이러한 자기보존Aufbewahrung이라는 역사적

---

[4] *WH*, S. 8.

[5] '빌둥Bildung'은 처음에는 어떤 구체적 형태의 형성을, 그 다음에는 문화Kultur라는 의미에서의 육성이며, 이후 헤르더와 훔볼트에 이르러서 오늘날의 인간성에로의 교양이라는 의미를 지니게 되었다. 정은해, 〈인문학과 인문주의 그리고 교양, -가다머를 중심으로〉, 《철학과 현상학 연구》 24, 2005, 165쪽 참조.

[6] *WH*, S. 9.

성격이야말로 정신과학을 이해하는 데에 중요한 의미를 지닌다.

헤겔은 인간의 정신적 존재는 본질적으로 교양의 이념과 관련되었음을 보여 준다. 교양의 본질이란 직접적이고 자연적인 것과의 단절을 통해 자신을 보편적인 정신적 존재로 만드는 것에 있으며, 이것이 인간의 과제라고 한다. 특히 실천적 교양에 해당되는 노동하는 의식은 대상을 형성하며 자기 현존의 직접성을 넘어서 보편성을 향해 자기를 형성한다. 즉, 노동하는 의식을 지닌 인간에게 자기의 의미를 획득하며 생겨나는 자기감정은 욕망이나 개인적 욕구 및 사적인 이해의 직접성과 거리를 두면서 보편성의 요구를 포함한다.[7]

그리고 이론적 교양의 본질은 "객관적인 것을 편견 없이" 그리고 이기적 관심 없이 파악하기 위하여 다른 것 또한 타당하다는 사실을 배우고, 보편적 관점을 찾아내는 데 있다. 가다머에 따르면 헤겔에게 교양은 이질적인 타자로부터 자기 자신으로 회귀의 과정이며, 이것이야말로 바로 교양의 본질을 규정하는 것이다. 여기서 교양이란 정신을 보편적인 것으로 고양시키는 자기 보존의 역사적 과정으로 이해될 뿐만이 아니라, 그 안에서 활동하는 본질적 요소Element이다.[8]

그러나 가다머는 정신의 본질적인 요소로서 활동하는 교양이 헤겔의 절대정신의 철학에서처럼 소외 및 동화의 운동으로서 모든 대상적 본질을 절대지絕對知에서 해소함으로서 완성되는 것은 아니라고 본다. 이는 마치 교양이 신체가 완전하게 형성된다는 의미의 완성의 단계가 아니라, 모든 발달 단계를 거쳐 모든 사지의 조화로운 운동이 가능해진 성숙의 상태를 의미하는 것과 같다. 여기서 바로 가다머는 정신과학의 자유로운 사유 방식으로서 예술적 감정과 감지력을 교양의 본질

---

[7] 헤겔은 대상을 향락하는 의식보다는 대상에 형식을 부여하는 노동하는 의식이 진정한 자기의식에 가깝다고 말한다. 가다머, 《진리와 방법》 1, 47쪽.

[8] *WH*, SS. 11-12.

적 요소로서 제시한 헬름홀츠의 견해에 따른다.

이미 형성된 학문적 의식에는 학습과 모방이 불가능한 올바른 감지력이 있으며, 이것은 정신과학의 판단 형성과 인식 방식에 핵심적 요소로서 작용한다. 거기서 가다머는 이러한 감지력을 기억과 관련시켜 설명한다. 기억이란 단지 인간의 어떤 소질이나 심리적 능력 그 이상으로서 보유하고 망각하고 다시 상기하는 인간의 역사와 교양의 본질적인 요소로서 형성되는 것이다. 기억의 보유와 상기 사이에 놓여 있는 망각은 정신적 삶에서 전적으로 새로움의 가능성, 즉 모든 것을 신선한 눈으로 보게 되는 능력을 지니게 한다.[9] 특히 오랫동안 친숙한 것들이 망각되는 동안 다양한 기억의 층이 통일성으로 융합되어 새로움으로 상기된다.

이렇듯 간직한 것을 다시 상기하는 기억 능력과 관계하는 감지력은 상황에 대한 특정한 감수성과 감각 능력, 그리고 상황 안에서의 태도로 이해된다. 이러한 감지력은 정신과학에서는 일종의 느낌을 가지고 무의식적으로 작용하는 인식 방식이고 존재 방식이다. 그러나 이것은 자연적으로 주어지는 것이 아니라 육성되어야만 하는 특별한 감각인 것이다.[10]

따라서 가다머는 헬름홀츠가 강조한 육성된 의식 속에 작용하는 감지력이 바로 미적 교양 및 역사적 교양의 기초가 된다고 말한다. 예를 들어 미적 감각을 가진 사람은 아름다운 것과 추한 것, 좋은 성질과 나쁜 성질을 서로 구별할 수 있어야 한다. 그리고 역사적 감각을 소유하고 있는 사람은 한 시대에 무엇이 가능하고 무엇이 가능하지 않은지를

---

9 니체도 반시대적 고찰에서 망각이란 단지 탈락과 결여만이 아니라 정신적 삶의 조건임을 말하고 있다. F. Nietzsche, *Unzeitgemaessige Betrachtungen*, Zweites Stueck, Vom Nutzen und Nachteil der Historie fuer das Leben, 1.

10 *WH*, S. 13.

알고 현재와 비교하여 과거와의 차이에 대한 감각을 지닌다.[11]

　앞에서 기술한 바와 같이 교양이란 자기 형성 과정이며 동시에 그 결과로서 인간 존재 상태를 의미하며, 헤겔의 언급처럼 타자를 향한 보편적인 다른 관점들에 대해 자신을 열어 놓는 특징이 있다. 그래서 교양에는 자기 자신에 대한 절제가 있으며 자신과의 거리를 두고 자기 자신 넘어서 보편성으로 고양되는 감각이 있는 것이다. 교양인의 의식에는 특별히 어떤 시야에 대해 자신을 열어 놓고 거기서 차이를 파악하면서 특정한 영역에 한정된 자연적 감각들을 초월하여 "모든 방향에서 활동"하는 육성된 의식으로 보편적 감각ein allgemeiner Sinn이 활동한다.[12]

공통감과 취미의 역사

가다머에 따르면, 인문주의 전통을 알려 주는 교양의 본질에 대한 가장 적합한 표현은 바로 감지력에 바탕을 둔 '보편적인 공통감sensus communis'이다. 보편적인 공통감은 "하나의 보편적이며 공동체적인 감각ein alllgemeiner und gemeinschaftlicher Sinn"이며, 인문주의 전통과의 역사적 연관성을 지니고 이어져 왔다.[13]

　고대부터 내려오는 인문주의 전통 속에서 근대의 공통감을 강조한 이탈리아 철학자 비코Vico(1668~1744)는 〈우리 시대의 연구 방법에 관하여De Nostri Temporis Studiorum Ratione〉에서 자연과학과 대비하여 새로운 학문을 구상하는 데 필요한 것으로 능변과 더불어 공통감을 제시한다. 비코는 이미 고대부터 이어져 왔던 공동체적 감각과 능변Gut—reden이

---

[11] *WH*. S. 14.
[12] 같은 곳.
[13] *WH*. S. 19.

라는 인문주의적 이상을 통해 데카르트 이래로 자연과학이라는 근대적 학문 개념에 맞서서 이와 동시에 공동체의 실천적 지혜phronesis가 중요하다는 점을 강조하였다.[14]

비코에 따르면, 인간의 의지의 방향을 부여해 주는 것은 이성이라는 추상적 사고 능력이 아니라 구체적으로 한 집단, 한 민족과 한 국가 또는 인류 전체의 공동을 나타내는 보편성에 대한 감각이다. 이러한 공통감을 양성하는 것은 우리의 삶에서 중요한 의미를 지닌다. 그 이유는 이것이 모든 인간에게 살아 있는 올바름과 공공의 복리에 대한 감각이며, 더 나아가서 공동의 삶에 의하여 획득되고 삶의 질서와 목표에 따라 결정되는 감각이기 때문이다.[15]

비코가 근대 학문의 자연과학적 방법론에 대항하여 인문주의적 공통감을 강조하였음에도 불구하고 18세기에 거의 영향력을 발휘하지 못한 반면, 샤프츠버리(1671~1713)의 공통감에 대한 사유는 18세기에 인문주의에 큰 영향을 미친다. 그는 위트나 유머의 사회적 의미를 공통감이라는 명칭 하에 평가하였고, 그 당시의 인문주의자들은 이것을 "공동체나 사회에 대한 사랑, 자연스러운 애정, 인정, 호의"로 이해하였다. 그는 공통감에 기초한 공감 능력을 정신적이며 사회적인 덕목이라고 칭하고, 그것은 머리의 덕이 아니라 가슴의 덕이며, 위트와 유머와 함께 섬세한 삶의 방식에 속한다고 말한다. 샤프츠버리에 의해 공감으로 이해된 공통감은 그의 후계자들인 허치슨과 흄에 의해 도덕감 그리고 미감 이론으로 이어졌다.[16]

또한 프랑스의 베르그송 철학에서 공통감각은 일종의 좋은 감각bon

---

[14] 가다머는 공통감각이 아리스토텔레스가 인식한 도덕적 앎과 로마적 전통의 인문주의적 수사학으로 이어져 온 전통과 관계가 있음을 언급한다.(*WH*. SS. 20~21)

[15] *WH*. S. 26.

[16] 영국 도덕철학자들은 도덕적·미적 판단은 이성을 따르는 것이 아니라 반성이 들어 있지 않은 감성, 일종의 미감과 같은 감각 능력에 속한다고 본다.(*WH*. S. 22)

sense, 즉 "사유와 의지의 공동 원천으로서 사회적 감각"이다. 그것은 실천적 진리를 감지하는 능력이며, 동시에 영혼의 올바름에서 나오는 판단력이다. 따라서 "좋은 감각"이란 일종의 행위 방식이며, 동시에 삶의 양식인 것이다.[17]

신학자인 외팅어에 따르면, 공통감이란 모든 진리의 원천이며 고유한 발견의 기술이다. 그는 특히 과학적 방법이 실험과 계산으로 자연을 폭력적으로 자르는 데 반해, 공통감은 "가장 단순한 것들에 대한 직접적인 접촉과 직관에 근거하여 전 인간성에 주어져 있는 대상들에 대한 생동적이며 통찰력 있는 지각"이라고 말한다.[18]

18세기 독일에서 공통감이 발전하게 된 것은 판단력 개념과 밀접하게 관련되어 있다. 원래 '공통감각common sense'은 계몽된 지성의 전 단계인 건전한 오성悟性으로서 무엇보다도 옳고 그름, 온당함, 온당치 못함에 대한 판단력이다. 건전한 판단을 내리는 사람은 특수한 것을 일반적 관점에서 판단할 수 있으며, 진정 중요한 것이 무엇인지를 상식적으로 알고 있다. 그러나 이러한 판단력은 일반적인 방식으로 배울 수 있는 것이 아니라, 오직 그때그때의 경우에 따라 마치 감각과 같은 능력처럼 훈련될 뿐이다. 비코나 샤프츠베리의 인문주의 전통에 따르면, 모든 사람이 공통감sensus communis(gemeinen Sinn)을 지니고 있다는 것은 공동의 선에 대한 윤리적 시민적 연대의식을 지니고 있음을 의미한다. 왜냐하면 이 감각은 그것이 공동의 선과 관계하는 한 옳고 그름을 판단할 수 있기 때문에 정치적 · 사회적 전통과 연결되어 시민적 · 윤리적 요소를 지니게 되었던 것이다.[19]

그러나 이러한 공통감은 18세기 독일에서 점차 도덕 실천적 의미를

---

17 *WH*, S. 23.
18 *WH*, S. 24.
19 *WH*, S. 29.

잃어 가게 된다. 바움가르텐은 개별 사물에서 완전성과 불완전성을 판단하는 능력을 취미라고 일컫고, 칸트는 이를 감성적 반성적 판단력이라고 부른다. 이렇듯 공통감은 바움가르텐과 칸트를 거치면서 오로지 아름다움과 예술에 대한 감성적 판단력으로 제한된다. 칸트는 감정을 통해 보편적인 동의를 요구하는 참된 공통감을 바로 '취미Geschmack'라고 부른다.[20]

지금까지 보여 준 칸트 이전까지의 취미 개념이 지닌 역사는 그것이 미학적 개념이라기보다는 오히려 도덕적 개념임을 보여 준다. 가다머는 이러한 취미의 개념사의 시초에 발타사르 그라시안(1601~1658)[21]이 있음을 지적한다. 그라시안에 의하면, 감각적 취미라도 사물에 대한 정신적 판단에서 행하듯이 식별Unterscheidung의 능력이 있다. 이것은 단순한 본능이 아니라, 감각적 본능과 정신적 자유의 중간에 위치하는 "심지어 삶의 가장 절실한 필요의 순간에 선택 및 판단의 거리를 취할 수 있는" 능력이다. 따라서 취미를 계발한다는 것은, 교양인의 이상으로서 인생과 사회의 만사에 거리를 두는 올바른 자유를 획득하여 의식적으로 탁월하게 식별하고 선택할 줄 아는 능력을 육성하는 것이다. 그에게 좋은 사회란 이해관계의 편협함과 사적인 편애를 넘어서는 취미판단趣味判斷을 요구할 수 있는 사회로 고양될 때 승인되고 정당화된다는 것이다. 좋은 취미의 이상을 추구하는 사회가 좋은 사회로 형성된다는 역사적인 이해는, 취미가 인간 삶에서 중요한 사회적 현상으로서 발전되어 왔음을 보여 준다.[22]

이러한 취미판단은 판단의 타당성에 대한 사람들의 요구를 포함하

---

[20] *WH*, S. 31.

[21] 그라시안Blthasar Gracian은 스페인의 철학자이며 저술가이다. 그의 주요 저서들은 대체로 세속적인 삶의 교양을 함양시킬 의도를 지닌다. 그는 특히 유럽 교양의 역사에서 신분적 특권에서 벗어난 교양 사회의 이상을 제시하였다.

[22] *WH*, S. 33.

고 있기 때문에 좋은 취미는 언제나 자신의 판단을 확신한다. 즉, 좋은 취미란 근본적으로 확실한 취미이며, 도덕적 판단의 근거는 아니지만 옳지 않은 것이 취미에 거슬리는 사람은 선을 받아들이고 악을 버릴 확실성이 가장 높은 것이다. 이러한 취미는 마치 음식을 선택하고 거부하는 감각만큼이나 확실한 것이다. 따라서 취미란 경험적 보편성, 즉 타인의 판단의 일반적 일치에 의존한다는 의미에서의 공동체적 감각인 유행Mode이 아니다. 진정한 취미는 이상적 사회적 공동체에 대한 동의를 확실하게 구할 수 있는 독특하고도 확실한 규범의 힘을 갖고 있다.[23]

이렇듯 가다머는 취미가 칸트처럼 그의 선험철학 내에서 자연과 예술에만 인정되는 아름다움의 영역에만 제한된 것이 아니라, 이상적인 사회적 공동체에서 동의를 얻을 수 있는 도덕이나 예절을 포괄하는 사회적 삶의 영역에서 그 활동을 발견할 수 있음을 보여 준다.

칸트의 자연의 도야와 취미의 문화

가다머는 칸트에 이르러 도덕적이며 사회적 전통을 지닌 취미의 역사와 단절하고, 취미의 영역을 그의 선험철학 내에서 예술과 아름다움의 영역으로 한정시켰다고 비판한다. 일반적으로 알고 있듯이, 칸트는 누구에게나 보편적으로 전달할 수 있는 공통의 감정을 통해 미적 판단을 할 수 있는 취미의 선험적 조건을 주관 자체에서 찾는 것을 그의 주된 미학 과제로 삼는다. 그러나 칸트는 이미 취미와 사교성 간의 오래된 역사적 관계를 인정하고 있으며, 또한 미적 판단의 방법론에서 취미의 육성Kultuvierung에 대해 다루고 있다. 거기서 그는 취미의 육성이야말로

---

[23] *WH*, S. 34.

인문적 교양을 위한 인간성에 적합한 사교성이라고 규정하고 있다. 그래서 그는 도덕적 감정을 개발하는 것이야말로 진정한 취미의 변하지 않는 형식을 취할 수 있는 길임을 강조한다.[24] 거기서 칸트는 역사적 전통을 이어받는 보편적인 공동체적 감각에 뿌리를 둔 미적 감정의 소통 가능성에 대해 다룬다.

칸트는《판단력 비판》제1부 미적 반성적 판단력 비판에서뿐 아니라, 제2부 자연의 목적론에서 자연의 도야로서의 취미의 문화를 제시한다. 자연의 도야로서 취미의 문화란 바로 앞에서 지적한 공통감과 취미에 대한 역사적 전통으로부터 이어지는 사회적 삶에서 교양으로서의 취미의 계발을 의미한다. 이제 칸트의 자연의 목적론적 사고에서 전개된 취미의 문화에 대해 살펴보자.

칸트의 자연의 목적론에서 인간은 자연의 최종 목적이다. 인간이 자연의 최종 목적이란 의미는, 인간은 모든 자연물을 자신의 목적을 위해 사용할 수 있지만 스스로는 어떤 다른 것의 수단이 될 수 없는 현존의 목적을 스스로 설정할 수 있는 존재라는 뜻이다. 그러나 인간자연이 추구하는 최종 목적은 바로 문화이다. 그것은 자연에 종속되지 않고 자연을 넘어서 스스로에게 도덕적 목적을 부여할 수 있는 능력과 의지를 소유하고 있는 한도 내에서 가능한 것이다. 즉, 문화란 자연의 본능적 성과를 뛰어넘어 스스로 자체 목적을 설정하여 도덕적 궁극 목적을 향해 갈 준비를 하는 인간자연의 계발인 것이다.[25] 이러한 인간자연의 목적에 따른 문화의 발전과 계발의 과정이 칸트에서는 인간의 역사이다.[26] 따라서 문화는 인간의 자연이 성취할 수 있는 능력, 즉 스스로 목적을

---

[24] I. Kant, *Kritik der Urteilskraft*(이하 '*KU*'로 약칭), hrsg. W. Weischedel(Suhrkamp, Frankfurt am Main, 1974) Bd 10. KU. B 264.

[25] 공병혜, 〈칸트에 있어서 자연의 목적론과 문화의 의미〉, 《헤겔연구》 8. 한길사, 1999, 501쪽.

[26] *KU*. B 393.

설정하여 행위할 수 있는 지성과 자의Willkür를 육성하여 자연을 넘어서 인간 현존의 궁극 목적인 도덕적 목적을 향해 나아가게 한다.[27]

칸트는 이러한 인간자연의 최종 목적으로서의 인간의 문화를 숙련성Geschiklichkeit과 훈육Zucht의 문화로 구별한다. 숙련성의 문화란 개인이 아닌 인간성의 실현이라는 인류의 목적을 실현시키기 위해 자연적 소질을 개발하는 것이며, 스스로 목적을 설정하고 선택하고 수행할 수 있는 능력을 도야하는 것이다. 그러나 이를 실현시키기 위해서는 훈육의 문화가 필요하다.(KU. B 391) 칸트가 말한 훈육의 문화란 감성적 충동을 제압하여 내적으로 자유롭게 하며, "욕구의 폭주로부터 의지가 자유로워짐으로써 도덕성을 예비"하는 과제를 지닌다.(KU. 392) 그래서 그것은 인간의 자연적 기질을 계발하여 감각적 성벽性癖들로부터 해방되어 더 좋은 목적들, 즉 도덕적 목적들을 수용하여 실현할 준비를 함으로써 인간의 자연을 최고로 발전시킨다.

칸트는 취미를 바로 이러한 훈육의 문화로서 언급한다. 여기서 취미판단은 감각적 욕구가 정지하면서 자유롭고 생기에 찬 심의 능력들의 유희로 일어나는 쾌감을 통해 누구에게나 소통이 가능하며 보편적으로 전달된다. 이러한 감정의 보편적인 동의와 소통은 "감각적 성벽의 독재Tyrannai des Sinnenhanges"를 막아 주며 사회를 순화시키며 이성의 통치를 위한 준비를 한다.(KU. B 395) 이러한 인류의 역사 속에서 도야된 취미의 문화는 도덕성의 준비로서 간주되며, 자연의 동물성으로부터 법칙에 따른 이성의 의무로 갑자기 비약하는 것이 아니라, "점진적으로 감각적 자극에서 습관적인 도덕적 관심으로 이행"하게 한다.(KU. B 260)

이러한 취미가 속한 훈육의 문화에 대한 칸트의 사고는 물론 18세

---

[27] K. Düsing, "Die teleologie in Kants Weltbegriff", *Kantstudien Erg.*, H. 86, Bonn, 1968, S. 116 참조.

기 계몽주의 전통에 속한다. 왜냐하면 그 시대의 취미란 자연의 미개성과 동물성을 벗어나 인간의 궁극 목적인 도덕적 목적에 합당하게 인간의 자연이 도야되어 감정을 통해 보편적으로 소통할 수 있게 하는 사회적 사교적 능력에 해당되기 때문이다.[28] 이렇게 취미로 개발된 사교성은 사회 속에서 벌어지는 개인 간의 투쟁과 불화 혹은 길항주의를 넘어서며, 외적 법칙으로 부과된 의무라는 강제의 감정을 완화시킨다. 취미가 세계시민사회에서의 사교성을 증진시켜 외적 강제로부터 풀려나 인간성 이념을 향한 계몽의 역할을 한다는 것이다.[29] 그러면 이러한 인간의 문화로서의 취미가 칸트 미학에서는 어떠한 특성을 지니는가?

취미와 공감적 소통

칸트는 취미판단이 주관의 감정을 통해 일어난다고 보고, 이러한 심정 상태를 '무관심적 만족감'으로 특징짓는다. 여기서 '무관심적 만족감'이 일어나는 대상에 대한 마음의 상태란, 외부 대상에 대한 직접적 감응이나 경향심이 일으킨 감정이 아닌, 학문적인 인식이나 실용적인 관심이나 실천적 도덕적 의무감에서 벗어난 자유로운 마음의 상태를 의미한다.(KU. B 16)

　칸트가 말한 미적 감정이 일어나는 주관의 태도는 그 이전의 영국의 샤프츠베리나 허치슨이 강조한 어떤 대상에 대한 일종의 무욕적인 태도와 유사한데, 이것은 개인의 사적 관심이나 욕망, 그리고 어떤 목

---

[28] 인간의 사회 적응성이나 사교성이 인간성에 속하는 특성임을 인정한다면, "우리는 취미를 우리의 감정까지 다른 모든 사람들에게 전달할 수 있도록 해 주는 일체의 것을 판단하는 능력으로서, 모든 사람들의 자연적 경향성이 요구하는 것을 촉진하는 수단으로 간주해야 한다".(KdU. 163)

[29] M. Arnold, Die hamonische Stimmung aufgeklärter Bürger, Zum Verhältnis von Politik und Ästhetik in Immanuel Kant "Kritik der Urteilkraft", *Kant-Studien* 94. Jahrs., S. 24-50.

적 달성을 위한 기술적 사유로부터 자유로운 대상에 대한 호의적 태도를 말한다. 칸트의 미적 판단에 나오는 '무관심성'이라는 미적 태도는 특히 복수적인 인간관계가 이루어지는 사회에 적용시켜 볼 수 있다. 거기서 개별자의 미적 태도란 각자가 인간관계 속에서 현실의 직접성으로부터 반성적 거리를 두고 사적 관심이나 이해관계, 선입견이나 실용적 목적에 사로잡히지 않고 자유롭게 감정의 소통이 일어나는 개방적 태도라고 해석할 수 있다.[30]

칸트는 이러한 감정을 통해 누구나 자신의 판단에 대한 소통할 수 있고 동의를 얻을 수 있는 능력이 바로 취미의 이념으로서 '공통감 Gemeinsinn(sensus communis)'이라고 가정한다.(KU. B 156) 이러한 공통감은 판단력의 격률格率로서 스스로 반성하여 편견에 사로잡히지 않으며, 모든 타자의 입장에서 사고할 수 있는 확장된 사유 방식이다. 따라서 모든 사람이 공통감이 있다는 것을 가정함으로써 감정을 통한 자신의 판단에 대한 전달과 보편적 동의를 필연적으로 요구할 수 있게 된다. 그렇다면 모든 사람에게 전달Mitteilung과 동의Beistimmung가 일어날 수 있는 공통으로 지니는 감각을 통해 판단하는 공통감의 뿌리는 과연 무엇인가?[31]

우리는 이미 공통감의 역사를 통해 비코나 샤프츠베리 말한 공동선과 공동의 이익을 위한 실천적 지혜와 흡사한 사회적 덕의 능력으로서 취미를 이해했다. 칸트에게 공통감의 뿌리는 바로 인격 그 자체가 절대적 가치를 지니는 보편적인 인간성이라는 도덕적 이념에 있는 것이

---

30 공병혜, 〈미감적 의사소통을 통한 배려의 윤리의 가능성〉, 《칸트연구》 19, 한국칸트학회, 2007, 109쪽 참조.

31 칸트는 '공감'이란 타자의 삶의 환경에 대한 인식과 판단을 내포하는 도덕적 통찰의 일종이며, 공감이 도덕적 판단의 동기를 부여하는 역할을 하는 것이 아니라 오히려 성숙한 도덕적 성격에 따라오는 인식론적 특징이라고 말한다. R. Cagle, "Becoming a virtuous Agent : Kant and the cultivation of feelings and emotions", *Kant-Studien* 96, 2005, S. 452-467.

다. 그래서 참된 취미란 "도덕적 이념을 개발하고 도덕적 감정의 도야"해서 확장된 사유 방식을 지니는 것이며, 이것은 "도덕적 심성과 감성과의 합치"를 통해서만 형성될 수 있다.(KU. B 264)

칸트에 따르면 취미판단을 할 때 "우리는 누구나가 보편적인 전달에 대한 고려를, 마치 그것이 인간성 그 자체에 의해 지시된 원초적 계약에서 나오는 것처럼 모든 사람들에게 기대하고 요구한다".(KU. B 393) 이는 우리가 사회적인 인간관계 속에서 타인을 반성할 때 상호소통과 동의를 할 수 있는 근거가 바로 보편적인 인간성에 대한 이념을 우리의 상상력으로 그려 보고 반성해 볼 수 있다는 데에 있다는 의미다. 이때의 공감적 소통이란 결국 상호 개인 간의 사적인 관점을 뛰어넘는 상상력의 자유로운 활동으로 인간성의 이념을 받아들이는 도덕적 감수성에 기초한다.

지금까지 우리는 인간자연의 계발 혹은 도야라는 의미에서 취미의 문화에 대해 살펴보았다. 이러한 취미의 문화는 인간의 자연성에서 도덕성으로 이행하는 매개 역할을 하며, 인간 현존재의 궁극 목적인 인간성 실현의 예비 역할을 한다. 특히 칸트의 취미의 문화로서의 공통감은, 가다머가 해석하듯 역사적 전통과 단절된 것이 아니라 육성된 의식으로서 인간의 교양에 속한다. 이것은 인간관계 속에서 인간성을 고양시키는 사회적 공감 능력으로서 도덕적 이념을 받아들이는 개별적 존재자들 간에 자유로운 소통을 가능하게 한다. 그 육성된 취미란 바로 자연적 기질로부터 계발된 상상력과 지성의 자유로운 유희 능력으로서 인간성 이념을 추구하는 확장된 사유 방식에 속하는 것이다. 거기서 우리의 상상력은 현실의 직접성에 따른 감성적 자극이나 자신의 편협한 사적인 이해관계를 벗어나 다른 모든 사람의 입장에서 반성해 볼 수 있는 상호 공감의 영역으로 들어가게 한다.

이렇듯 칸트의 취미에 대한 이해는 가다머가 해석하듯이 단지 아름다움이나 예술을 판단하는 감성적 판단 능력으로 제한된 것이 아니라, 사회적 인간관계에서의 인간성 이념에 기초한 시민사회의 소통 윤리로서 오늘날까지 해석이 가능하다. 칸트에 따르면, 취미의 개발은 인간의 도덕적 목적에 합당하게 인간의 자연이 도야되어 시민사회buergerische Gesellschaft에서 서로 소통할 수 있는 사교적 능력에 해당된다.(KU. B 163) 따라서 취미 이념으로서 공통감은 인간성 이념에 기초하여 개인 간의 투쟁과 불화 혹은 길항주의를 극복하게 하며, 세계시민사회의 복수적인 구성원으로서 자유로운 소통과 동의를 가능하게 해준다고 해석할 수 있다. 이러한 해석은 특히 정치 판단의 차원에서 사회적 공동체 내에서의 소통 윤리로서 칸트 미학에 대한 다양한 논의를 가능하게 한다.[32]

공통감과 정치적인 것

공통감sensus communis, 즉 칸트의 미적 반성적 판단력을 한나 아렌트는 세계시민사회의 보편적 관점으로 향한 확장된 사유로서 자기 자신을 세계 공동체의 일원으로 판단하고 정치적 행위를 하는 능력으로 해석한다.[33]

아렌트에 따르면 《판단력 비판》은 칸트의 위대한 저술들 가운데 세계의 거주자로서 복수적 인간들 사이에 서로 소통하며 살기에 적합하게 하는 감각들과 능력들, 그리고 세계를 그의 사유의 출발점으로 삼은 저서이다. 그래서 특히 칸트의 미학은 그 자체로 정치철학은 아니

[32] M. Arnold, "Die hamonische Stimmung aufgeklaerter Buerger, Zum Verhältnis von Politik und Aesthetik in Immanuel Kant "Kritik der Urteilskraft"", *Kant-Studien* 94. 2005, SS. 24~50 참조.

[33] 한나 아렌트, 《칸트 정치철학강의》, 김선욱 옮김, 푸른숲, 2000. 145쪽 참조.

지만, 분명 그것의 필수 조건인 세계(지구)를 공통으로 소유함으로써 서로에게 결부되어 있는 인간들 사이의 소통 능력을 다루고 있다는 점에서 정치적인 것을 함축한다. 아렌트는 칸트 미학의 중요한 개념인 판단력, 무관심성, 상상력, 공통감 등을 활용하여 고유하고 독창적인 정치 판단 이론을 전개하는데, 거기서도 특히 공통감을 전제로 하는 미적 반성적 판단력을 공적 영역의 의사소통의 핵심적인 개념으로 파악한다.

아렌트는 저서 《전체주의의 기원The Origins of Totalitarianism》, 《예루살렘의 아이히만Eichmann in Jerusalem》에서 20세기의 파시즘과 나치즘이라는 비극적 상황이 초래된 이유가 정치적인 것, 사람들 사이의 다양성이 존중되는 인간의 자유로운 자기실현이 가능한 소통의 장이 상실되었기 때문이라고 지적한다.[34] 정치적인 것의 진정한 의미를 묻는 반성적 사유는 아렌트의 후기 사상, 즉 사유와 의지, 그리고 이를 통합하는 판단의 차원에서 전개되는데, 거기서 아렌트는 우선 사려나 분별, 실천적 지혜라는 아리스토텔레스의 '프로네시스phronesis'라는 고전적 개념을 사용하여 반성적 판단력을 이해하려 한다. 규정적 판단력이 어떤 원칙을 일련의 특수자에게 적용될 수 있는지를 검토한다면, 반성적 판단력은 "그른 것과 옳은 것, 추한 것과 아름다운 것을 식별할 수 있는 능력"으로 고정된 규칙의 안내 없이 스스로 판단을 한다. 즉, 자기를 이끌어 주는 반성적 판단력은 주변 모든 사람의 만장일치와 완전히 어긋나는 것일 때조차도 옳은 것과 그른 것을 스스로 구별할 수 있는 판단을 한다.[35] 아렌트는 전체주의의 공포 하에서도 실천적 지혜와 유사

---

34 임성훈, 〈미학과 정치−아렌트가 읽어낸 미학의 정치적 함축성에 관한 소고〉, 《미학대계》 2, 2007, 551쪽.
35 강정민, 〈판단과 정신능력들의 물화 : 정신의 삶의 재구성적 독해〉, 《사회과학연구》 제16집, 2008, 253쪽.

하게 소수의 사람들은 옳고 그름을 판별할 수 있게 하는 반성적 판단력에 대해 다음과 같이 말하고 있다.

> 여전히 옳고 그름을 분간할 수 있었던 소수의 사람들은 정말로 오직 그들의 판단에 따랐고 자유롭게 그렇게 행했다. 그들이 직면한 특수한 사례들을 포함하는 그들이 지켜야 할 규칙들은 없었다. 그들은 각각의 사건이 일어날 때마다 결정을 내려야 했다. 왜냐하면 선례가 없는 사건에 대해서 규칙은 존재하지 않기 때문이다.[36]

아렌트가 정치 영역에서 반성적 판단력이라는 개념을 통해 보여 주고자 한 것은, 바로 여론이나 과학적 권위에 개의치 않는 자율적 판단을 내리는 능력을 말하기 위함이다. 즉, 규정적 판단은 일반 원칙이나 규범으로 특수자를 판단하는 기계적이고 비반성적인 판단이지만, 반성적 판단은 "스스로 판단을 내리는 용기"를 지닌 판단인 것이다. 마치 나치즘에 협조하기를 거부한 소수의 사람들은 자신들의 판단을 저항이라는 행위로 옮길 수 있는 용기 있는 사람들이지만, 이러한 행위의 타당성을 예증해 줄 관찰자를 필요로 한다. 왜냐하면 이러한 판단을 다른 사람들에게 확신시킬 역사의 이야기 작가들을 위해서 불복종 행위에 대한 예증적 타당성을 보여 주어야 하기 때문이다. 이 경우 반성적 판단은 행위자보다는 다른 사람과 소통하고 동의를 얻을 수 있는 관찰자와 밀접하게 연관된 능력이다.[37]

아렌트는 공공 영역에서 이러한 행위에 대한 예증적 혹은 범례적 타당성을 통해 다른 사람과 소통할 수 있는 관찰자로서의 반성적 판단 능

---

[36] H. Arendt, *Eichmann in Jerusalem⊠A Report on the Banality of Evil*, New York, 1965, p. 295.
[37] 강정민, 같은 논문, 254쪽.

력을 칸트의 《판단력 비판》에서의 공통감, 즉 미적 반성적 판단과 연결
시킨다. 즉, 미적 반성적 판단력으로 "확장된 심성"으로 사람들 사이에
존재하는 세계 경험을 공유하고 소통하는 존재는 다른 사람들의 입장
에 스스로를 위치시킴으로써 타인의 관점에서 세계를 바라보는 것이다.

아렌트는 《판단력 비판》에서 분석된 미적 판단의 특징 속에 이미
정치 판단과 관련된 반성적 사유가 함축되어 있다고 보았다. 따라서
아렌트는 사람들 사이의 복수성과 다양성이 존중되는 사회 속에서 개
별적 존재의 확장된 반성적 사유를 통해 소통의 장이 마련되는 정치적
인 것das Politische에 대한 가능성을 칸트 미학에서 발견하였던 것이다.
그러면 아렌트는 어떻게 미적 반성적 판단력, 즉 공통감에 의한 반성
적 사유 속에서 정치적인 것에 대한 가능성을 발견하였는가?

칸트의 미적 판단은 감정을 통한 주관적 판단이지만, 모든 사람에게
보편적으로 타당할 수 있는 일종의 반성적 판단이다. 그래서 이 판단
에는 서로 다른 개성을 지닌 자유로운 개별자들이 모여 사는 사회에서
의 민주적 소통 및 합의에 대한 기대와 희망이 있다. 개별자를 개별자로
서 존중하면서 동시에 미적 판단에 대한 보편적 합의의 가능성을 찾아
가는, 반성적으로 열린 판단은 곧 자유로운 세계시민사회의 열린 소통
의 장으로서 정치적인 것과 연결되어 있기 때문이다. 아렌트의 정치 판
단에서는 이기적이거나 억압적이고 강제적인 합의 방식이 아닌, 차이와
다양성이 인정되는 민주적 소통 방식과 그 합의 과정이 무엇보다도 중
요하다. 왜냐하면 정치적인 것의 공공성 속에서 이루어지는 소통은 보
편적 합의를 추구하되 개인의 주관성이 억압되지 않고 언제나 개인의
차이와 다양성이 최대한 존중되는 과정에서 이루어지기 때문이다.

아렌트에 따르면, 미적 판단이나 정치 판단에서 소통은 지구 위의
'인간들 사이zwischen den Menschen'에서 이루어진다. 칸트 철학의 궁극적
물음이 "인간이란 무엇인가"로 요약될 수 있다면, 칸트는 인간을 자연

의 일부인 종으로서의 인간Menschengattung과 이성적 존재자로서의 인간 공동체를 이루는 존재로서의 인간으로 구분한 것이다. 아렌트는 종으로서의 인간은《판단력 비판》제2부인 목적론적 판단에서, 이성적 존재자로서의 인간은《순수이성 비판》과《실천이성 비판》에서, 인간 공동체를 이루는 존재로서의 인간은《판단력 비판》1부인 미적 판단력 비판에서 다루어지고 있다고 말한다. 칸트의 미학에서 다루어지는 인간은, 이 지구상에서 공동체의 삶을 유지하며 살아가는 존재로서의 감정을 통해 서로 소통하며 살아가는 인간인 것이다.[38]

따라서 미적 판단과 마찬가지로 정치 판단에서도 개별성과 보편성이 공존하는 장이 요청되는데, 정치적인 것의 영역과 그 활동은 개별적인 특수성에 따른 주관성에만 고립될 수 없으며 인간들 사이에 형성된 공공성의 영역에 그 토대를 두어야 한다. 공통감에 기초한 미적 판단과 정치적 판단은 논리적으로 증명될 수 있는 객관성을 갖는 판단이 아니라, 상상력과 반성적 판단력을 통해 개별자를 개별자로서 파악함과 동시에 인간성 이념에 바탕을 둔 보편성을 형성하듯이 소통의 공공성을 확보해야 한다.

특히 아렌트에 따르면 칸트가 말한 취미판단의 "확장된 사유 방식"이란, 우리가 타자의 입장에서 생각할 힘을 가지고 타인과 의사소통할 수 있는 세계시민으로서의 반성적 사유 능력이다. 취미판단은 다른 사람들과 그들이 지닌 취미에 대해 숙고하고 또한 다른 사람들이 내릴 수 있는 가능한 판단을 고려해야 한다. 아렌트는 이러한 공통감을 '불편부당성impartiality', 즉 어떤 사태나 사건을 자신의 이해관계와 결부시키지 않고 공정하게 바라보는 개방된 태도를 통해서 실현되는 보편적 소통

---

38 한나 아렌트, 같은 책, 67쪽 참조.

능력이라고 해석한다.[39]

아렌트는 정치적인 것에서 불편부당함이 필연적으로 요청되는 관점을 행위자와 관찰자의 예를 들어 설명한다. 여기서 아렌트가 상황에 직접 참여하는 행위자보다 오히려 관찰자의 역할이 더 중요하다고 보는 이유는 다음과 같다. 각 행위자는 단지 자신의 역할에 충실하거나, 행위의 관점에서 판단할 때 단지 그와 관련된 전체 중의 부분만을 알 뿐이다. 그러나 관찰자는 상황을 전체적으로 볼 수 있다는 장점이 있다. 행위자는 명백하게도 부분적인 면이나 편견에 사로잡혀 전체적인 공적 영역의 소통을 왜곡할 수 있다. 여기서 아렌트가 말하는 관찰자는 단순히 수동적으로 전체를 관조하는 방관자가 아니라, 또 다른 관찰자와 대화하면서 전체 상황을 바라보는 소통의 계기를 함께 만들어 가는 '관찰자'이다. 즉, 관찰자는 언어를 통해서 소통의 보편적 합의를 만들어 가는 데 참여하고, 또 이러한 과정에서 불편부당한 입장에 서서 개별성을 개별성으로 파악하면서 동시에 그 개별성 속에서 판단의 보편적인 예를 발견하는 사람이다.[40] 여기서 우리의 사고가 확장되어 관찰자의 관점이 세계적인 차원으로 확대될 때, 우리는 세계 관찰자로서 소통의 공공성을 확대해 나가면서 세계시민의 자격을 지닐 수 있다.[41]

여기서 특히 확장된 사유 방식으로서의 상상력이 정치적 사유와 밀접히 연결될 수 있는 이유는, 그것이 바로 우리가 "다른 사람의 마음속에 우리 자신을 넣을 수 있는 힘"이기 때문이다. 확장된 사유란 다른

---

[39] 한나 아렌트, 같은 책, 92쪽 참조.

[40] 같은 책 158쪽 참조.

[41] 관찰자는 세계적 관찰자의 관점으로까지 자신의 시각을 확대할 필요가 생긴다. 관찰자는 정치인들과는 다르게 정치 행위에 참여하지 않음으로써 구체적인 이해관계를 초월할 수 있게 되고, 그럼으로써 무관심성과 불편부당성을 획득하게 되는 것이다.(김선욱, 《한나 아렌트 정치판단이론》, 푸른숲, 2002, 111쪽.)

모든 사람의 입장에서 사유하기, 다른 사람의 사유를 대표representative 하는 사유이며, 이것은 어떤 동의에 이를 수 있는 타자와의 잠재적 합의를 포함한다. 아렌트는 이러한 상상력의 활동이 실천적 지혜가 뿌리내리고 있는 상식이 통하는 세계 속에서 타인과 세계 공유하기sharing the world with others가 이루어지는 활동이라고 말한다.[42] 이러한 상상력에 의한 관찰자의 반성적 활동은 바로 자신이 판단하는 사례를 누구에게나 보편타당한 범례로서 그려 보고 사유하는 것이다. 이에 대해 아렌트는 다음과 같은 예를 든다.

> 내가 어떤 빈민 거주지를 보면서 가난과 비참을 지각하고 있다고 가정해 보자. 내가 그곳에서 살아야 한다면 어떻게 느낄지를 나 스스로에게 재현해 보고, 빈민촌 거주자들의 입장에서 생각하면서 애쓰면서 가난과 비참에 대한 판단을 하게 되는데, 오랜 시간과 절망 때문에 분노가 무디어진 그 거주자들의 판단과 반드시 동일하지 않을 것이며, 나의 판단은 …… 이 문제에 대해 내가 계속 판단할 때 참조하게 될 탁월한 예가 될 것이다.[43]

이처럼 아렌트는 칸트의 공통감에 근거한 미적 판단의 보편성에서 복수성과 다양성을 지닌 인간들 사이에서 정치가 지닌 진정한 의미를 읽어 낸다. 미적 판단은 강제적이고 억압적인 일치에 있는 것이 아니라, 상상력의 자유롭고 조화로운 놀이의 반성적 과정을 통해 형성되는 합치에 있으며, 이것은 보편성에 대한 요구와 소통할 수 있다. 이러한 아렌트의 공통감 해석은 인간들 사이에 존재하는 공공의 소통의 장이

---

[42] 같은 책, 189쪽 참조.
[43] 같은 책, 242쪽 참조.

라는 맥락 속에서 정치적인 것의 의미를 반성하게 하고, 이러한 능력의 육성이야말로 인류라는 세계시민의 교양으로 확장시킬 수 있는 관점을 제시한다고 여겨진다.

인문주의 전통에 보존된 교양의 핵심

지금까지 유럽의 인문주의 전통 속에서 형성된 교양Bildung이란 개념이 지닌 역사적 전개과정과 그것이 지닌 다의적인 의미 형성 과정을 고찰해 보았다. '인간성에로의 형성'이라는 19세기에 부여된 교양의 의미는, 인간의 '자기 형성 과정의 결과'이며 동시에 '인간의 존재 상태'를 일컫는다. 이러한 인문주의 전통 속에서 보존된 교양의 핵심을 이루고 있는 것이 바로 육성된 열린 의식으로서의 감지력이며, 이것을 바탕으로 보편성을 지닌 공동체적 감각으로서 공통감이 형성된 것이다.

오늘날까지 취미의 역사를 통해 그 의미가 보존되어 온 공동체적으로 형성된 공통감은 옳고 그름, 선과 악 등에 대한 분별력을 지닌다. 이것을 이미 18세기 인문주의자들은 미적 교양이나 역사적 의식의 원천일 뿐만 아니라, 공동체의 실천적 지혜의 형성과 관계하여 윤리적 시민의 연대성이라는 도덕적이며 사회적 현상으로 이해하고 있었다.

이렇듯 18세기 인문주의 교양의 핵심을 이루며 시민사회의 계몽 역할을 한 취미는 칸트의 《판단력 비판》에서 인류의 역사 속에서 인간의 자연적 기질을 도야하여 자연성에서 도덕성에로 향한 예비 역할을 한다. 이것은 취미의 문화로서 칸트의 공통감이 가다머가 해석하듯 역사적 전통과 단절된 것이 아니라, 도덕적 목적으로 인간성을 고양시키는 인류의 교양에 속함을 의미한다.

아렌트의 칸트 미학 해석은 취미가 공동체를 살아가는 개별적 인간이 갖추어야 할 세계시민의 교양으로서의 소통 능력임을 보여 준다. 취미는 개인의 사적 편견이나 관심에서 벗어나 타자의 관점, 더 나아가 세계시민의 관점을 향해 확장된 반성적 사유 방식으로서 인간들 사이에서 자유롭게 생각과 감정을 교류하고 공감하는 사교적 능력이다. 특히 아렌트가 보여 주는 정치적 사유와 밀접히 연결된 상상력 특유의 반성적 활동은 실천적 지혜가 뿌리내리고 있는 공동 세계 속에서 '타인과 세계 공유하기'를 통해 자유롭게 소통한다.

이렇듯 참된 취미는 역사적으로 전승된 보편적인 공통체적 감각이라는 의미를 보존하며, 칸트 미학 내에서 아름다움과 예술 영역으로 제한된 미학적 해석의 차원을 넘어서, 오늘날 인류라는 인간성 실현을 위해 자유로운 소통과 합의에 이를 수 있는 세계시민 의식 육성의 토대가 되는 교양의 의미를 제시한다.

강정민, 〈판단과 정신능력들의 물화 : 정신의 삶의 재구성적 독해〉, 《사회과학연구》 제16집, 2008.

공병혜, 〈칸트에 있어서 자연의 목적론과 문화의 의미〉, 《헤겔연구》 8, 한길사, 1999.

공병혜, 〈미감적 의사소통을 통한 배려의 윤리의 가능성〉, 《칸트연구》 19, 한국칸트학회, 2007.

정은해, 〈인문학과 인문주의 그리고 교양, ─가다머를 중심으로〉, 《철학과 현상학연구》 24, 2005.

임성훈, 〈미학과 정치─아렌트가 읽어낸 미학의 정치적 함축성에 관한 소고〉, 《미학대계 2》, 2007.

한나 아렌트, 《칸트 정치철학강의》, 김선욱 옮김, 푸른숲, 2000.

한스─게오르그 가다머, 《진리와 방법 1─철학적 해석학의 기본 특징들》, 이길우 외 옮김, 문학동네, 2000.

Arendt, H. *Eichmann in Jerusalem* : *A Report on the Banality of Evil*, New York, 1965.

Arnold, M. "Die hamonische Stimmung aufgeklaerter Buerger, Zum Verhältnis von Politik und Aesthetik in Immanuel Kant "Kritik der Urteilskraft"", *Kant-Studien* 94. 2005.

Düsing, K. "Die teleologie in Kants Weltbegriff", *Kantstudien Erg.*, H. 86, Bonn, 1968.

Gadamer, H. G. *Wahrheit und Methode*, Grundzuege einer philosophischen Hermeneutik, Tuebingen : Mohr, 1975.

Kant, I. *Kritik der Urteilskraft*, hrsg. W. Weischedel, Suhrkamp, Frankfurt am Main, 1974.

비감각적 유사성과 가족유사성
– 벤야민과 비트겐슈타인의 언어철학

조 효 원

이 글은 조선대학교 인문학연구원 이미지연구소 학술 발표 때 발표되고, 동 연구원의 《인문학연구》 43집(2012.2)에 게재된 것이다.

벤야민의 질투?

발터 벤야민과 루트비히 비트겐슈타인은 동시대인이다. 동일한 시대에 동일한 정치적·문화적 배경 하에서 살았다는 점에서 그러할 뿐 아니라, 매우 유사하면서 동시에 서로 긴밀하게 관련된 문제들을 고민했다는 점, 그리고 무엇보다 똑같은 정신적 분위기Stimmung 안에서 호흡했다는 점에서 그러하다. 그런데 이들의 형이상학적 동시대성을 가장 또렷이 확인할 수 있는 지점은 다름 아닌 언어Sprache이다.

잘 알려져 있다시피, 세 살 연상의 비트겐슈타인은 현대철학의 '언어학적 전회linguistic turn'를 이뤄낸 주인공이며, 서구 사상의 무대 전면에 다소 뒤늦게 등장했(고, 또 영향력 측면에서도 비트겐슈타인에 약간 못 미치는 것은 사실이)지만 어쨌든 벤야민의 언어이론 역시 오늘날 다양한 학문 분야에서 커다란 주목을 받고 있다. 다시 말해, 두 사상가는 언어라는 문제를 고민하는 사람이라면 누구도 건너뛸 수 없는 기념비적 존재로 우뚝 서 있는 것이다.

그것은 이들이 그만큼 치열하고 집요하게 언어의 문제를 고민하고 성찰했기 때문일 것이다. 요컨대 베를린에서 어린 시절을 보낸 독창적인 비평가와 빈 출신의 천재 철학자는 공히 언어를 살아가는 내내 제일의 화두로 품고 살았다. 물론 세기 전환기 유럽에서 언어 문제를 두고 씨름했던 것은 이 두 사람만이 아니었다. 시인 후고 폰 호프만스탈로 대표되는 언어회의Sprachskepsis, 저널리스트 칼 크라우스에서 정점에 이른 언어비판Sprachkritik, 그리고 언어학의 아버지 페르디낭 드 소쉬르에 의해 개시된 새로운 언어 연구, 이 세 가지 대표적인 흐름만 보더라도 이 시대에 '언어'라는 쟁점이 얼마나 깊고 넓게 퍼져 있었는지를 알 수 있다.

그러나 이와 같은 복잡한 지형도를 고려하더라도 우리는 벤야민과 비트겐슈타인 사이에 존재하는 각별한 근친성을 간과할 수 없는데, 그 것은 이들이 각기 독립적으로 정립한 유사성 이론이 서로 맺고 있는 본질적 연관성 때문이다. 바로 이 점을 규명하는 것이 이 글의 목표이다. 다시 말해 이 글은 벤야민의 '비감각적 유사성unsinnliche Ähnlichkeit' 이론과 비트겐슈타인의 '가족유사성Familienähnlichkeit' 이론 사이에 존재하는 상호연관성 혹은 (이렇게 불러도 된다면) 상호텍스트성Intertextualität을 해명하려 한다. 이론에 대한 본격적인 논의에 앞서 전기적인 사항을 살펴봄으로써 두 사람 사이에 어떤 공통분모가 설정될 수 있는지를 알아보자.

20세기 초 독일어권 지식인과 작가 사회에 유행한 대표적인 작가로는 니체, 톨스토이, 도스토옙스키, 릴케, 횔덜린 등을 꼽을 수 있다. 벤야민과 비트겐슈타인 역시 이 작가들에 대해 커다란 관심을 가졌고, 이 사실은 그 자체로 달리 주목할 만한 것이 아니다. 그런데 두 사람이 당대의 유행과 멀리 떨어져 있었을 뿐 아니라 시간적 거리도 그리 가깝지 않고, 또 문학적 명성을 따져 보더라도 미미한 쪽에 가까웠던 한 작가, 요한 페터 헤벨Johann Peter Hebel(1760~1826)을 열독했다는 점은 우리의 눈길을 잡아끈다.

벤야민이 이 작가에 대해 유달리 커다란 애착을 가졌다는 사실은 비교적 잘 알려져 있다. 그는 헤벨에 대해 여러 편의 글을 썼을 뿐 아니라, 그의 서사 이론의 핵심을 차지하는 글인 〈이야기꾼Der Erzähler〉에서도 매우 중요한 역할을 헤벨에게 부여하였다.

그런데 비트겐슈타인도 그에 못지않게 이 작가를 사랑했다. 《논리-철학 논고Logisch-Philosophische Abhandlung》(1922)를 남기고 철학계를 떠난 그는, "6년간의 초등교사 시절엔 헤벨의 〈라인지방 친구의 보물상자Schatzkästlein des rheinischen Hausfreunds〉에 나오는 이야기들을 독일어 수업의 읽기 교재로 사용했다. 1927년 그가 발목을 삐어 누나 그레틀의 집에서 간호를 받는 동안 누나의 살롱을 방문하던 사람들이 다친 루트비히(비트겐슈타인)의 침대 주변에 모여들었는데, 그는 그들에게도 헤벨의 〈라인지방 친구의 보물상자〉를 읽어 주었다."[1]

헤벨과 더불어 벤야민과 비트겐슈타인이 함께 사숙한 정신적 스승으로 꼽을 수 있는 인물은, 앞서 언급했던 언어비판가 칼 크라우스이다. 크라우스가 발행하던 잡지 《햇불Fackel》의 애독자였던 벤야민은, 《일방통행로Einbahnstraße》(1928)에 크라우스에 대한 인상학적 단편을 삽입해 놓았을 뿐 아니라 1931년에는 그에 대한 장문의 비평을 출간하기까지 했다. 한편 비트겐슈타인의 제자인 스티븐 툴민은 저서 《비트겐슈타인의 빈Wittgenstein's Vienna》에서, 크라우스의 언어비판이 비트겐슈타인 언어철학의 원형적 모델 중 하나였음을 강력히 시사하고 있다.[2]

그런데 벤야민과 비트겐슈타인 사이에 존재하는 교집합은 이처럼 전기적이고 간접적인 사항에 국한되지 않는다. 독일의 벤야민 학자 데틀레프 쇠트커에 따르면, 벤야민이 비트겐슈타인을 질투했을 가능성이 농후하다고 한다. 쇠트커는 이렇게 말한다.

> 벤야민이 교수자격논문을 위해서 행했던 문헌 연구 및 이론 연구(전집 6권 642~648면 참조)는 1921년, 그러니까 비트겐슈타인의 《논리-철학 논고》가 《자연철학 연보Annalen der Naturphilosophie》에 러셀의 서문과 함께 출간된 바로 그해에 마침표가 찍혀 버렸다. 그리고 이후 그는 언어와 논리학의 관계를 다루는 글은 더 이상 쓰지 않았고, 〈언어사회학의 문제들〉을 제외하면 언어 이론적 텍스트는 한 편도 출간하지 않았다.[3]

[1] 요아힘 슐테, 김현정 옮김, 《비트겐슈타인》, 인물과사상사, 2007, 19~20쪽.

[2] 한국어판은 《빈, 비트겐슈타인, 그 세기말의 풍경》, 앨런 재닉과 공저, 석기용 옮김, 이제이북스, 2005.

[3] Detlev Schöttker, "Benjamin liest Wittgenstein", in : Sigrid Weigel u. Daniel Weidner hrsg., *Benjamin-Studien* 1, München, Wilhelm Fink, 2008, p. 98. 참고로 《논리-철학 논고》는 이로부터 1년 뒤 영

일견 허무맹랑해 보이는 쇠트커의 주장은 그러나 다른 두 가지 의미심장한 전기적 사실에 비춰 보면 상당한 설득력을 얻는다. 젊은 시절 벤야민이 러셀 등에 의해 제기된 수학적·논리적 문제, 가령 집합의 역설과 같은 문제에 상당한 관심을 가지고 연구했다는 사실, 그리고 그가 교수자격논문을 쓰기 위해 선택한 주제는 본래 바로크 비애극이 아니라 언어와 논리 사이의 관계였다는 사실이 바로 그것이다. 미국의 벤야민 학자 피터 펜브스에 따르면, 벤야민은 둔스 스코투스Duns Scotus의 사변 문법을 다룬 마르틴 하이데거의 교수자격논문을 매우 열심히 읽고 이에 대한 비판적 견해를 숄렘에게 편지로 써서 보낸 적이 있다고 한다.[4]

더 나아가, 쇠트커의 추측은 튼실한 문헌학적 증거로도 뒷받침된다. 이를 알아보기 위해서는 비트겐슈타인의 《논리-철학 논고》를 먼저 들여다보아야 한다. 말할 수 있는 것은 오직 '자연과학의 명제들'뿐이라는 결론과 함께 끝나는 이 책의 서문에 비트겐슈타인은 다음과 같은 도발적인 문장을 적어 놓았다. "따라서 나는 본질적인 점에서 문제들을 최종적으로 해결했다고 생각한다."[5]

쇠트커는 벤야민의 《일방통행로》에 실린 한 단편이 저 거만한 문장에 대한 일종의 응전을 보여 준다고 말한다.[6] 그것은 〈알리는 말씀 : 우리 모두 산림을 보호합시다〉라는 글인데, 이 단편은 다음과 같은 기묘한 의문문으로 시작한다.

무엇이 '해결되었을까?' 우리가 살아가고 있는 삶과 관련된 모든 질

국의 케건 폴 출판사에서 독영 대역본으로 재출간되었다. 이영철 옮김, 《논리-철학 논고》, 책세상, 2006, 〈옮긴이의 말〉 참조. 벤야민이 이 두 가지 판본 중 어떤 것을 읽었는지는 확실히 알 수 없다.

4 Peter Fenves, *Messianic Reduction*, California, Stanford University Press, 2011, p. 57.

5 루트비히 비트겐슈타인, 《논리-철학 논고》, 16~17쪽.

6 Detlev Schöttker, Op. cit., p. 101.

문은 우리의 전망을 가리고 있는 나뭇잎들처럼 아직 손도 못 댄 채 그대로 뒤에 남아 있지 않은가? 그것을 벌채하여 개간하는 것, 심지어 간벌하는 것조차 우리는 생각조차 못하고 있다.[7]

'해결되었을까gelöst?'라는 술어에 따옴표가 쳐져 있다는 사실, 이것은 비트겐슈타인에 대한 일종의 비웃음인 셈이다. 추측컨대, 언어의 문제, 그리고 언어와 논리의 관계에 대해 각별한 관심과 노력을 쏟았던 벤야민으로서는 비트겐슈타인의 문제적 저작이 결코 반가울 리 없었을 것이다.

그러나 우리의 관심은 비트겐슈타인에 대한 벤야민의 내면적 감정이 아니다. 벤야민이 실제로 비트겐슈타인을 질투했건 그렇지 않건 간에, 우리의 맥락에서 중요한 것은 두 사람의 언어 이론, 더 정확히는 '언어-유사성Sprache-Ähnlichkeit' 이론 사이에 어떤 연결점이 존재하는가 하는 점이다.

지금부터 전개될 분석은 다음과 같은 잠정적 가설을 따른다.

'후기 비트겐슈타인 철학을 대표하는 《철학적 탐구》는 마치 벤야민의 비판적 물음("무엇이 해결되었을까?")에 대해 진지하고 성실하게 답변하기 위해 씌어진 듯 보인다.'

물론 이 가설은 비트겐슈타인이 벤야민을 알았거나 벤야민의 저작을 읽었을 것이라는 전제를 필요로 하는데, 여기에는 아무런 근거가 없다. 이것은 말하자면 일종의 픽션fiction인 셈이다. 그러나 만약 우리의 가설이 모종의 타당성을 획득한다면, 그것만으로도 질투 때문에 괴로웠던/을 벤야민에게는 적지 않은 위로와 보상이 될 것이다.

---

[7] 발터 벤야민, 조형준 옮김, 《일방통행로》, 새물결, 2007, 32쪽.

낱말과 장소

두 사람의 유사성 이론을 비교·고찰하려면 먼저 그들의 언어 이론을 살펴보는 예비 단계를 밟아야 한다. 벤야민이 러셀의 역설을 궁구하던 시기에 집필한 〈언어 일반과 인간의 언어에 대하여〉(이하 '언어 논문'으로 약칭)는 간단히 말해 독특한 '언어−공간론'을 주장하는 논문인데, 이것은 《철학적 탐구Philosophische Untersuchungen》(1953)에서 제시된 '언어−도시론'과 여러 가지 면에서 견줄 만하다. 〈언어 논문〉에는 다음과 같은 진술이 있다.

> 언어의 존재는 어떤 의미에서든 항상 언어가 내재되어 있는 인간의 정신적 표출의 제반 영역에서만 뻗쳐 있는 것이 아니라 모든 것에 뻗쳐 있다. 살아 있는 자연에서든 살아 있지 않은 자연에서든 어떤 방식으로 언어에 참여하고 있지 않은 사건이나 사물이라는 것은 없다.[8]

여기서 '모든 것'이라는 표현에 주목하자. 위의 진술을 등식을 써서 요약해 보면 이렇다. '언어=모든 것'. 또한 벤야민은 언어가 "가장 순수한 의미에서 전달의 '매체Medium'"[9]라고 주장하는데, 우리가 생각할 수 있는 가장 순수한 매체는 다름 아닌 공간Raum이다. 어떤 형태의 전달이건 '공간'을 전제하지 않고서는 불가능하기 때문이다. 따라서 우리는 이렇게 말할 수 있다. '언어=모든 것=공간'.[10]

이렇듯 베를린의 비평가가 언어를 (아주 특수한) 공간으로 표상한다

---

8 발터 벤야민, 최성만 옮김, 《언어 일반과 인간의 언어에 대하여·번역자의 과제 외》, 길, 2008, 72쪽.

9 같은 책, 75쪽.

10 이와 관련해서 더욱 상세한 설명은 Peter Fenves, *Arresting Language*, California, Stanford University Press, 2001 참조. 펜브스는 벤야민의 언어−공간이 칸트적 공간의 특수한 변주라고 설명한다.

면, 캠브리지의 철학자는 언어를 도시에 비유한다. 그는 언어의 본질이 그것의 '사용'에 있다는 점(바로 이것이 《철학적 탐구》의 핵심 테제이다)을 증명하기 위해 평서문이 아닌 명령문Imperativ을 예로 드는데, 이와 관련하여 언어-도시의 비유가 등장한다.

18. 언어(2)와 언어(8)〔설명을 위해 예로 든 문장들을 가리킨다.—인용자)이 오직 명령문으로만 이루어져 있다는 점 때문에 신경 쓰지 말라. 그 언어들은 그 때문에 완전하지 않다고 말하고 싶다면, 우리의 언어는 완전한지 자문해 보라. 우리의 언어가 화학의 기호 체계와 미적분 표기법을 합병하기 전에는 완전했는지 당신 자신에게 물어 보라. 왜냐하면 이것들은 말하자면 우리 언어의 변두리들이기 때문이다. (그리고 얼마나 많은 집 또는 거리들이 있어야 하나의 도시는 하나의 도시이기 시작하는가?) 우리의 언어는 하나의 오래된 도시로서 간주될 수 있다. 즉, 골목집들과 광장들, 오래된 집들과 새 집들, 그리고 상이한 시기에 증축된 부분들을 가진 집들로 이루어진 하나의 미로迷路. 그리고 이것을 둘러싼, 곧고 규칙적인 거리들과 획일적인 집들을 가진 다수의 새로운 변두리들.[11]

구시가와 신시가, 번화가와 변두리를 가진 오래된 도시인 언어. 비트겐슈타인은 보통 우리가 학문적 관찰·기술의 대상으로 생각하지 않는 명령문 등의 일상 언어야말로 오히려 우리 삶의 기반인 도시의 중심이라 항변하고 있다. 그에 따르면, 아주 오랜 뒤에야 생긴 "다수의 새로운 변두리들", 즉 수학과 과학의 언어들은 오래된 중심지에 대해 결코 우월성을 주장할 수 없다. 그러나 엄밀히 따져 볼 때, 구시가와 신시가

---

11 루트비히 비트겐슈타인, 이영철 옮김, 《철학적 탐구》, 책세상, 2006, 31쪽.

는 각기 다른 방식으로 도시를 구성하는 부분에 지나지 않는다. 오히려 중요한 점은 그것들이 '도시'라는 이름 하에 묶인다는 사실이다.

우리는 여기서 "각각의 언어들 사이의 관계는 여러 상이한 농도를 갖는 매체들 사이의 관계일 뿐"[12]이라는 벤야민의 진술을 상기하게 된다. 즉, 벤야민의 언어-공간은 마치 도시처럼 다양한 양태와 밀도로 이루어진 특수한 공간인 것이다. 그리고 이 공간이 비트겐슈타인에게는 상이한 시간들이 중첩되어 있는 하나의 미로였다.[13]

여기서 벤야민의 공간과 비트겐슈타인의 도시를 혼합 혹은 절충하여 '장소Platz/Ort'라는 개념을 제시하고자 한다. 더 정확히 말해서, 두 사람의 언어 이론은 '낱말-장소론'으로 수렴된다. 이 가설의 핵심을 이루는 착상은 '하나의 낱말은 신비한 방식으로 공간을 창출한다'는 것이다.

벤야민과 비트겐슈타인의 텍스트는 이 명제를 뒷받침해 줄 만한 증거들을 풍부하게 제공한다. 먼저 발터 벤야민은 《1900년경 베를린의 유년 시절Berliner Kindheit um 1900》(1950)에 실린 〈무메레렌〉이라는 단편에서, 특유한 '언어오해Sprachmissverständnis' 사례를 이야기한다.

> 한번은 내가 있는 자리에서 누군가 '동판화Kupferstich'라는 단어를 발음했는데, 이러한 우연이 초래한 것도 마찬가지였다. 다음 날 나는 의자 아래에서 머리를 쑥 내밀어 보았다. 그것은 바로 '머리 찌르기Kopf-verstick'였다. 그때 나는 나 자신과 단어를 왜곡시켰는데, 그것은 내가 삶 안에 자리를 잡기 위해 해야 할 일을 했을 따름이다.[14]

---

[12] 발터 벤야민, 앞의 책, 87쪽. 비트겐슈타인의 다음과 같은 진술도 참고할 수 있다. "그런데 실의 강도는 그 어떤 섬유 하나가 그 실의 전체 길이를 관통해 지나감에 있는 것이 아니라, 많은 섬유들이 서로 겹침에 있는 것이다." 루트비히 비트겐슈타인, 《철학적 탐구》, 71쪽.

[13] 다음과 같은 진술도 참고할 수 있다. "언어는 하나의 미로다. 당신이 어떤 한 측면으로부터 오면, 당신은 길을 훤히 안다 ; 당신이 다른 한 측면으로부터 그 동일한 자리에 오면, 당신은 어찌할 바를 모른다." 루트비히 비트겐슈타인, 《철학적 탐구》, 153쪽.

[14] 발터 벤야민, 윤미애 옮김, 《1900년경 베를린의 유년시절 · 베를린 연대기》, 길, 2010, 81~82쪽.

하나의 단어를 비슷한 소리의 다른 단어로 오해하는 것. 이처럼 (일상적/의도적) 말실수에 가까운 것을 벤야민은 특이하게도 "삶 안에 자리를 잡기 위해 해야 할 일"이라고 부른다. 왜냐하면 그러한 오해가 그에게 "세상의 내면으로 향하는 길들을 보여 주었"기 때문이다.[15] 이렇듯 단어를 오해하는 동시에 그 단어로 자신을 위장/무장하는 것. 벤야민은 이것을 '유사성 능력Mimesisvermögen'의 잔재라고 보았다.

> 때때로 나는 원래 구름인 낱말들로 나를 위장하는 법을 배웠다. 유사성을 파악하는 능력은 실은 유사해지고 또 유사하게 행동하지 않으면 안되는 강제가 미약하게나마 남은 잔재나 다름없다. 내게 이러한 강제를 행사한 것은 바로 낱말이었다. 나를 예의 바른 행동의 모범과 닮게끔 하는 낱말이 아니라, 집, 가구, 옷들과 유사하게 만드는 낱말이 그러하다.[16]

여기서 어린 벤야민은 낱말의 요구(혹은 명령)로 사물들과 유사해지고 있다. 그런데 사물과 유사해질 것을 요구한 낱말은 원래 구름Wolke이었고, 따라서 삶 안에 자리를 잡기 위해서는, 다시 말해 살(아가)기 위해서는 구름으로 위장을 해야만 했다. 그런데 우리의 일상적이고 구체적인 삶 안에서 '구름'이 하는 기능은 무엇인가? 그것은 모종의 분위기를 가리킨다. 다시 말해, 하늘이 아니라 삶 속에 있는 구름은 때와 장소에 따라 달라지는 분위기Stimmung를 가리키는 은유인 것이다.

굳이 하이데거를 떠올리지 않더라도, 모든 시공간에는 모종의 분위기가 존재하며 우리는 항상 어떤 분위기−장소 안에서 살아간다는 사실을 이해하는 것은 어렵지 않다. 그렇다면, 자기를 위장시켜 주는 낱

---

[15] 같은 곳.
[16] 같은 곳.

말이란 본디 구름이라는 벤야민의 진술은 그의 언어-공간론에서 논리적으로 파생된 것이라는 추론이 가능해진다. 앞서 비트겐슈타인을 향한 조소를 담은 글에도 이와 같은 추론을 뒷받침해 주는 구절이 있다.

> 감각은 머릿속에 둥지를 트는 것이 아니며 우리는 창문, 구름, 나무를 뇌가 아니라 오히려 우리가 그것을 보는 장소에서 느낀다는 설이 있는데, 그러한 주장이 옳다면 우리는 애인을 바라볼 때도 우리 외부에 있게 된다. 하지만 고통스러울 정도로 긴장하며 완전히 마음을 빼앗긴 채.[17]

감각은 주체의 능동적 행위로 생기는 것이 아니다. 주체가 어떤 분위기를 가진 장소에 자연스럽게 스며들거나 시나브로 빨려 들어갔을 때에만 감각은 발생한다. 바로 이것이 벤야민의 낱말-장소론이다. 비트겐슈타인의 낱말-장소론도 이와 크게 다르지 않다. 아니, 거의 동일하다.

> 어떻게 낱말들은 감각들과 관련되는가?―여기에는 아무 문제도 없는 것처럼 보인다. 왜냐하면 우리는 날마다 감각들에 관해 이야기하고, 감각들을 명명하지 않는가? 그러나 이름과 명명된 것과의 결합은 어떻게 수립되는가? 이 물음은, 사람은 어떻게 감각들에 대한 이름들의 의미를 배우는가 하는 물음과 같다. 예컨대 '고통'이란 낱말의 의미. 하나의 가능성은 이것이다. 즉, 낱말들은 감각의 근원적인, 자연적인 표현과 결합되고, 그 자리를 대신한다는 것이다.[18]

낱말의 강제로써 사물과 비슷해지는 경험을 했다는 비평가의 회상

---

[17] 발터 벤야민, 《일방통행로》, 33쪽.
[18] 루트비히 비트겐슈타인, 《철학적 탐구》, 164쪽.

적 진술을 확인이라도 시켜 주려는 듯, 철학자는 낱말이 감각(의 표현)을 대신한다는 놀라운 진술을 하고 있다. 더 나아가, 그는 우리가 무언가를 이해한다고 말할 수 있는 것은 전적으로 그 말을 체험한 상황 덕분이라고도 주장한다.[19] 끝으로, 다음과 같은 결정적인 진술도 있다.

> 어떤 사람이 이렇게 말했다고 생각해 보자. 즉, 우리에게 친숙한 (예컨대 어떤 책의) 모든 낱말은 이미 희미하게 암시된 사용들의 어떤 구름 같은 분위기Dunstkreis(대기권)를 우리의 정신 속에 지니고 있다고.[20]

생활세계Lebenswelt 속의 구름인 낱말은 모종의 공간, 특유한 장소를 창출해 낸다. 비유컨대 이 진술은 두 사람의 언어 이론을 묶어 주는 매듭과도 같다.

피조물의 관점

언어가 삶의 공간을 만들어 낸다는 점에서 벤야민과 비트겐슈타인의 생각은 일치한다. 그런데 이러한 일치는, 앞서 우리가 표피적인 차원의 공통점으로 설명했던 부분, 즉 두 사람이 공히 요한 페터 헤벨을 열독했다는 사실과 긴밀히 연결된다. 어째서 그러한가? 그 이유는 헤벨이 독일 경건주의Pietismus 전통에 충실했던 목사 출신의 작가라는 사실에 있다.[21]

---

[19] 같은 책, 118쪽.
[20] 같은 책, 321쪽. 번역은 약간 수정하였다.
[21] 물론 헤벨의 복잡하고 다층적인 작가적 면모가 경건주의 전통 안에서 고스란히 규명되는 것은 아니다. 〈이야기꾼〉이라는 글에서 벤야민은 헤벨을 '결의론자Kasuist'라고 일컬은 바 있는데, 벤야민의 맥락에서는 헤벨의 경건주의 못지않게 결의론적 성격 또한 매우 중요한 사안으로 여겨진다. 그러나 이 문제는 간단한 언급으로 해명될 수 없는 것이므로 차후의 연구를 위한 과제로 남겨 두기로 한다.

헤벨은 이 지상에서 삶을 살아가는 인간은 모두 신에 의해 만들어진 존재, 즉 한갓 피조물Kreatur에 지나지 않는다는 중세 기독교적 관점에 입각해서 글을 쓴 작가였던 것이다. 따라서 우리는 이 작가를 사랑했던 벤야민과 비트겐슈타인의 태도 또한 이로부터 멀지 않을 것임을 짐작할 수 있다. 그런데 이처럼 피조물적 관점에 서서 삶과 세상을 바라보는 것은 이 당시 일군의 지식인들이 공유하던 일종의 지적·정신적 분위기와도 같은 것이었다. 미국의 독문학자 에릭 샌트너는 하이데거의 철학과 독일계 유대인 지식인들의 사유가 어떤 관계를 맺었는지를 연구하면서 다음과 같은 결론에 도달한 바 있다.

> 이들은 이런저런 방식으로 제가끔 근대성의 조건 하에 처한 '인간적' 삶에 대해 문학적·철학적으로 설명하는 작업의 한가운데에 피조물적인 것의 개념을 세워 두었다. 여기서 내가 생각하는 인물은 다른 여러 인물들 중에 특히 프란츠 카프카, 프란츠 로젠츠바이크, 게르숌 숄렘, 발터 벤야민, 파울 첼란, 그리고 약간 다른 노선을 취하고 있긴 하지만, 지그문트 프로이트이다.[22]

(물론 이 인물들이 피조물적 관점에 도달한 경로는 제각기 다를 것이다.) 우리는 별다른 설명이나 변명 없이도 이 목록에 비트겐슈타인을 끼워 넣을 수 있다. 왜냐하면 그도 벤야민처럼 열렬한 헤벨 독자였기 때문이다.(덧붙이자면, 비트겐슈타인이 키르케고르를 19세기의 가장 중요한 사상가로 꼽았다는 점도 간과할 수 없는 사실이다.)

그런데 낱말—장소론과 피조물적 관점은 어떻게 결합되는가? 〈숨을 곳들〉이라는 글에서 어린 시절을 회상하는 벤야민은 이렇게 말한다.

---

[22] Eric Santner, *On Creaturly Life-Rilke, Benjamin, Sebald*, Chicago and London, The University of Chicago Press, 2006, p. 12.

이곳에서 나는 사물만으로 이루어진 세계에 갇혔다. 그 세계는 나에게 무시무시할 정도로 분명하게 보였고, 아무 말 없이 가까이 다가왔다. 교수형 당하는 사람이 비로소 밧줄과 나무가 어떻게 생긴지를 알게 되는 것도 그와 같으리라.[23]

이것은 (계몽주의적·인본주의적 의미에서의) 인간으로 머물고자 하는 소망이 사물과 닮을 것을 요구하는 낱말의 강제력과 벌이는 투쟁을 묘사하는 문장이다. 사물만으로 이루어진 세계는 죽음에 맞닿아 있다. "교수형당하는 사람이 비로소 밧줄과 나무가 어떻게 생긴지를 알게" 된다는 진술은, 사물 세계와 죽음의 근접성을 은유한다. 바로 이곳에서, 그리고 오로지 이곳에서만 '밧줄과 나무' 등의 가장 하찮은 피조물에 대해 제대로 알게 된다는 것이다. 죽음의 가능성과 직결되어 있는 사물 세계, 이것이 바로 피조물의 세계이며, 이 세계를 직시하는 것이 피조물적 관점이다. 따라서 인간에게 사물과 닮을 것을 강제하는 낱말은 인간으로서의 위엄을 포기하라는 요구를 하는 셈이다.

그런데 어째서 낱말은 인간에게 이토록 끔찍한 요구를 하는 것일까? 그것은 피조물의 관점에 서지 않으면 세계의 내면으로 들어갈 수 없기 때문이다. 다시 말해, 피조물의 관점에 서야만 세계를 올바르게 바라볼 수 있는 것이다. 짧은 글 〈미키 마우스에 대해〉는 이러한 관점을 가장 극명하게 보여 주는 대표적인 글이다.

글뤼크와 바일Kurt Weil과의 대화에서. 미키마우스 영화에서 소유 상황 : 여기서 처음으로 사람들이 자신의 팔, 아니 자신의 몸뚱이를 도둑맞을 수 있다는 점이 드러난다. …… 미키마우스는 피조물이 인간과 유

---

23 발터 벤야민, 《1900년경 베를린의 유년시절·베를린 연대기》, 68쪽.

사한 점을 모두 탈각할지라도 건재하리라는 점을 표현한다. 미키마우스는 인간을 중심으로 구성된 피조물의 위계질서를 폭파시킨다.[24]

피조물의 위계질서에서 인간이 상위에 위치하는 것은 결코 필연이 아니라는 말이다. 이 주장은 인간이 언제라도 자신의 몸뚱이를 잃을 수 있다는 사실, 즉 죽음에 처할 수 있다는 사실로 뒷받침되며, 더 나아가 여기에 우리는 '나'라는 1인칭 대명사로 표상되는 주체를 벗어나야만 진정한 사랑을 할 수 있다는 종교적 논변을 추가할 수도 있다. 요컨대 피조물로서의 '나'는 결코 '나'의 주인이 아니라는 말이다. 중세 기독교와 경건주의의 핵심에 자리한 것이 바로 이와 같은 생각이었다.

그러나 비트겐슈타인은 벤야민만큼 급진적이지 못했던 것 같다. 왜냐하면 그는 피조물의 관점에 서는 것이 아니라 다만 그것을 설명하려고만 했기 때문이다.

비록 생각뿐이라 하더라도, 피조물이, 대상들이, 무엇인가를 느낄 수 있으리라는 생각은 어디로부터 우리에게 오는가?[25]

이렇듯 근본적인 물음을 던진 뒤 그가 내놓은 대답은 다음과 같은 것이다. "오직 사람처럼 행동 하는 것에 대해서만 우리는 그것이 고통을 갖고 있다고 말할 수 있다."[26] 다시 말해 비트겐슈타인은 피조물의 관점을 상정하기는 했지만, 그것을 실천하는 데까지는 나아가지 못했던 것이다. 반면에 벤야민의 관심은 설명보다는 직접적 제시, 즉 연극적 상연Darstellung에 있었다. 그래서 그는 다음과 같은 진술을 할 수 있

---

24 발터 벤야민, 최성만 옮김, 《기술복제시대의 예술작품 · 사진의 작은 역사 외》, 길, 2010, 259~260쪽.
25 루트비히 비트겐슈타인, 《철학적 탐구》, 178쪽.
26 같은 곳.

었던 것이다.

그런데 정작 내 자신은 그곳에서 나를 둘러싼 모든 사물과 닮는 바람에 일그러져 있었다. 나는 마치 연체동물이 조개껍데기 안에 살고 있듯이 19세기 안에 거주하고 있었다. 이제 19세기는 마치 텅 빈 조개껍데기처럼 내 앞에 놓여 있다. 나는 그것을 귀에 대 본다.[27]

그렇다 하더라도 비트겐슈타인의 생각이 벤야민의 실천과 근본적인 점에서 구별되는 것은 아니다. 비트겐슈타인 역시 '비록 생각뿐이라 하더라도', 인간의 몸이란 언제라도 버려질 수 있는 것, 도둑맞을 수 있는 것, 요컨대 한갓 피조물에 지나지 않는다는 사실을 적확하게 인지하고 있었기 때문이다. 다음의 진술이 그 증거이다.

즉, 어떤 사람이 손에 고통이 있을 때, 그 손은 그 사실을 (쓰는 것을 제외하고는) 말하지 않는다. 그리고 우리는 그 손을 위로하지 않고, 그 괴로워하는 사람을 위로한다. 우리는 그의 얼굴을 들여다본다.[28]

그런데 어째서 얼굴을 들여다보는 것일까? 그것은 얼굴이 일그러짐 Entstellung을 가장 확연하게 보여 주는 기관이기 때문이다. 즉, 피조물의 본질은 그것의 일그러짐에 있는 것이다. 《독일 비애극의 원천Ursprung des deutschen Trauerspiels》(1928)에는 다음과 같은 진술이 등장한다.

피조물은 거울이다. 그리고 도덕의 세계는 오직 이 거울의 액자 안에서만 바로크의 시야에 들어왔다. 그러나 그 거울은 오목거울이었다. 그

---

[27] 발터 벤야민, 《1900년경 베를린의 유년시절 · 베를린 연대기》, 82쪽.
[28] 루트비히 비트겐슈타인, 《철학적 탐구》, 180쪽.

것은 오직 일그러진 상으로만 가능했기 때문이다.[29]

일그러진 유사성 : 역-감정이입

모든 피조물은 예외 없이 일그러진 피조물이다. 그렇게 보면 카프카의 단편 〈가장의 근심〉에 등장하는 정체불명의 존재 오드라덱은 일그러진 피조물의 극한적 형태라고 할 수 있다. 독일의 벤야민 학자 지크리트 바이겔은 이에 대해 '일그러진 유사성Entstellte Ähnlichkeit'이라는 이름을 붙였다.[30]

바이겔은 벤야민의 유사성 이론을 프로이트의 무의식 이론과 연계시켜 설명하는데, 여기서 중심적인 위치를 차지하는 것이 바로 일그러짐이다. "그러니까 일그러짐은 상실된 미메시스 능력을 숨기고 있으면서 동시에 그것을 인식 가능하게 하는 형식 바로 그것이다."[31] 벤야민은 이 형식을 다음과 같이 묘사한다. "그것은 장식용 유리공 안의 흩날리는 눈발과 비슷한 것으로 사물의 핵 안에 구름처럼 떠다니는, 말없고, 느슨하고, 솜뭉치처럼 부드러운 어떤 것이었다. 내 자신이 그 안에서 이리저리 흔들리는 경우도 가끔 있었다."[32]

장식용 유리공 안의 눈발 속으로 들어간 어린 벤야민. 우리는 앞서 이것이 낱말의 강제에 의한 것임을 확인했는데, 여기서는 한 걸음 더 나아가 이것을 '역-감정이입'으로 명명해 보고자 한다. 이 명명법은 전혀 근거 없는 것이 아닌데, 왜냐하면 《모스크바 일기Moscow Diary》에서

---

29 발터 벤야민, 조만영 옮김, 《독일 비애극의 원천》, 새물결, 2008, 106쪽.

30 Sigrid Weigel, *Entstellte Ähnlichkeit*, Frankfurt am Main, Fischer, 1997 참조.

31 Ibid., p. 92.

32 발터 벤야민, 《1900년경 베를린의 유년시절·베를린 연대기》, 83~84쪽.

벤야민이 그러한 제안을 암시적으로 하고 있기 때문이다.

> 너무나도 아름다운 세잔의 그림 앞에 서자 '감정이입'이라는 말은 언어학적으로 잘못된 것이라는 생각이 문득 들었다. 한 편의 그림을 이해한다는 것은 우리가 그 그림의 공간 속으로 들어가는 것이 아니라, 이 공간이 오히려 먼저 아주 특정하고도 다양한 곳들에서 돌진해 나오는 것이다. 이 공간은 우리가 아주 중요한 과거의 경험들을 찾을 수 있다고 믿는 각도와 구석에서 자신을 열어 보인다. 말하자면 무언가 설명할 수는 없지만 우리에게 친숙한 것이 그곳에 있는 것이다.[33]

'감정이입Einfühlung'이라는 단어는 언어학적으로 잘못되었다. 왜냐하면 방향이 거꾸로umgekehrt이기 때문이다. 어떤 사물이나 풍경을 보고 주체가 거기에 감정을 넣는 것이 아니라, 그 그림 자체가 주체를 집어삼키려는 듯 돌진해 온다고 보는 것이 온당하다는 말이다. 적어도 벤야민은 그렇게 생각했다. 그런데 신기하게도 비트겐슈타인 역시 '역-감정이입Wider-Einfühlung'이라는 개념에 어울릴 법한 진술을 남겨 두었다.

> 나는 이렇게 말할 수 있을 것이다. 즉, 내가 그림을 보고 있는 동안 그림이 언제나 나를 위해 사는 것은 아니라고.
> "그녀의 그림이 벽에서 나에게 미소를 보낸다." 나의 시선이 때마침 거기에 이를 때 그것이 언제나 그래야 하는 것은 아니다.[34]

여기서 비트겐슈타인은 그림이 그 자신의 삶을 산다고 말한다. 그

---

33 발터 벤야민, 김남시 옮김, 《모스크바 일기》, 그린비, 2005, 102~103쪽.
34 루트비히 비트겐슈타인, 《철학적 탐구》, 364쪽.

런데 그 그림의 삶은 나를 위한 것이 아닐 수 있다. 아니, 분명히 그럴 것이다. 그러나 이러한 진술은 역−감정이입과 통할 수는 있어도 남김 없이 들어맞는 것은 아니라고 할 수 있다. 왜냐하면 그림의 삶이 나를 위한 것이 아닐 수 있음을 깨닫는다고 해서 감정이입의 방향이 반대로 (올바로!) 전환되는 것은 아니기 때문이다. 그러면 비트겐슈타인은 이 지점에서 사유를 멈추었는가? 그렇지 않다. 위의 진술보다 약간 뒤쪽 에 다음과 같은 단상斷想을 기록해 두었다.

어린아이들은 이러한 놀이를 한다. 그들은 예컨대 상자를 놓고, 이 제 그것은 집이라고 말한다. 그리고 그 후에는 그것은 완전히 하나의 집 으로서 지시된다. 그것 속으로 하나의 허구가 엮어 넣어진다.
그런데 어린아이는 그 상자를 집으로 보는 것인가?
"그는 그것이 상자라는 것을 완전히 잊었다. 그에게 그것은 사실상 집이다." (이에 대해서는 일정한 징후들이 존재한다.) 그렇다면 그는 그 것을 집으로 본다고 말하는 것도 옳지 않을까?[35]

벤야민은 예의 〈무메레렌〉이라는 단편을 아래와 같은 이야기로 마 무리하고 있는데, 이 이야기는 자기가 집이라고 부른 것이 본디 상자 였다는 사실을 완전히 잊은 바로 그 어린아이를 보여 주는 듯하다.

중국에서 유래한 그 이야기는 친구들에게 자신의 최신작을 보여 주 고자 했던 어느 늙은 화가에 관한 것이었다. 그 그림에는 정원이 그려져 있었고 좁은 집이 물가를 따라 별채 구역을 지나면서 뒤편의 아담한 집 입구의 작은 문 앞으로 이어졌다. 친구들이 화가를 찾아보니 그는 이미

---

35 같은 책, 366쪽.

떠나 그림 안에 들어가 있었다. 그는 좁은 길을 걸어서 문 앞에 서더니 돌아서서는 미소를 지었고, 곧 문틈으로 사라져 버렸다. 나도 역시 그러했다. 나도 역시 물감 팔레트와 붓으로 그림을 그리다가 갑자기 내 자신이 그림과 유사해지면서 일그러지곤 했던 것이다. 그때 나는 색색의 구름을 타고 들어간 그림 속 도자기와 유사해졌다.[36]

결론 : 근친성

우리는 전기적 상황에서 출발하여 두 사람의 언어 이론이 수렴된 지점, 즉 낱말−장소를 지나 이것이 다시 피조물의 관점과 결부되는 장면을 목격한 뒤, 마침내 일그러진 유사성이 연출되는 역−감정이입의 무대까지 도달했다. 이제 마지막으로 벤야민과 비트겐슈타인의 유사성 이론을 비교해 볼 차례다.

앞에서 확인했다시피 역−감정이입의 명수名手는 어린아이다. "어린아이들은 상인이나 선생을 흉내 내는 것만이 아니라 물레방아나 기차도 흉내 내며 논다."[37] 다시 말해, 어린아이는 사물 세계와 자기 자신을 구별하지 않는다. 그리고 어린아이에게는 생의 기억이 거의 존재하지 않기 때문에 죽음에 대한 공포 역시 침투할 수 없다. 이것은 어린아이가 죽음과 연결된 사슬을 끊어 낸 독특한 피조물임을 뜻한다. 어린아이의 성장이 분절되지 않은 언어, 즉 옹알이로부터 분절된 언어로의 이행과 평행하다는 사실[38]은 인간의 언어가 유사성의 잔재라는 사실에 대한 직접적인 증거가 된다.

---

[36] 발터 벤야민, 《1900년경 베를린의 유년시절 · 베를린 연대기》, 84쪽.
[37] 발터 벤야민, 《언어 일반과 인간의 언어에 대하여 · 번역자의 과제 외》, 200쪽.
[38] 이에 대해서는 조르조 아감벤, 조효원 옮김, 《유아기와 역사》, 새물결, 2010의 〈언어실험〉 참조.

벤야민은 언어가 비감각적 유사성이라는 개념에 깃들어 있는 모호함을 해소해 줄 규준이라고 말한다.[39] 어째서 그러한가? 계통발생의 차원에서 인간이 점성술을 믿던 고대적 생활 세계로부터 그것을 천문학으로 대체함으로써 마법적 상응 관계들을 해체한 현대 세계로 발전해 왔다면, 이 과정은 개체 발생의 차원에서 말 못하는 아이가 분절된 언어를 말하는 성인으로 성장하는 것에 상응한다.

두 가지 차원에서 공히 핵심적인 사태는 각각의 발전 과정에서 미메시스 능력이 쇠락했다는 점이다. 다시 말해, 고대인들에게는 별자리가 곧 그들 삶의 지도이자 길잡이였고 어린아이에게는 상자가 곧 집이었다면, 현대의 어른에게는 그러한 직접적 동일시가 불가능한 것이다. 현대의 어른에게 남아 있는 유일한 가능성은 그들이 사용하는 언어뿐이다. 고대인들은 별자리 운명의 힘을 의식할 수도 또 그럴 필요도 없었다. 왜냐하면 그들은 그 힘 속에서 살아가고 있었기 때문이다. 마찬가지로 어린아이는 거리를 두고 물레방아를 인식할 수 없다. 그는 그저 물레방아를 흉내 냄으로써 물레방아가 된다. 이에 반해 언어를 사용하는 어른에게는 가까스로 그러한 유사성을 인식할 수 있는 미약한 힘만이 남아 있을 뿐이다.

바로 이러한 사태에 대한 인식 때문에 벤야민은 언어를 사용하는 인간이 가진 능력을 비감각적 유사성을 지각하는 능력이라 일컬었던 것이다. 그러나 중요한 것은 미메시스 능력의 상실을 안타까워하는 것이 아니라 남아 있는 유사성의 잔재를 최대한 활용하는 것이다. 이에 대한 전략을 고려하는 차원에서 우리는 다음과 같이 생각해 볼 수 있다. 즉, 유사성 이론에서 비감각적 유사성이 차지하는 지위는 언어 이론에서 번역이 차지하는 위치와 같다고. 이 생각에는 상당한 정도의

---

39 발터 벤야민, 앞의 책, 203쪽.

개연성이 있다. 가령 다음의 두 진술을 비교해 보라.

> 그러나 이 자연적 상응물들natürliche Korrespondenzen은 우리가 그것들
> 이 모두 인간이 지닌 미메시스 능력을—인간은 이 미메시스 능력을 통해
> 그에 대답하는데—자극하고 일깨우는 역할을 한다는 점을 고려할 때 비
> 로소 결정적인 의미를 얻는다.[40]

> 수용이자 동시에 자발성인—그 둘의 독특한 결합은 언어 영역에서만
> 찾을 수 있는데—언어의 이러한 특성을 지칭하는 말이 있는데, 이 말은
> 이름 없는 것을 이름 속에 수용하는 행위에도 해당된다. 사물의 언어를
> 인간의 언어로 번역하는 것이 바로 그것이다.[41]

순수 언어의 공간으로부터 추방되어 판단하는 언어urteilende Sprache
를 '소유'하게 된 현대의 어른에게 주어진 유일한 가능성은 번역
Übersetzen, 즉 비감각적 유사성을 지각하는 것이다. 이 지각은 우리가
앞에서 확인했던 낱말—장소론과 피조물적 관점을 결합해야만 가능해
진다. 다시 말해, '나'의 주체성을 포기하고 낱말의 명령에 따라 스스
로 사물/피조물의 위치로 내려가야만 하는 것이다. '나'의 능동성을 고
집하면서 사물을 소유하는 것이 아니라, 사물의 말 없는 언어를 전적
으로 수용하여 이름으로 번역해 주는 것. 이것은 나 자신을 포함한 세
상 만물을 피조물로 바라본다는 뜻이다. 즉, 모든 인간과 사물은 피
조물이라는 점에서만 유사한 것이다. 이것이 바로 비감각적 유사성이
다. 이 유사성을 지각하는 것, 그러니까 번역이라는 과제는 "인간의

---

[40] 발터 벤야민, 《언어 일반과 인간의 언어에 대하여 · 번역자의 과제 외》, 200~201쪽.
[41] 같은 책, 86쪽.

이름언어와 사물의 이름 없는 언어가 동일한 창조적 말씀에서 근친적 verwandt 관계로 방출되지 않았다면"[42] 전혀 수행 불가능한 것이다.

다시 한 번, 놀랍게도, 비트겐슈타인은 벤야민과 정확히 동일한 낱말을 사용한다.

> 그리고 그것은 사실이다.—우리가 언어라고 부르는 모든 것에 공통적인 어떤 것을 진술하는 대신, 나는 이러한 현상들에는 우리로 하여금 그 모두에 대해 같은 낱말을 사용하게 만드는 어떤 일자가 공통적으로 있는 것이 결코 아니라,—그것들을 서로 매우 다양한 방식으로 근친적이라고 말한다. 그리고 이러한 근친성 또는 근친성들 때문에 우리는 그것들을 모두 '언어들'이라고 부르는 것이다. 나는 이것을 설명해 보고자 한다.[43]

근친성으로 엮이는 언어들, 언어놀이들. 이것을 비트겐슈타인은 '가족유사성'이라고 명명했다.

> 나는 이러한 유사성들을 "가족유사성"이란 낱말에 의해서 말고는 더 잘 특징지을 수 없다. 왜냐하면 몸집, 용모, 눈 색깔, 걸음걸이, 기질 등등 한 가족의 구성원들 사이에 존재하는 다양한 유사성들은 그렇게 겹치고 교차하기 때문이다. 그리고 나는 '놀이들'은 하나의 가족을 이루고 있다고 말할 것이다.[44]

그런데 정말로 뜻밖의 사실은, 비트겐슈타인이 '가족유사성' 개념을 제출한 시점보다 대략 30여 년 앞서 청년 벤야민이 '근친성Verwandschaft'

---

[42] 같은 책, 87쪽.
[43] 루트비히 비트겐슈타인, 《철학적 탐구》, 69쪽.
[44] 같은 책, 71쪽.

이란 이름으로 똑같은 이야기를 써 놓았다는 것이다. 1919년에 씌어진 〈유비와 근친성〉이란 글에 실린 한 대목을 보자.

> 유비類比는 어떠한 경우에도 근친성을 근거짓지 못한다. 그리하여 자식들이 부모와 근친 관계인 것은 자식들이 부모와 유사한 (유비와 유사성의 구별이 여기서 빠져 있다.) 점을 통해서가 아니며, 자식들이 그 유사한 것 속에서 부모와 근친 관계인 것도 아니다. 오히려 근친성은 어떤 특정 표현을 찾을 필요도 없이, 나뉨이 없이 전체 존재와 관련된다. (근친성의 표현할 수 없는 것.) 유비도 마찬가지이지만, 인과관계가 근친성을 근거짓지도 못한다. 어머니는 자식을 낳기 때문에 그 자식과 근친 관계에 있다고 하는데 이것은 인과관계가 아니다. 아버지가 자식과 근친 관계에 있다고 할 때, 그것은 어쩌면 아버지가 그 자식을 태어나게 했기 때문에 그럴 수 있지만 어쨌거나 출생의 원인이거나 원인처럼 보이는 것을 통해서 그런 것은 아니다. 다시 말해, 태어난 것(아들)은 태어나게 한 것(아버지) 속에 원인으로 인한 결과와는 다르게 규정되어 있다. 즉, 인과관계가 아니라 근친성으로 규정되어 있다. 근친성의 본질은 수수께끼다.[45]

벤야민에 따르면, 수수께끼를 본질로 하는 근친성은 "(직관 속에서도 아니고 이성 속에서도 아니며) 오직 감정 속에서만 직접 청각적으로 지각될 수 있"다.[46] 그런데 여기서 청각은 무슨 소리를 듣는 것일까? 말할 것도 없이 그것은 피조물의 (목)소리다. 가령 다음과 같은 소리. "무연탄이 양철통에서 철제 난로 속으로 떨어지면서 잠깐 동안 나는 '칙'

---

45 발터 벤야민, 《언어 일반과 인간의 언어에 대하여 · 번역자의 과제 외》, 293~294쪽.
46 같은 책, 296쪽.

하는 소리", "가스 심지의 불꽃이 불붙을 때 나는 치직거리는 소리", "거리를 지나가는 마차의 놋쇠바퀴 테 위에서 램프 갓이 내는 삐걱거리는 소리."[47]

이 모든 소리들은 피조물의 (목)소리라는 점에서 비감각적으로 닮았다. 그런데 우리는 혹시 이 비감각적 유사성을 다른 영역, 그러니까 가령 시각의 영역에서는 감지할 수 없는 것일까? 벤야민은 할 수 있다고 답한다. 그가 필적감정학에 주목한 것은 바로 이 때문이다.

> 글 쓸 때 압력을 주는 일은, 글을 쓰는 평면 뒤에 어떤 입체적인 깊이, 어떤 공간이 글 쓰는 사람에게 존재한다는 것을 보여 준다.[48]

여기서 '입체적인 깊이'와 '어떤 공간'은 틀림없이 피조물의 언어-공간을 가리키는 것일 터이다. 이 문장들은 안야와 게오르크 멘델스존의 책에 대한 서평에 적혀 있는 것인데, 이 서평은 다음과 같은 의미심장한 문장으로 끝난다. "두 저자처럼 바라볼 줄 아는 사람에게는 글이 적힌 종이의 모든 조각이 거대한 세계극장으로 들어가는 입장권이 된다. 그에게 그 종잇조각은 인간 존재와 인간의 삶 전체를 수십만 분의 일로 축소한 팬터마임으로 보여 준다."[49]

마지막으로, 피조물의 비감각적 유사성을 지각하는 일이 사물의 말 없는 언어를 이름으로 번역하는 일과 동일하다는 테제를 검증해 보자. 이 테제는 매우 간단하게 증명될 수 있는데, 왜냐하면 〈번역자의 과제〉에 다음과 같은 명시적인 언급이 들어 있기 때문이다.

---

47 발터 벤야민, 《1900년경 베를린의 유년시절 · 베를린 연대기》, 83쪽.
48 발터 벤야민, 《언어 일반과 인간의 언어에 대하여 · 번역자의 과제 외》, 307쪽.
49 같은 책, 307~308쪽.

즉, 어떤 사기그릇의 파편들이 다시 합쳐져 완성된 그릇이 되기 위해서는 가장 미세한 파편 부분들이 하나하나 이어져야 하면서 그 파편들이 서로 닮을 필요는 없는 것처럼, 이와 마찬가지로 번역도 원작자의 의미에 스스로를 비슷하게 만드는 대신 애정을 가지고 또 그 세부에 이르기까지 원작이 의도하는 방식에 자신의 언어로 스스로를 동화시켜 원작과 번역 양자가 마치 사기그릇의 파편이 사기그릇의 일부를 이루듯이 보다 큰 언어의 파편으로 인식되도록 하지 않으면 안 된다.[50]

깨어진 파편들은 서로 닮을 수 없다. 그것들이 서로 닮았다고 말할 수 있는 것은 오직 비감각적 차원, 즉 전체의 차원에서 바라볼 때이다. 다시 말해, 그것들은 모두 파편이라는 점에서만 닮았을 뿐이다. 그가 "근친성은 전체 존재와 관련된다"고 말한 것 역시 정확히 동일한 사태를 가리키는 것이다. 전체 존재와의 관련 속에서 닮은 것, 이것이 비감각적 유사성, 다시 말해 근친성이다. 공학도이기도 했던 비트겐슈타인은 한결 탁월한 비유를 통해 이 테제를 확증해 준다. "다른 것들이 함께 움직이지 않는데도 돌릴 수 있는 바퀴는 기계에 속하지 않는다."[51]

벤야민의 언어철학과 비트겐슈타인의 언어철학, 벤야민의 비감각적 유사성 이론과 비트겐슈타인의 가족유사성 이론은 가늠할 수 없을 정도로 깊은 차원에서부터 더할 나위 없을 정도로 '근친적'이다. 다시 말해, 비트겐슈타인은 《철학적 탐구》를 통해 벤야민의 물음에 충실히 답하고 있다. 그리고 우리는 이들의 초현실적 대화에서 거의 신비로운 조응correspondence을 목도하게 된다.

---

50 같은 책, 136~137쪽.
51 루트비히 비트겐슈타인, 《철학적 탐구》, 174쪽.

루트비히 비트겐슈타인, 이영철 옮김, 《논리─철학 논고》, 책세상, 2006.

─────, 이영철 옮김, 《철학적 탐구》, 책세상, 2006.

발터 벤야민, 조형준 옮김, 《일방통행로》, 새물결, 2007.

─────, 최성만 옮김, 《언어 일반과 인간의 언어에 대하여 · 번역자의 과제 외》,
길, 2008.

─────, 윤미애 옮김, 《1900년경 베를린의 유년시절 · 베를린 연대기》, 길, 2010.

─────, 최성만 옮김, 《기술복제시대의 예술작품 · 사진의 작은 역사 외》, 길,
2010.

─────, 조만영 옮김, 《독일 비애극의 원천》, 새물결, 2008.

─────, 김남시 옮김, 《모스크바 일기》, 그린비, 2005.

스티븐 툴민 · 앨런 재닉, 석기용 옮김, 《빈, 비트겐슈타인, 그 세기말의 풍경》, 이
제이북스, 2005.

요아힘 슐테, 김현정 옮김, 《비트겐슈타인》, 인물과사상사, 2007.

조르조 아감벤, 조효원 옮김, 《유아기와 역사》, 새물결, 2010.

Detlev Schöttker, "Benjamin liest Wittgenstein", in : Sigrid Weigel u. Daniel Weidner
hrsg., *Benjamin-Studien* 1, München, Wilhelm Fink, 2008.

Eric Santner, *On Creaturly Life-Rilke, Benjamin, Sebald*, Chicago and London, The
University of Chicago Press, 2006.

Peter Fenves, *Messianic Reduction*, California, Stanford University Press, 2011.

─────, *Arresting Language*, California, Stanford University Press, 2001.

Sigrid Weigel, *Entstellte Ähnlichkeit*, Frankfurt am Main, Fischer, 1997.

3

개체의 단일성과 자유
– 괴테의 형성 이념

주 일 선

이 글은 《독어교육》 제23집(2002)에 게재된 〈개체는 결정되면서 결정한다〉를 수정한 것이다.

개체의 단일성과 자유 : 선형성 이론 및 후형성 이론 비판

괴테의 '형성Bildung'[1] 이념이 정립되는 과정은 당시 유기체의 개체발생에 관한 생물학적 논의에 유력한 영향을 미쳤던 이론인 선형성先形成 이론(Präformation) 및 후형성後形成 이론(Epigenese)과 연관된다. 괴테는 상호대립적인 주장을 펴던 이 두 이론을 모두 비판하여 자신의 형태론적 형성 이념을 구성하고자 했기 때문이다. 선형성 이론과 후형성 이론에 대한 괴테의 비판을 살펴보기 전에 이 두 가지 이론의 주장을 대략적으로 소개하면 다음과 같다.

'미래에 나타날 어떤 것이 미리 형성되어 있음das Vorgebildetsein von etwas Künftigem'을 의미하는 '선형성' 사상은 이미 고대 그리스 시대부터

---

[1] "전형적으로 독일적이며 번역이 불가능한 개념ein typisch deutscher, unübersetzbarer Begriff"(Bollenbeck (1994), S. 112)이 되어 버린 Bildung을 우리말로 어떻게 번역해야 할 것인가? 필자가 괴테의 Bildung 이념에 관한 글을 우리말로 써야겠다는 생각을 하기 시작했을 때부터 갖게 된 질문이다. 물론 '교양'이라는 일반적으로 사용되는 기존의 번역어가 있지만, 특히 괴테의 경우 무엇보다도 자연과학적 이론인 형태론 Morphologie이 이 개념의 형성에 결정적인 영향을 미쳤음(vgl. Blasche (1980), S. 313 ; Gamm (1998), S. 130f.)을 고려하면, 이 개념을 일괄적으로 '교양'으로 번역하는 것은 부자연스럽기 때문이다. (괴테가 이 개념을 사용하는 다양한 방식에 대해서는 'Bildung'(1989)과 Jannidis(1996), S. 4-8 참조.) 이러한 이유에서 우선 괴테가 형태론적 맥락 속에서 이 개념을 사용할 경우에는 '형태가 이루어진다'는 의미의 '형성'으로 번역하는 것이 자연스러워 보인다. 이때 '성숙'이나 '성장'이라고 번역할 수도 있겠지만, 유기체의 형성에 관한 괴테의 형태론적 견해는 목적론적 사유에 대해 기본적으로 비판적인 입장을 취하고 있음을 염두에 둘 때, 더 나은 상태를 향한 완성의 과정이라는 목적론적 의미를 담고 있는 '성장'이나 '성숙'보다는 변화의 과정 자체에 더 비중을 두고 있는 것으로 여겨지는 '형성'이 Bildung의 번역어로 더 적합하다고 여겨진다. 그러나 이 개념이 인간학적 또는 교육학적 의미에서 사용되는 경우에는 현재 일반적으로 이 개념에 대한 번역어로 통용되는 '교양'을 택할 수도 있을 것이다. 경우에 따라서는, 예를 들면 훔볼트나 헤르더 등이 주장하는 신인본주의적neuhumanistisch 논의 맥락에서는 '교양'이라는 번역어가 '형성'보다 더 적합할 수도 있다. 왜냐하면 교육학적 논의에서는 Bildung이 교육Erziehung과 거의 동의어로 쓰이는 경우가 많기 때문이다. 그러나 일단 본고에서는 전자(형태론적 맥락)의 경우뿐만 아니라 이 후자(인간학적 맥락)의 경우에도 '형성'이라는 번역어를 사용할 것이다. 이미 어느 정도 정착되어 있는 번역어가 있음에도 불구하고 낯선 번역어를 사용하는 이유는 다음과 같다. 우선 본고에서 사용되는 번역어에 통일성을 부여함으로써 사용된 번역어의 원어가 무엇인지 바로 인지할 수 있도록 하기 위해서인데, 이때 생물학적 논의와 교육학적 논의에 모두 포괄적으로 사용될 수 있는 번역어로는 (생물학적 함의를 전혀 전달하지 못하는) '교양'보다는 (낯설기는 하지만 삶 속에서 이루어지는 인간의 형성과정에 관한 논의도 포함할 수 있는) '형성'이 비교적 더 적합하다고 여겨지기 때문이다. 두 번째 이유는 괴테가 이 개념을 인간의 삶의 문제와 관련하여 사용하는 경우에도 이 개념의 형태론적 의미가 그 바탕을 형성하고 있기 때문이다.

있었다. 그러나 이러한 사상이 생물학적 이론에 본격적으로 적용되는 것은 17세기에 현미경의 발명으로 생물체의 미시적 세계에 대한 관찰이 가능해지고 이를 바탕으로 한 유기체에 대한 기계론적 해석이 이루어지면서부터이다.[2]

선형성 이론은 유기체의 성장이란 원래 배아 내에 축소된 형태로 차곡차곡 쌓여 있던 성향이 점차로 발전되어 이루어지는 것이라는 가설에 따라 생물체의 개체발생을 설명한다. 이러한 견해에 따르면, 유기적 개체들의 외부에 존재하는 외부 세계는 "배아 내에 축소된 형태로 이미 완성되어 있는 유기체der im Keim bereits fertig angelegte verkleinerte Organismus"[3]에 아무런 영향을 미칠 수 없으며, 따라서 생물체의 성장은 이렇게 이미 완성되어 있는 것이 "점점 커지면서 껍질을 벗고 펼쳐지는 것eine vergrößernde Auswickelung"으로 이해한다.[4]

선형성 이론의 이러한 견해에 따르면 하나의 개체가 앞으로 어떻게 성장하게 될 것인지는 이미 선험적으로 결정되어 있으며, 또한 이처럼 이미 결정된 개체의 성장 방향은 외부의 영향으로부터 전적으로 독립적이다. 개체발생에 관한 선형성 이론의 결정론적 주장은 개체의 배아 안에는 단지 그 개체 자체의 형성 과정뿐만 아니라 이후에 이어질 다음 세대들의 형성 방향도 이미 완성된 형태로 다 담겨있다는 주장으로까지 확대된다.[5]

그러나 후형성 이론이 주장하는 바에 따르면, 유기체의 성장은 배아의 내면에 이미 완전히 형성되어 있는 것이 점차적으로 펼쳐져 가는

---

[2] 선형성 이론의 내용과 그 성립 과정에 대해서는 Schlüter(1989) 참고.

[3] Schlüter(1989). Sp. 1233.

[4] *Frankfurter Ausgabe* : Johann Wolfgang Goethe, *Sämtliche Werke, Briefe, Tagebücher und Gespräche*, 40 Bde., Frankfurt/M. 1985ff.(이하 'FA'로 약칭) XXIV, S. 878 (Kommentar zu *Studien über organische Naturen bis zur Rückkehr aus Italien*).

[5] Vgl. Ebd.

과정이 아니다. 당시의 대표적인 후형성 이론가로는 볼프Caspar Friedrich Wolff와 블루멘바흐Johann Friedrich Blumenbach를 들 수 있는데, 이들이 주장하는 바는 다음과 같다. 유기체의 성장은 아직 조직화되지 않은 물질이 '어떤 특별한 힘'에 의해 조직화되어 유기적 물질의 상태에 이르는 과정이며,[6] 이때 유기적 물질의 상태에까지 이르는 이 과정은 개체의 내면에서 진행되는 폐쇄적 현상이 아니라 "외부로부터 이루어지는 성장Zuwachs von außen"[7]으로 이해된다.

그도 그럴 것이 '조직화되지 않은 물질'이란 아직 유기적 능력을 지니지 못한 상태를 의미하기 때문이다. 이를 다른 말로 표현하면, (선형성 이론이 주장하는 형성 능력을 내면에 지니고 있는 유기적 개체와는 달리) '조직화되지 않은 물질'은 자신의 형성을 시작하고 추진해 나갈 힘을 자신의 내면에 지니고 있지 못함을 의미하며, 따라서 '조직화되지 않은 물질'의 형성이 진행되기 위해서는 외부로부터 힘이 가해져야만 한다는 것이다. 이처럼 개체의 외부에 존재하는 어떤 특별한 힘에 의해 조직화되어 가는 과정 속에서 개체 내면에 이전에는 존재하지 않았던 요소들이 새로이 첨가됨으로써 그 개체의 형성이 이루어지는 것이다. 이러한 과정을 볼프 등은 '후형성'이라는 개념으로 설명하였고, 이 후형성을 움직여 가는 힘을 볼프는 '본질적 힘vis essentialis', 블루멘바흐는 '형성충동nisus formativus(Bildungstrieb)'이라고 명명하였다.

괴테는 개체발생 및 형성 과정에 관한 선형성 이론적 가설을 "경직된 사고방식die starre Vorstellungsart"으로 비판한다. 왜냐하면 만일 선형성 이론의 주장이 옳다면 "이미 존재하는 것 이외에는 아무것도 생겨날 수 없을 것nichts könne werden als was schon sei"이기 때문이다.[8] 괴테는 이를

---

[6] 이에 대해서는 Nobis(1972) 참고.

[7] FA XXIV, S. 878.

[8] FA XVI (*Campagne in Frankreich* 1792), S. 520. 괴테는 자신의 형태론적 자연 관찰 방식을 관철시키

다음과 같이 표현하기도 한다.

> 선형성, 그것은 아무것도 말해 주지 못하는 용어이다. 어떤 것이 존
> 재하기 이전에 [그 어떤 것이] 어떻게 이미 형성되어 있을 수 있는가.
>
> Präformation ein Wort das nichts sagt. Wie kann etwas geformt sein eh es ist.[9]

괴테의 이 발언에서 우리의 주목을 끄는 것은, 선형성 이론의 결정
론적 개체 개념에 대한 그의 비판적 입장이다. 유기체의 개체발생에
관한 생물학적 선형성 이론이 내포하고 있는 이러한 선험적 결정론의
입장은 "선형성 이론의 선구자Vorkämpfer der Präformationslehre"[10]인 라이프
니츠의 다음과 같은 '단순실체'에 대한 이해에 근거하고 있다.

> 어떻게 하나의 단자가 다른 피조물에 의해서 변형되거나 단자 내면
> 에 변화가 일어날 수 있는지를 설명할 수 있는 가능성 또한 존재하지 않
> 는다. …… 모든 단자는 어떤 것이 들어오거나 나갈 수 있는 창문을 가
> 지고 있지 않다.
>
> Es gibt auch keine Möglichkeit zu erklären, wie eine Monade durch irgendein
> anderes Geschöpf umgewandelt oder in ihrem Innern verändert werden kann ; ……
> Die Monaden haben keine Fenster, durch die irgend etwas ein— oder austreten
> könnte.[11]

기 위해서는 선형성 이론의 극복이 필연적임을 인식하고 있었다. 이러한 사실은 당시 선형성 이론에
관한 저서(Contemplation de la Nature, 2 Bände Amsterdam 1764)로 지대한 영향력을 미치고 있던 스
위스의 자연과학자 Charkes Bonnet에 대한 괴테의 언급에서 확인할 수 있다. 이에 대해서는 FA XVI
S. 966 및 FA XXIV (Die Absicht eingeleitet), S. 423 u. S. 1061 참고.

[9] FA XXIV (Notizen aus Italien), S. 90.

[10] Jacobs (1972), S. 35.

[11] Leibniz (1714), S. 13, § 7. 이와 관련하여 라이프니츠는 같은 글인 《단자론》에서 다음과 같은 견해
를 밝히고 있다. "자연의 유기체들은 절대로 카오스나 부패의 산물일 수는 없고, 결정되어 있는 **선형**

라이프니츠가 진정한 실체로 간주하는 '단순실체'('단순하다'는 것은 더 이상 분할될 수 없음, 다른 부분을 가지고 있지 않음을 뜻한다.),[12] 즉 하나의 단자는 외부 세계와 교통할 수 있는 창문을 가지고 있지 않고, 따라서 다른 단자나 외부 세계로부터 완전히 단절되어 있다는 것이다. 이렇게 전적으로 닫혀 있기 때문에 개체 내면에 대해 외부 세계가 아무런 영향을 행사할 수 없다면 이 개체는 하나의 개체로 존재하기 이전에 이미 자신의 안에 자신의 모든 본질적인 요소를 담고 있어야만 한다. 왜냐하면 이 개체는 개체로서 존재하는 순간부터 이미 아무런 창문을 갖고 있지 않기 때문이다. 다시 말하면, 모든 개체는 존재 이전에 이미 선형성되어 있어야만 하는 것이다.

그렇다면 개개의 개체가 자신의 내면에 이미 선형성되어 있는 것을 스스로의 힘으로 펼쳐 나간다는 주장은 가능할지 몰라도, 이미 이루어져 있는 선형성이 개체 자신에 의해서 이루어진 것이라는 주장을 펴는 것은 불가능하다. 이러한 맥락에서 라이프니츠는 개체의 선형성은 "전지전능한 만물의 근원자der allmächtige und allweise Urheber aller Dinge"[13]의 행위로만 이해될 수 있고, 따라서 모든 개체의 자발적 역동성과 이에 근거한 지속적인 형성은 전적으로 **"신이 만들어 놓은 선형성**에 의하여 vermöge der **göttlichen Praeformation**"[14] 이루어진 것이라고 주장하게 되는 것

성이 의심할 여지없이 담겨있는 씨앗으로부터 끊임없이 생겨나는 산물이다.Die organischen Körper der Natur [sind] niemals Erzeugungen eines Chaos oder einer Faulnis […], sondern immer von Samen, in denen es zweifellos irgendeine **Präformation** gibt"(Leibniz (1714) S. 53, § 74, 강조는 원문의 것임). 라이프니츠의 이러한 '선형성 이론'적 견해는 《신정론Theodizee》에서도 찾아볼 수 있다 : "Ich [versuchte] zu zeigen, daß tatsächlich der Mechanismus genügt, um die organischen Körper der Tiere hervorzubringen, ohne daß es dazu anderer plastischer Naturen bedarf, vorausgesetzt, daß man die bereits völlig organische **Praeformation** in den Samen bei den im Entstehen begriffenen Körpern hinzufügt,," (Leibniz (1710) S. 21, 강조는 원문의 것임.)

[12] "Die Monade, von der wir hier sprechen werden, ist nichts anderes als eine einfache Substanz, die in Zusammensetzungen eingeht ; einfach heißt : ohne Teile."(Ebd., S. 11, § 1)

[13] Leibniz(1710), S. 21, Vorrede.

[14] Ebd., S. 400, § 403, 강조는 원문의 것임.

이다. 라이프니츠의 이론이 개체의 자발성, 역동성, 변화, 생성 등을 아무리 강조한다 하더라도, 결국은 이러한 선험적 결정성의 틀을 벗어날 수는 없는 것이다. 이후 생물학자들에 의해 전개된 선형성 이론도 라이프니츠의 선험적 결정론에 근거한 개체 개념을 그대로 따르게 된다. 괴테는 개체발생에 관한 선형성 이론에 담겨 있는 바로 이러한 선험적 결정론을 비판하고 있는 것이다.

그러면 후형성 이론에서는 괴테가 문제 삼고 있는 점이 무엇인가? 일반적으로 후형성 이론에 대한 괴테의 입장이 앞서 서술된 선형성 이론에 대한 비판적 입장보다는 우호적일 것으로 생각할 수 있다. 후형성 이론도 괴테와 마찬가지로 선형성 이론의 선험적 결정론의 입장을 비판하면서 형성 과정 속에서 외부의 영향으로 새로운 부분들이 생겨난다는 주장을 내세우고 있기 때문이다. 실제로 괴테는 블루멘바흐의 후형성 이론적 개념을 제목으로 삼은 글인 〈형성충동-Bildungstrieb〉에서 이 개념을 자신의 형태변형론과 연관지으려 한다. 그러나 이러한 시도가 곧 괴테의 견해가 후형성 이론에 근거하고 있음을 의미하지는 않는다.

괴테는 후형성 이론가들이 내세우고 있는 '힘'이라는 개념이 "단지 육체적인 어떤 것, 심지어는 기계적인 어떤 것etwas nur Physisches, sogar Mechanisches"을 가리키며, 따라서 아직 조직화되지 않은 "물질로부터 조직된다고 주장되는 것이 무엇인지가 우리들에게 불분명하고 파악할 수 없는 지점으로 남아 있다das was sich aus jener Materie organisieren soll bleibt uns ein dunkler und unbegreiflicher Punkt"고 지적한다.[15]

괴테는 후형성 이론의 이러한 불확실한 지점을 분명히 하기 위해서는 다음과 같은 방식으로 생각해 볼 필요가 있다고 주장한다. 즉, 우리가 존재하는 '어떤 것'을 관찰하기 위해서는 이것이 존재하기 이전에

---

[15] FA XXIV (*Bildungstrieb*), S. 451.

이 '어떤 것'의 존재를 가능하게 하는 활동이 있었음을 인정해야 할 것이고, 이러한 활동이 있었다는 사실은 곧 이 활동의 대상이 되는 어떤 요소가 있었음을 의미하며, 결론적으로 이러한 활동은 그 활동의 대상이 되는 요소들과 항상 동시에 존재하는 것으로 이해되어야만 한다는 것이다.[16]

이러한 사유 과정을 통해서 "받아들이는 것과 받아들여져야 하는 것ein Aufnehmendes und ein Aufzunehmendes"[17]이 동시에 전제되어야 하는데, 후형성 이론가들은 이를 인식하지 못하고 있다는 것이다. 이러한 괴테의 지적은 곧 후형성 이론이 지닌 개체 개념의 불확실성에 대한 비판으로 이해될 수 있다. 즉, 후형성 이론은 외부의 영향으로 새로이 형성되는 것에 주된 관심을 둠으로써 선험적 결정론의 오류를 벗어나기는 하지만, 동시에 지속적으로 자기동일성을 확보해 주는 개체의 단일성 Einheit에 대한 개념상의 취약성을 드러내고 있다는 것이다.

자발적 운동 능력을 지닌 개체에 대한 이해와 관련하여 드러나는 후형성 이론의 이러한 약점은, 이 이론의 또 다른 측면에 대한 괴테의 비판과 연결된다. 즉, 아무런 자발적 활동성을 지니지 못한 물질은 자신의 형성을 스스로 시작하거나 지속적으로 진행시킬 수 없다는 사실이다. 이는 곧 '아직 조직화되지 못한 물질'로부터 이루어지는 형성은 자율적이고 자발적인 것이 아니라 외부의 힘에 의해 진행되는 것이며, 따라서 선형성 이론에서 주장되는 것과 같은 절대자에 의한 '선험적' 결정성은 아니라 하더라도 물질의 후형성은 형성 과정이 형성되는 개

---

[16] "Betrachten wir das alles genauer, so hätten wir es kürzer, bequemer und vielleicht gründlicher, wenn wir eingestünden daß wir, um das Vorhandene zu betrachten, eine vorhergegangene Tätigkeit zugeben müssen und daß, wenn wir uns eine Tätigkeit denken wollen, wir derselben ein schicklich Element unterlegen, worauf sie wirken konnte, und daß wir zuletzt diese Tätigkeit mit dieser Unterlage als immerfort zusammen bestehend und ewig gleichzeitig vorhanden denken müssen."(Ebd., S. 451f.)

[17] Ebd., S. 452.

체의 외부에 존재하는 힘에 의해서 주도되는 "외부로부터의 조직화eine Organisation von außen"[18], 즉 외부의 힘에 의한 결정론을 의미하는 것이다. 괴테가 〈형성충동〉의 끝 부분에서 다음과 같은 주장을 펴는 것도 이런 맥락에서 이해할 수 있다.

> 이러한 점에서 나는, 하나의 유기적 본질이 나타날 때 [이 유기적 본질이 지닌] 형성충동의 단일성과 자유는 형태변형론이라는 개념 없이는 파악할 수 없을 것이라고 감히 주장한다.
>
> So viel aber getraue ich mir zu behaupten, daß wenn ein organisches Wesen in die Erscheinung hervortritt, Einheit und Freiheit des Bildungstriebes ohne den Begriff der Metamorphose nicht zu fassen sei.[19]

여기에서 괴테는 '형성충동'이라는 개념을 후형성 이론이 사용하는 맥락과는 다른 의미로 사용하고 있음을 알 수 있다. 후형성 이론이 형성충동을 아직 조직화되지 않은 물질의 **외부**에 존재하는 힘으로 파악했던 반면, 괴테는 형성충동을 유기적 개체 **내부**로 끌어 들이고 있으며, 개체의 본질로서의 형성충동이 지닌 '단일성'과 '자유'를 강조하고 있는 것이다. 유기체의 형성은 모든 형성 과정이 선험적으로 결정되어 있는 개체의 내부적 활동으로 이루어지는 것도 아니며, 또한 스스로 아무런 형성 능력을 지니고 있지 않은 물질의 내면에 어떤 요소들을 외부로부터 첨부해 감으로써 이루어지는 것도 아니라는 것이다. 후형성 이론의 주장은 선험적 결정성의 비판이라는 측면에서 보면 '자유'를 의미할 수도 있지만 동시에 '단일성'의 결여를 의미하며, 동시에 외부적

---

[18] Schweitzer (1992), S. 181.

[19] FA XXIV(*Bildungstrieb*), S. 452.

힘에 의한 후형성적 결정이라는 측면에서 보면 후형성 이론도 개체의 자발적 능력을 부정하는 결정론적 형성 이념을 따르고 있다고 괴테는 보고 있는 것이다.

괴테는 선형성 이론과 후형성 이론의 오류를 지적하기 위해 개체의 '단일성'과 개체의 '자유'를 동시에 강조한 후, '개체의 단일성과 자유'에 관한 구상은 형태변형론의 도움으로만 이해될 수 있는 것이라고 주장하고 있다. 이러한 괴테의 주장은 단일성을 유지하면서 자유를 누리는 개체의 형성에 관한 그의 견해를 이해하기 위해서는 형태(변형)론에 대한 괴테의 생각을 살펴볼 필요가 있음을 말해 준다.[20]

자가생산과 구조적 연결(자생적 조직화 이론)

단일성과 자유에 근거한 유기체의 형성 과정을 관찰해 가는 괴테의 형태(변형)론적 방법을 살펴보기에 앞서, 오늘날의 자생적 조직화 이론

---

[20] 괴테의 형성 이념에서 '개체'의 단일성과 자유의 문제가 중요하다면, 이는 괴테의 형성 이념을 올바로 이해하기 위해서는 그의 '개체' 개념도 자세히 논구되어야 할 필요가 있음을 의미한다. 특히 근대 이후 서양 사상의 토대를 형성하는 개체(성)에 대한 사유에 깊은 영향을 끼친 것이 라이프니츠의 철학이었고(Herring (1995). S. 4f. 참고), '스스로를 형성해 가는 개체'에 관한 신인본주의적 구상도 라이프니츠의 철학의 영향 아래에 있었으며(Bollenbeck (1994), S. 112-119 참고), 이러한 상황과 관련하여 괴테 역시도 예외일 수 없었다. 따라서 괴테의 형성 이념의 폭넓은 이해를 위해서는 그의 개체(성)에 관한 구상을, 단자론을 중심으로 전개되는 라이프니츠의 사유 방식과 관련하여 고찰해 보는 것은 매우 의미 있는 시도일 것이다. 특히 역동성, 생성, 운동 등 괴테가 세계의 본질을 설명하기 위해 사용하는 개념들도 라이프니츠가 실체와 그 실체의 본질을 설명하기 위해서 사용하는 여러 개념들(예를 들면 '힘으로서의 실체die Substanz als Kraft', '단일성으로서의 실체die Substanz als Einheit' 등)과 밀접히 연관되어 있음을 고려하면 더욱 그러하다. 위에 서술된 선형성 이론의 선험적 결정론에 대한 괴테의 비판이 라이프니츠의 사유 방식에 대한 그의 견해 전체를 대변하는 것은 아니며, 두 사유 방식 간의 전반적인 관계는 이보다 훨씬 복합적이다. 이 복합성을 규명하는 데 중요한 위치를 차지하는 것이 바로 개체(성)에 관한 구상인 것이다. 당대의 생물학적 선형성 이론이 라이프니츠의 선형성 이론적 단자 이해의 직접적 영향 하에 있었지만, 들뢰즈가 지적하고 있듯이(Deleuze (1995) S. 11-28 참고) 라이프니츠의 단자론적 형이상학과 당대의 생물학적 선형성 이론을 동일시하는 것은 라이프니츠 철학이 지니는 본질적 의미를 간과함을 의미한다는 사실도 괴테의 형성 이념과 라이프니츠의 사유 간의 관계를 본격적으로 조명해야 할 중요한 이유가 된다. 그러나 이 문제의 고찰은 다음 기회로 미룰 수밖에 없다.

Selbstorganisationstheorie[21]의 기본적 논의를 살펴보자.

이미 몇몇 시도[22]가 보여 주었듯이 괴테의 형태론과 자생적 조직화 이론 간에는 "발견술적 원리의 유사성Analogien der heuristischen Prinzipien"[23]이 존재하며, 오늘날의 자생적 조직화 이론의 기본 개념들을 미리 살펴보는 것은 괴테의 형태론적 형성 이론이 당대의 선형성 이론이나 후형성 이론에 취하는 비판적 입장의 핵심이 무엇인지 확인하는 데 많은 도움을 줄 것으로 여겨지기 때문이다. 뿐만 아니라 괴테의 형태론은 오늘날의 과학적 이론들처럼 하나의 완결된 논리적 체계를 갖춘 이론으로 제시된 것이 아니었고, 따라서 발견술적 원리의 유사성을 지닌 오늘날의 자생적 조직화 이론을 살펴보는 것은 이러한 괴테의 견해를 비교적 명료하게 이해하는 것을 가능하게 해 줄 것이기 때문이다.

---

[21] 자생적 조직화 이론이란 폐쇄적으로 작동하는 체계 내에서 구조, 질서, 유기적 조직화 등이 어떻게 생성되는지를 설명하려는 시도이다. '폐쇄적으로 작동한다'는 말은 하나의 체계의 내적 질서의 생성 과정이 외부적 요소에 의해 인과율적으로 강요된 것이 아니라 체계 자체의 요소에 의해 이루어짐을 의미한다. 오늘날의 자생적 조직화 이론은 1960년대 후반부터 본격적으로 논의되기 시작하여 지금은 다양한 분야에서 연구 적용되고 있다. 우리의 논의와 관련하여 언급할 수 있는 대표적인 예로는 프리고진Ilya Prigogine의 비평형 열역학에 근거하여 자생적 조직화를 설명하려는 '되어감Werden'과 '시간'에 관한 물리학적(또는 철학적) 이론과 생물체의 개체발생을 자가생산적 체계autopoietisches System의 원리에 따라 설명하려는 마투라나Humberto Maturana와 바렐라Francisco Varela의 생물학적 이론을 들 수 있다. 근본적 구성주의Radikaler Konstruktivismus나 루만Niklas Luhmann의 사회학적 체계이론Systemtheorie이 이러한 자생적 조직화 이론의 발전과 밀접히 연관됨은 주지의 사실이다. 자생적 조직화 이론에 관한 개관은 Heidelberger(1995)와 Carrier(1995) 참조.

[22] Schweitzer(1992)와 Erpenbeck(1994) 참고. 슈바이처Frank Schweitzer는 자신의 글에서 마투라나와 바렐라의 자가생산적 단일성die autopoietische Einheit에 관한 생물학적 논의와 관련하여 괴테의 형태론을 고찰함으로써 두 이론 간의 '발견술적 원리의 유사성'을 입증해 보일 뿐만 아니라 괴테의 형태론적 구상의 윤곽을 더 분명히 해 주고 있다. 이때 슈바이처는 괴테의 형태론을 자생적 조직화 이론 자체로 간주하는 것이 지닌 위험을 지적하고 있다. 즉, 두 이론의 발견술적 원리가 매우 유사함에도 불구하고, 괴테의 형태론을 결코 현대의 자생적 조직화 이론의 선구자로 간주하는 것도 타당하지 않으며, 오늘날의 자생적 조직화 이론의 원리에 근거하여 괴테의 자연 이해가 지닌 가치를 판단해서도 안 된다는 것이다. 왜냐하면 이러한 시도들은 모두 비역사적인 것으로 두 이론이 각각 지니고 있는 고유한 의미를 상실하게 만드는 것일 뿐이기 때문이라는 것이다. 에어펜벡John Erpenbeck은 프리고진의 물리학적 자생적 조직화 이론으로부터 출발하여 '되어감과 있음Werden und Sein'의 동시성에 관한 괴테의 사유 방식을 셸링Friedrich Wilhelm Joseph Schelling의 자연철학과의 관련 속에서 분석하고 있다. 그도 슈바이처와 마찬가지로 괴테의 견해와 자생적 조직화 이론을 동일한 차원에서 다루는 것은 각각의 이론이 지닌 역사적 의미를 간과하는 오류를 범할 수 있음을 지적하고 있다.

[23] Schweitzer(1992), S. 167.

여기에서는 오늘날의 자생적 조직화 이론의 주요 개념들 중에서 자가생산Autopoiese, 자율성Autonomie, 자기준거성Selbstreferentialität, 그리고 구조적 연결Strukturelle Koppelung의 문제만을 간단히 살펴보고자 하는데, 이 개념들이 괴테가 유기체의 형성을 설명하기 위해 사용하는 '개체의 단일성과 자유'에 관한 구상과 '발견술적 원리의 유사성'을 보여 주고 있다고 여겨지기 때문이다.

　생물학 분야에서 자생적 조직화 이론에 관한 논의를 주도하고 있는 마투라나Humberto Maturana와 바렐라Francisco Varela의 견해에 따르면, "하나의 체계가 그 체계만의 고유한 법칙성 내지는 그 체계에게 고유한 것을 특수화할 수 있는 능력이 있으면, 이러한 체계는 자율적이다Ein System ist autonom, wenn es dazu fähig ist, seine eigene Gesetzlichkeit beziehungsweise das ihm Eigene zu spezifizieren."[24]

　이러한 자율적인 체계가 자신의 조직화 과정을 지속적으로 유지하기 위해서 필요로 하는 모든 정보는 그 체계 내부에 있다. 따라서 외부의 환경에서 발생하는 변화는 그 체계에게는 단지 교란Störung으로 인식될 뿐이며, 환경의 변화가 직접적인 방식으로 그 체계의 내적 구조를 변화시킬 수는 없다. 외부 환경의 변화와 관련하여 체계의 구조에 변화가 일어났다 하더라도, 이러한 체계 내적 변화는 외부 환경의 변화에 대해서 그 체계가 체계 내적인 법칙에 따라 반응한 결과이지, 환경이 직접적으로 개입하여 체계를 변화시킨 것을 의미하지는 않는다.

　이처럼 하나의 생물학적 체계가 그 체계만의 고유한 형성 과정을 내적으로, 이러한 의미에서 외부의 환경에 종속되지 않은 채 조정해 갈 수 있다면 그러한 체계는 자율적이라고 말할 수 있다는 것이다. 마투라나와 바렐라의 견해에 따르면 "생물체를 자율적 체계로 만들어 주

---

[24] Maturana/Varela(1987), S. 55.

는 메커니즘은 자가생산이다. 즉, 이 자가생산이 생물체를 자율적인 것으로 특징지어 준다.Der Mechanismus, der Lebewesen zu autonomen Systemen macht, [ist] die Autopoiese ; sie kennzeichnet Lebewesen als autonom"[25]는 것이다. 생물학적 체계는 자가생산을 통해서 자신을 조직화해 가고 외부의 변화에 반응하며, 이처럼 자가생산적 단일성으로 이해된 생물학적 체계는 외부 세계로부터 자신의 고유성을 주장할 수 있는 개체성을 확보하게 되는 것이다.

이처럼 교란으로 인식된 환경의 변화에 대한 반응이나 체계의 지속적인 조직화가 모두 체계 내적 법칙에 따라 이루어진다는 점에서 자율적 체계의 작동 방식은 폐쇄적이라고 할 수 있다. 자율적 체계의 이와 같은 작동 방식의 폐쇄성의 근거를 이루는 원리를 '자기준거성'이라고 부른다. 예를 들어, 교란으로 인식된 환경의 변화에 반응하기 위해서는 우선 이 교란이 자율적 체계에 의해서 해석Interpretation 되어야 한다. 이때 해석을 수행하기 위한 준거는 체계 밖의 환경에서 찾아질 수 있는 것이 아니라 체계 내적 요소에 근거하고 있으며, 따라서 외부 변화에 대한 체계의 반응은 전적으로 체계 자체로부터 이루어진다는 것이다. 이러한 자율적 체계의 자기준거성은 체계의 조직화 과정이 체계 내적인 구조로 결정된다는 사실을 의미한다.

그런데 체계의 조직화 과정이 체계 자체의 구조로 '결정된다'는 사실은 라이프니츠나 뉴턴 등이 주장한 결정론적 견해와 구분된다. 즉, 기존의 결정론은 현재 상태의 관찰을 통해서 앞으로 일어날 것으로 기대되는 것을 미리 예견할 수 있다고 보는 반면, 생물학적 자생적 조직화 이론이 주장하는 자율적 체계의 구조에 의한 결정성은 이러한 예견

---

[25] Ebd.

가능성에 근거한 것이 아니다.[26] 즉, 체계의 자기준거성에 따라서 진행되는 생물체의 형성 과정은 체계의 내적 구조로 결정되는 것은 분명하지만, 그 형성 과정을 미리 예견할 수는 없다는 것이다.

자생적 조직화에 관한 생물학적 이론에서 사용되는 '자율성' 개념은 하나의 생물학적 체계가 환경Umwelt으로부터 완전히 독립적으로 존재할 수 있음을 뜻하지는 않는다. 자기준거성에 따라 자기 내부에 존재하는 요소들로 자신을 지속적으로 구성해 가는 자가생산적 단일성으로서의 생물학적 체계들은 자율적이지만 동시에 외부환경과 상호작용Interaktion을 유지한다. 상호작용 방식에 대한 자생적 조직화 이론의 설명에 따르면, 환경은 자가생산적 체계 내에서의 구조 변화를 유발시킬 수는 있지만, 체계 내의 구조 변화를 직접적으로 결정할 수는 없으며, 이러한 작용 방식은 자가생산적 체계가 환경에 미치는 영향을 설명하는 데도 마찬가지로 적용된다.[27] 바로 이러한 체계와 환경 사이에서 발생하는 "상호간의 구조 변화의 역사eine Geschichte wechselseitiger Strukturveränderungen"를 자생적 조직화 이론에서는 **구조적 연결strukturelle Koppelung**"이라고 부른다.[28]

이처럼 자기준거적 작동을 통해 자가생산 활동을 하는 자율적 개체

---

[26] 이런 의미에서 마투라나와 바렐라는 다음과 같이 주장한다. "Nun ist es an der Zeit, sehr deutlich zwischen Determinismus und Voraussagbarkeit zu unterscheiden. Wir sprechen dann von einer Voraussage, wenn wir nach Betrachten des gegenwärtigen Zustandes irgendeines von uns beobachteten Systems behaupten, daß ein anderer Zustand folgen wird, der sich aus der strukturellen Dynamik des Systems ergeben wird. Eine Voraussage enthüllt deshalb, welches Geschehen wir als Beobachter erwarten. Hieraus folgt, daß Voraussagbarkeit nicht immer möglich ist und daß es nicht dasselbe ist, den strukturdeterminierten Charakter eines Systems zu behaupten wie dessen vollständige Voraussagbarkeit zu behaupten."(Ebd., S. 134f.)

[27] "Bei diesen Interaktionen ist es so, daß die Struktur des Milieus in den autopoietischen Einheiten Strukturveränderungen nur **auslöst**, diese also weder determiniert noch instruiert (vorschreibt), was auch umgekehrt für das Milieu gilt."(Ebd., S. 85, 강조는 원문의 것임.)

[28] Ebd., S. 85. 강조는 원문의 것임.

는 자생적 조직화 이론이 "과정존재론Prozeßontologie"[29]에 관한 구상에 근거하고 있음을 보여 준다. '과정존재론'이란 현실은 정적인 요소들로 구성되어 있는 것이 아니라 끊임없이 능동적으로 자신을 재생산하는 요소들로 구성되며, 따라서 현실은 지속적인 형성 '과정'으로 존재한다고 보는 견해이다.

마투라나와 바렐라는 이와 관련하여 "생산자와 생산물은 서로 분리될 수 없음keine Trennung zwischen Erzeuger und Erzeugnis"을 강조하면서, "자가생산적 단일성의 존재와 행위는 서로 분리될 수 없으며, 이러한 사실이 자가생산적 단일성이 조직화해 가는 고유한 방식을 형성한다Das Sein und das Tun einer autopoietischen Einheit sind untrennbar, und dies bildet ihre spezifische Art von Organisation"[30]고 주장한다. 자가생산적 개체는 스스로를 생산해 내는 생산자이자 자신이 생산해 낸 생산물이라는 것이다. 이는 자가생산의 결과물인 생물학적 개체는 생산자이기를 멈추는 순간 더 이상 생산물로서도 존재할 수 없음을 뜻한다. 이처럼 행위를 자신의 존재 방식으로 삼는 자가생산적 개체는 행위하는 과정 속에서만 자가생산적 개체로서 존재할 수 있는 것이다.

앞에서 언급된 개념들의 관계를 우리의 논의와 관련하여 다음과 같이 요약할 수 있다.

생물학적 개체는 자가생산을 지속적으로 실행하는 '단일성'을 지니고 있기 때문에 하나의 자율적 체계로서 자신의 개체성을 주장할 수 있다. 이런 점에서 형성의 출발점을 전혀 조직화되지 않은 물질, 즉 자발적 형성 능력을 지니고 있지 못한 물질에서 찾는 후형성 이론과는 분명히 구분된다. 그러나 자생적 조직화 이론이 주장하는 자가생산적 개체

---

[29] Carrier(1995), S. 763.
[30] Maturana/Varela(1987), S. 55f.

개념은 선형성 이론의 개체 개념과도 본질적으로 구분되는데, 우선 앞으로의 형성 방향이 이미 선험적으로 결정되어 있는 선형성 이론적 개체와는 달리 자가생산적 개체의 미래는 열려 있다('offene Zukunft'). 또한 선형성 이론의 개체들은 창문이 없어서 외부 세계로부터 완전히 차단되어 있는 반면, 자생적 조직화 이론이 말하는 개체는 외부 환경과 구조적으로 연결되어 있는 자율적 체계로서 환경의 자극에 대해 자기준거적으로 반응함으로써 자율적 조직화를 지속적으로 진행해 갈 수 있는 것이다.

'결정되면서 결정하는 형태' : 괴테의 형태론적 형성 이념

이탈리아 여행에서 돌아온 직후인 1788년 여름에 집필한 것으로 추정되는 〈과학으로서의 식물학Botanik als Wissenschaft〉[31]에서, 이미 괴테는 선형성 이론과 후형성 이론을 함께 비판하면서, 동시에 이 두 견해가 '근본적으로 상호 결합할 수 있는' 것이라고 주장한다.[32] 이러한 그의 주장은 곧 두 이론의 비판적 종합이 필요함을 지적하고 있는 것으로 볼 수 있는데,[33] 이는 앞에서 살펴본 바 있는 개체의 단일성과 자유에 대한 괴테의 견해와 동일한 맥락에서 이해될 수 있다. 식물학에 관한 그의 초기 문헌에서부터 드러나는 개체 형성에 관한 이러한 견해는 유기체

[31] 이에 대해서는 FA XXIV, S. 931 참고. 〈과학으로서의 식물학〉(FA XXIV, S. 93-108)에서 괴테는 '선형성 이론'을 „Einschachtlungs-Hypothese„(ebd., S. 94) 또는 'Evolution'(ebd., S. 99)이라는 개념을 사용하여 지칭하고 있다.

[32] "Daraus schließe ich, daß beide Hypothesen Vorstellungsarten sind welche im Grunde kompatible sind" (Ebd., S. 98f.).

[33] "Ich [bin] überzeugt, daß in diesen beiden Hypothesen und zwischen diesen beiden Hypothesen das ganze Geheimnis der Hervorbringung liegt welches auf keinem andern Wege näher erkannt werden dürfte"(ebd., S. 96f.)

에 관한 사유의 기본적인 틀을 이루고 있는 형태(변형)론의 기초를 이룬다. 괴테의 형성 이론을 그의 자연과학적 문헌을 중심으로 논하려는 이 장에서는, 그의 형태(변형)론[34]을 앞 장에서 언급된 개체의 단일성과 자유의 문제와 관련하여 살펴보려 한다.

유기체의 형태를 상호 비교하고 그 변화를 관찰함으로써 자연의 본질에 접근하려는 괴테의 형태론의 핵심에는, 이미 '형태론'이라는 명칭이 말해 주듯이 '형태'라는 개념이 놓여 있다. 1790년대 중반에 씌어진 것으로 추정되는 〈형태론Morphologie〉이라는 짧은 글에서 괴테는 '형태' 개념을 다음과 같이 규정하고 있다.

> 형태란 움직이는 것, 〔어떠한 것으로〕 되어 가는 것, 사라져 가는 것이다. 형태론은 변형론이다. 형태 변형에 관한 이론은 자연의 모든 징후들에 접근해 가는 열쇠이다.
>
> Die Gestalt ist ein bewegliches, ein werdendes, ein vergehendes. Gestaltenlehre ist Verwandlungslehre. Die Lehre der Metamorphose ist der Schlüssel zu allen Zeichen der Natur.[35]

그가 사용하는 '형태' 개념은 어떤 것의 고정되어 있는 모양을 의미하는 것이 아니라 지속적으로 변화되고 형성되어 감 자체를 의미한다. 그의 형태론에서 형태변형론이 결정적 역할을 담당하게 되는 이유가

---

[34] 도로테아 쿤Dorothea Kuhn은 괴테의 형태론의 핵심 내용을 크게 "개체의 발생, 형태변형(론) 그리고 유형(론)Genese des Individuums, Metamorphose und Typus"(Kuhn (1987), S. 856)으로 구성되어 있는 것으로 본다. 유기체들의 형태와 구조를 상호비교하는 방법을 사용하는 괴테의 형태론의 하부 원리로 이해된 형태변형론은 유기물이 일정한 법칙에 따라 형성되고 다시 변형되는, 달리 표현하면 유기물의 지속적인 변화를 비교 연구함으로써 유기물의 변화가 전개되는 양상을 관찰할 뿐만 아니라 이러한 변화 뒤에 숨어 있는 일치점들을 관찰해 내는 것을 목표로 한다.

[35] FA XXIV, S. 349. 이제까지 일반적으로 1807년경에 씌어진 것으로 여겨졌던 것과는 달리, 쿤은 이 글이 1790년대 중반에 씌어진 것으로 간주한다. 이에 대해서는 이 글에 대한 프랑크푸르트판의 주석(FA XXIV, S. 1015f.) 참고.

여기에 있다. 이 개념의 기존 사용 방식과 달리, 형태라는 개념에 역동성, 변화, 운동 등의 내용을 담으려 한 괴테의 이러한 의도는 이후 더 분명해진다. 형태 개념을 새로이 규정하려는 이 시도가 있은 지 10여 년이 지난 후, 자신의 형태론에 대한 이론적 논의를 통해 형태론을 과학으로서 자리매김하려는 목적 하에 쓴 글에서 괴테는 다음과 같은 견해를 표명한다.

독일인은 하나의 현실적 본질의 존재를 총합적으로 표현하기 위해 **형태**라는 단어를 가지고 있다. 독일인은 이 표현을 사용하면서 움직이고 있는 것을 간과하게 된다. 독일인이 가정하는 바에 따르면, 서로 밀접하게 연결되어 있는 것은 고정되어 있고 그 구성이 완결되어 있으며 그 특성상 고정되어 있다는 것이다.

그러나 우리가 모든 형태들, 특히 유기적 형태들을 관찰한다면 다음과 같은 사실, 즉 변화하지 않고 지속되는 것, 정지하여 있는 것, 이미 완결되어 있는 것은 전혀 나타나지 않으며, 오히려 모든 것은 지속적인 운동 속에서 동요한다는 사실을 발견하게 된다. 따라서 우리의 언어는 이미 만들어져 있는 것, 그리고 만들어지고 있는 것을 동시에 표현하기 위해 **형성**이라는 단어를 적절하게 사용하곤 한다.

Der Deutsche hat für den Komplex des Daseins eines wirklichen Wesens das Wort **Gestalt**. Er abstrahiert bei diesem Ausdruck von dem Beweglichen, er nimmt an, daß ein Zusammengehöriges festgestellt, abgeschlossen und in seinem Charakter fixiert sei.

Betrachten wir aber alle Gestalten, besonders die organischen, so finden wir, daß nirgend ein Bestehendes, nirgend ein Ruhendes, ein Abgeschlossenes vorkommt, sondern daß vielmehr alles in einer steten Bewegung schwanke. Daher unsere Sprache das Wort **Bildung** sowohl von dem Hervorgebrachten, als von dem

Hervorgebrachtwerdenden gehörig genug zu brauchen pflegt.[36]

 기존의 생물학적 이론들이 사용하던 형태 개념은 유기체의 본질인 생동성, 변화, 운동 등을 포착할 수 없다는 것이 괴테의 판단이었고, 그는 결국 형태 개념이 지닌 이러한 한계 때문에 자신의 형태론에서는 기존의 형태 개념이 더 이상 유효성을 지닐 수 없다고 본다. "우리가 형태론을 도입하려 한다면 우리가 형태에 관하여 말해서는 안 된다Wollen wir (…) eine Morphologie einleiten, so dürfen wir nicht von Gestalt sprechen"[37]는 괴테의 역설적인 주장은 이런 맥락에서 이해되어야 한다.

 "형성된 것은 지체 없이 다시 변형되며Das Gebildete wird sogleich wieder umgebildet",[38] 따라서 유기체의 형성 과정에 관한 과학적 논의로서 형태론을 도입하려 한다면 유기체의 본질을 도외시하는 개념을 계속해서 사용하는 것은 오히려 장애물이 될 뿐이라고 그는 보았던 것이다. 괴테가 자신의 형태론은 '고정된 형태'에 관한 이론이 아니라 "유기적인 몸의 **형성과 변형의 형태**에 관한 이론die Lehre von der **Gestalt der Bildung und Umbildung** der organischen Körper"[39]이 되어야 한다고 말하는 것도 동일한 이유에서다. 결국 괴테의 형태론에서 다루어지는 형태는 이미 형성이 완결된 형태를 의미하는 것이 아니라 지속적으로 변화하는 형태, 즉 형성 그 자체를 의미함을 알 수 있다. 괴테의 형태 개념이 이러하다면 우리의 논의와 관련하여 다음과 같은 질문이 제기될 수 있다. 즉, 끊임없이 변화하는 하나의 형태가 그 형태 자체로 인식될 수 있는 근거는 무엇인가? 다시 말하면, 하나의 형태가 항상 형성되어 가는 것인 동

---

[36] FA XXIV(*Die Absicht eingeleitet*), S. 392. 강조는 인용자의 것.

[37] Ebd.

[38] Ebd.

[39] FA XXIV(*Betrachtung über Morphologie*), S. 365. 강조는 인용자의 것.

시에, 이러한 끊임없는 변화에도 불구하고 지속적으로 자신의 단일성을 유지하는 것으로 설명될 수 있는 근거는 무엇이냐는 것이다.

식물의 형태변형론에 관한 글에서 괴테는 식물의 형성법칙에 대하여 다음과 같은 견해를 밝히고 있다.

> 식물의 형태변형론은 우리들로 하여금 이중적인 법칙에 주목하도록 만든다.
> 첫째는 내적 본성의 법칙으로서 이 법칙으로 식물은 구성된다.
> 둘째는 외적 상황의 법칙으로서 이 법칙으로 식물은 변화된다.
> Sie 〔Die Metamorphose der Pflanzen〕 macht uns auf ein doppeltes Gesetz aufmerksam
> 1. Auf das Gesetz der innern Natur, wodurch die Pflanzen konstituiert werden.
> 2. Auf das Gesetz der äußern Umstände wodurch die Pflanzen modifiziert werden.[40]

괴테가 식물의 형성 원리로 간주하는 이 '이중법칙'의 첫 번째 법칙은 유기적 개체가 내면에 지니고 있는 자발적인 힘을 의미하며, 유기체는 이 내적 역동성으로 자신을 하나의 독립적 개체로 구성해 간다. 이러한 내적 법칙을 괴테는 다른 글에서는 "특수화 충동 Spezifikationstrieb" 또는 "지속능력Beharrlichkeitsvermögen"이라고 부른다.[41] 이러한 개념을 사용하게 되는 배경은 다음과 같다.

괴테는 "형태변형이라는 관념은 위로부터 주어진 매우 귀중한 선물이지만 그러나 동시에 매우 위험한 선물임die Idee der Metamorphose ist eine

---

[40] FA XXIV(*Vorarbeiten zu einer Physiologie der Pflanzen*), S. 357.

[41] FA XXIV(*Problem und Erwiderung*), S. 582.

höchst ehrwürdige, aber zugleich höchst gefährliche Gabe von oben"[42]을 지적한다. 왜냐하면 만일 누군가가 유기체가 지니고 있는 형성의 힘을 단지 끊임없이 유기체를 변형시키려는 힘으로만 이해하려 한다면, 그는 지속적으로 변화하는 유기체가 어떻게 개체로서의 동일성을 또한 지속적으로 유지할 수 있는지에 대해서는 납득할 만한 설명을 해 줄 수 없을 것이기 때문이다.

따라서 유기체의 형태변형에 관한 이해가 '매우 귀중한 선물'로서 기능하려면, 형태변형을 무한히 추진해 나감으로써 주어진 개체의 단일성의 틀을 벗어나려는 힘인 이 "원심력vis centrifigua"[43]에 대해서 균형을 맞추어 줄 수 있는 다른 힘이 있어야 한다는 것이 괴테의 생각이다. 형태변형을 끊임없이 추진해 가는 '원심력'에 대응하여 유기적 개체의 단일성을 유지해 주는 "구심력vis centripeta"[44]이 있어야 하며, 앞에서 언급한 '특수화 충동' 또는 '지속능력'이 바로 개체의 구심력이라는 것이다. 이처럼 유기체 형성의 토대를 이루는 이중법칙 중 첫 번째 법칙인 내적 본성의 법칙은 바로 유기체가 자신의 단일성을 지속적으로 구성해 가려는 힘을 의미한다.

"무엇을 위해서wozu"에 관심을 가졌던 이제까지의 다른 자연 연구 방법들과 달리, 괴테가 "어떻게wie"라는 질문을 던지게 되는 것도 내적 본성의 법칙으로 이해된 이 첫 번째 법칙과 밀접한 연관이 있다.[45] 18세기에 이르기까지 자연에 관한 연구에 유력한 영향력을 행사하던 철

---

[42] Ebd.

[43] Ebd.

[44] Ebd., S. 583.

[45] "Man wird also künftig von solchen Gliedern, wie z.B. von den Eckzähnen des Sus Babirussa, nicht fragen, wozu dienen sie? sondern, woher entspringt sie? Man wird nicht behaupten, einem Stier seien die Hörner gegeben daß er stoße, sondern man wird untersuchen, wie er Hörner haben könne um zu stoßen."(FA XXIV (Erster Entwurf einer allgemeinen Einleitung in die vergleichende Anatomie, ausgehend von der Osteologie), S. 234.) Vgl. dazu : Schweitzer(1992), S. 190.

학적 사유 방식인 범지학汎知學(Pansophie)이나 목적론적 사유 방식에 근거한 이제까지의 자연 연구 방법들이 유기체의 각 기관들이 '무엇을 위해서' 사용되느냐에 초점을 맞추었던 반면, 괴테의 관심은 그 기관들이 '어떻게' 형성되느냐를 관찰해 내는 데에 있었다. 당시의 목적론적 자연관은 유기체의 모든 기관을 창조자의 근원적 의도에 맞추어 설명하려 했고, 이러한 시도는 각 기관이 '무엇을 위해서' 필요한지를 규명해야만 했다.

이처럼 초월적 존재의 근원적 의도에 근거해서 "궁극적 원인 Endursache"을 밝히려는 목적론적 시도는 단지 "비극적인 미봉책der traurige Behelf"일 뿐임을 인식한 괴테는,[46] 이제 '어떻게'에 대해서 물음으로써 유기체의 형성이 외부에 존재하는 힘에 의해 결정된다는 견해를 비판하려는 것이다. 괴테는 자연에 대한 목적론적 이해와는 달리 유기체를 "스스로를 위해서 그리고 스스로의 힘으로 존재하는 하나의 작은 세계eine kleine Welt, die um ihrer selbst willen und durch sich selbst da ist"로 보며, 따라서 "각각의 모든 피조물jedes Geschöpf"은 다른 어떤 목적을 위해서 종사하는 것이 아니라 스스로가 "목적 그 자체Zweck seiner selbst"라고 주장한다.[47] "유기체의 자기 결정성die Selbstbestimmtheit des Organismus"[48]에 대한 괴테의 이와 같은 확신은 동물의 각 기관이 형성되는 것과 관련하여 언급된 다음과 같은 그의 주장에서도 확인할 수 있다.

〔개개의 모든 동물의〕 부분 중에서 그 내면으로부터 관찰했을 때 쓸

---

[46] FA XXIV(*Principes de Philosophie Zoologique discutés en Mars 1830 au sein de l'Académie Royale des Sciences par Mr. Geoffroy de Saint-Hilaire*) S. 836. 이러한 인식이 칸트의 《판단력 비판Kritik der Urteilskraft》에 대한 독서의 결과임을 괴테는 자신의 글에서 밝히고 있다. 이에 대해서는 FA XXIV S. 155(*Weitere Versuche zur Pflanzenmetamorphose*)와 S. 444(*Einwirkung der neueren Philosophie*) 참고.

[47] FA XXIV, S. 234.

[48] Schweitzer(1992), S. 190.

모가 없거나, 사람들이 때때로 생각하는 것처럼, 형성충동에 의해서 말하자면 자의적으로 만들어진 것은 없다. 몇몇 부분들은 외부를 향해서는 너무도 쓸모없는 것으로 보일 수도 있음에도 불구하고 말이다. 그럴 것이 몇몇 부분들이 외부를 향해서 쓸모없게 보이는 것은 각 동물의 본성의 내적 연관 관계가 그 부분들을 외부의 상황에 개의함 없이 형성했다는 사실에 그 원인이 있을 것이기 때문이다.

Kein Teil desselben (jedes Tiers) ist, von innen betrachtet, unnütz, oder wie man sich manchmal vorstellt, durch den Bildungstrieb gleichsam willkürlich hervorgebracht; obgleich Teile nach außen zu unnütz erscheinen können, weil der innere Zusammenhang der tierischen Natur sie so gestaltete, ohne sich um die äußeren Verhältnisse zu bekümmern.[49]

이중적 법칙의 두 번째 법칙은 독립적인 유기적 개체의 내면의 문제가 아니라, 이 개체가 외부 세계와 관계를 맺는 방식에 관한 문제이다. 앞에서 인용된 괴테의 이 이중적 법칙에 관한 견해에 따르면 유기체의 변화는 "외부 상황의 법칙"으로 일어난다. 여기에서 말하는 '변화'는 유기체가 스스로 자신을 형성해 간다는 의미에서의 변화라기보다는, 아래에서 확인할 수 있는 바와 같이 동일한 종류의 유기체가 서로 상이한 형태를 지니게 되는 상황을 지칭한다. 1790년대 중반에 씌어진 〈비교론을 위하여Zur Vergleichungslehre〉라는 글의 두 번째 장에서 괴테는 범지학과 목적론적 사유 방식을 비판하면서, 이 사유 방식들이 지닌 "통속적trivial" 속성을 지적하고, 이러한 견해들이 자연에 관한 올바른 연구를 위해서는 결국 "장애물die Hindernisse"이 될 뿐이라고 주장한다.[50]

---

[49] FA XXIV, S. 234.
[50] Ebd., S. 210.

그리고 이어서 이런 견해들과 구분되는 자신의 견해를 다음과 같이 밝힌다.

> 결정적인 형태는 말하자면 내적 핵심인데, 이 내적 핵심은 외부 요소에 의한 결정을 통해서 서로 상이하게 자신을 형성해 간다.
>
> Die entschiedene Gestalt ist gleichsam der innere Kern, welcher durch die Determination des äußeren Elementes sich verschieden bildet.[51]

이러한 견해를 괴테 자신의 다른 말로 표현하면, 유기체는 "내면으로부터 형성된 것과 마찬가지로 외부로부터 형성된 것임von außen, so gut als von innen gebildet"을 의미하며, 이런 의미에서 괴테는 유기적 개체의 형태를 "결정되면서 결정하는 형태die determinierte und determinierende Gestalt"[52]라고 부른다. 이처럼 유기체가 하나의 개체로서 자발적 운동성을 지니고 있고, 동시에 외부 세계와 연결되어 있어서 자신의 형성에 외부 세계가 미치는 영향에 반응할 수 있다면 선형성 이론적 가설이나 후형성 이론적 가설은 이러한 유기체의 형성 원리를 결코 해명할 수 없다는 것이 괴테의 견해이며, "따라서 우리는 자연의 근원적 힘(후형성 이론)이나 창조자의 지혜와 지배력(선형성 이론)에 아주 친숙해질 수 없다Wir treten also weder der Urkraft der Natur, noch der Weisheit und Macht eines Schöpfers zu nahe"[53]고 그는 보고 있는 것이다.

동종同種의 유기체는 기본적으로 "모든 조직화의 내적이며 근원적인 공동체eine innere und ursprüngliche Gemeinschaft aller Organisation"로서 단일한 내적 형성의 원리를 따르는데도 불구하고, "외부 세계와의 필

---

[51] Ebd., S. 212f.

[52] Ebd., S. 213.

[53] Ebd.

연적으로 관계를 맺어야 하는 상황으로 인해 [⋯] 형태의 상이성이 생겨난다die Verschiedenheit der Gestalten [⋯] entspringt aus den notwendigen Beziehungsverhältnissen zur Außenwelt"[54]는 사실을 설명해 주는 것이 유기체 형성의 두 번째 원리인 '외적 상황의 법칙'인 것이다.

요컨대 외부의 어떤 힘에 의한 결정에 자신을 맡기는 것이 아니라, 자신의 자발성에 근거하여 스스로를 조직화해 간다(자생적 조직화 이론의 용어로 말하자면 자가생산을 지속적으로 실행해 간다)는 점에서 유기체의 형성은 외부 세계로부터 자율적으로 이루어지는 과정이다. 하지만 이렇게 자율적인 유기체는 외부 세계로부터 고립되어 있는 것이 아니라, 자생적 조직화 이론의 용어로 말하자면 외부 세계와 구조적으로 연결되어 있어서 유기적 개체의 형성이 외부 세계와 무관하게 이루어지는 것은 아니라는 것이다. 이와 같은 이중적 법칙에 따라 이루어지는 유기체의 형성이 개개의 유기체 스스로가 '결정하는' 동시에 외부 세계와의 관계를 통해 '결정되는' 것이라면, 유기체의 형성은 배아에 이미 완벽하게 주어져 있는 요소들이 커지고 펼쳐지는 과정일 수도 없고, 아무런 형성 능력도 지니지 못한 질료들이 외부의 힘에 의해 조직화되어 가는 과정일 수도 없는 것이다.

식물의 형성 원리와 관련하여 언급된 이 '이중적 법칙'이 괴테에게는 식물뿐만 아니라 모든 유기체의 형성 원리를 의미하며, 나아가 인간의 형성 과정에도 적용될 수 있는 일반적인 삶의 원리로 간주된다[55]는 사실은 다음 장에서 논의될 인간의 형성에 관한 괴테의 견해를 이해하는 데도 중요한 의미를 지닌다.

---

[54] FA XXIV(*Die Skelette der Nagetiere, abgebildet und verglichen von d'Alton*), S. 636.

[55] 이에 대해서는 쿤의 주석(FA XXIV, S. 1020f.) 참고.

'개인과 그의 세기世紀':《시와 진실》서문에 나타난 괴테의 형성 이념

《시와 진실Dichtung und Wahrheit》 3부의 서문으로 사용할 목적으로 집필했던 글[56]에서 괴테는 자신의 자서전을 "식물의 형태변형론이 우리들에게 가르쳐 준 〔…〕 법칙에 따라nach jenen Gesetzen 〔…〕, wovon uns die Metamorphose der Pflanzen belehrt"[57] 서술할 계획임을 밝히고 있다. 이러한 괴테의 고백은 인간의 형성에 관한 그의 견해가 앞에서 언급되었던 유기적 개체들의 형성에 관한 그의 생물학적 견해와 밀접히 연관됨을 말해 주는 것으로 볼 수 있다.

괴테는 자신의 형성 과정을 서술하기 위해 집필한《시와 진실》1부의 서문에서 이러한 사실을 다시 한 번 분명히 한다. 1부의 서문에서는 '식물의 형태변형론'이라는 용어를 직접적으로 언급하지는 않는다. 하지만 한 인물의 전기를 집필하는 의미에 관한 그의 견해는, 그가 생물학적 저술에서 유기체의 형성과 관련하여 집중적인 관심을 표명했던 개체의 개체성과 그 주변 환경의 관계에 관한 견해와 매우 유사함을 알 수 있다. 괴테가 주장하는 바에 따르면 "전기의 주요 과제die Hauptaufgabe der Biographie"[58]는 다음과 같다.

전기는 "한 인물을 그의 시대적 상황 속에서 묘사하여야 하며, 그리고 〔시대적 상황이라는〕 전체가 그 인물에게 얼마나 저항하는지, 아니면 그에게 얼마나 유리하게 작용하는지를 보여 주어야 하며, 그가 이러한 상황으로부터 세계관과 인간관을 어떻게 형성해 가는지, 그리고 그 인물이 예술가, 시인 또는 작가라면, 그가 이렇게 형성된 세계관과 인간관을 어떻게 다시 밖으로 비추어 내는지를 보여 주어야 할

---

[56] 1813년 여름에 씌어진 이 글은《시와 진실》의 출판본에는 사용되지 않았다.

[57] FA XIV(*Dichtung und Wahrheit*), S. 971.

[58] Ebd., S. 13. 아래의 인용문도 같은 곳.

것den Menschen in seinen Zeitverhältnissen darzustellen, und zu zeigen, in wiefern ihm das Ganze widerstrebt, in wiefern es ihn begünstigt, wie er sich eine Welt— und Menschenansicht daraus gebildet, und wie er sie, wenn er Künstler, Dichter, Schriftsteller ist, wieder nach außen abgespiegelt"이라는 것이다. 이러한 전기를 집필하는 것은 곧 "개인이 자기 자신 및 그의 세기에 대해서 알아야 할 것das Individuum (kenne) sich und sein Jahrhundert"을 요구하는 것과 동일하다. 이때 '개인의 세기'를 안다는 것은 그 개인이 살고 있는 "세기는 원하는 자든지 원하지 않는 자든지 자신과 함께 몰아가고 결정하고 형성해 간 다das Jahrhundert, als welches sowohl den willigen als unwilligen mit sich fortreißt, bestimmt und bildet"는 사실을 알아야 함을 의미하며, '개인'을 안다는 것은 "어떠한 상황 하에서도 개인이 얼마나 지속적으로 동일한 자로 남아있는가in wiefern es (das Individuum) unter allen Umständen dasselbse geblieben"를 아는 것을 의미한다.

인간의 형성 과정과 관련하여 제기된 괴테의 위의 견해에서 두 가지 중심되는 요소가 언급되고 있다. '인물' 또는 '개인'으로 표현된 하나의 개체적 존재가 그 하나이고, 다른 하나는 '시대적 상황', '전체', '세기' 등으로 표현된 외부 세계이다. 이 외부 세계가 개인에게 미치는 영향은 이 개인의 형성에 유리할 수도 있고 불리할 수도 있다는 괴테의 주장은 외부 세계가 미치는 영향이 개인의 형성을 좌우하는 결정적인 요소일 수는 없음을 의미하는 것으로 해석될 수 있다. 왜냐하면 괴테의 표현 방식 자체가 이미 외부 세계를 중심으로 한 것이 아니라 개인의 시각에 근거한 것이며, 뿐만 아니라 개인은 외부 세계의 여러 다양한 상황에도 불구하고 '지속적으로 동일한 자로 남아 있음'으로써 자신의 개체성을 유지할 수 있는 것으로 보고 있기 때문이다.

개인과 시대적 상황의 관계에 대한 이러한 전체적 맥락을 고려하면, 그 시대적 상황이 한 개인의 형성을 '결정한다'는 괴테의 표현은 개인의 수동성을 의미하는 것으로 해석되어서는 안 될 것이다.[59] 개인이 원하든 원하지 않든, 시대적 상황이 개개의 인간을 함께 몰아가고 결정하고 형성한다는 괴테의 주장은 오히려 개인과 외부 세계 간의 불가피한 '구조적 연결'을 강조하고 있는 것으로 이해되어야 할 것이다. 그렇지 않고는 자신을 형성해 가는 개인(앞의 인용문에서 확인할 수 있는 듯이, 예를 들어 한 개인이 세계관이나 인간관을 형성해 가는 것을 괴테가 수동태가 아닌 재귀동사를 사용하여 표현한 것은 결코 우연이 아니며, 바로 개인의 개체성의 중요성을 강조하려는 의도의 표현일 것이다.)의 개체성의 중요성과 시대적 상황이 미치는 영향을 동시에 주장하는 괴테의 의도를 전혀 파악할 수 없을 것이기 때문이다. 식물과 같은 유기체의 형성을 설명하기 위해 적용되었던 '이중적 법칙'은 개체로서의 인간의 형성을 설명함에도 적용될 수 있는 것이다.

현실 또는 외부 세계에 대해 자율적인 개인은 외부 세계와 고립되어 존재하는 것도 아니며 외부 세계의 영향에 절대적으로 복종하는 것도 아니다. 개인의 형성은 외부 세계와의 창조적 교류를 통해 이루어지며, 형성이란 고정되어 있는 형태가 아니라 개인과 외부 세계 간의 지속적인 상호작용을 통해 끊임없이 변화해 가는 "하나의 과정적 상태 ein prozessualer Zustand"[60]인 것이다.

---

[59] 야니디스는 개인과 외부 세계의 관계에 대한 괴테의 이러한 견해를 개인의 수동성의 표현이자 동시에 능동성의 표현이라고 해석한 후, 이러한 자신의 해석의 모순을 해결하기 위해 다음과 같이 주장한다. "Dieser scheinbare Widerspruch klärt sich, wenn man 'Bildung' als einen dialektischen Prozeß der Aneignung versteht, bei dem sowohl die Disposition des Individuums als auch die Wirkungsfaktoren eine Rolle spielen."(Jannidis (1996), S. 38.) 이처럼 괴테 견해를 모순적인 것으로 본 다음 이 모순을 해결하기 위해 '변증법'이라는 희생양을 끌어들이기보다는, 원래 괴테가 자신의 형태론에 관한 글에서 유기적 개체들의 형성 과정의 관찰에 근거하여 주장했듯이, 또는 자생적 조직화에 관한 이론이 체계적으로 설명해 주고 있듯이, 독립적이며 자기준거적인 개체와 외부 세계 간의 구조적 연결에 관한 구상에 근거하여 인간의 형성을 이해하는 것이 더 합리적일 것이다.

[60] Koselleck(1990), S. 16.

'Bildung' (1989) : *Goethe-Wörterbuch*, hrsg. v. der Akademie der Wissenschaften der DDR, der Akademie der Wissenschaften in Göttingen und der Heidelberger Akademie der Wissenschaften, Stuttgart, Berlin, Köln, Mainz 1978ff., Bd. 2, Sp. 698–711.

Siegfried Blasche (1980) : *Bildung, in* : *Enzyklopädie. Philosophie und Wissenschaftstheorie* in 4 Bdn., hrsg. v. Jürgen Mittelstraß, Mannheim, Wien u. Zürich 1980ff, Bd. 1, S. 313f.

Georg Bollenbeck (1994) : *Bildung und Kultur. Glanz und Elend eines deutschen Deutungsmusters*, Frankfurt/M. u. Leipzig.

Martin Carrier (1995) : *Selbstorganisation, in* : *Enzyklopädie. Philosophie und Wissenschaftstheorie* in 4 Bdn., hrsg. v. Jürgen Mittelstraß Mannheim /Wien/Zürich, 1980ff. Bd. 3. S. 761–764.

Gilles Deleuze (1995) : *Die Falte. Leibniz und der Barock*, deutsch übersetzt, Frankfurt/M.

John Erpenbeck (1994) : „*Werden und Sein zugleich (...)"„ Goethe, Schelling, Jacobi und die Selbstorganisation in wissenschaftshistorischer Perspektive*, in : Goethe–Jahrbuch 111, S. 187–201.

Hans–Jochen Gamm (1998) : *Bildung, in* : *Goethe-Handbuch* in 4 Bdn., hrsg. v. Bernd Witte, Bd. 4/1, Personen, Sachen, Begriffe, Stuttgart/Weimar., S. 130f.

Michael Heidelberger (1995) : *Selbstorganisation*, in : *Historisches Wörterbuch der Philosophie*, hrsg. v. Karlfried Gründer u. Joachim Ritter, Basel, 1971ff. Bd. 9, Sp. 509–514.

Herbert Herring (1995) : *Einleitung*, in : G. W. Leibniz : *Fünf Schriften zur Logik und Metaphysik*, übersetzt u. herausgegeben von Herbert Herring, Stuttgart, S. 3–8.

Jürgen Jacobs (1972) : *Wilhelm Meister und seine Brüder. Untersuchungen zum deutschen*

Bildungsroman, München.

Fotis Jannidis (1996) : *Das Individuum und sein Jahrhundert. Eine Komponenten- und Funktionsanalyse des Begriffs 'Bildung' am Beispiel von Goethes ≫Dichtung und Wahrheit≪*, Tübingen.

Reinhart Koselleck (1990) : *Einleitung — Zur anthropologischen und semantischen Struktur der Bildung*, in : ders. (Hrsg.) : *Bildungsbürgertum im 19. Jahrhundert. Teil II. Bildungsgüter und Bildungswissen*, Stuttgart, S. 11−46.

Dorothea Kuhn (1987) : *Goethes Morphologie*, in : FA XXIV, S. 853−866.

Gottfried Wilhelm Leibniz (1710) : *Die Theodizee*, Übersetzung v. Artur Buchnau, 2. Aufl. Hamburg 1968.

Ders. (1714) : *Monadologie*, Französisch/Deutsch, übersetzt und herausgegeben von Hartmut Hecht, Stuttgart 1998.

Humberto Maturana / Francisco Varela (1987) : *Der Baum der Erkenntnis. Die biologischen Wurzeln des menschlichen Erkennens*, deutsch übersetzt, Bern, Berlin, Wien.

H. M. Nobis (1972) : *Epigenesis*, in : *Historisches Wörterbuch der Philosophie*, hrsg. v. Karlfried Gründer u. Joachim Ritter, Basel 1971ff., Bd. 2, Sp. 580f.

Hermann Schlüter (1989) : *Präformation*, in : *Historisches Wörterbuch der Philosophie*, hrsg. v. Karlfried Gründer u. Joachim Ritter, Basel 1971ff., Bd. 7, Sp. 1233f.

Frank Schweitzer (1992) : *Goethes Morphologie-Konzept und die heutige Selbstorganisations-Theorie*, in : *Selbstorganisation. Jahrbuch für Komplexität in den Natur-, Sozial- und Geisteswissenschaften* 3, S. 167−193.

II
사회적 발전과
개인적 성장의 이미지

초라한 육체와 반ᵛ성장 서사
− 천명관의 《고령화 가족》을 중심으로

안미영

이 글은 조선대학교 인문학연구원 이미지연구소 학술 발표 때 발표되고, 동 연구원의 《인문학연구》 43집(2012.2)에 게재된 것이다.

자본주의 vs '초라한 육체'

이 글에서는 천명관의 《고령화 가족》(문학동네, 2010)을 중심으로 후기 자본주의 시대 반反성장 서사의 의의에 대해 살펴보려 한다. 천명관은 2003년 단편 〈프랭크와 나〉로 문학동네신인상을 받으면서 작품 활동을 시작했으며, 이듬해 2004년에는 장편 《고래》로 제10회 문학동네소설상을 수상했다. 소설집으로 《고래》(문학동네, 2004), 《유쾌한 하녀 마리사》(문학동네, 2007), 《고령화 가족》이 있다. 등단 이래 천명관 소설은 연구자들에게 흥미로운 관심의 대상이 되었다. 작품집이 출간될 때마다 문단에서는 관심을 보여 왔으며, 특히 그의 신선한 소설 작법을 주목해 왔다.[1]

최근에는 학위논문으로 천명관의 서사 전략이 연구되는가 하면,[2] 장편 《고령화 가족》은 연극으로 각색되어 무대에 올려지기도 했다. 연극 〈고령화 가족〉은 2011년 7월 21일부터 8월 12일까지 정보소극장에서 공연되었다. 연극 〈고령화 가족〉은 각색의 한계로 말미암아 서사 구조의 취약성이 지적되기도 했으나, 희극성과 연극성이 돋보이는 연출로 각광받았다.[3] 대중적인 흥미와 새로운 소설의 가능성을 선보인 천

---

[1] 천명관 소설에 대한 기존의 논의를 소개하면 다음과 같다. 김남혁, 〈부조리한 이야기에서 주체적 삶으로-천명관 장편소설 《고령화 가족》〉, 《창작과비평》 148, 창작과비평사, 2010.6, 478~482쪽. 이경재, 〈아이러니스트가 바라본 우리 시대 가족-천명관 장편소설 《고령화 가족》〉, 《문학과사회》 90호, 문학과지성사, 2010.5, 482~486쪽. 정여울, 〈안티-신파, 안티-이념, 그리하여 안티-서사로〉, 《문학과사회》 81호, 2008.2, 412~414쪽. 고인환, 〈젊은 소설의 존재방식에 대한 몇 가지 생각〉, 《오늘의 문예비평》 68호, 오늘의문예비평, 2008.2, 42~60쪽. 김영찬, 〈짐작할 수 없는 일들의 아이러니〉, 《유쾌한 하녀 마리사》, 문학동네, 2008, 387~405쪽. 황도경, 〈미친, 새로운 몽상 혹은 열린, 소설의 문법〉, 《오늘의 문예비평》 59호, 오늘의문예비평, 2005.6, 70~88쪽. 손정수, 〈이야기를 분출하는 고래의 꿈은 무엇인가-천명관 《고래》〉, 《실천문학》 77호, 2005.2, 379~388쪽. 류보선, 〈이야기, 혹은 소설의 미래〉, 《고래》, 문학동네, 2004, 431~452쪽.

[2] 이진선, 〈한국 현대소설의 이야기 서술 전략 연구-성석제와 천명관의 소설을 중심으로〉, 명지대학교, 문예창작학과 석사학위논문, 2011.8.

[3] 백로라, 〈이야기구조의 한계와 신선한 연출적 상상력-문삼화 연출의 《고령화 가족》과 최진아 연출의 《예기치 않은》〉, 《공연과 리뷰》 74호, 현대미학사, 2011.9, 161~171쪽.

명관에 대한 논의 중에서, 《고령화 가족》과 관련하여 주목을 끄는 몇 가지 논의를 소개하면 다음과 같다.

정여울은 《고령화 가족》과 관련하여 작가를 다음과 같이 평가했다. "그는 언어적 관습이 서사를 매너리즘에 빠뜨리기 전에, 날것의 욕망이 제멋대로 서사를 휘두르게 내버려 둔다. 그에게 언어보다 선험적인 것은 이미지이며, 이미지를 움직이는 힘은 육체 안에 갇힌 욕망이다."[4] 언어 이전의 이미지, 그 이미지를 자극하는 힘이 육체 안에 갇힌 욕망이라는 점은 천명관 소설에 대한 적확한 지적이다. 자본주의 메커니즘의 한계를 직시할 수 있는 힘은 이성이 아니라 오히려 우리들의 제멋대로 일그러진 욕망일 수 있기 때문이다.

천명관 소설은 근대적 제도 안에서 근대적 이성으로 재단된 이야기 방식과는 거리가 멀다. 김남혁은 《고령화 가족》을 평가하면서 혈연 공동체로서 가족 이데올로기를 미화한 작품이 아니라고 보았는데,[5] 그것은 그의 소설이 근대적 제도 속의 인간을 주목하되 근대적 이성 밖의 감수성으로 만들어졌기 때문이다. 천명관은 근대적 이성과 제도가 만들어 놓은 현실을 직시하되, 독특한 감수성으로 독자들에게 이성과 제도 너머를 사유할 수 있도록 한다. 《고령화 가족》을 평가하면서 이경재는 작중 어머니를 '맘마'로서의 모성이라 명명하며 기존의 모성 개념과 차이를 지적했는데,[6] 이 역시 천명관이 가족과 모성 이데올로기라는 제도권 담론으로 포용할 수 없는 길들여지지 않은 자연으로서 인간 본성에 주목하고 있기 때문이다.

이러한 사실을 고려해 볼 때, 천명관의 《고령화 가족》은 후기자본

---

4 정여울, 〈안티-신파, 안티-이념, 그리하여 안티-서사로〉, 《문학과사회》, 문학과지성사, 2008.2, 413~414쪽.

5 김남혁, 〈부조리한 이야기에서 주체적 삶으로〉, 《창작과비평》, 창작과비평사, 2010.6, 480쪽.

6 이경재, 〈아이러니스트가 바라 본 우리 시대 가족〉, 《문학과사회》, 문학과지성사, 2010.5, 486쪽.

주의의 성장 신화가 지닌 한계와 문제점을 담지해 낸 작품으로 평가할 수 있다. 천명관 소설은 후기자본주의 일그러진 성장 담론에 제동을 걸고, 인문학에서 반反성장 담론의 비전을 모색할 수 있는 가능성과 구체성을 시사하고 있다. 이 글에서는 천명관의 《고령화 가족》을 중심 텍스트로 설정하여, 후기자본주의사회 반反성장의 이미지로서 '초라한 육체'가 함의하는 바에 주목하고, 우리가 몸담고 있는 현실과 우리 자신의 문제점을 직시할 수 있는 계기로 삼으려 한다.

성장에 대한 회의

반反성장 서사를 살펴보기에 앞서 '성장'의 의미를 천착해 볼 필요가 있다. 성장이란 무엇인가. 성장에 대한 양가성을 드러내는 천명관의 단편 〈二十歲〉를 파블로 네루다의 시 〈젊음〉과 비교해 보자. 천명관이 인지하는 성장의 개념에 주목하기 위해, 먼저 네루다의 시를 읽도록 하자.

> 길가에 서 있는 자두나무 가지로 만든
> 매운 칼 같은 냄새,
> 입에 들어온 설탕 같은 키스들,
> 손가락 끝에서 미끄러지는 생기의 방울들,
> 달콤한 성적性的 과일,
> 안뜰, 건초더미, 으슥한
> 집들 속에 숨어 있는 마음 설레는 방들,
> 지난날 속에 잠자고 있는 요들,
> 높은 데서, 숨겨진 창에서 바라본
> 야생 초록의 골짜기

빗속에서 뒤집어엎은 램프처럼

탁탁 튀며 타오르는 한창때[7]

취향을 갖는다는 건 얼마나 멋진 일인가! 그것은 여러 보기 가운데 반드시 하나의 정답만을 골라하는 사지선다의 세계와는 차원이 다른 세계였다. 그것은 틀린 것을 두려워하지 않아도 되는 공평하고 무사無私한 세계였으며 믿기에 따라선 내가 찍은 게 다 정답이 될 수도 있는 너그럽고 당당한 세계였다.[8]

사실, 스무 살 나이엔 아무것도 절실한 게 없다. 그것은 젊음이라는 빛나는 재산이 있기 때문이 아니라 아직 욕망이 구체화된 나이가 아니기 때문일 것이다. 젊음은 그저 무지와 암흑의 카오스에 갇혀 있는 어설픈 가능태일 뿐, 특별한 의미가 없다. 당시 내게 필요한 건 심심함을 달래줄 만화책과 담배값, 그리고 아무 데고 내키는 대로 쏘다닐 수 있는 자전거…… 그 외에 또 뭐가 있었을까?"(372쪽)

두 글은 모두 성장한 청년이 젊음을 자각하는 내면 풍경을 보여 준다. 네루다의 시가 젊음에 주목한 탓도 있겠지만, 시에서 젊음은 '손가락 끝에서 미끄러지는 생기의 방울들'이며 '탁탁 튀며 타오르는 한창'이다. 그 속에는 '설탕 같은 키스' '마음 설레는 방'이 있는가 하면, '야생의 초록 골짜기' '매운 칼 같은 방'도 잠재해 있다. 네루다는 젊음을 떠올리며 모험, 호기심, 열정과 에너지로 충만한 시기를 노래하고 있다.

반면, 천명관의 소설에 나타난 스무 살 청년은 상대적으로 빈약한 내면을 소유하고 있음을 알 수 있다. 그는 스무 살이 되어서야 '취향'을

---

[7] 파블로 네루다, 정현종 옮김, 〈젊음〉/ 최영미,《내가 사랑하는 시》, 해냄, 2009, 128쪽.

[8] 천명관, 〈二十歲〉,《유쾌한 마녀 마리사》, 문학동네, 2007, 356쪽. 이하 이 작품집의 작품 인용은 인용문 말미에 쪽수만 밝힘.

발견한다. 취향은 나와 너를 구별 지으며, 나의 나됨이라는 정체성 발견의 시작이 된다. 젊음이라는 빛나는 나이에 비해, 그들은 아직 자신의 욕망을 가져 본 적도 없었다. 그런 까닭에 그들에게 갑작스럽게 찾아온 젊음은 '무지'와 '암흑의 카오스에 갇혀 있는 어설픈 가능태'에 불과하다. 그것은 프로이트가 말한 '두려운 낯설음(unhomely)'과도 상통한다. 지금까지 친숙하고 편안한 것으로 여겼던 것에 숨겨져 있고 은폐되어 있는 무언가를 발견한다.[9] 더 문제적인 것은, 그들이 취향을 발견했으나 그것을 구사하고 주장하기에 그들의 나이와 신체는 너무 고령화되었던 것이다.

작중 주인공이 스무 살에 발견한 취향은 초라하고 보잘것없었다. 그는 사랑인 줄 모르고 한 여자와 동거하고 헤어졌는가 하면, 진짜인 줄 알고 숭앙해 마지않던 기타리스트와 기타가 '짜가'였음을 발견한다. 허술함과 가짜들 틈바구니에서 발견한 '취향'은, 나로 하여금 빛나는 젊음과 상반되는 볼품없이 초라한 실체와 조우하게 하는 아이러니를 제공한다. 이 사회는 젊은 개체들에게 언제나 무리를 그리워하도록 만들었으며, 그렇지 못한 젊음은 유랑流浪과 방외方外의 존재가 되었다. 사회는 개인의 가치를 사회적 가치와 동일시하는 가운데, 성장이라는 이름의 동일화에서 유리된 개인에게 트라우마를 유통시킨다. 무의식중에 사회화된 개개인은 자기 계발 혹은 자아실현이라는 사회적 담론을 재생산해 낸다. 성장이 사회적 성공 신화와 동일시됨으로써, 사회적 성공에 도달하지 못한 이들에게 치료의 내러티브를 유포하기까지 한다.[10] 두려운 낯섦은 결핍을 조장하여 좀 더 적극적이고 능동적인 자기

---

[9] 프로이트, 정장진 옮김, 〈두려운 낯설음〉, 《창조적인 작가와 몽상》, 열린책들, 1996, 105쪽.

[10] 에바 일루즈, 김정하 옮김, 《감정 자본주의》, 돌베개, 2010, 90~125쪽 참조. 미국에서는 정신적 고통이 전반적으로 민주화되는 과정에서 정신 치유가 엄청나게 수지맞는 장사이자 번창하는 산업이 되었다. 정체성 내러티브는 한편으로는 자기 계발 에토스를 그 어느 때보다 강렬하게 선전하면서도, 다른 한편으로는 고통의 내러티브이다.(89쪽)

계발로 이어졌다.

그 결과 이 땅의 젊은이들은 "부족의 구성원에게 의당 필요한 기율과 위계"를 내면화하고 아무런 자의식 없이 부족의 "명예심과 연대의식"을 획득해 나가면서 성장이라는 통과의례를 거쳐 갔던 것이다. 그러한 통과의례에서 일탈하거나 부적응할 경우, 비행 혹은 낙오자로 낙인찍히기 일쑤였다. '취향'은 사회적인 아비투스에 그칠 뿐, 은밀하고 개별적이며 좀 더 자율적인 형태로 존재할 수 없었다. 그런 까닭에 지금 이 시점에서는 '성장'을 문제 삼기보다 오히려 '반反성장'의 새로운 가능성을 타진해야 할 것이다. 우리는 어떠한 정치적 혁명으로도 사회구조를 하루아침에 새롭게 변화시킬 수는 없다. 하지만 사물들을 재배열시키는 서사적 운동을 통해 우리의 아비투스를 변화시키고 문화를 재형성해 나갈 때, 어느 날 사회구조 자체도 변화될 것이다.[11]

후기자본주의에서 반反성장 서사의 의미

자본주의사회에서 성장한다는 것은 곧 자본주의에의 '적응'과 상통한다. 자아가 정립되지 않은 상태에서 자본주의의 내면화는 우려할 만한 일이다. 그런 까닭에 본격소설에서 작가들은 성장하지 못하는 인물 혹은 성장을 거부당한 인물을 통해 지금 이 땅에서 진정한 성장이 무엇인지 자문하거나 성장이 가능한 조건이 새롭게 탐색되어야 함을 제기한다. 1970년대 조세희 연작소설에 나타난 '꼽추' '앉은뱅이' '난장이'는 이 사회가 제시하는 성장에서 열외된 존재들이다. 그들은 불균형한 신체의 이미지만큼, 이 사회에서 불균등한 처우를 받는다. 그 결과 그들

---

11 나병철, 〈제7장 서사문화의 시대를 위하여〉, 《소설과 서사문화》, 소명출판, 2006, 516쪽.

의 범죄는 이 사회의 성장 서사에 제동을 건다. 그것이 과연 누구를 위한 성장이었으며, 과연 성장이라 명명할 수 있는가. 자본주의에 도태된 인간들을 제도적으로 소외시키는 현실에서 과연 성장이 가능하기는 한 것인가.

작가들은 자본주의 가치의 획일적인 내면화가 초래하는 문제의 심각성에 주목한다. 사회의 동일화 전략에 이끌려 획일화된 내면화는 부정되어야 할 세계에 대한 순응으로, 그것은 결코 균등하고 민주적인 삶이 아니다.[12] 작가들은 작중인물로 하여금 더 이상 타인의 욕망을 욕망하지 않도록 자기 욕망에 균열을 발견할 수 있는 다양한 서사 장치를 탐색해 왔다. 제도화된 자아로 하여금 순응과 도태를 극복하고, 그 스스로 자각하고 분노할 수 있는 삶의 여지를 모색해 왔던 것이다. 천명관 소설에서 그들은 스스로 "얼치기 자유주의자의 꿈과 허영, 그리고 좌절"[13]을 살아 낸 자신의 삶을 반추하기도 한다. 그들의 욕망은 자생적이고 발본적인 것이 아니었고, 열등감에서 비롯되었으며 동질감을 얻기 위한 지난한 동일화의 과정이었음을 회고한다.

우리는 서구문화에 대한 선망과 열등감으로 가득 차 있어 가요 대신 팝송을 듣고, 방화 대신 외화를 보고, 한국소설 대신 번역소설을 읽은 세대였다. 학교에서 배운 건 아무것도 없었다. 한때 열심히 '독재타도'를 외쳤지만 우리가 이룬 것이 무엇인지는 알 수 없었다. 한때는 무언가를

---

[12] 민주주의의 발전이라는 면에서 국가(정부)는 공산주의에 맞서는 평행추로서 민주주의를 성공적으로 진전시켜 막대한 성취를 보였다. 정부는 민주주의라는 단어를 통제하여 극소수 사람들만의 통치, 인민 없는 통치만을 허용하는 체제를 정당화하는 계급적 이데올로기로 만들었다. 견제 받지 않고 규제되지 않는 자유시장경제에 대한 요구, 무자비할 만큼 모든 수단을 동원해 이뤄진 반공산주의, 군사적인 방식으로든 다른 방식으로든 수없이 많은 주권국가와 그 나라의 내정에 간섭할 수 있는 권리, 이 모든 것을 '민주주의'라고 부르는 데 성공한 것이다.(크리스틴 로스, 김상운 외 옮김, 〈민주주의를 팝니다〉, 《민주주의는 죽었는가?》, 난장, 2010, 161~162쪽 참조.)

[13] 천명관, 《고령화가족》, 문학동네, 2011, 268쪽.

해냈다는 성취감에 들뜨기도 했지만 돌아보면 다시 제자리인 것 같기도 했다. 때론 아무런 지지도 없이 전속력으로 어딘가를 향해 달리다 막다른 벽에 부딪친 것 같은 기분이 들기도 했다. 그리고 그 세대는 어느덧 옛날 영화나 보며 과거를 추억하는 중늙은이가 되고 말았다. 영화를 볼 때마다 나는 내 삶 전체가 뿌리 없이 이리저리 휘둘리며 신기루를 쫓아 살아온 원숭이짓 같은 게 아니었을까, 하는 생각에 실소를 지었다.(천명관, 《고령화가족》, 문학동네, 2011, 266~267쪽)

그들 모두는 조금씩 "외국에서 묻혀 온 버터 냄새와 서양식의 과장된 포즈에 매료되었다. 거기에 뭔가 더 멋지고 세련된 인생이 있다고 믿었던 것이다."(173쪽) 기실 그들은 지금 여기의 일도 자세히 알지 못하지만, 모호하고 불완전한 자기 삶보다 해석할 수 없지만 훨씬 멋있어 보이고 세련된 인생으로 인도할 것 같은 서구의 것들이 현실에 부재한 환희를 제공해 준다고 믿었던 것이다. 그러다가 변한 것 없는 일상과 조우하면서 그들은 지금까지 선망해 왔던 것이 '신기루'였으며, 각자가 한 마리의 '원숭이'에 지나지 않았다는 뒤늦은 성장통을 치르는 것이다. 외양적인 성장은 거듭해 왔으나 그것이 '흉내 내기'에 지나지 않았음에, 이미 고령에 도달한 그들은 뒤늦게 성장에 대한 회의와 통렬한 성찰에 이르게 되는 것이다.

그런 의미에서 소설에 나타난 '초라한 육체'는 이미지이기에 앞서 반反성장 서사의 조건이기도 하다. 작중인물들은 나이도 많고 흉측할 정도의 비만이다. 설령 그들이 뱃살을 흔들며 엉덩이춤을 추더라도, 그것은 징그럽고 혐오스럽다. 그들의 초라한 육체는 상품성과 경쟁력과는 거리가 먼 무용하거나 잉여의 존재에 불과하다. 작중에서 말하기 좋아하는 이웃 노인들의 시선에는 고령화 가족이 노인들이 투기하기 위해 밖으로 가지고 나온 오물과 다를 바 없는 이 사회의 쓰레기 같은 존재로 분류된다. 이러한 이유로 후기자본주의의 이상적 신체, 그 반대편에 놓인 그들의 초라한 육체는 현실에 대한 전복과 일탈의 가능성이 잠재해 있다. 소설이 진정한 공동체를 잃어버린 시대에 총체성을 찾아나서는 모험을 통해 삶의 의미를 발견해 나가는 장르라고 할 때,[14] 그들의 초라한 육체는 잃어버린 총체성의 요원함과 아득함을 상기시키면서 동시에 고단한 삶의 여정을 대변한다. 《고령화 가족》을 천착하기에 앞서, 천명관의 데뷔작 〈프랭크와 나〉를 주목해 보자.

아내의 시점으로 전개되는 이 소설 속의 주인공은 남편이다. 그는 '백팔십오 센티미터의 키에 백 킬로그램'이 넘는 거구의 사내이다. 그는 국가공인 기술자격증을 대여섯 개나 가지고 있었지만, 실직 후에 취직은 쉽지 않았다. 캐나다에 사는 사촌을 통해 국내에서 랍스터 판매를 중개하려 했지만, 어설픈 해프닝으로 그친다. 빚을 내어 간신히 남편은 캐나다에 갔으나, 아무 성과 없이 돈만 탕진하고 돌아왔다. 남편은 '의리' 하나로 캐나다 사촌의 제안을 온전히 믿었으며, 캐나다에 가서도 '의리' 하나로 사촌의 파탄 난 삶을 봉합하는 데 일조한다. 캐나다에서 삼십 킬로그램이 빠져서 돌아온 남편은 인생의 고달픈 그늘이 짙게 드리워져 웃음도 말수도 줄어들었다. 남편의 초라한 육체의 탕진은 자본주의사회에서 생의 탕진과 왜소한 인간의 기계적인 삶을 보여준다. 다음 인용문은 캐나다에 간 남편을 기다리는 아내의 불안한 내면과 자본주의에 압사당하는 초라한 육체를 시사하고 있다.

그날 밤 꿈에 다시 랍스터가 나타났다. 여전히 깊은 바다속이었고 랍스터들은 거대한 집게발을 천천히 흐느적거렸다. 그런데 내가 다가가 몸을 건드리자 갑각이 힘없이 떨어져 나갔다. 갑각 안의 발은 시커멓게

---

[14] 게오르그 루카치, 반성완 옮김, 《소설의 이론》, 심설당, 1989, 76~77쪽.

썩어 있었다. 이상한 냄새도 풍겼다. 썩은 살들은 몸체에서 떨어져 나와 곧 바닷물 속에 흩어졌다. 나는 흩어지는 살들을 손으로 움켜쥐려고 애썼지만 그 살들은 미끄덩거리며 손가락 사이로 빠져나가 물속에서 흐늘거리다 흔적도 없이 사라졌다. 잠에서 깨어났을 때, 나는 막막한 허탈감에 사로잡혀 한동안 멍하게 앉아 있었다.[15]

천명관 소설에서 의리와 순정을 간직한 인물은 그들이 지닌 '의리'와 '순정'으로 말미암아 현실의 낙오자가 된다. 그들이 의리를 지키려 할수록, 그들의 삶은 형편없이 꼬이게 된다. 〈프랭크와 나〉에서 나는 '의리' 때문에 가정 파산은 물론 본인의 생명마저 위협에 처했으며, 〈순가락아, 구부러져라〉에서 나는 '순정한 열정'으로 말미암아 학교와 군대, 가족 모두로부터 소외되고, 노숙자로 전락한다. 그들의 의리, 순정, 순수는 그들의 삶을 예상치 않은 상황으로 몰고 갔으며, 그들은 비대한 육체와 더불어 사회의 부적격자로 낙인찍힌다. 순수했던 그들은 이익을 극대화하는 생존 시장에서 열등감을 경험하면서 동시에 질투심과 적개심을 발견해 낸다. 그들은 균질화된 현실의 기준에 기대어 자신의 부진과 부실을 자각하면서 성급하게 사회의 표준적 가치를 내면화하지만, 그들이 체득한 조심성과 규칙성 그리고 두려움은 현실에서 그들을 더욱 조악하고 위태롭게 만들 뿐이다. 이때 비정상적으로 비대한 그들의 육체는 자본주의에 적응하지 못하는 개체들의 불완전하고 불안한 삶을 표상함과 동시에 전복의 가능성도 잠재하고 있다. 그들은 잠재한 야생성에 생기를 받는 순간, 뒤늦게 발견한 취향(영화감독, 연애)을 찾아 길을 나서는 것이다.

---

[15] 천명관, 〈프랭크와 나〉, 《유쾌한 마녀 마리사》, 문학동네, 2007, 25~26쪽.

초라한 육체의 양면성 : 사회적 삶의 탕진, 야생적 삶의 부활

초라한 육체는 사회의 기대치에 맞추어 관리되거나 조절되지 않은 신체이다. 초라한 신체의 표상성을 이해하기 위해 이 시대가 선망하는 상품 가치가 두드러진 신체에 주목해 보자. 천명관은 〈비행기〉에서 골프 교육용 비디오테이프에 등장하는 스포츠 스타 잭 니클라우스를 다음과 같이 묘사한다.

> 스포츠선수답지 않은 통통한 몸매와 독일계임을 말해 주는 짧고 부드러운 금발, 무언가 고통을 참아 내는 듯한 신중한 표정과 기계처럼 안정되고 정교한 스윙 동작은 그가 단 한순간의 임팩트를 위해, 언제나 제멋대로이고 싶은 자신의 육체를 얼마나 오랜 시간 달래고 길들여 왔는지 말해주고 있었다.[16]

잭 니클라우스의 외모는 그의 부富와 선별된 인종을 표상한다. 그의 '안정되고 정교한 스윙 동작'은 스포츠의 일부이면서, 동시에 이를 실현하기 위해 '제멋대로이고 싶은 육체를 얼마나 오랜 시간 달래고 길들여 왔는지' 말해 준다. 그것은 신체를 비롯한 우리의 삶이 최상의 기대치(자신의 상품성)를 실현하기 위해 자연 그대로가 아니라 인위적으로 가공하고 포장하고 훈련되어 왔음을 보여 준다. 잭 니클라우스는 세계적인 프로 골퍼이자 세계적인 스포츠웨어 판매의 선두에 있다. 잘 단련되고 정제된 신체는, 곧 잘 팔리며 풍요로운 부를 표상한다. 그의 신체는 그 누구보다도 자본주의 통과의례를 매끈하고 우수하게 수료해 낸 트레이드마크이다.

---

[16] 천명관, 〈비행기〉, 《유쾌한 마녀 마리사》, 문학동네, 2007, 321쪽.

문제는 이러한 심벌을 좇아 무수한 미성숙한 자아의 성장통이 시작된다는 것이다. 그에 대한 의심은커녕 맹목적인 추종과 동일화 과정이, 자본주의사회의 획일화된 또 하나의 이상한 민주적 진풍경을 만들어낸다. 미성숙한 자아는 각자 자신의 취향이 만들어지기도 전에, 사회가 만들어 놓은 동일화 전략의 로드맵을 내면화하는 가운데 결핍을 경험하고 불완전성부터 자각하는 것이다. 천명관 소설에 자주 등장하는 육중한 신체는 인간 생존 수단의 상품화, 상업화, 화폐화 과정에서 열외된 '잉여의' '여분의' 존재를 표상한다. 그들은 '현대화된' 지역과 '현대화 중인' 지역에서 생긴 자본주의의 인간쓰레기를 대변한다. 그들은 현대적 생활 방식에서 생존 수단과 방법을 거세당한 존재들이기 때문에,[17] 역설적으로 설계된 현대화에 제동을 걸 수 있는 존재이기도 하다. 탕진된 육체는 일종의 쓰레기로서 그것은 모든 생산의 어둡고 수치스러운 비밀이면서,[18] 동시에 생산과 설계의 실체를 전복시킬 수 있는 코드이다. 혼돈은 질서의 분신이며 마이너스 기호가 붙은 질서이다.

천명관의 《고령화 가족》에 등장하는 일가―家는 사회로부터 폐기 처분된 인간쓰레기들의 집합이다. 그들은 외적으로는 너무 늙었으나 내적으로는 너무 젊어 있다. 사회적인 시선에서 그들은 노쇠하고 상품성을 상실한 육체들이지만, 자연 그대로의 시선으로 볼 때 오히려 그들은 사회화에서 유리된 존재들이기에 아직 너무 젊어 있다. 그들의 초라한 육체는 인위적이고 획일적인 사회규범에 길들여지지 않은, 자유에 대한 또 다른 표상이다. 더군다나 어리석을 정도로 무모했던 육체

---

[17] 지그문트 바우만, 정일준 옮김, 《쓰레기가 되는 삶들》, 새물결, 2008, 21~26쪽 참조. 이하 '쓰레기 담론'은 이 책을 참조함.

[18] 지그문트 바우만, 앞의 책, 59쪽. 현대라는 시대 내내 국민국가는 질서와 혼돈, 법과 무법, 시민과 호모 사케르, 소속과 배제 유용한(=합법적인) 생산품과 쓰레기 사이의 구분을 관장할 권리를 주장해 왔다. '수많은 그럴싸한 말들에도 불구하고' 질서 구축 과정에서 생산된 쓰레기를 골라내고 분리하고 처리하는 작업, 그리고 국가가 권력을 주장할 근거를 제공하는 일이 국가의 최우선 과제이자 메타 기능이었다. (69쪽)

의 탕진이 의도되어진 저항이 아니라 자연 그대로의 삶의 결과라고 할 때, 이것이야말로 후기자본주의 포스트모더니즘 소설의 의도되지 않은, 말할 수 없는 것에 대한 분출이라 할 수 있다.

작중인물들은 너무 일찍 노쇠해 버렸다. 그들은 인생을 탕진하고 사회와 대응할 생의 기운을 상실했다. 1인칭 주인공 '나'의 전력은 다음과 같다. 48살의 나는 영화판에서 감독으로 일하다가 망한 충무로의 낭인이다. 아내와 이혼했으며, 알코올중독자로 전락했다. 그의 형 오한모(오함마)는 52살의 120킬로그램의 거구로서 폭력과 강간, 사기와 절도로 얼룩진 전과 5범의 변태성욕자이다. 나는 그를 정신 불구의 거대한 괴물, 인간 망종으로 취급한다. 그는 교도소를 제 집 드나들듯 드나들면서 파란만장한 청춘을 보냈다. 손대는 사업마다 말아먹고, 엄마 집으로 들어와 3년째 눌러 붙어 있다.

곧이어 45살의 여동생 오미연도 바람을 피워 이혼당하고 딸 민경을 데리고 엄마 집으로 들어왔다. 엄마는 아버지가 돌아가신 이래, 동네 주부들을 상대로 기능성 화장품을 팔고 있다. 너무 빨리 노쇠한 그들이 엄마에 대한 원초적인 그리움을 호소한다. 엄마는 이혼과 파산, 전과와 무능의 불명예를 짊어진 삼남매를 포용하여 집으로 받아들인다. 내가 엄마의 집으로 가겠다고 했을 때 엄마는 쾌히 승낙하고 닭죽을 끓여 놓았다. 나는 엄마 집에 와서 엄마가 만들어 놓은 닭죽을 맛있게 먹고 나른한 잠에 빠진다. 잠에서 깨어 보니, 형 오한모가 티브이를 보고 있다. 내가 엄마 집에 있기로 했다고 하자, 일찍이 엄마 집에 들어온 형과 살벌한 영역 다툼을 벌이게 된다.

눈을 떠 보니 거실엔 텔레비전이 켜져 있었고 그 앞에 거구의 한 사내가 냄비를 끌어안고 닭죽을 퍼먹으며 코미디프로를 보고 있었다. 아직 쌀쌀한 날씨임에도 불구하고 그는 반소매 차림이었는데, 셔츠가 배를 채 다 가리지 못해 두꺼운 살집이 밖으로 비어져 나와 있었다. 텔레비전쇼를 보며 웃음을 터뜨릴 때마다 그의 거대한 뱃살이 출렁거렸다.(18~19쪽)

'선빵'을 날린 건 역시 그였다. 내 얼굴을 향해 대뜸 냄비를 집어던진 것이다.

―이 새끼가 어따 대고 눈을 부라려!

역시 싸움에 관해선 오함마가 나보다 한 수 위였다. 냄비를 얼굴에 정통으로 맞은 나는 주춤했다. (중략) 냄비에 머리를 얻어맞은 나는 완전히 '꼭지'가 돌아 버려 자리에서 곧장 튕겨 일어나 오함마를 향해 미사일처럼 날아갔다. 그리고 마구 악을 쓰며 주먹을 휘둘러 댔다.

―씨발새끼! 네 집도 아닌데 내가 들어가든 말든 왜 지랄이야, 지랄이!

바짝 독이 오른 내가 악을 쓰며 달려들자, 오함마도 잠시 주춤했다. 하지만 역시 노련한 싸움꾼답게 그는 순식간에 나를 바닥에 눕히고 발로 짓밟기 시작했다. (중략)

―이 새끼가 이젠 아주 미쳤구나. 그동안 동생이라고 봐줬더니…… 너, 오늘 죽어봐라!

오함마는 사정없이 나를 짓밟았다. 나는 두들겨 맞는 와중에도 그의 바짓가랑이를 붙잡고 매달렸다. 그러다 그가 다리를 들어 올리는 순간, 머리로 그의 사타구니를 정통으로 들이받았다. 오함마는 악! 소리와 함께 사타구니를 감싸 쥐고 바닥에 나뒹굴었다. 나는 때를 놓치지 않고 그의 배 위에 올라타 옆에 있던 닭죽 냄비를 집어 들어 마구 휘둘렀다.(21~22쪽)

형제간의 영역 다툼은 길들여지지 않은 야생동물들의 싸움을 방불케 한다. 48살과 52살 거구의 중년 남자가 거실에서 나뒹굴어, 닭죽 찌꺼기가 여기저기 묻어 있고 찝찔한 코피가 낭자하다. 난장판을 수습하는 것은 엄마이다. 여동생마저 집으로 들어오자, 나는 오함마와 같은 방을 써야 했다. 오함마는 120킬로그램의 거구에 시도 때도 없이 방귀를 뀌어대었고, 나와 그의 동거는 동물원의 우리를 방불케 했으나 종내 그들은 '의리'를 저버리지 않았다. 가출한 조카를 찾으면서, 그들은 서로에 대한 의리를 지킨다. 오함마는 매번 자기 자신과 타자들 간의 불균형한 소통으로 오해와 실수를 연발했던 것이며, 그 결과 강간범, 사기범, 절도범이라는 범법자로 낙인찍혔던 것이다. 엄마의 집에서 야생의 힘을 축적한 그들은 머지않아 각자 자신의 일을 찾아 집을 나선다.

엄마, 여자, 자연 그리고 반反성장의 생기生起

그들은 이 사회에서 불필요한 존재이거나 쓸모없는 존재이며, 그렇지 않으면 잉여의 존재이다. 작중인물들 간의 관계는 좌충우돌하고 비생산적이고 견고하게 유지될 수 없는 관계이다. 이들의 막장 인생에는 해피엔딩과 별개로 지루한 일상, 수많은 시행착오, 어리석은 욕망, 부주의한 선택으로 가득 차 있다. 이 막장가족은 "평생 가난에서 벗어나지 못하고 변두리만을 떠돌며 낭떠러지를 걷듯 살아온 천애의 삶, 아무리 똥줄 타게 뛰어다녀 봤자 입에 풀칠하는 것조차 버거웠던 무능과 무지, 숱한 수모와 상처, 불명예와 오명의 역사"(141쪽)를 걸머진, 이 사회에서 성장하지 못한 존재들이다. 사회적 기준과 가치 잣대에 비추어 열외로 영락한 존재시만, 이들을 존재 그 자체로 긍정하는 대상이 있다. 그것은 바로 엄마이다. 이 글에서 주목하려는 것은 구태의연한 모성애를 말하려는 것이 아니다. 그것은 있는 그대로의 존재를 수용하여 생장의 가능성을 일깨우고 담지하며 수행하는 자이다.

칠순이라는 사회적으로 영락한 연령에도 불구하고, 엄마는 여자이면서 또한 살아 있는 대상을 살려 내는 또 다른 자연의 표상이다. 엄마는 밖으로 부지런히 화장품을 팔러 나가는 와중에도 꼬박꼬박 자식들의 밥을 챙겨 주었다. 일흔이 넘은 엄마는 화장품을 팔기 위해 늘 화장을 한다. 그것은 작중 노파가 할머니이기 이전에 '여자'이며 '자연'으로 존재하기 때문이다. 그것은 좌충우돌, 약육강식, 사회의 아이러니와 일탈에도 불구하고 변함없이 있는 그대로의 존재 그 자체를 수용할 수 있는 생기生氣이기도 하다.

최근의 엄마에겐 의아한 대목이 하나 있었다. 그것은 온 식구가 한데 모여 살면서부터 엄마에게 알 수 없는 활기가 느껴졌다는 점이었다. 아무리 나이보다 젊어 보인다고는 하지만 엄마는 이미 칠순이 넘은 노인이었다. (중략) 엄마로선 그야말로 혀를 깨물고 죽어도 시원찮을 상황이었을 텐데도 엄마는 마치 물 좋은 온천에라도 다녀온 것처럼 얼굴에 생기가 넘치고 목소리까지 한 톤 더 높아졌다. (중략) 고기를 먹다 문득 엄마를 쳐다보니 그녀는 어느새 젓가락을 내려놓은 채 우리들이 먹는 양을 물끄러미 바라보고 있었던 것이다. 그 표정은 오래전, 엄마 앞에 제비 새끼들처럼 나란히 앉아 밥을 먹을 때 어린 우리들을 지켜보던 바로 그 표정이었다. 그저 못 입히고 못 먹이는 자식들을 안쓰러워하는 눈빛과 그래도 열심히 먹고 잘 자라니 다행이라는 흐뭇한 미소가 뒤섞인 복잡한 표정을 나는 그날 삼겹살을 굽는 자리에서 다시 목격한 것이다.(57~59쪽)

영락한 삼남매가 한 집에 모여들자, "사람은 어려울수록 잘 먹어야 된다"(59쪽)는 지론으로 엄마는 없는 살림에 매 끼니마다 고기를 만들어 올린다. 엄마는 고기를 밥상에 올리는 방식으로, 세상에서 패배하고 돌아온 자식들에게 다시 제기할 수 있는 힘을 불어넣어 주었던 것이다. 엄마는 낭떠러지에 내몰린 자식들에게 고기를 먹이며, 생에 대한 의지를 북돋운다. 그 스스로 생명의 기운이 얼마나 끈질긴 것인지를 보여 주면서, 각각의 생명에 내재한 자생적인 고난 해결 능력을 북돋워 준다. 제멋대로 구는 그들의 야생적 삶을 보듬어 안고, 내면에 잠재한 야생성을 북돋워 주기 위해 매 끼니마다 고기를 먹이는 것이다. 고기를 먹이긴 하되 밖에서 살아 내고 살려 내는 일은 각자 자신의 몫이므로, 엄마는 밖의 일에 대해서는 무심하다. 그것이야말로 중심이 부재한, 규범적이고 획일화된 잣대가 부재한 가운데 생장하는 자연自然의 생장 방식이다.

  칠순이 넘은 노모는 '엄마'이자 '여자'라는 정체성을 지니고 있다. 그녀는 노인 혹은 인생의 패배자가 아니라 인생의 많은 경험을 가지고 있는 자상한 '연장자'였으며, 한 남자와의 열애를 간직하고 지켜 나가는 '여자'이다. 그녀는 후처로 들어와 전처 자식 오함마를 친자식처럼 알뜰히 거두어 먹이면서 가정을 돌보았다. 오한모가 두 살 때 엄마는 나를 낳았다. 이후에도 그녀는 같은 동네 전파사의 구 씨와 바람이 나서 집을 나가는가 하면, 예쁜이수술을 하면서까지 육체의 욕망을 탐닉하는 데도 적극적이었다. 여동생 미연은 엄마와 전파사 구 씨 사이에 태어났다. 전파사 구 씨가 구치소에 갔을 때, 엄마는 미연을 안고 아버지에게 이끌려 다시 집으로 들어왔다. 나는 "엄마는 정숙하고 현명하게 남편을 보필하고 자식을 위해 희생하는 여자일 뿐, '성적 욕망을 가진 여자'라는 생각은 단 한 번도 해 본 적이 없"(174쪽)지만, 엄마는 어머니이기도 하면서 암컷의 자연이었음을 시사한다.

  "젊은 시절 외간남자와 눈이 맞아 자식들을 팽개친 채 야반도주를 하기도 하고, 어두운 진실을 사십 년간 감쪽같이 덮어 둔 채 배다른 자식과 씨 다른 자식을 억척스럽게 한집에서 밥해 먹여 키우고, 세상사에 실패하고 돌아온 자식들은 다시 거둬 주고, 뒤늦게 재회한 옛사랑을 불륜의 씨앗인 딸의 결혼식장에 불러들인 엄마"(211~212쪽)는 여자이면서 자연이다. 그녀는 개인적인 삶과 사회적인 삶을 살아 나가되, 균질화된 패턴을 따라가는 것이 아니라 내부의 에너지와 외부의 규율 간에 조화를 이루어 낸다. 때로는 '엄마'로서 때로는 암컷이자 여자로서, 엄마야말로 '취향'을 살아 내고 있다. 엄마는 인간적이면서도 동시에 자연적인 정리를 가지고 있었다. 그것은 열정적인 사랑보다 더 차원 높고 믿을 만한 것이다. 부서진 희망의 흔적으로 삶을 지속시켜 나가는 나에게 '엄마'는 야생성을 표상하는 원형적인 자연이다.

천명관의 소설에서 아버지는 가족의 삶에 큰 영향을 미치지 못한다. 가족 중에서 가장 일찍 세상을 떠난 것으로 설정되었을 뿐, 소설에서 아버지의 직접적인 목소리가 노출된 부분은 없다. 자식들은 아버지로부터 어떤 영향과 감화도 받지 않았으며, 가죽 부츠와 오토바이를 제외하고는 그에 대한 특별한 추억이 없다. 아버지의 위상은 실체 없이 '그림자'에 그친다. 아버지의 비존재감은 엄마가 뒤늦게 받아들인 전파사 구 씨의 비존재감과도 상응한다. 그는 집에 고장 난 전축을 고쳐 놓으며 과거의 소리를 복원해 내는 일을 했지만, 정작 자신은 어떤 목소리와 성격도 내비치지 않았다.

그것은 이미 이 가족이 출발점부터 자본주의의 패배자로 설정되어 있다는 것, 막장가족의 야성적 삶이 기실 가장인 아버지의 무능력에 기인해 있음을 반증해 준다. 천명관은 아버지의 질서 속에 만들어진 사회적 조건과 판들을 불신하고 회의하고 있다. 상징적이고 규범적인 아버지의 권위가 약화되어야만 나머지 구성원들의 자율성과 야생성이 발휘될 수 있기 때문이다. 작가는 권위적인 상징계의 질서가 만들어 낸 사회화의 허상을 일찍이 간파하고, 그에 대한 회의감을 부재한 아버지를 배경으로 가족 구성원의 들쑥날쑥한 야생성 속에서 보여 주려 했던 것이다.

성장 신화의 상품 '시민'

자본주의사회에서 성장이 자본주의에 대한 순응이라 한다면, 반反성장은 자본주의에 대한 성찰이라 볼 수 있다. 천명관 소설에 나타난 초라한 육체는 고령화에다 비대하여 사회적으로 경쟁력이 없다. 그들의 육체는 자본주의의 상품 가치로부터 유리되어 있으므로, 자본주의의 동일화 전략의 자장 밖에 있다. 그런 까닭에 그들의 초라한 육체는 자본주의의 기획과 설계를 맘껏 조롱하면서, 그것을 전복시킬 수 있는 가능성으로서 야생성을 소환해 낼 수 있다. 반反성장 서사에서 초라한 육체가 함의하는 바를 깊이 천착하기 위해, 점차 비대해지는 자본주의의 괴력에 주목할 필요가 있다.

자본주의는 민주주의 담론과 결탁하여, 전 국가적 차원에서 유포 확산되기에 이르렀다. 자본주의는 민주주의를 '브랜드'로 삼아 제품의 실제 내용으로부터 제품의 판매 가능한 이미지를 완전히 잘라 내는 상품 물신성의 최신 변형으로 뒤바꾸어 놓았다. 정치적 합리성으로서 '신자유주의'는 입헌주의, 법 앞의 평등, 정치적·시민적 자유, 정치적 자율성과 같은 자유민주주의의 기본 원리를 '비용/수익 비율', '능률', '수익성', '효율성' 같은 시장의 기준으로 대체했다. 이러한 신자유주의적 합리성으로 각종 권리와 정보 접근뿐만 아니라 정부의 투명성, 책임성, 절차주의 같은 여타의 입헌적 보호 장치마저 쉽게 회피되거나 무시된다. 국가는 공공연히 인민의 지배가 아니라 '경영관리 운용의 구현체'로 탈바꿈한다. 신자유주의는 민주주의의 정치적 실체를 부스러기로 만들어 '시장민주주의'로 전락시켰다.[19]

천명관이 구현해 낸 육체의 탕진은 이러한 거대 자본주의에 대한

---

19 웬디 브라운, 김상운 외 옮김, 〈오늘날 우리는 모두 민주주의자이다…〉, 《민주주의는 죽었는가?》, 난장, 2010, 85~94쪽 참조.

조롱이며 분노이면서, 작가의 자기반성이기도 하다. 초라한 육체, 그 육체의 탕진은 부정에 대한 부정적 표상 방식으로 자본주의사회가 지향하는 성장 담론에 제동을 건다. 그들의 초라한 육체는 자본주의의 이상과 모순되며, 수익성 효율성과 같은 시장의 기준과 길항한다. 초라한 육체는 상품 가치는 물론 소비의 주체도 아니다. 자본주의 자장에서는 경쟁력 없는 잉여의 육신이지만, 사회적 규범이 거세된 이후 발동하는 야생성은 표준화된 사회적 생존 대신 자연적인 생존 방식을 환기시킨다. 역설적으로 볼품없이 뚱뚱하고 통제가 어려운 그들의 육체는 사회의 통제로부터 해방되면서, 동시에 내면의 자유를 구가한다. 초라한 육체는 소비할 수 없는 대신, 자기 자신과 소통하면서 현실에 팽배한 잘못된 성장 서사를 비판하기에 이른다. 소통되는 것은 소비되는 것과 구분되어야 한다. '고통'마저 상품화되는 자본주의 구도 속에서,[20] 진정한 소통은 서로 주고받으며 자아와 타자가 밀고 당기는 길항 관계 속에서 각자 힘이 생겨야 하는 것이다.

우리 사회가 성장했다고 말할 수 있는가. 천명관 소설에 등장하는 초라한 육체는 성장이라는 판타지 속에 감추어진 사회의 정교한 시스템과 그 시스템에 무반성적이고 무비판적으로 순응하는 우리들의 안일한 자의식에 제동을 건다. 더 문제적인 것은 자본주의에 길들여진 우리들의 감수성이다. 에바 일루즈에 따르면 우리는 호모센티멘탈리스이다. 감정자본주의는 여러 감정문화들을 재배치하면서, 한편으로는 경

---

20 김애란의 《두근두근, 내 인생》에서는 주인공의 질병(조로증早老症)이 소통과 동시에 소비되고 있어 주목을 요한다. 소년은 조로早老하여, 엄마 아빠보다 더 빨리 늙는다. 동네 할아버지와 말동무가 되는가 하면, 그들보다 훨씬 빨리 늙고 빨리 죽는다. 동시의 그의 질병은 말하기 좋아하는 사람들을 통해 미디어를 통해 소비되고 유통된다. 작중에서 소년의 조로증은 규범적이고 일상적인 현실의 삶을 전복시키면서, 이 사회 균질적인 삶에 내재해 있는 문제성을 환기시킨다. 성장이 자아와 세계 간 조화를 의미할 때, 자아가 그 스스로를 타락시키지 않은 채 불온한 이 세계를 상대로 어떻게 온건한 조화를 이루어 낼 수 있을 것인가. 이 지점에서 김애란의 탈脫성장 서사가 시작된다. 작가는 소설을 통해 미성숙한 자아의 성장을 그려 내면서, 동시에 현실의 불온성을 고발한다.

제적 자아를 감정적이 되게 만들었고, 다른 한편으로는 감정들을 좀 더 도구적 행위에 종속되게 만들었다.[21] 심리학자, 경영, 인간관계 컨설턴트들에 의해 정식화된 정서성이라는 새로운 모델이 중간계급 직장 내의 사회성 양식 및 모델을 교묘하게 그러나 확실하게 바꾸어 놓았다.

다시 천명관 소설의 초라한 육체로 돌아가자. 우리는 천명관의 소설에 등장하는 초라한 육체를 보면서 재미를 느낀다. 그것은 초라한 육체의 주인공들이 자본주의사회에서 우스운 존재에 지나지 않음을 우리 스스로 무의식적으로 합의하고 있기 때문이다. 희극의 미학이 그러하듯, 초라한 육체의 주인공들은 우리가 정해 놓은 평균치의 삶에서 이탈해 있다는 점에서 우리는 '실소失笑'에 빠지는 것이다. 그만큼 우리는 육체적으로 정신적으로 자본주의사회가 정해 놓은 표준적 가치를 뿌리 깊이 체득해 있는 셈이다. 작중인물이 열등하다고 느끼는 만큼, 자신의 삶은 이 사회의 표준치에 육박해 있다고 자신하는 것이다. 우리의 감정 역시 자본주의의 유통 구조 속에서 자본주의의 기획에 의해 잠식당해 있다.

그런 의미에서 천명관 소설의 초라한 육체는 자본주의만이 아니라 현대인들을 조소한다. 당신들이야말로 진정 이 사회가 지정해 놓은 평균치의 성장에 도달한, 자본주의의 통과의례에 매끈하게 통과한 시민이라고 말이다. 우리의 성장이 알고 보면, 자본주의의 적극적인 내면화와 동일화 과정이 아니었는가 하고 말이다. 성장했다고 믿는 자의식 속에서 내면의 취향이 거세당했고 야생의 살아 있는 자연이 거세되었으며, 언제나 결핍과 불완전함 속에서 또 다른 내일의 평균치를 소망하며 흉내 낼 수 있는 또 다른 무엇을 욕망하고 있는 것은 아닌가. 애초부터 성장이 불가능하고 공존만 가능한 세상에서 성장이라는 판타지

---

21 에바 일루즈, 김정하 옮김, 《감정 자본주의》, 돌베개, 2010, 55쪽. 이하 '감정 자본주의 담론'은 이 책을 참조함.

를 만들어 낸 것은 아닌가. 성장은 단지 문명과 규율이 만들어 놓은 이 사회의 진보성을 유지하고 존속하기 위한, 이 사회의 동일화 전략이 아닌가. 사회가 만들어 놓은 통과의례를 의심 없이, 아니 가열 차게 추종해 온 우리들은 자신도 모르게 이 사회의 동일화 전략을 살아내는 획일화 된 서사 구성물은 아닌가.

|참고문헌|

천명관, 《고래》, 문학동네, 2004.
_____, 《유쾌한 마녀 마리사》, 문학동네, 2007.
_____, 《고령화 가족》, 문학동네, 2010.

김남혁, 〈부조리한 이야기에서 주체적 삶으로─천명관 장편소설 《고령화 가족》〉,
　　《창작과비평》 148, 창작과비평사, 2010.6, 478~482쪽.
김영찬, 〈짐작할 수 없는 일들의 아이러니〉, 《유쾌한 하녀 마리사》, 문학동네,
　　2008, 387~405쪽.
나병철, 《소설과 서사문화》, 소명출판, 2006.
백로라, 〈이야기구조의 한계와 신선한 연출적 상상력─문삼화 연출의 《고령화 가
　　족》과 최진아 연출의 《예기치 않은》〉, 《공연과 리뷰》 74호, 현대미학사, 2011.9,
　　161~171쪽.
이경재, 〈아이러니스트가 바라본 우리 시대 가족─천명관 장편소설 《고령화 가족》〉,
　　《문학과사회》 90호, 문학과지성사, 2010.5, 482~486쪽.
이진선, 〈한국 현대소설의 이야기 서술 전략 연구─성석제와 천명관의 소설을 중
　　심으로〉, 명지대학교, 문예창작학과 석사학위논문, 2011.8.
정여울, 〈안티─신파, 안티─이념, 그리하여 안티─서사로〉, 《문학과사회》 81호,
　　2008.2, 412~414쪽.
최영미, 《내가 사랑한 시》, 해냄, 2009.

아감벤 외, 김상운 외 옮김, 《민주주의는 죽었는가?》, 난장, 2010.
에바 일루즈, 김정하 옮김, 《감정 자본주의》, 돌베개, 2010.
게오르그 루카치, 반성완 옮김, 《소설의 이론》, 심설당, 1989.

지그문트 바우만, 정일준 옮김, 《쓰레기가 되는 삶들》, 새물결, 2008.
프로이트, 정장진 옮김, 〈두려운 낯설음〉, 《창조적인 작가와 몽상》, 열린책들, 1996.

혁명성장소설의 공간, 민중적 국제연대 그리고 반식민주의
– 김학철의《격정시대》론

고 명 철

이 글은 고명철의 《문학, 전위적 저항의 정치성》(케포이북스, 2010)에 실려 있다.

김학철의 민족문학이 갖는 '현재성'

작가 김학철이 민족문학사에서 차지하는 위상은 각별하다. "한 인간(김학철) 속에 동아시아(공간)의 근대(시간)가 통일되어 있는 것이다."[1]라는 단적인 평가에서 알 수 있듯이, 작가 김학철에 새겨진 동아시아의 역사와 그 역사에 기반한 김학철의 문학은 민족문학의 위엄을 한층 높여 준다. 무엇보다 최근 한국에서 민족문학의 위기 담론이 팽배해지고, 심지어 민족문학을 해체하자는 담론들이 맹위를 떨치고 있음을 직시해 볼 때,[2] 김학철의 문학이 갖는 의미는 각별할 수밖에 없다. 지금까지 축적된 김학철의 문학에 대한 비평과 연구 성과를 통해 알 수 있는 것처럼 그의 문학은 편협한 민족주의와 국수주의를 부정하고, 민중의 역사적 존재로서의 가치를 적극적으로 발견하는 가운데 반제국주의 · 반식민주의를 문학적으로 실천하여 민족 대다수 구성원인 민중의 행복을 염원하는 '참다운 민족문학'의 성격을 추구한다.[3]

여기서 강조되어야 할 것은 김학철의 문학이 갖는 현재성이다. 1990년대 이후 지금까지 이렇다 할 갱신의 길을 모색하지 못하는 민족문학의 답보성을 조금이라도 해결하기 위하여 우리는 김학철의 문학으로부터 소중한 그 무엇을 발견해야 할 것이다. 따라서 필자는 침체 상

---

1 김명인, 〈어느 혁명적 낙관주의자의 초상〉, 《창작과비평》 2002년 봄호, 239쪽.

2 한국에서 민족문학의 위기에 대한 논의는 1990년대 이후 지속적으로 제출되고 있다. 그 논의들의 핵심은 더 이상 민족담론으로 세계를 분석하는 것은 현실적 설득력이 결여된다는 점이다. 특히 한국의 경우 후기자본주의가 전면화되면서 종래 민족문학이 지닌 거대담론적 저항을 통해서는 후기자본주의에 대응할 수 없다는 점이 부각되고 있다. 필자는 최근 이와 같은 논의들을 비판적으로 점검하면서 21세기의 새로운 차원에서 민족문학운동의 방향을 점검하고, 그 갱신의 길을 모색해 보았다. 고명철, 〈21세기의 민족문학운동과 민족문학의 갱신〉, 《실천문학》 2005년 겨울호 참조.

3 김학철 문학에 대한 주요 연구 성과의 대부분은 '김학철 문학연구회'가 그동안 펴낸 세 권의 저서에 망라되어 있다. 《조선의용군 최후의 분대장─김학철》 1, 연변인민출판사, 2002 ; 《조선의용군 최후의 분대장─김학철》 2, 연변인민출판사, 2005 ; 《김학철론 · 젊은 세대의 시각》, 연변인민출판사, 2006. 그 밖의 연구 성과와 김학철에 대한 대부분의 자료는 '김학철 문학연구회'의 홈페이지(http : //www. kimhakcheol. com)에서 참조할 수 있다.

태에 빠져 있는 민족문학에 활력을 불어넣고, 급변한 현실에 능동적으로 대응하는 민족문학의 새로운 지평을 모색하는 차원에서 김학철의 문학을 새롭게 읽어 보고자 한다.

사실, 김학철에 대한 기존의 연구에서는 그 대부분이 항일운동의 전위에 있던 김학철의 역사적 투쟁 과정에 집중적 관심을 갖고 있기에, 자연스레 역사에서 자칫 망각될 뻔했던 조선의용군의 존재와 그 가치에 대해 주목하였다.[4] 말하자면 김학철의 문학보다 동아시아의 파란만장한 격동기를 보낸 김학철이란 존재에 비중을 더 두고 있다. 물론, 그렇다고 김학철의 문학에 대한 논의가 없는 것은 결코 아니다. 김학철 자신이 사회주의적 사실주의에 기반한 창작에 집중한 데서 파악할 수 있듯이, 여러 논자들은 김학철의 문학을 사회주의적 사실주의란 측면에서 깊이 있는 논의를 펼쳐 왔다.[5] 다만 기존의 논의들을 접하면서 필자가 갖는 문제의식은 김학철의 문학에 대한 좀 더 다각적인 연구를 통해 김학철의 문학에 대한 풍부한 성과가 축적되었으면 하는 점이다. 이것은 그의 장편 소설 《격정시대》에 대한 논의에서도 예외가 아니다. 이 작품을 통해 그동안 역사에서 본격적으로 다루지 못했던 조선의용군에 대한 역사적 탐구를 하는 것도 중요하지만, 이른바 '혁명성장소설'[6]이라 할 수 있는 이 장편소설의 서사적 특장特長에 대한 집중적 탐

4 김윤식, 〈항일빨치산 문학의 기원-김학철론〉, 《실천문학》 1988년 겨울호.

5 김학철 문학의 사회주의적 사실주의에 대한 점검은 우상렬, 〈김학철과 사회주의 사실주의의 허와 실〉, 《한국어문학연구》 46집, 한국어문학연구학회, 2006 참조.

6 장편소설 《격정시대》는 중국의 료녕민족출판사에서 1986년 상 · 하권으로 출간되었는데, 한국의 풀빛출판사에서 1988년 상 · 중 · 하 세 권으로 재출간하였다. 이후 풀빛출판사에서 간행된 《격정시대》가 절판되자, 실천문학사에서 풀빛 판본을 세밀히 검토하여 《격정시대》 원본에 충실한 결정본을 김학철 탄신 90주년을 기념하여 2006년 11월 10일 총 세 권으로 간행하였다. 이제 《격정시대》에 대한 연구와 비평은 실천문학사 판본을 최종 완결본으로 삼아도 손색이 없을 것으로 생각된다. 여기서 필자는 《격정시대》를 새롭게 읽기 위해 풀빛출판사에서 간행한 상권의 '이 책을 읽는 분들에게'에 주목한다. 풀빛 판본에서는 이 글을 쓴 이가 명시되어 있지 않으나, 실천문학사 판본에서는 문학평론가 김명인이 이 글을 쓴 것으로 명시되어 있는데, 그는 이 소설을 '혁명성장소설'로 규정하고 있다. 필자는 이에 전적으로 동의한다. 흔히 '성장소설' 하면 서구의 부르조아적 성장소설을 지칭하는데, 《격정

구가 요구된다.[7]

그리하여 필자는 장편소설 《격정시대》를 '혁명성장소설'이란 측면에서 새롭게 읽어 보고자 한다. 김학철의 분신이라 할 수 있는 작중인물이 어떻게 한 혁명가로 성장하는지 그 과정에 초점을 맞추는데, 특히 어느 한 지역에 갇혀 있지 않고 지역의 경계를 넘는 과정 속에서 혁명가로 거듭나는 삶의 구체적 계기에 대해 주목하고자 한다. 여기서 쉽게 간과할 수 없는 게 바로 공간성이다. 김학철처럼 한반도의 남과 북, 그리고 중국의 상해에서 태항산에 이르는 지역의 경계를 넘나들면서 혁명가로 성장하는 경우 각 지역에서 부딪치는 구체적 공간성은 혁명가로 거듭나는 시련이자 세계에 대한 각성의 계기를 부여하는 인식과 실천의 장소와 다를 바 없다.

지금까지 《격정시대》에 대한 대부분의 논의들이 김학철의 역사 인식과 소설 창작의 형상화에 비중을 두었는데, 정작 《격정시대》에서 주목해야 할 것은 한 자연인이 혁명가의 삶을 살게 되는 과정의 진실이며, 그 진실은 삶의 추상이 아니라 구체성으로 보증된다. 이 구체성을 보증해 내는 게 바로 소설 속 인물이 놓인 공간이다. 《격정시대》처럼 혁명가의 삶을 주체적으로 선택하는 과정에 주목할 경우 특히 공간의

───────────────

시대》의 경우 서구의 부르조아적 성장소설과 그 성격이 확연히 다르다. 무엇보다 주인공이 프롤레타리아계급으로서 민족해방운동에 직접 참여하는 성장의 과정을 통해 한 혁명가로 거듭나는 데 초점이 맞추어져 있어, 부르조아적 계급의 교양을 갖추어 나가며 성장의 통과제의를 겪는 서구의 성장소설과 그 전개 과정에서 뚜렷이 구별된다. 특히 '혁명적 낙관주의'를 통해 공동체의 전망을 향해 실천해가는 한 혁명가로 성장해 가는 과정은 서구의 성장소설이 비관적 세계 인식을 통과하며 개별적 자아의 완성을 추구한다는 점과 차이를 갖는다. 다시 말해, 《격정시대》는 프롤레타리아계급인 유소년이 혁명가로서 성장하는 계기를 보여 주는 '혁명성장소설'로서 손색이 없는 것이다.

[7] 사실, 장편소설 《격정시대》 이후에 출간된 그의 자서전 《최후의 분대장》(문학과지성사, 1995)에는 《격정시대》를 이루는 주요 골격의 세부 내용이 서술되고 있다. 특히 《격정시대》 후반부에 해당하는 조선의용군의 활약상에 대해 자서전에 좀 더 세부적인 내용이 기록되어 있다. 필자는 각주 6)에서도 분명히 밝혔듯이, 《격정시대》를 '혁명성장소설'의 관점에서 적극적으로 읽어 내고자 하는바, 이것은 《격정시대》를 조선의용군의 활약상으로만 읽어 내는 데 대한 문제제기이면서, 자칫 《격정시대》의 문학성을 자서전의 기록성과 착종시킴으로써 《격정시대》의 '혁명성장소설'로서의 서사성이 제대로 규명되지 못한 데 대한 반성적 성찰에 연유한다.

문제는 간과할 수 없는 서사적 요인이다. 따라서 필자는 혁명가로 거듭나기 위해 거쳐 가는 공간의 구체성과 그 공간을 통과하면서 겪는 혁명가로서의 성장 과정에 주목할 것이다. 그러는 가운데 작중인물이 어떠한 혁명가로서의 특질을 갖게 되었는지, 혁명가의 이념과 그 구체적 실천은 어떠한 것인지에 관한 문학적 탐구를 병행하기로 한다.

혁명가로서 거듭나기 위한 성장의 공간

《격정시대》의 주요한 문학 공간을 온전히 이해하지 않고《격정시대》를 읽어 낸다는 것은 어려운 일이다. 무엇보다 이 소설은 '혁명성장소설'의 특질을 갖고 있어, 한 혁명가로 거듭나는 과정을 파악하지 않고 이 작품을 제대로 이해할 수 없기 때문이다. 바로 여기서 한 혁명가로서 성숙하기 위해 작중인물이 구체적으로 놓이는 공간은 중요한 역할을 갖는다. 인물이 어떠한 구체적 공간에 놓이는지, 그 공간의 속성들과 인물이 맺는 관계를 통해 그 인물을 좀 더 자세히 파악해야 한다. 그리하여 혁명가로 성장하는 과정에 대한 문학적 형상화를 촘촘히 분석할 필요가 있다.

《격정시대》에서 눈여겨보아야 할 인물은 선장이다. 일제강점기에 어부의 자식으로 태어난 선장은 역사적 존재로서의 파란만장한 운명을 견디며 혁명가의 모습을 갖추어 나간다. 그런데 혁명가의 모습은 어느 날 갑자기 눈앞에 나타나는 게 결코 아니다. 혁명가로서의 자질을 갖추는 험난한 과정을 거칠 때 비로소 혁명가다운 혁명가의 위엄을 갖게 된다. 선장의 경우가 바로 그렇다. 선장은 혁명가로서 거듭나기 위해 다음의 공간을 거치며, 각 공간이 갖는 특성들과 밀접한 관계를 맺으면서 성숙해진다. 선장이 거치는 주요한 공간은 다음과 같다.

①원산 ⟶ ②경성 ⟶ ③상해 ⟶ ④태항산

원산은 선장이 태어난 공간으로, 이곳에서 그는 유년 시절을 보낸다. 원산은 선장에게 아름다운 유년 시절의 기억을 간직하게 하는 곳이자, 민족사의 소중함을 깨닫게 함으로써 이후 민족적 주체의식을 인식하게 되는 첫 계기를 갖도록 한 곳이다. 그러면서 편협한 민족주의에서 벗어나 국제주의자로서의 성숙의 계기를 만나는 곳이기도 하다. 원산에서 선장의 성숙에 중요한 역할을 맡은 인물은 씨동이와 한정희라는 선장의 이웃 형들이다. 이들은 처음에 무정부주의자로서 공산당원들과 대립·갈등의 시각을 보이지만, 서로 다른 이념의 투쟁으로 인해 정작 부딪치고 극복해야 할 일본 제국주의의 만행을 간과할 수 있다는 판단을 갖게 되면서, 민족 내부의 이념적 갈등에서 벗어나고자 한다. 이러한 민족 내부의 이념적 갈등은 원산부두노조파업이 일어나면서 봉합된다.[8]

그런데 원산부두노조파업을 통해 작가가 정작 주목한 것은 다음과 같은 장면이다.

이때다. 안벽에 선복을 붙이고 정박한 '쓰루가마루(敦賀丸)'라는 화물선의 갑판 위에서 관전을 하던 일본 선원들이 별안간 고함을 지르며 발들을 굴렀다. 그들의 외치는 소리를 들을라치면

"스또 반자이!"

---

8 한정희와 씨동이는 무정부주의자와 공산당원들 사이의 충돌이 있은 후 향후 대책을 논의하는 자리에서 민족 내부의 이념 차이로 인한 갈등보다 일본 제국주의에 맞서는 민족해방운동의 중요성을 인식한다. "시비를 가리거나 앙갚음을 하거나 하는 따위는 다 일본놈들을 몰아내구 나라가 독립을 한 뒤루 미루자는 거지. 한마디루 말해서…… 우리의 급선무는 왜놈들부터 몰아내는 거란 말이다. 모두들 힘을 합쳐서."(김학철, 《격정시대》, 실천문학사, 2006, 159쪽) 이후 《격정시대》의 본문을 인용할 경우, 별도의 각주 없이 본문에서 실천문학사에서 발행한 소설의 권수와 쪽수만을 괄호 안에 넣어 밝히기로 한다.

"교오다이다찌 감바레!"

이것을 우리말로 바꿔놓으면

"파업만세!"

"형제들 버텨라!"

이것을 신호로나 한 듯이 안벽에 정박한 다른 기선—'니이가다마루'와 '노도니고오'에서도 또 잔교에 정박한 '사도마루', '마이즈르로꾸고오' 및 '미야즈마루'에서도 일본 선원들의 응원 시위가 벌어졌다. 그리고 잇달아서 '쓰루가마루'를 필두로 각 기선들이 일제히 우렁찬 기적들을 울리기 시작하였다.

그 때 아닌 뭇 기적의 긴 울음은 그러지 않아도 물정이 소연한 원산항을 크게 뒤흔들어 놓았다. 파업깨기꾼들과 무장 경찰들은 너무나 뜻밖의 일이라서 일순 모두 멍청하였다. 하늘이 무너져도 유분수지, 내지인(일본인)이 불령 선인의 편을 들다니! 이와는 반대로 파업자들은 그 뜻하지 않은 힘진 성원에 크게 고무되었다. 전세계의 프롤레타리아는 다 한편이라는 것을 실물교육을 통하여 다시 한 번 깨닫게 되었다. 파업자들은 사기가 충천하여 여태까지의 수동적인 방어에서 일변하여 능동적인 방어에로 넘어갔다. 방어를 위한 공격에로 넘어간 것이다.

선장이는 기선 위에서 고함을 지르며 발을 구르는 일본 선원들을 바라보며, 귀청이 떨어질 듯 부두가 떠나갈 듯 울리는 뱃고동 소리를 들으며 한동안 넋을 놓았다. 도대체 이것은 어찌 된 일일까. 아무리 궁리를 해보아야 알 수 없는 일이었다. 일본 사람이 조선 사람의 편을 들다니! 선장이는 입에다 물어 깰 수 없는 무슨 땅땅한 덩어리를 문 것만 같았다. 열서너 살 먹은 아이의 이빨로는 물어 깬다는 것이 무리였다.(1권, 243~245쪽)

작가 김학철은 이 원산부두노조파업을 통해 원산이란 곳이 갖는 문제의식, 즉 일본 제국주의의 식민지 자본과 맞서는 노동자의 해방운동이야말로 일국一國 중심의 민족해방운동으로 자족할 게 아니라 인류 사회에서 노동자가 직면한 민중의 현실적 문제들에 맞서는 싸움이라는 것을 선장에게 인식시키고 싶었던 것이다. 가령, 원산부두노동자들의 파업 행위에 대해 일본 선원들이 지지를 보내온 것은 '한국/일본'이라는 민족 문제의 차원이기보다 협소한 민족주의를 초월한 노동자계급의 국제적 연대를 보여 준 것인데, 어린 선장이 그 맥락을 온전히 이해하기 힘든 게 사실이다. 하지만 원산에서 본 이 충격적인 장면은 선장이 훗날 배타적 민족주의를 넘어서서 국제주의자로서의 참다운 세계 인식을 획득하는 데 결코 가볍게 넘길 수 없는 성장의 주요한 계기임이 틀림없다.

이렇게 작가 김학철은 선장으로 하여금 한정희와 씨동이를 통한 민족 내부의 갈등에 대한 성찰을 지켜보게 하고, 더욱이 배타적 민족주의를 벗어나 노동자계급의 국제적 연대의 가능성을 목도하도록 함으로써 혁명가로서의 성장 기반을 다지도록 한다. 따라서 원산은 선장에게 혁명가로서의 자양분을 배태시킨 역사의 구체적 공간인 셈이다.

이제 선장은 원산을 떠나 식민지 근대의 한복판으로 이동한다. 그곳은 경성이다. 경성에서 그는 온갖 식민지의 근대적 문물을 "난생처음"(1권, 286) 접한다. 경성의 근대적 문물들(상가에 전시된 온갖 상품들, 전차라는 교통수단, 근대적 목욕 시설, 근대적 교육제도, 영화 등)은 선장에게 모두 낯선 것이며 새로운 것이다. 그는 이 경성에서 양가적 세계를 경험한다. 하나는 원산에서 경험하지 못했던 근대적 생활 세계이며, 다른 하나는 경성의 보성고보에서 받는 근대적 교육을 통해 민족의 현실을 자각하게 된 것이다.

그런데 사실 이 두 가지는 식민지 근대라는 한 뿌리를 두고 있다. 경성의 근대적 문물과 제도는 표면적으로 볼 때 봉건적 삶의 속박에서 벗어나도록 하는 역할을 맡고 있으나, 그것의 본래 의도가 일본의 식민지 속국으로 만들기 위한 억압적 제도의 일환이라는 사실은 선장이 다니는 보성고보에서 일어난 민족주의적 각성을 촉구하는 일련의 움직임과 밀접한 맥락을 이룬다. 선장은 목도한다. 보성고보의 학생들이 식민지 노동자의 해방 문제를 다룬 연극을 올린 데 대해 식민지 관료의 전형인 교장은 학생들의 연극을 비난한다. 이에 대해 학생들은 교장을 반민족적 · 반민중적이라며 교장 퇴출운동을 강력히 벌인다.

"제군! 우리는 그동안 참을 만큼 참았습니다. 그러나 참는 것두 한도가 있습니다. 우리가 이 학교엘 들어온 목적은 …… 어떻게 하면 더 충실한 노예가 되겠는가를 배우거나 연구하려구가 아닙니다. 우리의 목적은 인류 사회의 진보에 이바지할 유용한 지식을 배우려는 데 있습니다. 인류의 모든 물질적 재부와 고귀한 문화유산은 노동에 의해서 창조됐습니다. 그런데 우리의 학원을 그러한 노동이나 노동하는 사람과 동떨어진 …… 무슨 지상의 극락세계 같은 것을 만들어놓구 …… 무슨 지상의 에덴동산 같은 것을 만들어놓구 …… 일본 상전들의 맘에 들 노복들을 길러내려구 …… 지금 존경하는 우리의 교장 선생 강규황 씨는 …… 밤잠두 못 주무시구 노심초사를 하구 계십니다……."

(중략)

"이런 노복 제조자가 계속 교장실 회전의자에 앉아서 우리들의 운명을 좌지우지하는 것을 우리는 그대루 참구 보구 있어야만 합니까?"

김봉구의 호소는 노도와 같은 반향을 불러일으켰다.

"못 참는다!"

"더는 참을 수 없다!"

"강규황이를 몰아내라!"

"노예 제조자를 이리 끌어내라!"

"민족 반역자를 타도하자!"

"강규황이를 생매장해라!"(1권, 324~325쪽)

　말하자면 학생들의 교장 퇴출운동은 식민지 국민을 철저히 지배하려는 식민지 근대 교육에 대한 비판이자 부정의 성격을 띤다. 작품 속에서 학생들이 동대문 밖 쓰레기 처리장으로 교장을 축출한 행위는 바로 이러한 일본의 전도된 근대적 교육제도, 다시 말해 이것을 좀 더 확장시키면 경성으로 대별되는 일본의 식민화를 위한 근대적 문물에 대한 부정의 행위와 다를 바 없다.

　이처럼 경성은 선장에게 원산과 달리 식민지 근대라는 구체적 현실에 대한 인식과 함께 그것의 문제성을 실감하고, 적극적으로 그 문제성을 극복하고자 하는 행동을 표출시키는 저항적 공간으로 인식된다. 비록 선장이 아직까지는 주도적으로 저항적 행동을 보이지는 않지만, 보성고보에서 그가 학생들과 함께 동참한 교장 퇴출운동은 행동적 지식인의 표상을 그 스스로 발견하게 되었다는 점에서 간단히 지나칠 수 없는 성장의 계기다. 필자가 이 대목에서 주목하게 된 것은 식민지 내부에서 식민지를 극복하는 저항적 공간의 속성이다.

　선장과 보성고보 학생들은 분명 식민지 근대의 혜택을 받되 그것에 만족할 수 없으며, 식민지 근대라는 것이 반민족적·반민중적 억압 이데올로기인 터에 식민지 지배질서를 더욱 공고히 하기 위한 것이라는 점을 명백히 인식하고 있다. 그리하여 그들은 이러한 식민지 지배질서를 부정하는 움직임을 보이는데, 그것은 바로 식민지 지배질서를 공고히 하는 데 동원되는 근대적 학교 교육의 내부에서 이 교육을 부정하는 저항적 행동을 과감히 보이고 있다는 사실이다. 작가 김학철은 바로 이 점을 주목하고 있다. 경성이 식민지 지식인으로 하여금 식민지 근대의 문물을 제공받게 해 주는 공간이되, 김학철과 같은 혁명가에게는 그곳이 식민지 근대를 전복시킬 수 있는, 즉 식민지 내부에서 식민지를 해체시킬 수 있는 저항적 공간으로도 인식하고 있음을 알 수 있다.

물론, 이러한 저항적 공간의 속성은 분명한 한계가 있다. 교장 퇴출 운동을 주도한 김봉구라는 인물이 학교 바깥으로 쫓겨난다. 하지만 간과해서 안 될 것은 작가 김학철은 경성을 식민지 근대의 수혜자적 입장에서 인식하는 게 아니라 식민지 근대의 문제점을 극복해야 할 저항적 공간으로 인식하여, 이러한 식민지 근대를 부정하고 극복해야 할 혁명가에게 근대의 야만과 폭압을 생활 세계에서 경험하도록 하고 있다는 점이다. 식민지 근대를 극복할 혁명가는 이렇게 식민지 근대의 생활 세계를 구체적으로 부딪치는 가운데 형성되는 것이지, 관념적 인식에 의한 성급한 행동주의자로서는 혁명가의 자질을 제대로 갖출 수 없다.

이제 선장은 경성의 식민지 근대가 갖는 본질적 문제점을 인식하는 가운데 윤봉길 의사의 폭탄 투척 사건 소식을 접하고, 경성을 떠나 항일독립운동에 직접 가담하기 위한 각오를 다진다.

> 그러자 선장이의 감은 눈앞에서 푸른 하늘을 배경으로 높이 띄운 태극기가 바람에 펄럭였다. 그 펄럭이는 깃발은 흡사 선장이를 오라고 손길을 치는 것 같았다. 선장이의 넋은 그 부름을 따라 머나먼 바다 건너로 훨훨 날아갔다. 상해로 날아갔다. 황포군관학교로 날아갔다. 씨동이가 있을 것만 같은 그 어느 미지의 세계로 날아갔다. 가면 김봉구를 꼭 만나게 될 것만 같은 그 어느 생소한 세계로 날아갔다. (중략)
>
> '남들은 다 목숨을 걸구 나라의 독립을 위해 싸우는데 나만 안일하게 여기서 공부를 해? 수치스러운 일이다. 도저히 양심이 허락하지 않는다. 그렇지만 여기서는 폭탄두 권총두 다 손에 넣을 수 없으니까…… 중국으루 건너가자. 임시정부를 찾아가자. 황포군관학교루 가자. 가면 무슨 수가 나겠지. 가자!'(2권, 90쪽)

선장은 임시정부가 있는 상해를 찾아간다. 중국의 상해는 이미 서구 열강의 근대적 침탈로 인해 각국의 이해관계 속에서 조차 지역으로 나뉘어 있었으며, 중국의 국민당 정부와 공산당 사이에 대립·갈등이 진행 중에 있었다. 상해는 경성과 달리 근대의 복잡다기한 측면이 한층 뒤엉켜 있는 곳이다. 상해에서 선장은 동아시아의 근대적 세계를 접촉하면서 그토록 욕망하던 항일독립운동의 최전선에 뛰어들 준비를 착실히 하게 된다. 특히 이곳에서 선장은 마르크스주의를 공부하면서, 세계에 대한 과학적 인식을 통해 협소한 민족주의의 경계를 벗어나게 된다.

상해 그 자체가 근대 전환기 무렵부터 일국—國 중심의 민족주의에서 벗어나 세계 여러 나라의 이해관계가 맞물리는 국제적 관계가 팽배한 곳임을 고려해 볼 때 선장은 상해에서 이후 조선의용군[9]의 이념인 마르크스주의에 대한 과학적 인식을 갈무리한다는 점에서 매우 의미심장한 공간이라 아니 할 수 없다. 상해에서 선장은 마르크스주의와 관련된 사회과학 서적을 탐독하는 가운데, 특정인을 대상으로 한 테러 활동이 나름대로 유효한 항일운동임에도 불구하고 그 한계를 성찰하면서 '유물사관'에 토대를 둔 민중적 세계관을 새롭게 인식하게 된다. 말

---

[9] 조선의용군은 그 전신이 조선의용대로부터 비롯되었는데, 조선의용대 건립에 대해 김학철은 다음과 같이 그의 자서전 《최후의 분대장》(문학과지성사, 1995)에서 술회한다. 그 주요 몇 대목을 소개하면 다음과 같다. ①"조선민족혁명당이 중심이 돼가지고 조선청년전위동맹·조선혁명자연맹·조선해방동맹 등 반일단체들과 제휴해 조선의용대(조선의용군의 전신)를 건립한 것은 1938년 10월—물정이 소연한 한구에서였다."(186쪽) ②"조선의용대 발대식에 참가한 사람의 수기 모두 합히면 한 200명가량 됐으나 실제로 군복을 입고 대기隊旗 밑에 정렬을 한 사람은 150명밖에 안 됐었다."(188쪽) ③"식순의 하나로 전체 대원들의 가슴에 배지(휘장) 하나씩을 달아 주는데 거기에는 '조선의용·대'라는 한문 글자 다섯 자와 'Korean Volunteer'라는 영문자 한 줄이 새겨져 있었다." 이와 함께 덧보태자면, 조선의용대 대장인 김원봉 평전에는 "1938년 10월 10일 저녁, 무한의 중화기독청년회관에서 마침내 최초의 조선인 무장부대인 조선의용대 창단식이 열렸다. 대회 명칭은 '조선의용대 성립 선전 유예遊藝 대회'였다. 대원들이 정성을 들여 꾸민 무대 좌우에는 '중조 두 민족은 연합하여 일본 제국주의를 타도하자', '동북의 중조항일연군을 옹호하자'라는 현수막이 세로로 걸려 있었다. 객석에는 7백 명의 관중이 앉아 있고 맨 앞에는 130명의 단원들이 말쑥하게 군복을 입고 앉아 있었다."(이원규, 《약산 김원봉》, 실천문학사, 2006, 402쪽)라고 그 당시를 기록하고 있다. 조선의용대 발대식에 참석한 명단과 발대식을 기념하는 사진이 전하는바, 이에 대해서는 《조선의용군 최후의 분대장—김학철》, 김학철연구회 편, 연변인민출판사, 2002, 578~592쪽 참조.

하자면 상해는 원산과 경성을 거쳐 도달한, 혁명가로서의 이론과 실천을 갈고 다듬어 조선의용군의 활동을 본격적으로 하기 위한 중요한 성장의 장소라 해도 과언이 아닐 것이다.

선장은 마침내 조선의용군으로서 중국의 태항산을 오른다. 그곳에서 선장은 조선의용군 특유의 '혁명적 낙관주의'[10]로써 항일독립무장투쟁을 벌인다. 상해에서는 테러운동의 조직을 통해 항일독립운동에 가담했다면, 태항산에서는 조선의용군의 일원으로서 일본군을 상대로 무장투쟁을 벌여 나간다.[11] 태항산은 선장에게 회피와 침묵 혹은 소극적 참여의 공간이 아니라 선장이 직접 총칼을 들고 싸워야 하는 전장터다. 돌이켜 보면, 원산에서 민족적 각성 의식을 갖고, 경성에서 식민지 근대의 문제점을 인식하고 그것을 해결하기 위한 저항에 참여하고, 상해에서 혁명가로서의 이론과 실천을 착실하게 준비하던 선장은, 마침내 태항산에서 항일독립무장투쟁을 벌이는 조선의용군의 위엄을 갖추게 된다. 비록 태항산이 한반도를 벗어난 중국에 위치해 있는 곳이어서 태항산에서의 무장투쟁이 일제의 식민지 예속 상태에서 한반도를 직접 벗어나게 할 수는 없지만, 일본 제국주의를 직접 대상으로 한 무장투쟁이 적극적으로 전개되었다는 사실은 태항산의 존재를 결코 가치 폄하할 수 없는 것이다.[12]

---

10 김학철 문학의 '혁명적 낙관주의'에 대해서는 김명인의 〈어느 혁명적 낙관주의자의 초상—김학철론〉, 《창작과비평》 2002년 봄호 ; 이해영의 《청년 김학철과 그의 시대》, 역락, 2006, 83~99쪽 참조.

11 조선의용군의 치열한 투쟁 의지에 대해 작가 김남일은 다음과 같은 사실을 기록하고 있다. "그들(조선의용군—인용자)은 일제의 파시즘이 최후의 발악을 하던 1940년대에도 줄곧 흔들림 없이 싸웠던 거의 유일한 무장투쟁 조직이었다. 그 당시 국내의 독립운동은 이미 지하로 다 들어간 뒤였고, 상해 임시정부 역시 남경을 떠나 겨우 명맥만 유지하고 있었다. 만주를 중심으로 강력한 투쟁을 전개하던 김일성의 동북항일연군 또한 1941년 이후 소련령으로 한 걸음 물러섰다."(김남일, 〈시계종이에 쓴 역사〉, 《실천문학》 2002년 겨울호, 422쪽) 태항산에서의 조선의용군의 항일무장독립투쟁에 대해서는 김학철의 〈태항산〉, 《최후의 분대장》에 세밀하게 기록되어 있다.

12 비록 조선의용군이 한반도의 바깥에서 항일무장독립투쟁을 벌였지만, 그 역사적 가치를 결코 폄하할 수 없다. 김학철을 비롯한 조선의용군 대부분의 장교들은 중국 국민당의 중앙군관학교에서 공부하였고, 이후 중국 공산당원으로서 항일무장투쟁을 벌였다. 말하자면 조선의용군은 조선적 중국 공

이 점은 작가 김학철뿐만 아니라 조선의용군이 마르크스주의적 이념으로서 국제주의자적 면모에 관심을 가질 것을 요구한다. 말하자면, 태항산은 선장뿐만 아니라 조선의용군에게 민족해방투쟁의 진지이면서 항일독립운동사에서 망각되어서는 안 될 독립운동의 주요 격전지로서의 역사적 가치를 지닌다.

편협한 민족주의에서 벗어난 민중적 국제 연대

김학철의 《격정시대》를 '혁명성장소설'에 초점을 두고 읽을 경우 쉽게 간과할 수 없는 것은 혁명가의 어떤 상像이다. 앞서 《격정시대》의 주인공인 선장이 혁명가로서 거듭나는 주요 공간과 맺는 관계에서 살펴보았듯이, 선장에게는 유년 시절부터 배타적이고 폐쇄적인 민족주의에서 벗어나 민중적 연대를 통한 국제주의자로서의 면모가 발견된다.[13]

선장에게서 발견되는 국제주의자로서의 면모는 일본 제국주의로부터 벗어나려는 그의 항일독립운동을 협소한 차원에서 벌이는 민족해방

산당원으로서 항일무장투쟁을 벌였는바, 이것은 중국의 민족해방투쟁을 통해 조선의 민족해방투쟁을 동시에 달성하려는 조선의용군의 국제주의적 민족해방투쟁의 성격을 띤 것이다. 조선족 문학의 연구자인 이해영의 언급은 경청할 만하다. "김학철은 조선국적을 가지고 국민당의 중앙군관학교에서 공부했고 후에는 조선국적을 가지고 중국공산당에 가입했다. 훗날 김학철이 "조선의용군의 골가을 이룬 것은 조선적의 중공당원들이었다"고 지적한 것은 음미될 필요가 있다. 조선공산당의 존재 기간은 1925년에서 1928년까지다. 프롤레타리아국제주의의 이념 아래에서 코민테른 제6차 대회(1928)가 확인한 것은 '일국 일당의 원칙'이었는데, 이 때문에 국가가 없는 조선공상당은 일본공산당이나 중국 공산당에 흡수되지 않으면 안 될 운명에 놓였다. 중국 지역의 마르크스·레닌주의자들이 중국공산당으로 당적으로 옮기거나 신규 가입할 수밖에 다른 도리가 없었는데, 이는 곧 프롤레타리아국제주의에 몸을 던지는 것이 막바로 조선민족해방의 지름길이라 생각한 때문이다. 그러니까 조선민족해방투쟁은 중국민족해방투쟁을 통해서 달성되는 것이기도 하였다."(이해영, 앞의 책, 94쪽)

[13] 김학철의 이러한 면모는 '민족'과 '민중적 국제주의'를 상호 배타적으로 인식하는 게 아니라 변증법적 사유에 기반하고 있다는 것을 알 수 있다. 《민족》과 《사회주의대가정》 또는 《민족》과 《프로레타리아 국제주의》를 대립시키는 경향이 있는데 그것은 변증유물론의 대립물의 통일법칙에 대한 천식, 무식 또는 문맹의 표현이다."(김학철, 〈경사로운 날에〉, 《태항산록》, 연변인민출판사, 1998, 380쪽)

운동이 아니라 식민지 근대의 야만과 폭압으로부터 피해받는 약소 민중의 진정한 해방을 성취해 내고자 하는 차원의 성격을 갖는다. 따라서 선장에게서 독자들이 주목해야 할 것은 선장이 혁명가로서 성장하는 가운데 보이는 민중적 연대감 그 진정성이다.[14]

비록 원산의 유년 시절에는 원산부두노조파업에 대한 일본 선원들의 지지를 온전히 이해할 수 없어 당혹스러워하지만, 경성에서 청요리집 중국 사환이 보이는 두 행동 양태에 대해서는 그 연유를 이해하게 된다. 사정은 이렇다. 청요리집 중국 사환은 조선인 나무 장사와 가격 흥정을 심하게 한다. 그 장면을 지켜본 선장은 중국 사환에게 민족적 차별의 감정을 품는다. 그런데 이내 그 민족적 차별 감정을 품은 게 얼마나 부끄러운 일인지 반성을 하게 된다. 나무 장사로부터 값싸게 나무를 구입한 대신 그 시세 차익을 석필로 그림을 그리는 가난한 조선의 아이에게 적선을 하는 중국 사환의 모습 속에서 민족적 차별 감정 너머에 존재하는 민중적 연대의 소중한 가치를 발견한다. 선장은 그 가치를 중국 사환의 행동으로부터 배운 것이다.

불쌍한 나무장수 늙은이를 외통목에 몰아넣고 달고치듯 하는 그 청요릿집 사환이 밉기가 그지없었다. 강렬한 민족감정이 잠자던 맹수처럼 눈을 번쩍 뜨고 고개를 쳐들었다. 선장이는 곧 달려들어 주먹벼락을 안겨 주고 싶은 충동까지 받았다. 그러나 한편, 나무값 10전을 깎아내리는 데 성공한 청요릿집 사환은 팔소매를 붙잡은 나무장사를 돌아보고

---

14 김학철의 문학에서 민중적 문제의식은 김학철의 문학을 이해하는 주요한 축이다. 이에 주목한 주요 논의로는 신경림, 〈민중생활사의 복원과 혁명적 낙관주의의 뿌리〉, 《창작과비평》, 1988년 가을호 ; 최원식, 〈광복군과 조선의용대〉, 《문학과사회》, 1995년 가을호 ; 임규찬, 〈김학철 소설에서의 역사성과 문학성〉, 《조선의용군 최후의 분대장-김학철》, 김학철문학연구회 편, 연변인민출판사, 2002 ; 최송월, 〈김학철의 《격정시대》 연구〉, 《김학철론·젊은 세대의 시각》, 김학철문학연구회 편, 연변인민출판사, 2006.

"그럼 잠깐 좀 기다리시오. ──집은 고대요……바루 조기……중화
원……멀지 않소."

말하고 곧 예닐곱 발자국 성큼성큼 걸어오더니 아무 말 없이 10전짜
리 구멍 뚫린 백통전 한 닢을 앞치마에 달린 호주머니에서 꺼내서 그림
그리는 거지 아이의 깡통 속에 딸랑 던져 넣어주는 것이었다. 언제가 구
릿빛의 동전만이 들어오기 마련인 깡통 속에 난데없이 은빛의 백통전이
날아드는 바람에 영문을 모른 아이가 한 손에 석필을 쥔 채 고개를 들고
쳐다보니 앞치마 두른 청요릿집 사환은 뒤도 돌아보지 않고 흥정해 놓은
나무바리 쪽으로 부지런히 걸어가고 있었다. 이 광경을 지켜본 선장이
의 머릿속에서는 도저히 무어라고 이름하기 어려운 그 무엇이 해일처럼
뒤설레었다.(1권, 316쪽)

《격정시대》의 선장을 통해 작가 김학철은 국가 간 경계를 넘어 민
중의 존재를 소중히 인식하고, 민중적 연대를 통해 제국주의의 파행
적 근대를 극복하고자 한다. 여기에는 다시 강조하건대, 민족적 차별
의 감정이 개입될 여지가 없다. 민족주의란 배타적 이데올로기가 들어
설 여지가 없다. 가령, 상해에서 선장이 소속한 항일테러조직은 서양
으로부터 아편을 밀수하여 중국의 민중들에게 유통시켜 막대한 수익을
올려 경제적 부를 누리는 조선인을 암살할 계획을 세우는데, 여기에는
민족적 감상주의가 철저히 배제되어 있다. 왜냐하면 마약을 중국 민중
들에게 유통시킨 조선인은 일본 제국주의의 속박을 받고 있는 약소 민
족국가의 구성원으로서 보호받아야 할 존재가 아니라, 국가와 민족의
경계를 떠나 세계 민중의 건강을 심각히 위협한다는 차원에서 마땅히
그 대가를 치러야 할 악인惡人에 불과하기 때문이다.

그런데 우리가 제국주의강도를 도와서 대량의 마약을 밀수입해다가

중국민중을 해친다면…… 그게 뭐가 되겠습니까? 그건 용서 못할 비행입니다. 범죄행위란 말입니다. 그런데 이번에 신영호는 그런 죄악을 저질렀거던요. 싯가 1천만원어치의 헤로인이 밀수입되는 걸 눈감아주구 뇌물을 받아서 벼락부자가 됐단 말입니다. 우리가 일본놈의 압박을 피해서 중국땅에 와 살면서 도리어 중국사람을 해치는 일을 한다면…… 그게 뭡니까? 배은망덕두 유분수지요! 신영호의 이번 행위는 용서할 수 없습니다. 버릇을 한번 톡톡히 가르쳐놔야 합니다. (2권, 174~175쪽)

기실, 신영호는 "민족은 해서 무엇하며 나라는 해서 무엇하랴. 신영호 씨는 이 세상이 요대로 조금도 변치 말고 천년을 가고 만년을 가주기를 바랐다. 그리고 상해의 공공 조계와 프랑스 조계가 길이 보존되어 주기를 바라 마지않았다."(2권, 288) 그렇기에 신영호에게는 오직 개인의 이익만을 추구하는 게 전부다. 사적 이익을 극대화하기 위해 상해가 영원히 서구의 조차 지역으로 남기를 바란다. 그에게 세계 민중의 건강은 관심사 밖이다.

작가 김학철은 신영호와 같은 천박한 자본주의자를 단호히 부정한다. 식민지 근대를 교묘히 이용하여 사리사욕을 채우는 데 급급한 반인간적 면모를 지닌 사람을 부정한다. 이러한 반민중적 인간은 반역사적 존재로서 역사적 응징의 대상이기 때문이다.

김학철의 민중적 연대감에 기반한 국제주의적 세계 인식은《격정시대》를 관통하고 있는 소중한 문제의식이다. 물론 그 문제의식은 반식민주의·반제국주의와 밀접한 연관을 맺고 있다는 것을 소홀히 할 수 없다. 가령, 중국 길림성에서 만보산 사건이 일어나 조선 이민과 중국 농민 사이에 충돌이 발생했다는 소식이 국내에 알려지자 중국인에 대한 악감정이 증폭되는 가운데 경성에서 불미스러운 사건들이 속출한다. 조선인과 중국인의 민족 감정이 부딪치는 일이 빈번히 일어난다.

이에 대해 선장의 스승인 김영하는 다음과 같이 문제의 핵심을 정확히 간파하고 있다.

> "다들 왜놈 좋은 일하느라구 저러잖니. 방휼지쟁이란 말…… 너두 알지? 조개하구 도요새가 싸우면…… 이를 보는 건 어부밖에 없단 말이야. 이건 다 왜놈들이 조선사람하구 중국사람을 쌈 붙여놓구…… 어부지리를 보자는 흉계야. 경찰이 보구두 못 본 체하는 것만 봐두 알 일이지. 뒷구멍으룬 붙는 불에 키질을 하면서두 겉으룬 아닌보살하는 데 다들 속는단 말이야. 참 어리석지!"
> "그럼 만보산에서 쌈이 났다는 것두 거짓말입니까?"
> "쌈이야 좀 났겠지. 그렇지만 그걸 이 지경 침소봉대루 떠벌려 놓은 건 왜놈들이야. 우리 민족의 철천지원수는 왜놈들이지 중국백성이 아니야. 속지 말아야 해."(2권, 67쪽)

만보산 사건으로 인해 조선과 중국의 민족 감정이 대립되는 것은 일본 제국주의자들의 교묘한 식민정책의 일환에 기인된다는 점이 지적되고 있다. 조선과 중국 모두 각기 구체적 입장이 다를 뿐, 특히 조선의 경우 항일독립운동을 중국에서 활발히 벌이고 있음을 고려해 볼 때 조선과 중국 사이의 갈등을 일으키는 일본의 식민 정책에 말려들어서는 안 된다는 점을 언급하고 있다. 도리어 조선과 중국은 일본 제국주의의 침탈에 맞서 더욱 공고히 그 민중적 연대를 형성할 필요가 있기 때문이다.

이러한 김학철의 국제주의적 세계 인식은 반전 작가인 일본의 가지와다루 씨 부부를 만나면서 더욱 깊어진다.

가지 씨는 동경제국대학 졸업생으로 총정치부와 제3청의 풍내초와 동기동창인데 제국주의의 침략전쟁을 반대하는 반전 작가였으므로 당국의 박해를 받아 내외 함께 중국으로 망명을 한 것이었다. 그들 내외와의 상봉은 선장이에게 있어서 매우 의의 있는 실물 교육으로 되었다. 참전 이래 선장이는 왜놈이라면 무조건 악귀, 살인귀로만 보여서 이를 갈아 왔었다. 그런데 바로 눈앞에 앉아 있는 두 일본의 지성인은 본국 정부의 침략전쟁을 반대하다가 그 박해에 못 이겨 우리 편으로 넘어오지 않았는가!

'이런 일본사람두 있었구나!'

선장이는 시야가 크게 넓어진 것 같았다. 그와 동시에 가지 씨 부부에 대하여 동지적인 사랑까지를 느꼈다.

'얼마나 고상한 인간들인가!'(3권, 56~57쪽)

이렇게 김학철이 《격정시대》에서 보이는 국제주의자로서의 세계 인식은 일본에 대한 맹목적 반일감정이 아니라 일본 제국주의를 부정하는 양심적 지성인들을 포함하여 민족과 국경의 경계를 넘는 민중적 국제 연대를 통해 반식민주의를 모색하는 데 있다. 그러기에 조선의용군이 힘차게 부르는 '인터내셔널(국제가)'은 "언제나 힘을 북돋아주고 용기를 북돋아주는 프롤레타리아트의 노래"(3권, 218쪽)인바, 이 노래를 통해 조선의용군은 협소한 민족주의에서 벗어나 민중의 국제적 연대를 통해 식민지 근대를 극복하는 반식민주의를 향한 투쟁의 의지를 다졌던 것이다.

김학철 문학의 민족해방운동 동력을 동아시아 평화로

이 글의 서두에서 김학철 문학의 현재성에 대해 간략히 언급했다. 김학철 문학은 답보 상태에 머물러 있는 민족문학의 새로운 길을 모색하는 데 주요한 역할을 할 수 있을 것으로 생각한다. 그것은 김학철의 문학이 한반도와 중국을 가로지르는 공간성을 확보하고 있어, 동아시아의 복잡다기한 근대적 문제들을 배타적인 민족주의적 관점이 아니라 민중의 국제적 연대를 통해 반식민주의 문학으로 해결할 수 있는 가능성을 간직하고 있기 때문이다. 여기에는 무엇보다 김학철이 지속적으로 복원하고 있는 조선의용군의 항일무장독립투쟁의 역사적 동력을 동아시아의 평화적 가치를 확산시키는 데 적극적으로 전화시켜야 한다는 과제가 제기된다.

  21세기의 동아시아는 아시아의 평화는 물론, 세계의 평화에 매우 중요한 역할을 맡고 있다 해도 과언이 아니다. 한반도를 둘러싼 최근의 국제 정세는 숨 가쁘게 펼쳐지고 있다. 21세기의 민족문학은 일국 중심의 민족문학을 넘어서는 것은 물론, 분단문학을 넘어 통일문학을 지향해야 할 것이다. 그런데 통일문학은 한반도에만 국한되지 않는다. 김학철의 문학을 통해 확연히 증명되듯, 우리 민족 구성원의 항일독립운동의 무대가 동아시아 전역에 걸쳐 있고, 바로 그곳에서 민족문학의 훌륭한 성과물이 산출되고 있다는 것은 우리의 민족문학의 외연이 확장되고 있다는 것을 말해 준다.

  이것은 단순한 외연적 확장이 아니라 동아시아의 분쟁을 해결하고 평화를 모색하기 위한 소중한 민족문학적 성취라는 점에서 그 가치를 높이 평가해도 손색이 없다. 김학철의 문학은 그 좋은 사례다. 특히 김학철의 문학이 "식민주의와 자본주의에 유효하게 저항하고, 그것들을 바꿔 나갈 것인가 하는 논리와 밀접히 관련되어 있다면, 근대 아시아의 역사적 유산으로서 민족해방운동과 사회주의운동의 동력, 격정적이고 미완성인 임무는 모두 새로운 아시아 상상으로 전화되[15]는 데 긴요

---

15 왕후이, 〈아시아 상상의 계보〉, 《새로운 아시아를 상상한다》, 이욱연 외 옮김, 창작과비평사, 2003, 225쪽.

한 역할을 수행할 수 있을 것이다.

필자는 2010년 10월 29일부터 31일까지 2박 3일 일정으로 금강산에서 개최된 6·15민족문학인협회 결성식에 참가한바, 분단 60년 만에 남북의 문학인들이 단일 단체조직을 결성하고 이후 민족문학의 새로운 길을 모색하는 데 뜻을 모았다. 필자의 바람이 있다면, 향후 6·15민족문학인협회를 통해 남과 북의 문학인들이 함께 김학철의 문학적 성과를 논의하고, 동아시아의 평화와 세계의 평화를 모색하는 데 김학철 문학의 새로운 가치를 발견하였으면 하는 것이다. 김학철의 문학은 늘 새롭게 읽혀야 하며, 김학철 문학에 자리한 민족해방운동의 동력에 대한 현재적 해석이야말로 반식민주의에 기반한 평화를 추구하는 문학의 가치를 드높여 줄 것이다.

6

아시아계 미국인의 노동 공간의 의미
- 《차이나타운의 마지막 손세탁소》에 나타난 이국적, 여성적 이미지

기 현 주

이 글은 〈아시아계 미국인의 노동 공간의 의미 : 《차이나타운의 마지막 손세탁소》에 나타난 이국화와 여성성〉(《새한영어영문학》제50권 3호)을 수정 · 보완하여 재수록한 것이다.

차이나타운의 마지막 손세탁소

아시아계 미국인들의 초기 이민 역사에서 그들의 주요한 거주 공간은 미국 사회의 주변 지역이었다. 아시아계 이민 개척자들은 하와이나 서부 해안 지역에 있는 농장이나 불모지 등에서 농산물을 생산하거나 농토를 개척하며 주류 사회에 필요한 노동을 제공하는 저임금 노동자로서 착취를 당했다. 자본주의에 기초한 지배적인 경제 및 사회관계들로 운영되는 노동의 공간분업으로 인해 아시아계 미국인들은 이민 역사의 초기에 미국의 변경에 자리하게 되었던 것이다. 그러나 이러한 공간적 특징은 미국 경제의 변화와 지구적으로 관련된 경제 및 권력관계에 따라서 다시금 형성된 노동의 공간분업으로 인해 변화되었다. 노동의 공간분업은 경제적 조직만이 아니라 사회적 · 지리적, 그리고 권력관계를 포함하는 인간 사회의 모든 관계들도 동반한다. 따라서 앙리 르페브르Henry Lefebvre의 설명대로, 노동의 공간분업 아래에서 이루어지는 생산의 주요한 형태에 따라 새로운 공간이 만들어진다(46). 이러한 논리대로 아시아계 미국인들이 종사한 직업 형태가 농업이나 어업 중심에서 자영업이나 상업 등으로 변화하였고 이에 따라 그들의 주요한 거주 공간 역시 시골에서 도시로 바뀌게 되었다.

　도시를 중심으로 형성된 아시아계 미국인들의 공간적 특성은 오랜 역사 동안 아시아계 이민자들에게 가해진 식민적 규제와 밀접하게 관련되어 있다. 역사적으로 아시아계 미국인들은 저임금 노동자로서 플랜테이션, 철도 건설 현장, 광산 등지에서 미국의 건설에 대대적으로 참여하였다. 그러나 그들은 철도가 완공되고, 금광 채굴 등의 일들이 쇠퇴하자 더 이상 국가 건설 현장에 남아 있을 수 없었다. 더군다나 시민권이 없어서 법률적 제한을 받았을 뿐만 아니라 적대적인 주변 환경 때문에 사회에 쉽게 동화될 수 없었다(S. Wong 56). 아시아계 미국인들은 사회, 경제 영역에서 발생하는 인종차별을 피하기 위하여 도시지역으로 모여들어 차이나타운, 리틀 도쿄, 그리고 마닐라 타운 같은 소수민족 공동체를 형성하게 되었다. 비록 뚜렷한 물리적 경계선은 없으나 그들만의 폐쇄된 공간에서 중국인들은 소수 인종들이 주로 관계하는 일정한 유형의 직업과 사업에 종사하게 되었다.

또한 19세기 후반에 미국으로 온 중국인 노동자들은 1882년 선포된 '중국인 입국금지령Chinese Exclusion Act'으로 배우자를 미국으로 데려올 수 없었고, 백인 여자들과의 결혼 또한 법적으로 제지당했다. 이러한 식민지적 규제로 형성된 "독신사회"에서 아시아계 미국인 남자들은 주로 요리사, 웨이터, 세탁업 종사자나 가사노동자로서 일을 하게 되었다(Kwong 38 ; Cheung 175). 자금도 없고 영어도 제대로 구사할 줄 모르는 그들에게 서비스 부문에서 일하는 것은 선택의 문제가 아니라 생존을 위해 할 수 있는 많지 않은 방편들 중 하나였던 것이다.

그중에서 세탁업은 한때 절대 다수의 아시아계 미국인들이 종사하였던 업종이었다. 사업을 시작하는 데 비교적 자본이 많이 들지 않고 주류 사회와의 접촉이 그리 많지 않기 때문에 영어를 잘 구사하지 못하는 중국인들이 몰려들어서 세탁업은 심지어 "중국인 직업Chinese trades"이라고 불리기도 하였다.[1] 특히 손세탁업은 세탁하는 일에 다른 장비를 쓰지 않고 거의 모든 일을 손으로 하기 때문에 기계를 사용하는 것보다 더 오랜 시간이 걸리고 힘이 드는 작업이었다(B. Wong 339). 이러한 이유로 손세탁업은 사회 변화에 많은 영향을 받았다. 시간이 지나자 열악한 작업환경, 오랜 노동시간과 힘든 노역, 단조로운 일의 반복과 세탁소에서 혼자 일을 하기 때문에 느끼는 외로움 그리고 다른 외적인 요인들로 인해 아

---

[1] 1930년경 뉴욕에서 유급으로 고용된 중국인 중 84퍼센트가 식당이나 세탁소에서 일했다(Kwong 38). 또한 1930년대에는 뉴욕에 3,350개의 중국인 손세탁소가 있었고, 1940년대에는 모든 중국인의 37.5 퍼센트가 세탁업에 종사하였다(Kwong 61). 이러한 수치들은 세탁업이 중국인들에게는 생존을 위한 절대적인 수단이었음을 입증한다.(Kwong 38)

시아계 미국인 공동체 내 세탁소 수가 급격하게 감소하게 되었다.

그동안 아시아계 이민자들의 경제적 상층 이동과 이민 유형의 변화, 즉 고등교육을 받은 사람들과 부유한 이민자들의 수의 증가 등 사회경제적 요인들로 인해 많은 아시아계 미국인들이 교외 지역으로 이동하였다. 하지만 새로 이민 온 사람들을 포함하여 상당수의 아시아계 미국인들은 여전히 도시 지역에 위치한 소수민족 공동체나 게토에 거주하고 있다. 도심지 속 또 다른 변방을 형성하는 이러한 곳에서 그들은 식민적 규제 아래에서 형성되기 시작한 서비스업에 종사하게 된다. 따라서 이러한 직업 유형은 이민에 관련된 식민적 법률들이 폐지된 현재까지도 경제적으로 혜택받지 못한 아시아계 미국인들이 살아갈 수있는 생존 지대를 제공한다.

앨빈 엥Alvin Eng의 뮤지컬 《차이나타운의 마지막 손세탁소The Last Hand Laundry in China Town》에서는 아시아계 미국인들이 생계를 위해 일을 하는 주된 공간인 서비스 영역이 탐구된다. 앨빈 엥은 뉴욕시 퀸스Queens의 플러싱Flushing에서 세탁소를 운영한 중국계 이민자의 아들로, 그는 이 극을 통해 실제로 존재하였던 뉴욕시 "중국인 손세탁 연합회Chinese Hand Laundry Alliance"의 회원이었던 자신의 아버지를 포함한 중국인 이민 개척자들에게 경의를 표한다.

작가의 개인사와 관련되는 극 중 세탁소는 합법적 인종차별의 산물인 탈식민적 조건과 교차하는 아시아계 미국인의 역사를 요약해 보여준다. 외따로 떨어진 장소에서 극중 주요 인물인 크레이지 탐Crazy Tom은 하루 종일 세탁물을 빨고, 다림질하고, 옷을 분류하고 개는 단조로운 일을 한다. 그런데 미국 사회와 중국인 공동체 내의 전반적인 변화로 세탁업은 쇠퇴해 가고 있어서, 크레이지 탐은 경제적으로나 사회적으로 더욱더 무력해진다.

점점 몰락해 가는 세탁업은 단순히 경제적 의미를 넘어, 아시아계 미국인과 지배 집단 간의 불평등한 권력관계에 따라서 형성되는 문화적 의미도 함축하게 된다. 크레이지 탐이 일하는 좁고 어두운 "인민 세탁소The People's Laundry"뿐만 아니라, 세탁소가 위치한 차이나타운은 백인들에게는 신기하고 이색적인 구경거리다. 이와 같이 과거 시대의 유물로서 세탁소는 중국계 미국인들의 타자성을 한층 더 부각시킨다. 또한 크레이지 탐이 거의 평생 동안 감금된 채 노역을 해 온 세탁소는 그가 보여 주는 정체적이고 수동적인 행동 특성 때문에 여성적 이미지를 띠게 된다. 크레이지 탐의 작업장이 여성적 이미지를 부여받는 것은 이민 역사에서 아시아계 미국인들이 겪은 '여성화feminization'라는 문제를 강하게 환기시킨다. 역사적으로 미국 사회의 가장자리에서 정치적 · 경제적 · 문화적으로 소외당해 온 아시아계 미국인 남자들의 남성성이 직업적 그리고 공간적 특성으로 위축되거나 박탈당했던 것이다.

이 글에서는 이민 역사에서 아시아계 미국인들의 생존을 위한 주요 공간이었던 세탁소가 백인 지배 집단과의 관계 속에서 함축하게 되는 이국적이고 여성적인 이미지를 《차이나타운의 마지막 세탁소》를 중심으로 탐구할 것이다. 주류 사회의 이득을 위해 구성되고 유형화된 이 서비스 업종은 직업 특성상 아시아계 미국인들의 부정적인 면을 강화하도록 만든다. 그러나 삶의 터전인 차이나타운과 세탁소에 대한 주요 인물들의 인식과 태도에는 자신들을 향한 지배 집단의 응시에 대한 저항의 의미가 함축되어 있다. 그래서 이 글의 후반부에서는 극중 주요 인물들이 자신들의 문화적 토대를 이루는 세탁소를 저항의 장소로 의미화할 때 지배 집단의 인종적이고 성적인 편견이 어떻게 의문시되는지를 검토하겠다.

이국화와 재개발의 딜레마

크레이지 탐의 작업 공간인 '인민세탁소'는 차이나타운 내에 위치해 있다. 실제로 차이나타운은 오랜 이민 역사를 통해 형성되고, 변화를 겪어온 중국인들의 공동체로서 백인 주류 사회와 떨어져서 그들만의 독특한 문화적 정체성을 유지해 왔다. 그렇기 때문에 외면적으로 보았을 때 이곳은 미국의 일부라기보다는 작은 중국처럼 보인다. 하지만 여기에 거주하는 중국계 미국인 그리고 중국계 이민자들 모두는 백인 지배 체제 아래 놓여 있기 때문에 미국 사회 전반에서 일어나는 인종차별을 피할 수 없다. 또한, 가난하고 힘없는 중국인 노동자들은 차이나타운 내 중국인들의 전통적이고 권위적인 조직으로부터도 소외를 받아 왔다(Kwong 41-67).[2] 그런 이들이 뉴욕 차이나타운 역사상 최초의 민주적 조직인 "중국인 손세탁 연합회Chinese Hand Laundry Alliance"[3]를 결성하여 중국인 세탁업자를 압박하는 주류 사회와 권위적인 중국인 조직에 맞서 대항하기도 하였다.

《차이나타운의 마지막 손세탁소》에 등장하는 한 중국계 미국인 가족은 크게는 미국 사회, 작게는 뉴욕 시의 변화에 따른 차이나타운의

---

[2] 중국인 노동자들은 주로 출신 지역, 가족 및 친지 관계로 맺어진 조직에 가입하였는데, 이러한 조직들은 권위적이고 위계적 질서를 중시하고 복종을 요구하였다(Kwong 41).

[3] 1933년 '중국인 손세탁 연합회Chinese Hand Laundry Alliance'가 뉴욕 차이나타운에서 결성되었다. 뉴욕 차이나타운 역사상 최초의 대중 조직인 이 연합회는 1934년에는 회원이 3,200명 이상이 될 정도로 많은 중국인들이 가입한 조직이었다. 피터 쾽Peter Kwong에 따르면 경제불황기Great Depression에 세탁업은 다른 업종과 마찬가지로 경쟁이 매우 심한 업종이 되었고, 중국인 세탁업자들에게 빠르게 성장하는 백인 주류 사회의 세탁업은 큰 위협이 되었다. 미국 주류 사회의 세탁업자들은 여러 가지 규제를 통해 중국인 세탁업자를 압박했지만, 중국인들에겐 그들의 권리를 지킬 조직이 없었다. 비록 '중국인 통합공제회Chinese Consolidated Benevolent Association'가 있었지만, 이 협회는 중국인들에게 실질적인 도움을 주기보다는 오히려 과다한 회비를 거둬들이는 부패한 집단이었다. 많은 중국인 세탁업자들은 전통적인 조직으로부터의 독립과 출신 지역 및 친족 관계를 초월하는 새로운 연합회를 결성할 필요를 절실히 느껴, 마침내 1933년 4월 26일 첫 모임을 갖게 되었다. 이 연합회는 미국에서 매우 진보적이고 정치적인 중국인 집단 중 하나로 기존의 전통 조직에게는 도전적인 존재였다. '중국인 손세탁 연합회'의 창설로 중국인 공동체는 신·구 양편으로 나뉘어져 대결하기 시작하였다(Kwong 61-7). 이 연합회는 또한 중국혁명을 강력하게 지지하는 한편, 한국전쟁 때 반-공산당 운동에 가담하기를 거절해서 이민국과 정부로부터 시달림을 받았고 그로부터 회원 수가 격감하게 되었다(B. Wong 34).

개혁과 상업화에 직면해 있다. 그들은 지배 집단과 협조하여 유형화된 소수민족 집단 거주지에서 탈출할지, 아니면 그대로 머물러서 자신들의 문화유산을 지킬 것인지를 결정해야 한다. 그러므로 극 속에서 차이나타운은 변화와 문화적 유산의 보존이라는 두 개의 대립적인 문제를 놓고 갈등하는 공간이 된다.

차이나타운의 공간적 의미는 역사를 통해 발전해 왔다. 리사 로우 Lisa Lowe가 언급하듯이, "차이나타운은 미국에 있는 중국인들을 위한 집단적인 기억이 침전되어 있는 공간이다"(125). 합법적 인종차별에 구속되어 있던 중국계 이민 개척자들에게 차이나타운은 주류 사회의 차별과 폭력으로부터 벗어나 거주할 수 있는 유일한 공간이었다. 다른 한편, 이곳은 관광객들의 호기심과 관심을 불러일으키는 기묘하고도 신비로운 공간으로 여겨져 왔다. 첫 장면은 주류 사회의 사람들이 차이나타운에 대해 어떤 이미지를 갖고 있는지를 단적으로 보여 준다. 여기서 두 명의 관광객은 차이나타운에 있는 이국적인 장소를 찾는다.

> 마사. 여행사 직원은 우리에게 계속 확신시켰죠
>   차이나타운은 아직도 신기하고 이상한 곳이라는 것을
> 조오지. 아마 여기 이곳은 이국적이었겠죠
>   하지만 차이나타운은 변했어요
>   차이나타운은 변했어요[4](330)

백인 관광객인 마사Martha는 차이나타운에서 자신들의 호기심을 만족시킬 수 있고 따라서 그들의 문화적 우월감을 강화시킬 수 있는 다양한 문화적 특징들을 볼 수 있게 되기를 바랐지만, 실망스럽게도 그곳

---

[4] 전체 2막으로 되어 있는 이 뮤지컬에서 등장인물들은 자신들의 생각을 전달하기 위하여 노래를 부르거나 노래를 통하여 대화를 한다. 노래는 원래 대문자로 쓰였으나 여기서는 비스듬한 사체로 표기했다.

은 이미 변했고 그들의 기대는 무너진다. 백인 주류 사회 사람들에게 차이나타운은 항상 그래 왔던 것처럼 이국적이고 호기심 어린 장소로 남아야 하는 것이다. 지배하고자 하는 백인 지배 집단의 욕망은 레이 차오Rey Chow가 주장하듯이, 타자를 원래의 이미지 그대로 유지시키고 싶어 하는 백인의 불안anxiety으로 표현된다.

레이 차오는 한 중국인 시인의 시를 분석한 중국 연구가 스티븐 오웬Stephen Owen을 오리엔탈리스트로 규정한다. 오웬은 현대 중국 작가들이 '진정한 민족적 정체성'을 '훌륭하게 번역'하여 서구인들이 소화할 수 있도록 하기 위해 자신들의 민족문화유산을 희생시킨다고 비판한다(Chow 2). 프로이트의 용어 "멜랑콜리어melancholia"를 사용하여, 차오는 중국을 포함하여 동양에 대해 오웬과 같은 오리엔탈리스트가 보이는 감정을 "오리엔탈리스트 멜랑콜리어"로 정의한다(4). 오리엔탈리스트들의 멜랑콜리어는 그들이 애호하는 문화의 상태가 변해서 사랑하는 것을 빼앗겼다고 느끼는 감정 상태라고 할 수 있다. 이와 비슷하게 극에서 차이나타운이 변한 것을 보고 관광객이 느끼는 상실감이 바로 "오리엔탈리스트의 멜랑콜리아"로 해석될 수 있다.

두 명의 관광객이 드러내는 것처럼, 백인 지배 집단은 차이나타운을 인종적 타자의 공간으로 차별화함으로써 권력을 행사한다. 실제로 차이나타운의 형성과 변화는 지배 집단과 직접적으로 관련되어 왔다. 중국인 공동체 내의 모든 건물과 거리, 공간 사이의 관계, 그리고 개인들과 그 직업의 관계 등은 "미국 사회가 생산을 증가시키고 생산에 필요한 관계를 재생산하기 위하여 차이나타운을 조직한 방식에 대한 물질적 증언을 제공한다"(Lowe 120-1). 이러한 헤게모니적 논리로부터 생산된 차이나타운에 있는 복잡하고 어지럽게 흩어져 있는 건물들과 상점들은 《차이나타운의 마지막 손세탁소》에서 "인민 세탁소"와 크레이지 탐의 작업장이 있고, 그와 그의 가족이 살고 있는 건물로 압축되어 드러난다. 세탁소의 건물에서는 일하고, 여가 시간을 보내고, 가족이 모이는 것과 같은 많은 다양한 활동들이 공존한다. 리사 로우가 주장하듯이 "공간의 응축된 동시성은 차이나타운을 지배 집단이 차지한 중심에게 시중을 드는 주변으로 위치시키는 사회적 공간의 조직화를 입증한다"(124). 이 소수민족 게토에 대한 헤게모니적인 개념과 지배는 또한 재개발계획을 통해서도 그 힘을 드러낸다.

사실 차이나타운의 재개발은 세대 간 그리고 젠더 간의 갈등을 유발하는 것과 더불어 이것으로부터 극의 액션이 발전해 가는 주요한 사안이다. 딜란 탐Dylan Tom의 아버지인 크레이지 탐과 그의 삼촌인 보-기Bo-gee는 차이나타운과 중국을 초기 이민자들이 생각했던 것과 같은 의미로 받아들인다. 심지어 "인민 세탁소"는 관광 안내서에 나와 있고, 관광객들에게는 공산주의 박물관쯤으로 여겨진다. 그러나 크레이지 탐에게 이 세탁소는 하나의 세계를 의미한다. 과거 차이나타운에 살고 있던 중국계 미국인들에게 세탁소는 그들의 중요한 생계 수단이자, 보-기가 말하듯이 그들을 정신적으로 지탱해 주는 지주이기도 하였다.

> 보-기. 수년 전, 세탁소 주인들은 우리 공동체의 중심이었고, 인민 세탁소는 마치 시청과 같았어. 그러나 이제는 아냐.
> (대사가 "차이나타운 발라드" 노래로 바뀌는 것이 강조된다. 노래하는 보-기를 제외한 모든 사람들은 동작을 멈춘다 :)
> 보-기. *이 세탁소는 자부심의 근원이었지*
> *이제는 추해졌어*
> *이제는 가족들이 분열되는 곳이야*
> *무엇이 이 장소를 차지하게 될까?*
> *무엇이 이 장소를 차지하게 될까?*(334-5)

차이나타운의 재개발 문제로 분열하는 크레이지 탐의 가족은 이곳에 거주하는 중국계 미국인 공동체 전체를 나타낸다고 할 수 있다. 한편으로 그들은 자신들을 주류 사회 사람들과 구분하게 하는 동시에 문화적 정체성의 근원으로서 자긍심을 부여하는 차이나타운의 유산을 지키고 싶어 한다. 다른 한편, 이곳은 그들에게 버릴 수도 그렇다고 영원히 보존할 수도 없는 짐이다. 특히 크레이지 탐의 아이들인 조지Josie와 딜란에게 차이나타운은 그들의 잠재성을 억압하고 그들을 질식시키는 공간으로서 의미를 갖는다. 조지와 딜란은 각각 몇 년 전 결혼하기 위해 그리고 작가로서 출세하기 위해서 차이나타운을 떠났다. 심지어 딜란이 자신의 꿈을 위하여 문화적 근본을 저버리자 그의 아버지는 그와 의절을 한다. 또한 차이나타운 발전 사무소에서 일을 하는 조지에게 이 타운은 죽어 가는 도시다. 왜냐하면 뉴욕 시는 필요한 행정적 관심을 보이지 않기 때문이다. 주민인 중국계 미국인들에게 힘을 부여하기 위해서는 낙후된 차이나타운의 개발이 필수적이라고 조지는 믿고 있다.

> 조지. 아주 오랫동안, 중국인들은 수동적이었죠
>> 비록 우리의 숫자가 많아도
>> 우리는 우리 자신을 이등 시민으로 생각하죠
>> 우리는 다른 사람들이 지나가도록 옆으로 비켜서죠
>>
>> 이제 그러한 생각이 우리를 어떻게 지배하게 되었나를 보세요
>> 도시는 우리를 저버리기만 해왔죠
>> 우리의 지역에 감금되어 있는 한
>> 해야 하는 일을 우리가 하는 한
>> 그들은 조금도 개의치 않죠 절대로 개의치 않을 거예요

당신의 권리를 지키세요
그렇지 않으면 당신은 모든 것을 잃게 될 거예요
그들은 당신이 가진 모든 것을 빼앗을 거예요
그리고 체면을 잃는 대가를 치를 거예요
왜냐하면 사람들을 믿을 수 없기 때문이죠
그들이 아무리 멋지게 말한다 해도
그러니 미소 짓고 매력적으로 대하세요
그러나 속으로는 항상 당신의 권리를 지키세요. (352)

　조지가 말하는 대로 뉴욕시는 차별적인 공간정치를 행함으로서 저소득층이 사는 도시 게토를 무시한다. 도시의 문제에 대한 조지의 인식은 그녀가 차이나타운 개발사업에 적극적으로 개입하도록 고무한다. 그녀는 뒤처지는 지역을 재개발하는 것으로 차이나타운이 더욱 상업화되고, 그럼으로써 많은 사람들을 끌어들일 수 있다고 믿는다. 잘 정돈되고 깨끗한 차이나타운은 경제활동을 활성화시키고 지배 집단이 앗아간 자부심을 다시 회복시킬 수 있다는 것이다. 그러나 중국계 미국인들의 삶의 개선에 관한 조지의 생각은 지배 계층이 가지고 있는 논리와 같은 맥락에 있다. 미국의 헤게모니를 쥐고 있는 집단은 인종에 따른 불균등의 문제, 경제적 그리고 공간적 조건을 무시하면서 "발전의 논리"를 추구한다. 이때 차이나타운에 있는 부유한 중국계 미국인을 포함한 대지의 소유자들은 진보, 개선 혹은 발전이라는 지배집단의 이데올로기를 받아들임으로써 그들의 자본을 극대화하려고 한다.

　그러나 발전 계획이 게토에 거주하는 사람들의 삶에 오히려 거의 치명적인 영향을 끼치게 된다. 경제적 지위가 불안정한 사람들에게 변화의 물결은 너무 심해서 그들은 그 속에서 살아남는 것조차 힘들다. 이러한 상황에서 보-기는 자금이 없어 발전 계획에 참여할 수 없기 때

문에 살고 있던 건물에서 쫓겨났다:

워커 스트리트에 있던 나의 오래된 건물은 협동조합 소유 방식으로 전환이 되었고 나는 그것을 소유할 능력이 없었지. 주변에 있는 많은 사람들의 처지도 거의 같아. 다행히도 너의 아버지가 나를 거두어 주었어.(346)

크레이지 탐 또한 손세탁 사업이 쇠락하자 집세를 지불할 수조차 없다. 그는 심지어 자신의 사업을 유지하기 위하여 다른 사람에게 많은 돈을 빌려야 했다. 건물이 들어서 있는 토지에 대해 소유권을 가지고 있는 사람들은 오래된 지역을 새로이 개발함으로써 이득을 얻으려고 한다. 이러한 상업화의 물결 속에서 크레이지 탐, 보-기 그리고 그들처럼 가난한 사람들은 더욱더 궁핍하고 무력해진다.

지배 집단의 발전 논리 속에서 차이나타운에 있는 영세 사업자들은 무력할 따름이다. 이민 초기에 중국인들은 식민적 규제로 인해 형성된 "독신자 사회"에서 강한 유대감을 갖는 한편, 자신들의 독특한 문화적 정체성을 유지할 수 있었다. 자신들을 타자로 여기는 미국 주류 사회에 편입되지 못한 중국계 이민자들은 도심지의 게토에 차이나타운을 형성하였고, 이는 오랫동안 중국계 미국인들에게 자신들의 문화적 자긍심을 제공하였던 것이다. 다른 한편, 이러한 기묘하고도 독특한 중국인 공동체의 공간은 백인들의 관광지가 될 만큼 이국적인 대상이었다. 차이나타운이 백인 지배 계층의 응시를 벗어나기 위해서는 조지가 주장하는 대로 개발계획을 추진하여야 한다. 그러나 오래된 건물과 도로 등을 현대화함으로써 중국인 공동체의 경제적인 이득을 도모하려는 계획은 주로 주류 사회와 중국인 지배 계층만의 이득을 위한 일이다. 이렇듯 중국계 미국인들이 자신들의 문화적 근본을 지키려면 차이나타운을 이국적인 대상으로 존속시켜야 하고, 이를 발전시키기 위해서는 백인 지배집단과 중국계 미국인 공동체 내의 지배 계층과 결탁해야 하는 딜레마에 빠진다.

젠더화된 서비스 영역 : 아시아계 미국인 남성의 여성화

이민 역사를 통해 아시아계 미국인 남자들의 남성성은 지배 집단에 의해 왜곡되어 왔다. 그들이 경험하게 된 상징적인 거세 및 여성화는 미국 사회에서 아시아계 미국인들이 놓인 정치적 · 사회적 · 경제적 지위 그리고 그들과 다른 인종 및 민족 집단과의 문화의 차이 등으로 촉발되었다.

《차이나타운의 마지막 손세탁소》의 무대배경은 세탁소이다. 전통적인 관점에서 보았을 때 세탁소는 여성들의 공간으로 분류되고, 이는 아시아계 미국인 남성의 이미지 형성과 밀접하게 연관된다. 이들은 젠더화된 영역에 함축된 공간적 의미에 따라 이미지를 갖게 된다. 즉, 아시아계 미국인 남성의 주요한 일인 '빨래하는 작업'은 그들에게 여성 이미지를 부과하게 되고, 이에 따라서 세탁소 역시 여성성의 의미를 함축하게 된다. 이렇듯 아시아계 미국인 남성들의 주요 노동 공간은 여성적 특징을 부여받는데, 이러한 사실은 "인종화되고 젠더화된"[5] 국가 구조의 기초 위에서 결정된다.

역사적으로 미국의 국가적 정체성은 백인 남성을 중심으로 형성되는 반면에 소수 인종들은 배제되어 왔다. 역사적으로 소수 인종들은 비시민으로 분류되어 국가적 공간에 포함될 수 없었으며, 더 나아가 미국 지배 집단의 이익을 증진시키기 위한 곳에 배치되었다. 아시아

---

5 리사 로우는 인종적 타자들을 법률적 · 정치적 공간으로부터 배제하고, 시민권 담론에서 여성을 차별함으로써 미국은 "인종화되고 젠더화"되었다고 주장한다(1–36).

계 미국인들의 이러한 정치적 권리 박탈은 그들의 왜곡된 성적 이미지와 관련된다. 정치, 사회적 차원에서 약화된 그들의 남성성은 '여성적인 남자'로서의 이미지로 이어진다. 일레인 킴Elaine Kim은 정치적 권력과 아시아계 남성들의 무능한 성적 능력과의 관계를 집중적으로 논의한다.

인종과 젠더로 빚어진 계층들이 독특하게 엉켜 있는 미국에서 영원한 정치적 국외자로서 아시아계 미국인들의 대상화는 성적인 비정상자로서의 대상화와 밀접하게 엮여 있다. 즉, 아시아 남성들은 성적 능력을 갖지 못한 사람들로, 아시아 여성들은 그 어느 것도 갖지 못한 사람들로 코드화되었다.(69)

인종과 젠더에 따라서 계층화된 미국 사회에서 정치적 · 사회적 영역에서 배제되고 차별을 받은 아시아계 미국인 남성들의 지위는 박탈된 남성성의 이미지를 만들어 낸다. 즉, 국가적 차원에서 아시아계 미국 남성의 "주체적 지위로부터의 이탈"(Ling 314)은 약화된 혹은 정도를 벗어난 성이라는 이미지로 귀결된다. 박탈된 남자다움과 권력에 대한 불안은 너무 강력해서 이와 관련된 내용들이 많은 아시아계 미국문학 및 예술 작품에서 되풀이하여 다루어진다. 특히 세 명으로 이루어진 퍼포먼스 그룹인 '슬랜트Slant'의 〈큰 성기, 아시아 남자Big Dicks, Asian Man〉라는 극의 한 부분인 "우에해라 병원 대기실Dr. Uehara's Waiting Room"에서는 성기 확대 수술을 받으려고 하는 아시아계 미국인 남성들을 보여 준다. 이 장면을 통해 노골적으로 제시되듯이, 아시아계 미국인 남성들의 신체는 그들과 백인 사회와의 권력관계가 표현되는 장소이다. 그러므로 백인의 응시 아래 그들의 남성성은 줄어드는 것이다.

아시아계 미국인 남성들과 관련되어 논의되는 박탈된 남성성 혹은 거세된 신체는 탈식민 비평가들이 논의한 피식민자의 남성성의 박탈이라는 문제와 같은 맥락으로 이해된다. 앤 맥클린톡Anne McClintock이 정의하는 대로 기본적으로 식민화는 상징적인 "젠더 폭력"이다.

> 미지의 세계에 대한 지식은 문화 차이에 대한 확대된 인식으로서가 아니라 젠더 폭력이라는 기본 원리로서 묘사되고, 사적 재산과 개인주의라는 새로운 계몽주의 논리에 의해서 정당성을 입증받는다. 이러한 환상 속에서 세계는 여성화되고, 남성의 탐험을 위해 공간적으로 펼쳐져 있고, 제국의 권력을 위해 다시 모이고 배치된다.(23)

앤 맥클린톡의 말대로 식민주의자들의 "남성적 지식"은 타자들의 영토를 남성들이 통과하고 탐험하기를 기다리는 여성의 신체로 바꾼다. 이처럼 식민주의자의 지식에서 성애적으로 묘사된 젠더 폭력은 대지의 식민화 과정을 상징화하고, 나약한 사람으로 유형화된 피식민 남성들을 계속 여성화한다(Gandhi 99). 릴라 간디Leela Gandhi는 식민적 충돌을 간단히 "경쟁하는 남성성들 사이의 투쟁"으로 설명한다(98). 여기서 더욱 중요한 것은 타자의 대지에 대한 지식의 형성과 정복, 그리고 정복된 공간과 피식민 남성의 여성화는 식민주의자의 남성성을 강화하게 된다는 사실이다. 따라서 식민주의자와 피식민자가 각자 강화하기를 바라는 남성성에 대한 욕망은 그들의 불안감anxiety을 통해 표출된다. 이와 같은 피식민자의 경험처럼 아시아계 미국인 남성들은 초기 이민 시대부터 여성화라는 비슷한 과정을 겪어 왔다.

《차이나타운의 마지막 손세탁소》에서 크레이지 탐은 세탁업이라는 직업 자체의 특성뿐만 아니라 환경조건 때문에 여성성의 이미지를 갖게 된다. "인민 세탁소"의 주인인 그가 일하는 공간은 비좁고 어두컴컴하다. 찾아가지 않은 꾸러미가 쌓여 있어서 마치 "버려진 저장 창고 같은"(341) 공간에서 그는 평생 하루에 열두 시간 동안 노예처럼 일해 왔다. 지하 세계에서 사는 사람처럼 그는 외부 세계에 대해 공포감을 가지고 있다. 그의 아버지와 다른 중국계 미국인들이 중국을 떠났을 때 생명력이 없는 유령처럼 되었듯이, 그도 세탁소를 떠나면 죽을 것이라고 생각한다. 이러한 크레이지 탐은 비좁은 공간에 문자 그대로 묶여 있는 것 같다. 그래서 무대 위에서의 움직임도 극도로 제한되어 있다. 마치 제니 림Genny Lim의 《쓴 사탕수수Bitter Cane》에서 극이 전개될 동안에 한 번도 밖에 나간 적이 없는 창녀 리-타이Li-Tai처럼, 크레이지 탐은 감금의 생생한 이미지만을 전달한다.

서구의 전통적인 시간 개념에 따르면 움직임과 이동은 남자다움을 의미하는 반면에, 움직임이 없는 하나의 공간은 정체 혹은 봉쇄의 이미지를 그리면서 여성성을 나타낸다. 이러한 관점에서 보면, 크레이지 탐은 여성적인 특징을 갖는 정체된 공간을 구현한다. 그런데 그의 행위는 관념적인 사고방식에 기초한 이분법적인 남성성과 여성성 개념을 혼란스럽게 한다. 비록 크레이지 탐은 좁은 세탁소에 갇혀 있는 것으로 여성성의 공간을 형상화하지만, 그의 "움직이지 않는" 행위는 세탁소를 비워 줌으로써 그에게 협조하기를 바라는 개발업자의 요구에 반대하기 위한 일이다. 그러므로 "부동no-mobility"은 수동적이기보다는 투쟁적인 단호한 행위로 보인다. 그는 자신의 좁은 공간에 머묾으로써 지배 집단에 복종하기를 거부하고 이에 따라서 정체stasis를 여성적으로 분류하는 것을 거부한다.

크레이지 탐과는 대조적으로, 그의 부인 준June과 딸 조지는 자신들의 공간적 경계를 확대하면서 일상적인 삶을 활발하게 수행한다. 특히 준은 개발계획에 동의하도록 남편을 설득하려고 하지만 실패하자 딸과 같이 살기 위해 세탁소를 떠난다. 공간과 시간에 대한 서구의 관습적인 개념에서 보면 준과 조지의 적극적인 움직임은 젠더 규범의 전복으로 해석된다. 그들은 정지해 있기보다는 움직임으로써 여성에게 정해진 공간적 질서를 위반하는 것이다. 그러나 준과 조지는 지배 집단이 주장하는 개발계획에 참여하기 때문에 그들이 보여 주는 공간성은 남성적인 것으로만 의미화될 수 없다.

아시아계 미국인 남자들의 상징적인 거세와 여성화는 1970년대 중반부터 작가와 비평가들 사이에서 뜨거운 논쟁을 불러일으킨 주제였다(Ling 312). 맥신 홍 킹스턴Maxine Hong Kingston의 소설《여인 무사The Woman Warrior》에 대한 논쟁은 젠더 문제를 단순히 "가부장제에 대한 남자들의 방어"와 "여성에 대한 페미니스트적인 방어"(Ling 313) 사이의 이분법인 대립보다는 권력관계와 역사적 경험에서 나오는 정치적·사회적으로 관련된 사안으로 인식하도록 하였다. 징퀴 링Jinqi Ling은 '거세'와 '여성성'의 용어를 구분하면서 거세를 "아시아 남자들이 주체적 지위로부터 분리되는 것으로 생겨난 전반적인 사회적 결과"로 정의한다(314).

다른 한편 여성화는 "아시아에 대한 서구의 경제적·정치적 우월감"의 기초 위에서 아시아를 "여성적 타자"로 구축하는 "서구 식민주의"와 더욱 관련시킨다(314). 비록 두 용어가 같은 역사적·문화적 맥락을 공유하지는 않으나 아시아 국가들 대부분이 서구에 의해 식민화되었던 역사를 생각해 보면 아시아계 미국 남자들의 이미지와 관련된 거세와 여성화가 명확하게 구분되지는 않는다. 예를 들면, 인도나 다른 남아시아 국가들은 영국에 의해 식민화되었고, 필리핀은 스페인과 뒤이어 미국에 점유되었고, 한국과 베트남은 각기 미국과 소련 사이의 냉전으로 전쟁을 겪었다. 아울러 공식적으로 식민화되지 않았던 다른 아시아 국가도 미국의 신식민지 프로젝트로 인해 유럽 혹은 미국과 지배와 의존 관계를 형성해 왔다. 따라서 거세와 여성화라는 두 용어 모두 조국의 식민 역사로 인해 이민 오기 전에 서구에 의한 남성성의 박탈이 이미 시작된 아시아계 남자들의 고통스런 시련을 설명할 수 있는 것이다.

여러 비평가들은 두 용어의 사용에 함축된 "남근중심주의phallocentrism"에 대해 비판적으로 언급한다. 그들은 거세와 여성화라는 두 용어는 "가부장적 편견"과 "여성들의 주변화"를 함축하고 있다고 주장한다(Ling 313). 비평가들은 흔히 두 용어에 대해 언어적이거나 혹은 철학적으로 해석해 왔지만, 징퀴 링이 지적하듯이 이 용어들을 아시아계 미국인들이 처해 있는 특이한 역사적 · 사회적 · 경제적 · 정치적 맥락에서 사용하는 것이 더 타당하다(313). 오직 그래야만 이 용어는 아시아계 미국인들에게 저질러진 역사적 부정의에 대한 비판이 될 수 있을 것이다.

거세를 은유적으로 사용할 때 나타나는 중재적 가치interventionary value는 비난하는 입장만을 확립하는 데 있는 것이 아니다. 그것보다는 아시아계 미국인 남성들의 성을 구축하는 데 인종, 젠더 그리고 계층이 어떻게 엮여 있는지를 밝혀 줄 수 있을 뿐만 아니라, 은유가 가지고 있는 비판적 힘을 습관적인 기의적 상황semiotic situation으로부터 분리시킬 수 있는 비판 과정을 시작하는 것에 그 중재적 가치가 놓여 있다.(Ling 317)

아시아계 미국인 남성들의 역경을 거세와 여성화라는 용어를 통하여 표현하는 전략은 여성의 가치를 저해하고, 젠더와 관련된 계층을 영속화하려고 하기 때문에 위험하다. 그러나 이 용어들이 가지는 중재적 역할은 무시되어서는 안 된다. 이러한 역할은 링퀴 링이 주장하듯이 문자 그대로의 의미에 집착하는 것이 아니라, 아시아계 미국인 남자들의 성의 형성에 관련된 인종, 젠더 그리고 계층 사이의 밀접한 관계를 환기시킴으로써 가능하게 될 것이다.

지배 집단이 기초하고 있는 자본주의와 인종주의 아래에서 아시아계 미국인들이 거주하는 공간은 이국적이고 여성적인 이미지를 갖게 된다. 과거 아시아계 미국인 선조들이 미국의 주변적 공간에서 중심을 위해 일했던 것처럼, 식민적 제한 속에서 생산된 분야는 아직도 지배 집단에 기여하고 있다. 그러는 동안 아시아계 미국인들은 자신들의 노동 공간을 이국화, 여성화된 지대로서 유형화하는 데 관여하게 된다. 이처럼 아시아계 미국인 남성들은 주체적 지위로부터 추방되어 백인 지배 집단의 응시 대상이 되지만, 자신들의 특이한 경험과 저항 정신을 가지고 가치가 훼손된 공간을 주체적 입장에서 다시 개념화하려고 시도한다.

공간 분할에 대한 저항

차이나타운에 갇힌 크레이지 탐의 가족들은 자신들을 타자화하는 지배 집단의 응시로부터 벗어나고자 한다. 특히 조지와 딜란은 자신들의 잠재성을 억누르고, 미래를 박탈하는 이 구역으로부터 탈출한 바 있다. 차이나타운으로부터 탈주하는 행위에는 아시아계 미국인들을 그들의 적절한 공간에 배치하여 이득을 취하려는 지배 집단의 공간 분할에 대한 저항이 내포되어 있다. 그러나 이들과는 대조적으로 탈출이나 변화를 거부하는 크레이지 탐을 통해서도 다른 형태의 저항이 드러난다.

중국계 이민자들의 전통과 유산에 집착하는 그는, 세탁소를 포함한 이 지역을 상업화하려는 지배 집단의 시도에 반대한다. 그에게 세탁소는 단순히 상업적인 공간이 아니라 자신과 공동체의 자부심의 근원이다. 과거 손세탁소 주인들은 중국인 공동체의 중심 역할을 했으며, 크레이지 탐의 세탁소는 마치 "시청"과 같았던 것이다. 실제로 뉴욕의 차이나타운에 있는 중국인 손세탁소는 중국인 이민자 공동체에서 중요한 역할을 하였다.

피터 큉Peter Kwong에 따르면, 1933년 설립된 중국인 "손세탁 연합회 Chine Hand Laundry Alliance"는 "뉴욕 차이나타운의 역사에서 가장 첫 번째의 민주적 대중 조직"으로(Kwong 66) 손세탁소 주인들을 대표하였다. 세탁소의 소유자이자 노동자이기도 했던 그들은 경쟁적이고 현대화된 세탁소와 까다로운 규정으로 중국인 세탁 사업을 위협했던 주류 사회뿐만 아니라, 세탁업을 하는 이들에게 자신들의 결정을 따를 것을 요구하는 권위적인 상류층 중국인 상인협회에 대항하여 싸웠던 것이다. 이러한 역사가 축적되어 있는 그의 세탁소에는 중국인 노동자들의 저항 정신이 깃들어 있고, 따라서 이곳은 쉽게 사고 팔 수 있는 대상이 될 수 없다.

> 크레이지 탐. 인민세탁소는 팔 수 있는 것이 아니야
> 당신에게도, 제국의 국가에게도
> 그 어느 누구에게도
> 우리는 이곳에서 나갈 것이다, 우리 힘으로
> 크레이지 탐이 주변에 있는 한,
> "우리의 법칙"은 승리할 거야
>
>   • • •
>
> 당신은 팔 수 없어
> 압력이 아주 셀 때에도
> 당신은 승리하고 맡은 역할을 다할 거야.
> 항상 맡은 역할을 다할 거야.(344)

공간의 상업화를 거부하는 크레이지 탐은 죽은 친구들을 다시 불러들이면서 자신만의 세계로 서서히 빠져들어 간다. 크레이지 탐의 기묘한 행동을 통해서 세탁소는 이국화되고 여성화된 장소가 아니라 발전

의 논리를 펴는 지배 집단에 대한 저항의 장소로서 다시 형상화되고 표현된다. 크레이지 탐의 행동은 별스럽고 기괴하지만 이러한 행위를 통해 그는 권력에 도전하는 것이다. 과거에 그가 중국계 미국인 공동체 내에서 권위적인 세력과 지배 집단에 대항하여 싸웠듯이, 현재의 딜레마적 상황에 있으면서도 주류 사회와 중국인 조직으로부터의 상업화 요구에 쉽게 굴복하지 않고 끝까지 저항한다.

여기서 중요한 것은 그의 전복적인 행위는 고립되어 있지 않다는 사실이다. 그의 유산은 아들 딜란에게 전달된다. 저항 정신의 상징적인 전이는 제의식적인 춤으로 수행된다. 크레이지 탐이 그의 환상 속에서 유령으로 나타난 자신의 친구들과 춤을 출 때 딜란이 그 의식에 합류한다 :

> 크레이지 탐, 딜란과 유령 친구들. *차이나타운의 마지막 손세탁소*
> *영락했을지 몰라도 완전히 없어지진 않아*
> *차이나타운의 마지막 손세탁소*
> *절대로 사라지지 않을 거야.* (365)

이 노래는 크레이지 탐, 딜란과 유령 친구들에 의해 반복된다. 선조들과 함께 참여한 제의식을 통해 딜란은 그의 문화적 가치를 깨닫게 되는 계기를 맞는다. 그의 변화된 의식은 세탁소 벽의 잔해 조각을 보관하는 상징적인 행위를 통해 제시된다. 크레이지 탐이 세탁물로 된 '만리장성Great Wall of the Laundry' 아래 넘어지는 사고로 죽은 후 가족은 이곳을 매각한다. 비록 그의 가족은 재개발 프로젝트에 협조하지만, 딜란은 선조로부터 물려받은 유산을 소중히 보존한다. "'세탁물 만리장성'의 잔해를 LA로 가지고 갈 거야. 나는 그것을 내 집필실에 사당처럼 세울 거야."(373) 그에게 세탁소의 잔해는 허섭쓰레기가 아니라 지배 체제나 권위적인 조직에 대항하여 자신들의 권리를 지키려고 했던 그의 선조들의 저항 정신이 깃든 유물인 것이다.

딜런의 이러한 행위는 그가 전문적인 작가라는 사실로 의미심장해진다. 비록 그는 자기 작품의 소유권을 주장할 수 없는 "유령 작가"이나, 중국인 세탁소 노동자들의 역사를 기록하여 그것을 널리 알릴 수 있는 능력을 가지고 있다. 역사 서술을 할 수 있는 그의 잠재성은, 소수 인종의 역사를 망각하게 하고 하나의 역사만을 써서 유지하려는 지배 집단에 저항하는 숨은 도구가 될 수 있는 것이다. 따라서 마지막 손세탁소 건물이 없어지더라도 그 존재는 중국계 미국인들의 정신과 역사 속에 영원히 자리하게 될 것이다.

저항의 공간으로 다시 태어난 세탁소

《차이나타운의 마지막 손세탁소》에서 크레이지 탐이 일하는 '인민세탁소'는 식민적 규제에 묶인 초기 중국계 이민자들이 모여들어 형성되고 유지되어 온 차이나타운에서 중심적인 역할을 한 역사적 산물이다. 주류 사회에 편입되지 못한 중국계 이민자들은 주로 서비스 업종에 종사하며 자신들의 독특한 문화적 정체성을 유지할 수 있었다. 다른 한편, 중국계 미국인들의 정치·경제·사회적 지위와 백인지배집단과의 불균등한 권력관계 등은 중국인 이민자들에 대해 이국적이고 여성적인 이미지를 형성하도록 하였다. 중국계 이민자들은 서비스 업종에 종사하면서 이러한 이미지를 강화하는 데 기여한다.

이와 더불어 차이나타운을 더욱 주변화시키는 지배 집단의 차별적인 공간 분할 정책은 중국계 미국인들의 타자성을 더 두드러지게 한다. 지배 집단이 추진하는 차이나타운 재개발 사업 역시 이러한 맥락

에서 해석이 가능하다. 변화의 흐름 속에서 차이나타운에 사는 경제적
으로 능력이 없는 노동자들은 더 주변화되고 무력하게 되는 것이다.
이때 크레이지 탐이 미국 주류 사회와 중국인 지배 조직에 끝까지 협조
하기를 거부하면서 보여 주는 완고한 태도는 그의 노동 공간에 저항의
이미지를 새로이 부과하게 된다.

극의 마지막 부분에서 크레이지 탐이 죽고 난 후 지배 집단의 의도
대로 차이나타운 재개발 사업이 가능하게 되고, 이로써 중국계 이민자
들의 역사와 문화의 터전이 사라지게 된다. 그러나 마지막까지 권위적
인 집단들과 대결한 크리이지 탐의 저항 정신은 딜란에게 이어진다.
더 나아가, 작가인 딜란은 지배 집단의 허위 담론을 뒤집을 수 있는 능
력을 가지고 있어서 그의 저항성은 더 큰 의미를 갖게 된다.

이 극에서 크레이지 탐을 중심으로 지배 집단에 대한 저항이 강조
되기는 하지만, 주로 고객의 시중을 드는 아시아계 미국인에 대한 재
현은 "거세되고 여성화된" 그들의 이미지를 강화할 수 있다. 그러나 징
퀴 링이 주장하듯이 성과 관련하여 이들을 묘사하는 것은 지배 집단이
어떻게 아시아계 미국인들을 서비스 부문에 위치시킴으로서 자신들의
경제구조를 강화시키는지를 드러내어 지배집단의 타 인종에 대한 기본
전략을 노출시키고 불안정하게 할 수 있다. 또한 이 극은 아시아계 미
국인들의 역사를 강하게 환기시키고, 이국화와 여성화, 거세의 과정을
겪는 아시아계 미국인들을 재현함으로써 미국은 꿈을 성취할 수 있는
"기회의 땅"이라는 지배적인 이데올로기를 반박하고 있다.

|참고문헌|

Cheung, King—Kok, "Of Men and Men : Reconstructing Chinese American Masculinity",
Other Sisterhoods : Literary Theory and U.S. Women of Color. Ed. Sandra Kumamoto
Stanley, Urbana & Chicago : U of Illinois P, 1998, pp. 173–99.

Chow, Rey, *Writing Diaspora : Tactics of Intervention in Contemporary Cultural Studies*,
Bloomington : Indiana UP, 1993.

Eng, Alvin, *The Last Hand Laundry in Chinatown. Tokens? : The NYC Asian American
Experience on Stage*, Ed. Alvin Eng, Philadelphia : Temple UP, 1999, pp. 323–76.

Gandhi, Leela, *Postcolonial Theory : A Critical Introduction*, New York : Columbia UP,
1998.

Kim, Elaine, "'Such Opposite Creatures' : Men and Women in Asian American Literature",
Michigan Quarterly Review 29.1(1990), pp. 68–93.

Kwong, Peter, *Chinatown, New York : Labor and Politics, 1930-50*, New York : Monthly
Review, 1979.

Lefebvre, Henri, *The Production of Space*, Trans. Donald Nicholson—Smith, Cambridge,
MA : Blackwell, 1974.

Ling, Jinqi, "Identity Crisis and Gender Politics : Reappropriating Asian American
Masculinity", *An Interethnic Companion to Asian American Literature*, Ed. King—Kok
Cheung, New York : Cambridge UP, 1997. pp. 312–37.

Lowe, Lisa, *Immigrant Acts*, Durham : Duke UP, 1996.

McClintock, Anne, *Imperial Leather : Race, Gender, and Sexuality in the Colonial Contest*,
New York : Routledge, 1995.

Wong, Buck, "Life in a Chinese Laundry : Interview with John Gee", Ed. Emma Gee,
Counterpoint : Perspectives on Aisan America, Los Angeles : Asian American Studies

Center, UCLA, 1976, pp. 338−44.

Wong, Sau−ling Cynthia, *Reading Asian American Literature : From Necessity to Extravagance*, New Jersey : Princeton UP, 1993.

Slant, *Big Dicks, Asian Men*, Eng pp. 299−322.

디킨스의 신사되기
-《위대한 유산》에 나타난 핍의 사회적 성장 분석

문 상 화

이 글은 조선대학교 인문학연구원 이미지연구소 학술 발표 때 발표되고, 동 연구원의 《인문학연구》 43집(2012.2)에 게재된 것이다.

성장의 의미

《위대한 유산Great Expectations》은 디킨스가 자신이 간행하던 잡지 《일년 내내All The Year Around》에 1860년 12월부터 1861년 8월까지 연재했던 작품으로, 그가 발표한 장편소설 중 가장 사랑받는 작품들 중 하나이다. 이 소설은 시골 늪지 출신의 가난한 소년 핍Pip이 사회적 신분 상승을 의미하는 '신사gentleman'가 되려다 결국은 그것의 허무함을 깨닫고 본래의 위치로 되돌아온다는 일종의 주인공의 정신적 성장 과정을 그리는 내용으로, 중년이 된 주인공 핍이 과거를 분추하는 형식을 따르고 있다.

소설 속에서 주인공이 갈망했던 신사는 19세기 초반까지 전통적 의미에서 일종의 유한계급을 상징하는 부류로, 자신의 육체적 노동 없이 상속받은 재산만으로 일상을 영위할 수 있는 그룹을 의미한다. 하지만 핍의 경우처럼 상속받은 재산이 없는 중하층 사람들도 당시에 성장하던 시장경제에 힘입어 상당한 정도의 재산을 축적한 후 그 경제력에 힘입어 유한계급에 합류하고자 하는 경향이 강하게 나타났는데, 이러한 계급 간의 유동성 확대라는 사회적 분위기가 《위대한 유산》의 시대적 배경이 된다.

시골에서 대장간 일을 하는 매형 조Joe 부부와 같이 힘들게 살던 주인공 핍이 읍내의 유지이자 노처녀인 해비샴Havisham의 집으로 불려가면서 자신의 초라한 처지를 깨닫고, 그곳에서 해비샴의 수양딸인 에스텔라Estella를 통해 "신사가 되고 싶다I want to be a gentleman"(154)는 욕망을 처음으로 느끼게 되어 나중에 매그우치Magwitch로 드러나는 익명의 후원자의 경제적 후원을 받아 런던에서 사교계에 휩쓸린 후 속물이 되었다가 다시 선한 인간으로 되돌아온다는 이야기다. 이 소설은 원작이 지닌 휴머니즘적 요소 때문에 디킨스의 많은 소설들 중에서 유독 사랑을 받고 있다.

특히 자신의 노력으로 얻어지지 않은 재산의 허황된 속성에 대한 디킨스의 신랄한 비판과, 매그위치의 재산이 형성되는 과정에서 당시 영국의 식민지였던 호주의 대영제국에 관한 기여에 관한 분석이 맞물리면서 《위대한 유산》은 다양한 스펙트럼[1]을 가진 것으로 인식되어 한층 다양한 논의가 진행되고 있다. 이 작품은 그 대중적 인기만큼이나 다양한 비평적 시각으로 재단되고 분석되었기 때문에, 이 작품을 바라보는 방식은 고전적인 신비평부터 포스트모더니즘 비평[2]까지 다양한 스펙트럼을 보인다. 이러한 다양하고 풍부한 해석이 있음에도 불구하고 다시 《위대한 유산》을 주목하고자 하는 것은, 이 소설 속에 존재하는 흔히 '성장소설'이라고 부르는 빌둥스로망적 요소가 명확하게 조명되고 있지 않다는 우려 때문이다. 디킨스가 보여 주고자 했던 주인공 핍의 성장은, 영국 사회를 배경으로 당시의 자본 혹은 자산의 유동과 관련되어 진행되며, 그것은 핍이 당시의 신사라는 상류층의 이미지를 획득하는 것을 목표로 하고 있다. 또한 핍의 익명의 후견인 역할을 하는 매그위치와의 관계는 제조업의 성장과 금융자본주의의 팽창이라는 당시의 경제적·사회적 환경과 관련되어 신사를 동경하는 핍의 성장 과정에 적지 않은 영향을 미친다.

순박한 시골뜨기에서 부잣집 소녀를 짝사랑하는 사춘기 소년, 그리

---

[1] 《위대한 유산》은 디킨스의 소설 중에서 탈식민주의 비평가들의 주목을 받는 몇 안 되는 작품들의 하나이다.

[2] 지금까지 《위대한 유산》에 관해 다양한 분야에서 많은 글들이 발표되었다. 그중 대표적인 것들을 분야별로 정리하면 다음과 같다. 신비평 시각에 관한 글은 Leavis의 "How We Must Read *Great Expectations*" in *Dickens the Novelist*, Penguin, 1983를, 심리 분석에 관한 글은 Brooks의 "Repetition, Repression, and Return : The Plotting of *Great Expectations*", *Great Expectations*, ed. Carlisle, 1995를, 페미니즘 시각은 Schor의 "If He Should Turn to and Beat Her : Violence, Desire and the Woman's Story in *Great Expectations*", *Great Expectations*, ed. Carlisle, 1995를, 신역사주의 비평은 Clayton의 "Is Pip Postmodern? Or, Dickens at the End of the Twentieth Century", *Great Expectations*, ed. Carlisle, 1995를, 포스트모더니즘 시각에 관한 글은 Newey의 *The Scriptures of Charles Dickens : Novels of Ideology, Novels of the Self*, Aldershot : Ashgate, 2004를 참조할 것.

고 익명의 후원자 때문에 대도시의 속물로 발전했다가 후원자의 정체성을 깨달은 후 속물적 특권을 던져 버린 청년, 그리고 사춘기의 사랑과 진실한 사랑의 차이를 깨닫고 고국을 떠났다가 돌아온 중년이라는 핍의 인생 굴곡은 《위대한 유산》이 오랜 시간이 지나 자신을 되돌아보는 주인공 핍의 성장 과정을 그리는 소설이라는 것을 알 수 있다. 따라서 이러한 성장 과정을 살펴보는 것은 지금까지 《위대한 유산》연구에서 상대적으로 조명을 덜 받았던 핍의 성장 과정과 전통적 가치의 와해, 기득권층의 영향력 약화와 중산층의 약진이라는 당시의 사회적 분위기를 구체적으로 살펴보는 기회가 될 것이며, 동시에 핍을 통해 묘사하고 있는 19세기 영국 사회에 대한 디킨스의 시각과 인간에 대한 애정을 파악할 수 있을 것이다. 이는 흔히 휴머니스트라고 불리는 디킨스의 문학적 특성을 다시 바라볼 수 있는 기회를 제공할 것이며, 더 나아가 핍의 성장을 통해 보여 주는 당시의 영국 사회를 사회사적 측면에서 이해하는 데 도움을 줄 수 있을 것이다.

빅토리아 중기 : 성장의 사회적 배경

《위대한 유산》이 연재된 것은 1860~1861년이지만, 소설의 배경이 되는 시기는 1830년 이후의 영국으로 생각하는 것이 일반적이다.(Edminson, 24) 빅토리아 시기의 경제적 번영기로 평가되는 이 기간 동안 영국은 18세기 이후 자국으로 유입된 재화의 영향으로 사회 전반에 걸쳐 상당한 변혁을 경험한다. 국내외의 산업 분야에서 산업혁명의 확산과 함께 동력을 이용한 대형 수송선의 발전 덕분에 18세기 말부터 국가 간의 무역이 활발하게 진행하게 되고, 그러한 과정에서 국가 간 상품의 교환, 지폐의 유입 그리고 사회적 이동이 활발하게 이루어지는 것이다. 하지만 많은 비평가들이 지적하는 것처럼, 영국은 프랑스처럼 혁명을 통한 급격한 변화를 택하는 대신에 수많은 위기를 넘기면서 의회를 통한 해결책을 모색한다.[3] 예를 들어 영국은 1844년 금본위 제도를 채택하는데, 그 결과 지폐를 같은 가격의 금으로 교환할 수 있게 되어 지폐가 활발하게 유통되었고 액면가를 담보하지 못하는 지폐는 점차 사라져 지폐에 대한 대중들의 의심이 누그러지게 되었다. 또한 화폐 표준화의 결과로 화폐 교환이 더욱 활발하고 용이해졌고, 국가 간의 거래가 더욱 활기를 띠게 되었다. 이런 현상을 가져온 역사적 사실을 브릭스Briggs는 다음과 같이 설명한다.

전쟁〔나폴레옹 전쟁〕 후의 논쟁에 결론을 내린 것은 바로 1815년의 곡물법과 1819년 "건전한 자금"의 귀환이다. 또한 나폴레옹 전쟁의 핵심까지 연결되는 것은 (로버트 필 경에 의해 제안된 두 개의 법안인) 1844년의 은행조례와 거의 결론에 도달하는 1846년의 곡물법 폐지에 이르러서이다.

It was the corn law of 1815 and the return to "sound money" in 1819 which set the terms of the post—war controversy, and it was not until that the Bank Charter Act of 1844 and the repeal of the corn law of 1846 (both measures carried by Sir Robert Peel) brought to a near—conclusion debates which stretched back into the heart of the Napoleonic Wars. (201)

---

[3] Hilton, Boyd는 *The Age of Atonement : The Influence of Evangelicalism on Social and Economic Thought, 1785-1865*, Oxford : Oxford UP, 1992에서 18세기 후반까지 현세보다는 내세를 강조해서 도덕적·종교적 성향이 강한 사회적 관행이나 경제적 행위가 이루어졌지만, 19세기에 들어서면서 현실적인 사회적 분위기를 반영하는 법률이 이전의 법률을 대체하고 있다고 지적하고 있다. 이러한 과정을 통해 영국은 대륙의 국가들이 경험했던 급진적인 사회적 혼란을 피할 수 있었다고 주장한다. 이에 관한 내용은 pp. 36-70 참조.

또한 이 기간 동안 금융 투자에 관한 규제가 한결 완화되어서 투자가 활발해졌고, 남해회사South Sea Co. 사건[4] 같은 피해를 막기 위해 유한책임법Limited Liability Act 같은 안전장치를 도입하게 되었다. 그 결과, 적은 재산을 소유한 개인들도 대형 투자가들과 경쟁하면서 자신의 부를 늘릴 수 있는 기회를 얻게 되었다. 이러한 사회적 분위기 덕분에 18세기 혹은 19세기 초반까지 주식이나 금융 상품에 투자를 꺼리던 하류층 사람들도 자신의 재산을 투자할 수 있는 방법을 진지하게 모색하게 되었다. 법률 개정을 통해 기업에 대한 투자자의 책임이 무한책임에서 유한책임으로 분명하게 정해졌고, 이러한 경제적 변화가 사회적 변화에 대한 공감대를 형성했다.

하지만 이러한 투자에는 재정과 회계에 관한 이해가 반드시 필요했고, 이러한 지식을 갖추지 못한 하류층 사람들은 투자에 참여할 기회를 박탈당하거나 사기 행각에 쉽게 노출될 수밖에 없었다. 이러한 과정에서 범죄율이 급격하게 증가하고, 그러한 범죄는 도난, 소매치기, 위조 같은 경제적 범주에서 급격하게 확장되는 추세를 보인다. 이러한 범주에 속하는 가장 전형적인 악당인 콤페슨Compeyson의 신사인 척하는 모습은 19세기 초반 점차 자본화되어 가는 일상의 삶에 나타나는 문화적 공포를 상징한다. 왜냐하면 소설 속에서 콤페슨은 많은 교육을 받고 재정과 회계의 복잡한 과정을 정확하게 이해했기 때문에 순진하고 존경할 만한 숙녀로부터 많은 돈을 강탈할 계획을 세울 수 있었기 때문이다. 따라서 그의 범죄 경력에 위조지폐의 유통과 사기가 포함되는 것은 당연한 귀결이다.

19세기 초반까지 영국은 개인의 재산을 지키기 위해 기존의 형법제

---

[4] 1720년 영국에서 있었던 금융 사건. 주식에 대한 대중들의 맹목적인 신뢰와 관료의 부패 그리고 주가조작으로 영국의 수많은 주주들을 파산시킨 사건으로, '남해회사거품사건South Sea Bubble'으로 불리기도 한다. 허황된 사업 공모로 수많은 주주를 끌어모았지만, 남해회사의 실체가 알려지면서 주가가 폭락하고 회사는 파산했다. 이후 이러한 거품을 방지하기 위해 '거품법'이 만들어졌다.

도를 유지했지만, 《보상의 시대The Age of Atonement》에서 힐튼Hilton이 지적하듯이(262-5) 19세기 중반에 오면 도덕률에 의존해 만들어졌던 기존의 관련 법령들이 점차 사라지고 금융과 사업에 대한 도덕적 억제력이 약화된 새로운 법령이 제정된다. 이러한 법령은 경제적 지식을 가지고 있는 신흥 지식층이나 투자로 재산을 증식한 사람들에 대한 사회적 불신을 조장하거나 그 불신을 널리 퍼뜨렸고, 그 결과 신사의 정체성에 대한 사회적 동의를 확립할 필요가 생겨났다. 이러한 불신감이 사회 전반에 널리 퍼져 있다는 사실은 스마일즈Samuel Smiles가 《자수성가론Self-Help》을 쓰는 계기가 된다. 즉, 자신의 건실한 노력으로 정당한 재산을 구축한 사람만이 진정한 신사이고, 그러한 신사를 바탕으로 영국 사회가 건전하게 발전해 나간다는 것이다.

한편 전통적인 개념의 신사와 반대되는 거짓 신사the fake gentleman는 대개 두 가지 속성을 갖는데 신사인 체하는 범죄자가 첫 번째이고, 범죄자는 아니지만 재산의 의심스런 축적을 통해 사회적으로 인정되는 경우가 그 두 번째이다. 하지만 이러한 두 종류의 신사가 확실히 구별되지 않는 경우도 많았기 때문에, 재산이 점점 증가하는데 사회적 지위는 크게 오르지 않는 경우 소위 '거짓 신사'라는 대중의 인식에서 벗어날 수 없었다. 법령 개정과 문화적 변화라는 배경에서 보았을 때 거짓 신사를 구별하는 것이 1830년대의 중요한 관심사였다면, 이후 19세기 중반의 관심사는 거짓 신사를 구별하는 것이 아니라 노동자들이 어떻게 자본 축적의 과실을 따는가 하는 것에 집중된다. 이는 19세기 후반에 이르면 노동자들의 사회적 신분 상승 가능성이 중요한 관심사가 되었음을 의미하는 것으로, 자산의 소유에 기인한 신분 상승과 그에 따른 사회적 영역의 해체를 의미한다.

《위대한 유산》: 신사라는 성장의 정점

《위대한 유산》은 계층 간의 구분 약화를 배경으로 하는 1830~50년대의 영국 사회를 배경으로 하고 있으며, 소설 속에서 주인공 핍은 신분의 상향 이동을 위해 신사의 모습을 모방한다. 핍에게 신사가 된다는 것은 경제적 성공은 물론이고, 소년기 이후 꿈꾸어 왔던 자아실현이라는 성장의 사회적 종점에 다다른 것을 의미하기 때문이다.

이 분야의 주목할 만한 연구자인 길모어Robin Gilmour는《빅토리아 시대의 소설에 나타난 영국 신사의 개념The Idea of English Gentleman in Victorian Novels》에서 신사를 "소망스런 도덕적 그리고 사회적 가치의 거울a mirror of desirable moral and social values"(1)이라고 정의하고, "귀족이나 훌륭한 가문의 남자는 당연히 귀족이 된다the man of noble birth, or of good family, was gentleman by right"(3)고 적고 있다. 이는 '신사gentle'이라는 개념이 '젠트리Gentry'라는 신분을 의미하는 말에서 나왔다는 점을 주목하는 것으로, 신사가 되기 위해서는 귀족 출신이라는 출생 배경을 가져야 한다는 것을 의미한다. 길모어는 같은 책에서 이러한 신사 개념이 시간에 따라 어떻게 변화하는지를 고찰하면서, 19세기 중반에 이르면 신사에 대한 고전적인 개념이 흔들리게 된다고 말한다.

신사의 속성에 있어서의 도덕적 요소 그리고 신사의 속성에 관한 사회적 모호함은 토론의 주제가 되었고, 귀족의 개념에 따른 새로운 정의는 이루어지지 않았다. 그리고 만약 이러한 문제가 19세기에 이르러 전처럼 문제가 되지 않았다면 그것은 급격하게 변화하는 사회에서 사람들이 신사라는 계급에 좀 더 쉽게 접근할 수 있을 만큼 부를 축적했기 때문이고, 이론상 하층계급으로부터 올라올 수 있는 길이 열려 있었기 때문이다.

The moral component in gentlemanliness, and its social ambiguity, made it open to debate and redefinition in a way that the concept of the aristocrat was not, and if the issue became problematic in the nineteenth century as never before, it was because in a rapidly changing society more and more people were becoming wealthy enough to sense the attainability of rank that had always, in theory, been open to penetration from below. (Gilmour, 3)

이는 19세기에 이르러 신사의 정체성이 재산으로 규정되기 시작했음을 의미하는 것으로, 신사가 되기 위해서는 경제적 능력이 필요하다는 것을 강조하는 것이다. 이를 빅토리아 시대의 사회적 배경에 비추어 해석하면, 19세기에 이르러 하류 노동자에게 물질적 부를 얻을 수 있는 기회가 좀 더 많이 부여된 결과 계급 간의 장벽이 무너지고 동시에 신분 상승이 가능한 사회적 징후가 나타나 신사의 정체성에도 변화가 생기고 있었음을 말해 주는 것이다. 이러한 사회적 분위기를 리치쉬Chi-she Li는 다음과 같이 설명한다.

핍의 성장은 자본주의가 온정주의를 능가하고 경제적 동물의 시장이 국내 경제로 자리매김되는 교차로에 위치하고 있다. 이 소설의 마지막 부분은 한때 즐거움을 주었던 상류 계층의 삶이 핍에게 단지 허무한 꿈이라는 것을 보여 준다.

Pip's growing up is situated at the crossroads of social formation in which capitalism superseded paternalism and markets of homo economicus were placing home economics. The novel's finale shows that the life of the upper social class, once enjoyed, is merely a transient dream to Pip. (281)

이러한 사회적 분위기를 배경으로 연재되었던 《위대한 유산》에서 핍이 대장간이라는 시골의 한정된 공간에서 탈출해서 대도시 런던의 신사가 되고 싶다고 느끼는 것은 시대적 배경을 참조할 때 자연스러운 것이다. 하지만 소설이 핍이 신사로 성장하는 과정 대신에 "신사가 되고 싶다"는 주인공의 욕망이 좌절되는 과정을 자세하게 보여 주는 것은, 부가 개인이 중요한 위치를 차지할 수 있는 가능성만큼이나 그를 타락시킬 가능성이 있다는 것을 보여 주고 있다. 이 점을 이인규는 다음과 같이 지적한다.

> 핍이 살고 있는 사회는 신사의 자격이 물질이나 그럴듯한 외양으로 결정되고 따라서 그것만 갖추고 있으면 누구나 언제든지 신사로 인정받고 행세할 수 있는 사회인 것이다. …… 이러한 사회에서 신사는 곧 속물에 다름이 아니며 속물이 곧 신사이다. 그리고 핍은 바로 이러한 사회의 가치관에 부합하여 그 자신 속물-신사로 점차 변해 가는 것이다. 이러한 점에서 《위대한 유산》은 신사라는 개념이 거기에 포함된 긍정적 가치와 요소가 배제된 채 오직 물질과 외양에만 바탕을 둔 편협한 속물적 신분 개념으로 전락하거나 왜곡되어 버린 …… 디킨스의 통렬한 현실 비판인 셈이다.(128)

'진정한 신사a true gentleman'가 되겠다는 핍의 커다란 기대는 자신의 후원자가 지폐 위조범 매그위치라는 사실을 알고 나서 환멸로 바뀐다. 그리고 그러한 사실은 핍으로 하여금 자신도 가짜 신사와 다르지 않다는 사실에 직면하게 한다. 매그위치가 런던에 있다는 사실이 발각될까 봐 두려워하는 것은, 사실은 자신의 후원자가 매그위치라는 사실이 알려질까 봐 두려운 것이다. 결국 매그위치의 재산이 핍의 사회적 신분 상승에 긍정적 효과만큼이나 부정적 효과를 발휘할 수 있는 셈이다. 핍은 신사가 되기를 열망하지만, 사회적 상승에 필요한 재산의 본질을 파악한 후 죄책감에 시달리고 자신이 거짓 신사일지도 모른다는 강박 관념에 시달리게 된다. 소설 초반부에서 핍이 음식을 훔친 행위와 매그위치의 범죄 행위가 똑같이 그의 의식에 깊게 뿌리박혀서, 나중에는 그 자신과 지폐 위조범의 차이를 뚜렷하게 구분할 수 없는 지경에까지 이른다.

> 누나의 것을 훔치려 했던 죄의식—집안의 재산이 매형 소유라고 느끼지는 않았기 때문에 매형 물건을 훔친다는 느낌은 안 들었다—과 내가 앉을 때마다 그리고 부엌에서 잔심부름을 할 때도 한 손으로 빵을 잡고 있어야 한다는 사실이 나를 힘들게 했다.
>
> The guilty knowledge that I was going to rob Mrs Joe —I never thought I was going to rob Joe, for I never thought of any of the housekeeping property as his— united to the necessity of always keeping one hand on my bread—and—butter as I sat, or when I was ordered about the kitchen on my small errand, almost drove me out of my mind. (44)

여기에서 지적되어야 할 중요한 사실은, 《위대한 유산》에서 매그위치가 핍을 신사로 만들기 위해 호주에서 영국으로 송금한 돈이 영국에서 그가 무언가를 새롭게 시작하거나 신사를 후원할 수 없는 자금이었다는 점이다. 1830년대 있었던 두 나라 간의 논쟁에서 극명하게 드러나는 것처럼, 영국에서의 재산권과 호주에서의 재산권에 대한 법적인 조항의 차이는 분명했다. 영국에서 죄수들은 투옥과 동시에 재산권을 몰수당한 반면, 호주에서는 죄수들의 자신의 노력 여하에 따라 재산을 축적할 수 있었다. 따라서 영국에서 재산을 몰수당한 죄수들은 재산을 가질 수 없다는 조항 때문에 죄수들의 호주 재산은 영국으로 반입될 수 없었다. 영국인들은 영국법이 호주에도 똑같이 적용될 수 있다고 주장한 반면, 호주 사람들은 죄수들의 재산권을 근본적인 것으로 주장했다. 따라서 매그위치는 호주에서의 힘든 노동의 결과로 소득을 얻을 것을 기대했지만 실제로는 그것이 불가능했다. 노동의 결과로서 생기는 자산의 축적은 오로지 호주에서나 가능한 일이었다. 이러한 사실을 리치쉬는 다음과 같이 설명한다.[5]

한편, 《위대한 유산》에서 발견되는 가장 좋은 예는 아벨 매그위치로 그가 [호주에서] 새로 번 돈은 영국에서 새로운 삶을 시작할 수 있는 사회적으로 인정되는 기회로 옮겨질 수 없었다. 매그위치의 성격과 소설 속의 몇 작품을 자세히 조사함으로 해서 우리는 19세기 초반의 사회적 유동성의 복잡한 역사를 잠깐 동안 살펴볼 수 있을 것이다.

The best example found in Great Expectations, on the other hand, is Abel Magwitch, whose newly earned money cannot be translated into a socially approved opportunity to start anew back in England. Through some work of probing in the plot and characterization of Magwitch, we might be allowed some glimpses into the complex history of social mobility of the early 19th century. (294)

이러한 사실에도 불구하고 디킨스가 핍의 신분 상승을 위해 매그위치의 재산을 언급하고 있는 것은, 신사라는 신분을 위해 물질적 재산이 반드시 필요하고 또 그 재산의 성격에 따라 진정한 신사와 거짓 신사로 구분될 수 있기 때문이다. 개인의 신분 상승은 부를 통해서만 가능한 것이라는 사회 통념을 따라 진행되는 《위대한 유산》은, 이러한 점에서 보면 디킨스가 19세기 초반에 재정적 혼란을 틈타 '거짓 신사'를 양산했던 문화에 공개적으로 질문을 던지고 있는 작품이라고 볼 수 있다.

---

[5] 좀 더 구체적인 부분은 리치쉬의 pp. 296-298 참조.

앞에서 언급한 것처럼 《위대한 유산》은 지폐가 일상생활의 가치를 지배하기 시작하던 시대를 배경으로 전개된다. 1826년부터 영국은행 Bank of England의 지폐는 지방은행에서 발행한 지폐들을 능가하기 시작했고, 1833년에 이르러 국가의 공식 지폐로 인정받게 된다. 파운드화를 국가의 공식 지폐로 인정했다는 것은 상업 거래 시 지역 간의 거래를 불편하게 한 서류 절차를 간소화시켰다는 점, 노동 교환의 마지막 장벽을 제거했다는 것, 개인이 지폐의 사용으로 상품 유통과 직접적인 관계를 맺을 수 있게 되었다는 점을 의미하는 것으로 이는 개개인의 노동이 국제적으로 퍼져 나갈 수 있게 되었음을 의미한다.

이 글에서 강조하고자 하는 것은, 앞에서 언급한 과정을 통해 매그위치의 몸이 자본으로 변질되고 핍이 그를 통해 소비를 촉진한다는 것이다. 매그위치의 노동/몸이 물건을 살 수 있는 재산으로 변질되었다는 것은, 신사를 만드는 과정에는 타인의 노동/몸이 희생적으로 개입되어야 함을 의미한다. 다시 말해서 디킨스는 타인의 육체가 자신의 욕망 실현 수단으로 사용될 수도 있다는 점을 우회적으로 보여 주고 있는데, 바로 그러한 이유 때문에 핍이 신사가 되려는 노력을 포기하는 것이다. 다시 말해서 개인이 자본의 효능을 포기한다는 것은 사회적 신분 상승을 포기하는 것이고, 노동과 구매를 통한 자아실현의 욕망을 포기하는 것이며, 이는 자아의 주체성을 역설적으로 부정하는 재산의 속성에 도전하는 것이다.

따라서 핍은 매그위치가 영국에서 탈출에 실패한 후 체포되어 법정에 소환되었을 때 그를 옹호함으로써 매그위치가 지닌 물질적 가치를 부정하고 자신이 열망하던 신사의 지위를 포기하게 되지만, 바로 그러한 이유 때문에 역설적으로 진정한 신사라는 인본적인 가치에 근접하게 된다. 그리고 핍이 매그위치의 재산이 가진 성격을 부정하는 것은 또 다른 이타적 성격을 가지게 된다. 후원자의 정체성이 발각된 후

핍이 매그위치를 돕기 위해 다양한 시도를 하고, 매그위치가 자신에게 했던 것처럼 허버트 포켓Herbert Pocket의 성공을 위해 자신에게 주어진 자본을 제공하는 것은 핍이 속물적 신사에서 벗어나 진정한 신사의 길로 접어들었기 때문이다. 이러한 핍의 변화를 이인규는 《《위대한 유산》의 '신사'주제 재론〉의 결론 부분에서 다음과 같이 길게 언급하고 있다.

> 인물로서 조—그리고 비디—가 지니는 이러한 계급적 위치와 인간적 우월성은 바로 어떤 사람의 계급이 하층민이든 신사든 부자든 귀족이든 상관없이 조와 비디처럼 고결한 마음을 가진 인간이 되는 것이 가장 중요하다는 작가의 인식에서 나온 것이다. 그리고 이것은 다시 궁극적으로 바로 조와 비디 같은 고결한 인간이 사실상 신사나 부자나 귀족, 심지어 왕보다도 더 우월한 존재라는 디킨스의 민중적인 인간관을 증거하는 것이다. 신사다움의 핵심적 가치로 인격의 덕목을 강조했지만 여전히 신사의 중산계급적 이상을 지향했던 스마일즈 같은 당대의 지식인보다 디킨스가 더 근원적이고 급진적인 작가가 될 수 있는 것은 바로 계급과 상관없이, 아니 계급보다 우월한 진정한 가치로서 고결한 심성과 인간다움을 강조하는 그의 이러한 세계관 덕분이라고 할 수 있을 것이다.(137)

하지만 이 글이 주목하는 《위대한 유산》의 의미는, "고결한 심성과 인간다움"을 추구하는 디킨스의 "근원적이고 급진적인" 태도보다는 인간을 물질적 가치로 환원할 수 없으며 자신의 욕망 성취를 위해 타인의 희생을 당연시할 수 없다는 그 보편적 도덕률에 있다. 사회적 성장이 멈춘 시점에서 핍이 매그위치에 대해 느끼는 감정은, 개인의 성장은 물질적 성취와는 아무런 관련이 없으며 오로지 신 앞의 겸허한 태도와 타인에 대한 이해가 선행되어야 함을 디킨스는 보여 주고 있다.

> 지금 그(매그위치)에 대한 나의 혐오감은 완전히 사라졌고, 내 손을
> 잡고 있는, 추격당하고 상처를 입은 채 족쇄에 묶인 이 사람에게서 나는
> 내 은인이 되고 오랫동안 지속적으로 나를 향해 애정과 감사와 관대한
> 느낌을 가졌던 사람의 모습을 보았다. 나는 내가 조에게 했던 것보다 훨
> 씬 훌륭한 모습을 그에게서 보았다.
> For now, my repugnance to him had all melted away, and in the hunted
> wounded shackled creature who held my hand in his, I only saw a man who
> had meant to be my benefactor, and who had felt affectionately, gratefully, and
> generously, towards me with great constancy through a series of years. I only saw
> in him a much better man than I had been to Joe. (456~457)

핍이 자신을 낮추고 주변 사람들에게 진정한 애정과 존경을 느끼게
되는 순간이야말로 그가 그렇게 바라던 신사가 되는 순간이며, 과거와
의 단절을 통해 한 단계 성장한 모습으로 전환되는 시간인 것이다.

정점에서 초심으로

핍이 시골 촌부에서 사치스런 속물, 그리고 파산한 건달에서, 인생의
의미를 깨달은 '돌아온 탕아'를 거치면서 만들어 내는 성장 이미지의 배
경에는 물질적 가치를 추구하는 당시 영국인들의 사회적 정서가 짙게
깔려 있다. 출생으로 개인의 지위가 결정되는 전통적 의미의 신사 개념
이 19세기 중반에 이르러 와해되고, 개인의 경제적 능력에 따라 신사라
는 유한 그룹에 속할 수 있게 되는 사회적 배경이 형성되는 것이다.

이러한 신사 개념은 전통적 가치에 앞서는 물질적 가치에 대한 당시 사람들의 정서가 반영되었다고 보는 것이 타당하다. 그리고 그러한 사회적 정서를 부정하고 새로운 인간으로 다시 태어난 핍에게 돌아온 것은 신사라는 세속적 명예도, 자신이 사랑했던 여인의 사랑도, 그토록 갖고 싶어 했던 엄청난 재산도 갖지 못한 평범한 중년의 모습이다. 이는 디킨스가《위대한 유산》에서 보여 주려고 한 것이, 당시 영국의 자본주의가 가부장제를 대신하는 기로에 있었고 그에 따른 개인들 간의 신분 이동과 신분 간의 상향 의지가 점차 고조되고 있었지만 타인의 몸/재산 없이는 세속적 신분 상승이 어렵다는 사실임을 말해 준다. 또, 스마일즈가 주장한 건실한 자본주의 정신이 영국의 정신적 지주가 된다는 사실을 의미한다.

스마일즈는《자조론Self-Help》의 결론부에서 다음과 같이 말한다.

> 인생의 영광과 왕관은 성격이다. 그것은 그 자체로 지위를 결정하는, 인간의 가장 고결한 소유물이고 일반적 선의의 재산이다. 사회의 모든 지위를 격상시키며 모든 신분을 존엄하게 하는 것이다. 그것은 재산보다 강력한 힘을 발휘하며, 질투 없이, 명성 있는 모든 명예를 안전하게 하는 것이다.

> The crown and glory of life is character. It is the noblest possession of a man, constituting a rank in itself, and an estate in the general good-will ; dignifying every station, and a exalting every position in society. It exercise a greater power than wealth, and secures all the honor, without jealousies, of fame.(395)

스마일즈가 지적하는 것처럼, 인성의 기저를 형성하는 성격이 "인생의 가장 고결한 고유물"이고 "선의의 재산"이라는 사실은 디킨스가《위대한 유산》을 통해서 보여 주고 싶었던 사실이다. 성격의 변화 없는 성장은 가능하지도 않고 소망스러운 것도 아니다. 매그위치의 죽음에 이르러 핍이 보여 주는 진정한 애정, 조에 대한 비디Biddy의 사랑 그리고 에스텔라의 때늦은 각성은 우리 삶에서 진정성이 얼마나 소중한 것인지를 나타내 주고 있으며, 우리의 성장에 그것이 얼마나 본질적인가 하는 것을 보여 주고 있다. 《위대한 유산》을 통해 핍이 보여 주는 성장의 양상은, 실은 핍이 얼마나 삶의 본질로부터 멀어져 갔다가 다시 돌아오는지를 보여 주는 것이라고 말할 수 있을 것이다.

|참고문헌|

이인규, 〈《위대한 유산》의 '신사'주제 재론〉, 《19세기 영어권 문학》 15-1(2011), 115~140쪽.

Briggs, Asa, *The Age of Improvement 1783-1867*, N.Y. : Longman, 1979.

Brooks, Peter, "Repetition, Repression, and Return : The Plotting of *Great Expectations*, in *Great Expectations* ed. Janice Carlisle, N.Y : Bedford, 1995.

Clayton, Jay, "Is Pip Postmodern? Or, Dickens at the End of the Twentieth Century" in *Great Expectations* ed. Janice Carlisle, N.Y : Bedford, 1995.

Dickens, Charles, *Great Expectations*, Penguin, 1981.

———, *Great Expectations*, ed. Janice Carlisle, N.Y. : Bedford, 1995.

Edminson, Mary, "The Date of the Action in *Great Expectations*" Nineteenth-Century Fiction 13.1(1958), pp. 22-3.

Gilmour, Robin, *The Idea of the Gentleman in the Victorian Novel*, London : George Allen & Unwin, 1981.

Hilton, Boyd, *The Age of Atonement* : *The Influence of Evangelicalism on Social and Economic Thought, 1795-1865*, Oxford : Clarendon, 1988.

Levis, F. R. and Q. D., "How We Must Read Great Expectations", *Dickens the Novelist*, Rutgers UP, 1979

Li, Chi-she, "An Emerging Identity of Capital Owners in Charles Dickens' *Great Expectations*, 《19세기 영어권 문학》 15-2(2011), 281~311쪽.

Newey, Vincent, *The Scriptures of Charles Dickens* : *Novels of Ideology, Novels of Self*, Aldershot : Ashgate, 2004.

Sanders, Andrew, *Dickens and the Spirit of the Age*, Oxford : Oxford UP, 1999.

Schor, Hilary, "If He Should Turn to and Beat Her : Violence, Desire and the Woman's

Story in *Great Expectations* in *Great Expectations* ed. Janice Carlisle, N.Y. : Bedford, 1995.

Smile, Samuel, *Self-Help : With Illustration of Character, Conduct and Perseverance*, Nashville, Tenn. : M.E. Church, 1912.

한국 현대 성장소설에 드러난
'성장'의 함의와 문화적 양면성

최현주

이 글은 《현대소설연구》 제10호(2000)에 게재된 것이다.

성장소설이라는 소설 유형

많은 한국 현대소설 작품들에서 '인간의 성장' 혹은 '존재론적 위치의 변화'를 제재로 한 소설을 찾기란 그다지 어려운 일이 아니다. 특히 분단이라고 하는 특수한 민족적 상황 속에서 자기 나름의 서구적 근대화를 이룩하게 된 1970년대 이후 '교양소설' 혹은 '입사소설'이라 불리는 소설들의 양이 급격히 증가하였다. 그것은 빠르게 진행되는 사회의 발전과 변화에 능동적으로 대처하기 위한 중산계층의 근대적 교양 욕망으로부터 기원했을 것으로 추측된다. 70년대 이전 김유정의 〈동백꽃〉(1936), 김남천의 〈소년행〉(1937), 황순원의 〈소나기〉(1953), 하근찬의 〈흰종이 수염〉(1959), 김승옥의 〈건〉(1965) 등의 작품들이 있었지만 그 양은 다른 소설 유형에 비하여 매우 한정되었다.

그러던 것이 70년대 이후 최인호, 김주영, 김원일, 윤흥길, 전상국, 이문열, 박완서, 오정희 등에 의해 교양과 입사, 그리고 성장을 모티프로 한 소설들이 본격적으로 창작되었다. 특히 동구 사회주의 국가들의 몰락으로 시작된 90년대 이후에는 다 헤아릴 수 없을 정도로 많은 작품들이 양산되고 있다. 이는 이념과 공동체를 당위로 하는 거대담론의 소멸로 인한 전망의 상실을 극복하려는 노고의 몸부림으로 해석할 수 있다. 개인의 확대된 외부(민족, 이념)나 밀폐된 내부(감성, 내면)가 아닌 개인과 사회의 균형과 긴장 속에서의 자기동일성에 대한 기억으로부터 새로운 전망을 찾으려는 작가들의 탐색의 결과물이 바로 이와 같은 소설 유형들인 것이다.

그러나 한국 현대소설사에서 이러한 소설 유형들은 온당한 평가를 받아 오지 못했다. 이는 대략 세 가지 원인에서 파생한 문제로 추측된다.

첫째는 이러한 소설 유형들에 대한 개념, 용어, 그리고 갈래적 정체성에 대한 혼란 때문이다. 성장의 모티프를 가지고 있는 소설 유형에 대해 대략 20여 가지의 용어가 개념적으로 혼용된 채로 사용되고 있는 실정이다. 교양소설, 교육소설, 입사소설, 견습소설, 통과의례 소설, 이니시에이션 스토리, 성년식소설, 발전소설, 형성소설, 탐색담, 성장소설 등이 바로 그러한 예들이다. 더구나 이러한 용어의 혼란은 더 본질적으로 이러한 소설 갈래들에 내재해 있는 내적 실체의 모호성과 개방성 때문이기도 하다. 즉, 성장소설과 다른 소설 유형들과의 개념 중복 현상이 그것인데, 성장소설과 전기소설, 영웅소설, 탐색담, 예술가 소설 등과도 각각 서로 상동성과 이질성을 동시에 공유하고 있기 때문이다.

둘째는 제대로 된 성장소설 혹은 교양소설의 전범이 없다는 점이다. 독일 교양소설의 전범인 괴테의 〈빌헬름 마이스터의 수업시대〉, 혹은 영국 형성소설의 초기작인 찰스 디킨스의 〈데이비드 카퍼필드〉와 같은 작품을 우리 소설사에서는 발견할 수 없다. 혹자는 이광수의 〈무정〉이나 최인훈의 〈광장〉을 그 전범으로 내세우기도 하지만, 이것들은 개인과 사회의 균형과 긴장을 제시하기보다는 사회적 환경에 의해 좌절하거나 사회적 대응 방식에 무력한 존재의 일탈 혹은 좌절만을 내세우기 때문에 그것을 성장 혹은 존재론적 위치 변화로 인정할 수 없는 것이다.

셋째는 한국의 근·현대사 전개 과정에 제대로 된 근대 체험이 없었다는 점이다. 이는 첫째 용어와 개념의 혼란, 둘째 성장소설 전범 부재의 원인이 되기도 한다. 특히 성장소설은 문학의 근대성이라는 문제의 발원지인 근대적 자아가 진지하게 취급되는 장르의 하나[1]인데, 한국 사회가 진정한 근대화를 체험하지 못함으로 인해 한국의 성장소설이 그 실체를 완성시키지 못하게 된 것이다. 결국 근대 체험의 부재는 작가와 비평가, 독자 모두에게 부재로 작용하여 성장소설의 창작과 비평, 그리고 올바른 독서 체험을 방해하고 있다.

---

[1] 이보영, 《성장소설이란 무엇인가》, 청예원, 1999, 313쪽.

이와 같은 이유들로 인해 한국 현대 성장소설들은 온당한 평가를 받아 오지 못한 것이 사실이다. 성장소설은 리얼리즘적 시각으로는 개인성에 대한 추구가 강하여 사소설적인 성향이 두드러진다는 비판을 받아 왔으며, 모더니즘적인 측면으로는 상황이나 체험의 요소가 지배적으로 드러남으로써 문학성이 반감된다는 비판을 받아 왔다. 이는 성장소설이 개별화와 사회화의 대립 속에서 그 양극으로의 진자 운동을 통해 긴장과 이완의 반복이라는 서사 구조를 창조해야 함에도 개인 혹은 사회화의 양극단으로만 치우치는 단편적 상황만을 제시함으로써 그 갈래적 실체를 보여 주기 어려웠기 때문이다. 따라서 성장소설은 그 어떤 측면에서도 존재론적 당위를 인정받지 못하고 한국 현대소설사에서 규명되지 않은 소설 유형, 혹은 연구의 주요한 대상에서 배제된 소설 유형으로 인식되어 왔다. 하지만 성장소설은 근대의 시민적 서사시로서의 소설의 기원을 살필 수 있는 주요한 소설 유형이면서, 동시에 당대의 문화적 교양의 수준과 삶의 총체성을 가늠할 수 있는 소설 유형이다. 그런 점에서 성장소설에 대한 연구는 소설의 근대성에 대한 해명과 더불어 당대 소설의 문화적 의의에 대한 탐색을 동시에 수반한다.

따라서 이 글에서는 한국 현대 성장소설의 개념적 함의를 천착하고, 그것이 당대의 삶의 지형 속에서 어떤 문화적 기능으로 결합되는지를 살펴보고자 한다. 그리고 그러한 과정을 통해 한국 현대 성장소설이 어떻게 문화적 재생산을 이루어 내는지를 살펴보고 그 문제와 한계에 대한 의미를 탐색해 보고자 한다.

'성장'의 다층적 함의–교양과 입사

성장소설의 개념에 대한 통찰은 '근대' 개념에 대한 성찰로부터 비롯된다. 이는 성장소설이 서구의 근대화 과정 속에서 자아의 정체성을 정립하려는 근대적 주체의 욕망으로부터 그 근원을 따져볼 수 있는 소설 유형이기 때문이다. 즉, 성장소설은 주인공이 근대적 시민사회의 구성원으로 진입하기 위한 문화적 교양과 주체 정립의 시련을 겪는 과정을 제시하는 소설 유형이라고 할 수 있다. 따라서 성장소설의 개념 정의에는 서구의 근대성에 대한 보편적인 이해를 필요충분조건으로 한다.

하지만 한국 현대 성장소설의 개념 정의에는 근대성에 대한 보편한 이해와 더불어 한국의 근대성에 대한 특수한 이해가 꼭 전제되어야 한다. 서구의 근대화 과정으로서의 시민의 자주적 권력에 의한 국민국가와 자본주의적 생산양식의 형성과 더불어서, 한국만의 특수한 식민적 상황과 민족적 분단에 대한 이해가 동시에 공유되어야 한다. 그럼에도 불구하고 지금까지의 한국 현대 성장소설에 대한 개념 정의 혹은 일반적인 연구에서는 한국의 근대적 특수성에 대한 고려가 몰각되고 서구의 보편성만을 일방적으로 강조해 온 것이 사실이다. 그로 인해 성장소설의 개념과 용어에 대한 혼돈과 혼용이 파생되었던 것이다.

따라서 한국 현대 성장소설의 개념 정의는 서구에서 수입된 개념, 즉 교양소설Bildungsroman과 형성소설Novel of Formation, 그리고 입사소설 Initiation Novel 등과는 변별적으로 정의되어야 한다.[2] 이와 같이 성장 과정을 모티프로 한 소설 유형들은 각각 발생 배경이 된 국가와 사회의 역사적이면서도 문화적인 배경을 바탕으로 정립된 것들이다. 특히 독

---

2 '교양소설Bildungsroman'은 괴테의 《빌헬름 마이스터의 수업시대》로부터 헤세의 《데미안》으로 이어지는 19세기 독일의 독특한 사회문화적 정황 속에서 발생하였는데, 미성숙한 젊은이가 성숙한 어른으로 되어 가면서 예술과 철학을 통해 세계의 본질과 그 의미를 배우려고 시도하는 소설 유형이다. '형성소설Novel of Formation'은 디킨스의 《데이비드 카퍼필드》, 스탕달의 《적과 흑》 등이 대표적인 작품으로, 교양소설처럼 개인의 성장 과정이나 내면의 성숙을 이야기하면서 동시에 그를 둘러싼 사회 상황에 등가의 관심을 제시하는 사회와 개인의 내면의 균형을 지향하는 소설 유형이다. '입사소설Initiation novel'은 '신참소설'이라고도 하는데, 어린 주인공이 미숙과 무지 및 순진의 상태로부터 악의 발견, 생의 본성에 대한 깨달음, 자아 발견과 사회적인 조정의 성숙 단계로 옮겨 가는 과정에서 치르는 통과제의 소설이다. 졸고, 〈한국현대성장소설고찰 I〉, 《현대소설연구》11집, 1999. 12, 370쪽 참조.

일을 제외한 여러 나라에서 교양소설의 역사와 차별성을 참조하지 않은 채로 교양소설의 용어가 갖는 권위에 순응함으로써 그 용어가 정립되는 순간 또 다른 개념적 혼돈의 증가를 발생시켜 왔다.[3] 그런 점에서 이들의 독특한 개념적 양상을 그대로 수용하는 것이 무리임에도 불구하고, 무분별한 개념의 수입과 도식적 적용으로 한국 현대 성장소설의 개념과 갈래적 정체성의 혼돈을 초래하였던 것이다.

이 글에서는 교양/형성/입사소설이라는 개념들보다는 우리 나름의 역사적 전통에 기반한 '성장소설'이라는 개념을 사용하고자 한다. 이는 위 개념들이 모두 독일, 영국, 미국 등 자국의 문화적 · 미학적 전통 속에서 사용된 개념이자 한국어로 직역된 용어들로, 한국 소설사에서 그대로 사용하기에는 수입된 용어라는 느낌이 강하기 때문이다. 또한 성장소설에서 '성장'이라는 개념이 교양소설의 'Bildung'과 형성소설의 'Formation', 입사소설의 'Initiation' 등의 개념을 포괄하면서도 한국 문학에서도 통용될 수 있는 개념이라는 점 때문이기도 하다. 즉, 우리의 신화와 전설, 고소설 등의 이야기 구조에서도 이러한 성장 모티프가 내재되어 있다는 점에서 이 소설 유형들을 지칭하는 데 '성장소설'이라는 개념이 가장 적절한 것이다.

결국 성장소설에서 '성장'의 함의는 다층적이면서 대화적이다. 즉, '성장'의 함의에는 '교양'과 '형성' 그리고 '입사'라는 개념이 내포되어 있으면서, 그것들이 대화적으로 기능하고 있다. 먼저 '교양'이란 개념은 인간의 내면에 잠재되어 있는 소질을 최대한으로 계발하고 인간 생활에 유익하게 기여하는 데 그 의의가 있으며,[4] 그것은 미학적 · 도덕적 · 이성적 · 학문적 교육의 조화, 미적인 힘과 내적인 힘의 균형을 추구하

---

3 Redfield, Marc, *PHANTOM FORMATION-Asthetic Ideology and the Bildungsroman*, Cornell University Press, 1996, pp.38~43.

4 이보영, 앞의 책, 108쪽.

는 것을 본질[5]로 하고 있다.

그런데 이러한 '교양' 개념은 문제적 개인이 구체적인 사회 현실과 화해하기 위한 매개적 요소로 기능하는 것을 의미하며, 교양소설에서 '교양'은 사회보다는 개인으로 초점을 내면화한 것을 말한다. 이는 독일의 교양소설이 19세기 독일 사회의 침체로부터 발생한 데서 기원하는데, 그것은 국가의 분열, 자본제적 체제의 결핍, 중산층의 빈곤감 등이 주요한 이유였기 때문이다.[6] 따라서 교양소설에서 '교양'의 의미는 시민계급의 형성과 계급 상승에 대한 개인의 욕망이 중첩되어 드러나는 독일 교양소설의 허위의식의 소산으로 인식되기도 한다.[7]

한편 '형성' 개념은 한 인물의 성장을 중심 모티프로 한다는 점에서 '교양' 개념과 유사하다. 하지만 '교양'이 개인의 내면적 성장에 초점을 두는 것에 반해, '형성' 개념은 개인보다 개인의 삶의 결정하는 사회적 맥락을 강조한다. 따라서 형성소설은 자아의 발전과 관련된 이야기이면서, 그 사건은 삶의 전체의 사건이라기보다는 개인의 삶을 결정하는 사건들이고, 그 해결 과정은 주인공의 사회에 대한 적응 과정인 것이다. 이러한 양상을 보여 주는 대표적인 작품이 찰스 디킨스의 《데이비드 카퍼필드》와 스탕달의 《적과 흑》으로, 이 작품들은 독일 교양소설들과 다르게 개인의 내면화보다는 개인을 둘러싼 사회 상황에 등가의 관심을 제시하는 사회와 개인의 내면의 균형을 지향[8]한다.

---

[5] 이보영, 앞의 책, 86~87쪽.

[6] Sammons, Jeffrey L., "The Mystery of the Missing Bildungsroman, or : What Happened to Wilhelm Meister's Legacy?", *Genre* 14, 1981, p. 229.

[7] 교양소설의 대표작인 《빌헬름 마이스터의 수업시대》에서 주인공 '빌헬름'이 시민계급의 이상적 자아를 확보하려는 시련에 찬 교양 탐색과는 반어적으로 결국 귀족계급인 '나탈리에'와 결혼하여 귀족계급에 편입됨으로써 '교양'이란 개념이 가지는 허위의식을 극명하게 보여 주고 있다. 이러한 독일 교양소설의 허위의식은 개인의 책임, 즉 사회문제의 개인화 현상, 보상과 방어의 메커니즘, 순응미학 등으로 설명된다. Orlowski, Hubert, *Untersuchungen Zum falschen Bewußtsein im deutschen Entwicklungsroman*(이덕형 옮김, 《독일 교양소설과 허위의식》, 형설출판사, 1996, 229~233쪽) 참조.

[8] Hirsch, Marianne, "The Novel of Formation as Genre : Between Great Expectations and Lost Illusion",

마지막으로 '입사' 개념은 신화 원형적인 통과제의의 양상을 통해서만 그 의미가 명확해질 수 있다. '통과제의'라는 단어의 그리스 어원의 일반 개념은 '도달과 완성'인데, 동사를 자유자재로 구사하던 그리스인들은 통과제의란 단어를 '입문하다'와 '죽는다'라는 두 단어와 결부시켰음.[9] 이처럼 입사자가 제대로 된 통과제의를 겪는다는 것은 제의적 죽음을 통해 새로운 생명을 얻는다는 의미다. 결국 통과제의도 교육을 포함시키기는 하지만, 통과제의란 무엇보다도 통과의례를 거치게 될 대상의 존재론적 위치의 변화를 의미한다.[10] 즉, 입사소설에서 한 인간의 '입사' 양상은 첫째 외부 세계에 대한 무지로부터 중대한 인식으로의 통과 과정으로 설명하고, 둘째 이를 중대한 자기 발견과 거기에서 결과되는 인생이나 사회와의 타협으로 기술한다.[11]

　　이와 같이 성장소설에서 '성장'이란 개념이 가지는 함의는 '교양'과 '형성', 그리고 '입사'가 내포하는 개념들의 대화적 관계에 의해 새롭게 논의될 수 있다. '성장'이란 개념은 '교양'과 '입사'의 개념이 동시에 공유하고 있는 탄생과 죽음, 반항과 적응이라고 하는 반어적 의미를 함의하고 있다. 한 사회 속에서의 '성장' 과정은 기성 사회에 대한 반항과 타협, 거부와 수용, 기성 사회에 대한 죽음과 새로운 탄생의 의미가 서로 모순되게 함축되어 있는 것이다. 성장소설은 기성 사회에 대한 거부로서의 혼돈에 대한 지향을 보임과 동시에, 그러한 혼돈을 통한 사회질서의 새로운 정립에 대한 지향을 역설적으로 보여 주고 있는 것이다. 이는 성장소설이 기성 사회에 대한 대항담론으로 읽혀짐과 동시에 하나의 상징권력으로 읽혀질 수 있는 단초로서의 의미를 발견하는 계기점이 된다.

GENRE 12, 1979, p. 299.

[9] Vierne, Simone, *Rite, Roman, Initiation*(이재실 옮김, 《통과제의의 문학》, 문학동네, 1996, 11~12쪽).

[10] Vierne, Simone, 앞의 책, p. 12.

[11] Marcus, Mordecai, *What is an Initiation Story*(최상규 옮김, 〈이니시에이션 소설이란 무엇인가〉, 《현대소설의 이론》, 정음사, 1983, 295쪽).

한국 현대 성장소설의 문화적 양면성

1) 대항담론으로서의 성장소설

소설은 다양한 주체와 그들의 목소리로 구조화되는 담론의 공간이다. 여기서 담론이란 여러 문장들이 연속된 질서를 형상화하는 방식, 즉 이질적이면서 동질적인 하나의 전체에 참여하게 되는 방식을 구체적으로 밝혀 주는 용어이다.[12] 이러한 담론으로 존재하는 소설은 그 자체가 하나의 문화자본[13] 혹은 상징자본[14]이다. 따라서 문화자본 혹은 상징자본으로 존재하는 소설 속에서 담론은 그러한 자본 혹은 이념을 구성하고 실천하는 주체들끼리의 갈등과 해결의 장場으로서의 역할을 수행한다. 이러한 문학의 장은 특수자본의 불평등한 분배 구조 속에서 문학적 정당성을 획득하기 위하여 행위자들 간에 벌어지는 경합과 대립의 공간이 된다.[15]

특히 성장소설은 이러한 문화자본 혹은 상징자본의 양상을 전형적으로 보여 주는 소설 유형인데, 성장소설의 담론 공간은 기성 사회에 대한 정당성을 획득하기 위한 경합과 대립의 공간이다. 그런 점에서

---

12 Eastope, Antony, *Poetry as Discourse*(박인기 옮김, 《시와 담론》, 지식산업사, 1994, 27쪽).

13 '문화자본cultural capital'은 기본적으로 사회계급에 따른 개인의 불평등한 능력을 설명하기 위해 사용되는 개념으로, 계급적 차이에 따른 문화자본의 분배 구조와 관련하여 교육 시작에서 실현되는 차등적 이익(또는 이윤)에 근거한다. 여기서 문화자본의 형식도 몇 가지로 구분해 볼 수 있는데, 지속성을 지니는 신체적 성향이나 습성과 같이 '체화體化된 문화자본', 그림이나 골동품과 같은 문화적 재화에 해당하는 '객관적 문화자본', 그리고 학력 등으로 표현되는 '제도적 문화자본'을 들 수 있다. 문화자본의 일차적 형식은 신체와 관련되는데, 이러한 체화 과정에는 시간적인 투자와 (교육과 같은) 장기간에 걸친 경제적 투자가 요구되며, 바로 이 과정이 경제자본이 문화자본으로 전환되는 과정이기도 하다. Bourdies, Pierre, *Language and Symbolic Power*(정일준 옮김, 《상징폭력과 문화적 재생산》, 새물결, 1995, 31~32쪽) 참조.

14 '상징자본symbolic capital'은 권위와 명예의 재생산에 투입되는 의례와 전략 등을 포함하는 매우 유동적인 성질의 자본을 지칭한다. 경제적 계산으로는 설명될 수 없는 자본으로서, 가령 지명도가 높은 예술가의 작품 가격, 개런티 등을 설명하기 위한 개념이다. 이 유형의 자본은 기본적으로 신뢰도의 척도가 되기도 하며, 때로 부인되기도 용인되기도 하는 불확실한 자본 유형이다. Bourdies, Pierre, *Language and Symbolic Power*(정일준 옮김, 《상징폭력과 문화적 재생산》, 새물결, 1995, 32~33쪽) 참조.

15 우한용, 〈리얼리즘 소설의 문학 교육적 해석〉, 《국어국문학 112》, 1994, 407쪽.

성장소설의 담론은 당대 사회질서를 유지해 온 권력적인 지배담론에 대해 반항적인 대항담론[16]으로 기능한다. 성장소설의 담론은 기존의 권력적인 지배담론의 변이 혹은 변형의 양상을 추구하며, 그러한 과정을 통해 새로운 담론을 생성하고 있다.

이러한 대항담론의 양상은 한국 현대소설사에서, 특히 성장소설 유형에서 쉽게 찾아볼 수 있다. 이는 성장소설의 주인공과 초점화자들이 소년 혹은 청소년들이라는 점 때문이다. 즉, 소년 혹은 청소년들은 기성 사회에 아직 진입하지 않음으로 인해 기성사회와 비판적 거리를 확보함으로써 기성 사회에 대해 자유롭게 비판하고 대항할 수 있기 때문이다. 그런 점 때문에 다른 소설 유형들보다 성장소설들에서 대항의 담론을 찾기가 쉬운 것이다.

한편 이와 같은 기성 사회에 대한 반항과 비판은 아버지의 질서에 대한 동일성의 거부로 표출된다. 즉, 아버지라는 존재는 궁극적으로 사회의 질서와 이념, 법, 도덕을 상징하는데, 성장소설에서는 아버지라는 존재를 부인하고 비판하는 주인공 혹은 초점화자가 등장함으로써 결국은 기성 사회에 대한 부정과 비판의 대항담론을 형성하고 있다. 이러한 성장소설의 대항담론적 양상은 김승옥의 〈건〉에서 극명하게 드러난다.

이 작품은 순진하던 소년이 세계와 사회의 부조리로 인해 죽음과 악의 세계를 체험하고 자학과 위악적 행위를 해냄으로써 그것이 '자라난다'는 것일지도 모른다는 인식에 도달하는 이야기 구조를 가지고 있

---

16 '대항담론counter-discourse'(반담론)은 언어공동체의 지배적인 의미 제도를 위반하여 다른 언술들과의 동일성을 피괴한 담론을 말한다. 이는 외부 대상을 지시하는 대신 사회제도를 유지하는 의미의 장을 파괴함으로써 언술 체계를 교란하고 방해한다. 지배담론이 자신만의 획일적이고 독백적인 의미화 방식을 통해 모든 담론을 동일화하고자 할 때, 대항담론은 오히려 타자성의 권력을 내세워 그 지배담론이 은폐하고자 하는 허구성과 폭력성을 드러낸다. 이는 일종의 메타적 언술로, 어떤 대상을 지시함으로써 비판하는 것이 아니라 지배적 담론과는 다른 방식으로 대상을 의미화함으로써 지배적 문맥의 획일적인 의미에 새로움을 개방하는 것이다. 최인자, 〈한국 현대소설 담론 생산 방법 연구-반담론과 문학교육의 연관성을 중심으로〉, 서울대 교육학 박사학위논문, 1997, 10~11쪽.

다. 여기서 주인공인 '내'가 기성 세계의 부조리와 악을 극명하게 체험하게 되는 계기가 문제인데, 그 계기는 죽음에 대한 깨달음을 통해 발생한다. 어느 빨치산의 시체와 그 시체를 아무렇지도 않게 치우는 아버지를 보면서 '나'는 어지럼증을 느끼고 기존 세계에 대해 환멸하게 된다. 그러한 환멸의 대응 양상이 바로 윤희 누나를 대상으로 하는 '형과 그 친구들'의 나쁜 음모에 가담하게 되는 위악적 행위로 드러나는데, 이러한 행위는 바로 자기 학대에 다름 아니다. 그리고 이와 같은 자기 학대는 입사에 진입하려는 신참자가 성장을 위한 시련을 스스로 찾아 나서는 행위이자 성장의 몸부림인 것이다. 결국 '나'는 밤에 몰래 '미영'의 폐가로 '윤희 누나'를 유인하는 심부름을 예상 외로 쉽게 끝내고는 다음과 같은 인식에 도달한다.

> 바야흐로 나는 무서운 음모에 가담하고 있었다. 간단한 말을 전해 주는 그런 책임이 희박한 행위로써 가담하는 것이 아니었다. (중략) 나는 이제 몇 분 안으로 이러한 모든 것 위에 먹칠을 해버리려고 하는 것이다.
> 아아, 모든 것이 항상 그렇지 않았더냐. 하나를 따르기 위해서 다른 여러 개 위에 먹칠을 해버리려 할 때, 그것이 옳고 그르고를 따지기보다 훨씬 앞서 맛보는 섭섭함. 하기야 그것이 '자라난다'는 것인지도 모른다.[17]

이처럼 죽음과 세계에 대한 환멸을 체험한 뒤 위악적 행위를 수행한 후 '나'는 자라나고 있는지도 모른다는 인식에 도달한다. 이러한 위악적 행위가 철저하게 기성 세계의 윤리와 이념에 반하는 것이면서도 주인공이 역설적으로 성장을 인식한다라고 하는 대항담론을 김승옥의 〈건〉은 보여 주고 있다.

---

17 김승옥, 〈건〉, 《김승옥 소설전집》 1권, 문학동네, 1996, 63쪽.

이러한 대항담론적 양상을 대부분의 한국 현대 성장소설들은 보여주는데, 김원일의 〈어둠의 혼〉은 더 극명한 양상을 보여 준다. 이 작품 또한 김승옥의 〈건〉과 같이 아버지 세계의 부조리함이 '어둠'으로 상징되면서, 아버지의 죽음을 목격한 후 결국 무엇인가를 깨달은 느낌, 즉 성장에 대한 각성을 이룬다는 결말을 보여 준다. 이 작품은 〈건〉보다도 더욱 심화된 아버지에 대한 부정을 통해 기성 세계에 대한 대항담론을 형성하고 있다. 주인공인 '나'는 빨치산인 '아버지'로 인해 가정이 파탄에 도달한 것을 마음 아프게 생각하면서 '아버지'란 존재를 강하게 부정한다.

봉창이 환해질 때까지 오들오들 떨며 콧물 눈물이 범벅이 된 채 울며 새운 그 밤의 무서움은 정말 지독한 것이었다. 죽어뿌리라, 어디서든 콱 죽고 말아뿌리라. 나는 아버지를 두고 몇 십번이나 이 말을 되씹었는지 모른다. 한밤중 순사들이 밀어 닥쳐 집안을 뒤지는 날 밤, 나의 머리에 떠오르는 아버지는 밉다 못해 원수처럼 여겨졌던 것이다.[18]

'아버지'가 다녀간 날 밤, 경찰이 들이닥쳐 어머니를 연행해 간 후 어둠의 공포로 인해 '나'는 '아버지'란 존재 자체를 부정하기에 이른다. 이러한 아버지에 대한 부정이 바로 당대 기성 사회와 이념에 대한 강한 부정임은 재론할 필요가 없다. 파행으로 인식되는 아버지의 삶이 다름 아닌 세계와 시대의 모순으로부터 기원하는 것이기 때문이다. 이러한 아버지에 대한 부정의식은 김남천의 〈무자리〉, 〈소년행〉, 하근찬의 〈흰종이 수염〉, 그리고 90년대 김소진의 〈자전거 도둑〉, 〈아버지의 자리〉 등에서 반복 재생산되면서 한국 현대 성장소설의 주요한 모티프로 기능하여 대항담론 형성의 주요한 기제로 작용하고 있다.

---

[18] 김원일, 〈어둠의 혼〉, 《월간문학》, 1973년 1월호, 114쪽.

앞에서 살펴본 바와 같이 한국 현대 성장소설의 대항담론적 양상은 첫째, 반동일화의 주체로서 문제적 인물인 유년 화자 혹은 여성 인물의 등장, 둘째, 기존 질서의 이념 혹은 아버지의 질서에 대한 동일성의 거부, 셋째, 기존의 질서와 문화에 대한 화자의 서사적 거리 설정 등의 양상으로 드러난다. 그러나 한국 현대 성장소설의 대항담론으로서의 한계는 대항담론이 지배담론과는 전혀 다른 방식으로 기능함으로써만 그 존재적 의의가 구현됨에도 불구하고, 결국은 기존 지배담론의 방식으로 성장소설의 담론을 구현함으로써 대항담론으로서의 기능을 제대로 수행하지 못하고 있다는 점이다.

2. 상징권력으로서의 성장소설

문화적 징후를 파악할 수 있는 해석소로서 성장의 함의는 성장소설의 가치를 규명하는 데 중요한 기능을 수행한다. 그런데 성장의 과정은 반드시 그에 따른 시련을 수반한다. 시련의 과정 없이는 어떤 성장도 이루어질 수 없다. 이러한 성장을 위한 시련의 과정을 '통과제의'라고 한다. 이러한 제의의 의미에 대해서 지라르와 터너는 서로 상반되게 해석한다. 지라르에 의하면, 의례는 서열을 강요하는 것을 우선적인 목표로 삼는 데 반하여, 터너는 의례의 기능이 구성원들로 하여금 서열을 자유롭게 하는 것이라고 하였다.[19] 결국 의례의 기능은 서열을 자유롭게 하면서도 다시 그 의례의 과정을 통해 서열을 강화해 내는 것이다.

의례의 기능에서 볼 수 있는 것처럼 기존 사회의 극복과 계승이라는 양면성이 바로 문화[20]라는 개념으로 다시 해석될 수 있다. 즉, '문화'

---

[19] LISZKA, J. J., *The Semiotic of Myth*, Indiana University Press, 1989, p. 135.

[20] 문화란 집단적 기억을 간직하고 있는 담론들(공통의 화제들, 그리고 예외적인 말투인 상투적인 표현들)로 구성되어 있고, 개개의 주체는 이 담론들과의 관련 하에서 스스로를 위치시킨다. Todorov, Tzvetan, *Mikhail Bakhtin⊠le principe dialogique*(최현무 옮김, 《바흐친 : 문학사회학과 대화이론》, 까치, 1987, 14쪽).

라는 개념이 결국은 통제constraint와 유동mobility이라는 두 개의 대립적인 것처럼 보이는 것을 향한 진동이라는 사실이다. 하나의 주어진 문화를 형성하는 신념들과 관행들의 집합체는 침투적인 통제의 기술로, 다시 말해 사회적 행위를 제약해야만 하는 일련의 구역들, 그리고 개인들이 부응해야만 하는 전범들의 집합체로서의 기능을 한다.[21]

이러한 의례와 문화의 양면적 양상을 가장 잘 보여 주는 소설 유형이 바로 성장소설이다. 성장소설은 미숙한 존재가 성숙에 이르는 과정에서 겪게 되는 통과제의의 양상을 보여 주고 있으며, 그것을 통해 독자들에게 교육적 효과를 불러일으킨다. 결국 성장소설은 당대 사회의 대항담론으로 기능하면서, 한편으로는 당대 사회의 이념과 문화를 간접적으로 내면화 내지는 용인시키는 상징권력[22]으로 작용한다. 이처럼 성장소설은 성장 과정의 합리화와 더불어서 새로운 입사를 준비하는 신참자에게 성장의 모델을 제시하고 그것을 수용하게 하려는 의도를 함축하고 있다.

이러한 상징권력적인 담론으로 구조화되어 있는 소설이 박완서의 〈엄마의 말뚝〉이다. 이 작품에서 '나'는 여덟 살이 되던 해 낙원과 같은 송도松都 근처의 박적골에서 어머니의 손에 끌려 서울이라는 낯선 곳으로 이주한다. 이처럼 안주 공간에서의 분리와 격리 체험은 통과제의에서 신참자에게 가장 우선적으로 가해지는 첫 번째 시련이다. 어린 '나'에게 이런 시련이 주어지는 것은 '나'를 신여성으로 만들려는 어머니의 강한 의지 때문이다. 그러한 어머니의 강한 의지가 '내'게는 '엄마의 말

---

[21] Lentricchia, Frank & McLaughlin, Thomas 공편, *Critical Terms for Literary Study*(정정호 외 옮김, 《문학연구를 위한 비평 용어》, 한신문화사, 1994, 293쪽).

[22] 부르디외의 '상징권력' 개념은 특정 발화자가 특정 상황에서 그 나름의 스타일과 레토릭, 그리고 사회적으로 인정받는 정체성을 가지고 발화할 때 특정한 맥락과 관련된 합의를 제공할 뿐 아니라 담론에 수행성을 부여할 수 있는 능력을 뜻한다. 그리고 그 개념은 노골적인 폭력에 의해서 지배가 이루어지는 것이 아니라, 구성원들을 구조화시키는 제도적 장치를 통한 합의와, 그 합의가 생산해 낸 구조화된 여러 장들을 통해서 이루어진다는 전제에서 출발한다. 박훈하, 〈1950년대 소설 담론의 주체 형식 연구〉, 부산대 박사학위논문, 1997, 34쪽.

뚝'으로 인식되는 것이다. 하지만 '나'는 '나를 무엇인가로 만들려는 올가미', 즉 '엄마가 바라는 신여성'이 되는 것을 강하게 거부한다. 엄마의 말뚝으로부터 벗어나고 싶었던 유년 시절을 보내고 성년이 된 '나'는, 소설의 결말에서 고통스러웠던 어린 시절의 공간을 되돌아본 후 다음과 같은 인식에 도달한다.

> 어머니가 세운 신여성이란 것의 기준이 되었던 너무 뒤떨어진 외양과 터무니없이 높은 이상과의 갈등, 점잖은 근거와 속된 허영과의 모순, 영원한 문 밖 의식, 그건 아직도 나의 의식 내용이었다. 그러고 보니 나의 의식은 아직도 말뚝을 가지고 있었다. 제아무리 멀리 벗어난 것 같아도 말뚝이 풀어준 새끼줄 길이일 것이다.[23]

이 단락은 소설의 결말 부분인데, 앞부분의 과거를 회상하는 유년 시점과는 다르게 현재 성인의 시점으로 서술되고 있는 부분이다. 그런데 문제는 그토록 거부하려고 했던 어머니의 신여성에 대한 의지의 내용이 아직도 나의 의식 내용이 되고 있다고 성인 화자 스스로 인정하는 부분이다. 이는 어머니의 말뚝에서 여전히 '내가' 벗어나지 못하고 있음을 인정하는 것이기도 하다. 이처럼 주인공은 어머니의 억압적인 신여성에 대한 지배담론으로부터 반동일화 혹은 비동일화[24]를 해내지 못하고 결국은 어머니와의 동일화 쪽으로 기울게 된다. 이처럼 강한 억압과 강요에 대한

---

23 박완서, 〈엄마의 말뚝〉, 《문학사상》, 1980년 9월호, 423쪽.

24 페쇠는 주체가 구성되는 세 가지 기제를 설명했다. 동일화는 그들에게 주어진 이미지에 '자유롭게 동의하는 착한 주체들'의 양식이다. 반동일화는 동일화를 거부하는 '나쁜 주체들'의 양식이다. 이 두 가지 양식은 즉각적인 대칭을 이루면서 사실상 서로를 보완해 준다. 그리고 이 두 가지 양식 외에 페쇠는 '비동일화'라는 제3의 양식을 가정한다. 비동일화는 이데올로기 종속의 지배적 실천에 편승하는 동시에 저항하는 작업의 결과로 기술된다. 이러한 비동일화는 대립적으로 존재하고 있는 전혀 다른 입장에서 비롯되는 것이다. 비동일화는 지배적인 이데올로기 안에서 만들어지는 정체성과 동일화가 비록 완전히 거기에서부터 빠져나올 수는 없지만, 변형되고 치환된 결과에서 비롯된 것이다. Macdonell, Diane, *Theories of Discourse*(임상훈 옮김, 《담론이란 무엇인가》, 한울, 1992, 53~54쪽).

수용과 인정을 간접화·내면화시키는 것이 바로 상징권력의 작용이다. 즉, 상징권력이란 가시적이고 물리적인 폭력에 의해서 부과되는 것이 아니고 그것을 수용하고 인정하는 자들의 공모를 전제로 하기 때문이다.[25]

이러한 상징권력이 작용하는 작품이 김소진의 〈자전거 도둑〉이다. '차라리 죽는 한이 있어도 아비라는 존재는 되지 말자'고 다짐하던 '내'가 어느새 성년이 되어 아버지를 회고하면서 아버지를 용서하게 된다. 그러한 아버지의 부조리와 무능에 대해 수용하고 인정하게 만드는 실체가 바로 혈연 혹은 가족의식일 것이다. 결국 이 작품에서는 혈연과 가족의식이 바로 아버지와의 화해를 통해 성장에 도달하게 하는 상징권력으로 작용하고 있다. 김원일의 〈노을〉에서도 이러한 양상은 유사하다. 빨치산이었던 아버지를 끝내 부정하지 못하고 '그 누구도 나의 아버지를 대신할 수 없다'고 인정하는 순간 성장의 각성을 이룬다는 점에서 이 소설 또한 상징권력의 담론에 의해 구조화되어 있다고 할 수 있다.

한편 성장소설의 주요한 담론 전략인 기억을 바탕으로 한 회고와 고백의 방식이 지배담론을 재생산해 내는 상징권력의 양상을 두드러지게 하는 데 크게 기여한다. 하지만 과거의 문제와 현재의 문제를 단절시킴으로서 대상에 대한 문제의식을 희석화시키는 요인으로 작용한다. 사르트르는 기억과 시간에 관한 수많은 이론이 상정했던 즉자로서의 과거의 존재를 부조리한 것으로 비판했다.[26] 특히 한국 현대 성장소설에 등장하는 이와 같은 회고와 고백의 담론은 과거의 상황에 초점을 맞춤으로써 현실의 문제를 소홀히 다룬 측면이 강하다.

이와 같은 양상은 성장소설의 문제 해결 방식에서 쉽게 찾아볼 수

---

25 Bourdies, 앞의 책, p. 69.

26 즉자로서의 과거를 상정하게 되면 과거가 현재로부터 단절되며, 따라서 우리가 어떻게 그 과거를 인식하는지를 결코 설명할 수 없게 된다. 과거는 오직 지금의 나의 현재를 통해서만 존재하는 것이다. Lejeune, Philippe, *Le pacte autobiographique*(윤진 옮김,《자서전의 규약》), 문학과지성사, 1998, 358쪽).

있다. 성장의 실체적 의미는 개별화와 사회화의 조화로운 균형 속에서 근대적 자아로서의 정체성을 정립하는 데 있다. 그런데 한국 현대 성장소설에서는 개별적인 성숙의 문제에 무게 중심을 두고 있거나, 당면한 문제를 가족주의적이거나 온정주의적인 방식으로 해결하려고 하였다. 이는 성장의 주체가 문제를 사회적인 문제, 즉 이념이나 역사적인 문제로 인식하지 않고 결국은 개인이나 가족의 문제로 협소화하여 그것을 해결하려 했기 때문이다.

요컨대 한국 현대 성장소설은 기성 사회에 대한 강한 비판과 부정의 대항담론과 기성 사회를 수용하고 인정하게 하는 상징권력 담론이 반어적으로 구조화되어 있는 것이다. 그런 점에서 한국 현대 성장소설의 텍스트와 실천 행위는 그람시의 타협적 평형 가운데서 이루어진다. 즉, 한국 현대 성장소설은 합병과 저항 사이의 알력, 즉 지배층의 이해관계를 보편화시키려는 시도와 피지배층의 저항 사이에서 투쟁이 일어나는 문화적 교류와 협상(타협적 평형)에 의해 구성된 영역으로 명시화된다.[27] 하지만 한국 현대 성장소설은 상징권력의 담론이 개인과 사회의 균형 위에서 이루어지지 못하고 지극히 개인적인 혈연과 가족의 맥락에서 구현됨으로써 그 한계를 노정하고 있다. 즉, 상징권력적 담론이 기성 사회와의 일방적 타협만을 강조함으로써 안일한 화해와 갈등 해결의 양상을 보여 주고 있는 것이다.

한국 현대 성장소설의 문화적 재생산의 의미

한국 현대 성장소설은 한국 근대문학의 화두인 자아의 정체성의 문제를

---

[27] Storey, John, *An Introduction Guide to Cultural Theory and Popular Culture*(박모 옮김, 《문화연구와 문화이론》, 현실문화연구, 1995, 174쪽.

심도 있게 탐색한 소설 유형이라는 점에서 한국 문학사상 그 가치를 평가받고 있다. 근대적 자아의 정체성에 관한 의문들로 일관된 것이 바로 한국 현대 성장소설들인 것이다. 그리고 한국 현대 성장소설에서의 '성장'의 함의는 단지 좁은 의미의 교육과 관련된 의미 단위가 아니라 그 바탕에는 의례와 문화, 그리고 이념을 포괄하는 다층적인 의미 범주를 함축하고 있다. 따라서 '성장'이라는 문제는 성장의 상황으로 존재하는 문화와 이념의 당대적 가치에 대한 반영물로 존재하고 있는 것이다.

그런 점에서 성장소설에서 취급되는 주인공의 교양은 그 시대와 나라, 문화권의 문화와 깊은 관련이 있으며, 주인공에게 닥쳐오는 위기는 그가 처한 시대와 그 민족문화의 위기다.[28] 실제로 문화라는 관념은 양육 · 성장 · 훈육 등을 의미하는, 사실 농업이나 원예적인 의미에서 '재배한다'는 어원에서 파생했다.[29]

따라서 한국 현대 성장소설은 다른 소설 유형들보다 하나의 과정적 역할로서 문화적 재생산에 크게 기여한다. 즉, 한국 현대 성장소설은 '성장'의 함의를 기반으로 당대 사회에 대한 강한 대항의 담론을 형성함과 동시에, 당대 사회의 지배담론을 간접화 · 내면화시키는 상징권력으로 작용하면서 문화적 재생산을 시도해 온 것이다. 하지만 그러한 문화적 재생산의 역할이 긍정적이었는지는 재고할 필요가 있는데, 그 것은 한국 현대 성장소설들이 대항담론보다는 상징권력으로 더 강하게 기능하면서 안이한 화해 혹은 손쉬운 갈등의 해결을 시도해 왔기 때문이다. 그러한 문제는 다음의 몇 가지로 살펴볼 수 있다.

한국 현대 성장소설이 가지고 있는 가장 뚜렷한 특성은 지나친 가족주의 지향[30]이다. 개인의 성장이 가족에서부터 시작한다고는 하지만

---

28 이보영, 앞의 책, 39쪽.

29 Storey, John, 앞의 책, p. 161.

30 의식의 성장이 타자의 발견, 다양성과 차이성 속에서의 대화 과정에 있다고 한다면, 전후 성장소설

그 성장의 종결은 어쩌면 가족보다는 사회 속에서 찾아져야 한다. 그럼에도 불구하고 한국 현대 성장소설 대부분은 가족을 중심으로 한 성장에 초점이 맞추어져 있다. 그러한 경향이 바로 부권의 부재와 어머니와 누이에 대한 의식의 과잉 혹은 강박관념의 표출로 드러난다.

부권의 부재와 더불어서 강력한 아버지, 부정과 불의를 정의롭게 응징해 줄 수 있는 아버지상의 부재 또한 한국문학의 허약함을 드러내 주는 징표로 작용하고 있기도 하다. 따라서 상징적으로 작용하는 아버지의 권한이 미약함으로 인해 사회의 구조적 모순에 대해 강력한 대응을 이루지 못하고 가족 간의 애정, 혹은 이웃 간의 온정에 바탕한 해결을 모색함으로써 온정주의에 기반한 성장소설을 볼 수 있다. 이는 결국 한국의 성장소설이 지나친 서구적 부르주아 이데올로기의 편향으로부터 말미암았다고 할 수 있다.

부르주아 이데올로기는 사람들의 삶에 동기를 부여하는 문화적 가치와 신념들에 힘을 주는 인종과 성별, 계층의 구분을 그럴 듯하게 얼버무리거나 완전히 회피하면서, 그 대신에 삶에 위안을 주는 신념들, 즉 행복 · 공평함 · 모성 · 고귀한 희생 등의 용어로 이런 관계들을 묘사한다.[31] 〈엄마의 말뚝〉, 〈어둠의 혼〉, 〈자전거 도둑〉, 《노을》[32]이 보여

에서 볼 수 있는 가족이라는 원환적 공동체로의 회귀는 전쟁이라는 극단적 상황에서의 일종의 퇴행 심리의 발로인 것이다. 최인자, 〈성장소설의 문화적 해석〉, 《문학과 논리》, 태학사, 1995, 82쪽.

[31] Cohan, Steven & Shires, Linda M., *Telling Stories*(임병권 · 이호 옮김, 《이야기하기의 이론》, 한나래, 1997, 189쪽).

[32] 신희교는 이 두 작품의 문제점을 한국 현대 성장소설에서 보이는 화해의 측면에서 다음과 같이 지적하였다. "한국 현대 성장소설에서 추구되는 결말이란 화해의 정신으로 나타난다. 그런데 이러한 화해가 어떤 의미를 띠었는가를 철저히 반성하지 않으면 안 된다. 예컨대 〈노을〉의 소년은, 같은 핏줄이라는 이유만으로 빨치산인 그의 "아버지가 지은 죄를 용서해 주리라" 하였다. 아들의 아버지에 대한 일방적 용서도 문제이지만, 이념 대립을 비켜 간 자리에서 화해가 이루어지고 있는 것이다. 정치적인 삶이 아니라 비정치적인 삶이 화해의 이상으로 자리한 곳에서 민간 신앙적 처방이 내려지기도 하였는데, 이는 〈장마〉에서도 확인되는 것이다. 이념의 대립을 해소하는 방식이 단순히 부자 간이라는 이유만으로, 또는 민간신앙으로 이루어질 수 있다고는 생각되지 않는다. 문제는 성장소설의 결말에서 노정되는 화해의 방식이 너무나 안이하게 처리되고 있다는 데에 있다." 신희교, 〈성장소설과 상상력의 빈곤〉, 《현대소설연구》 6호, 1997, 69쪽.

준 가족주의와 온정주의적 양상은 근현대화 과정에서의 지나친 이념 지향에 대한 거부임과 동시에 또 다른 이데올로기의 표출로 인식될 수 있다. 두 소설에서 가족은 특별한 의미로 부각되는데, 이것은 현실의 모든 갈등을 무화시킬 수 있는 모성의 이미지로 혹은 모든 아버지와 아들의 끝없는 세대의 이어짐으로 이념을 무력화시키는 또 다른 이념의 모습을 띤 것이다.[33] 정치적 무관심이 또 다른 정치적 선택이듯이, 이념에 대한 거부 또한 또 다른 이념에 대한 선택인 셈이다.

또한 우리 문학에서는 사회적 욕망 및 무의식이 구현되지 못하는데, 그것은 시민사회의 이상을 심각하게 훼손하는 폭력이 일반화됨으로써 각 개인이 경험하는 삶에서 사적 영역의 자율성을 일정 정도 보장하고 부추기는 공동체의 기본 윤리와 안정성이 보장되지 못했기 때문이다.[34] 이는 한국 현대 성장소설에서 계층 간의 갈등 혹은 계급적 각성에 대한 모티프가 쉽게 드러나지 않는 이유도 될 것이다. 어쨌든 사회 전반에 관한 관심의 부족으로 인해 성장소설이 지나치게 개인의 성장 체험에 바탕한 사소설[35]적인 경향에 머물고 말았다. 이는 고백의 담론 방식과도 연관되는데, 한국 현대 성장소설에서 고백하는 '나'와 고백된 '나'가 동일시되는 점 때문에 작가의 '나'와 작품의 '나'가 분리되지 못하여 자립적인 작품을 형성할 수 없었던 것이다.[36] 이는 일본 사소설의 고백 담론 방식이 문제점으로 지적되는 것과 유사한 부분이기도 하다.

이러한 문제는 한국 현대 성장소설이 지나치게 유년 시절이 과거 문제에만 초점을 맞춤으로써 그것의 현재적 의미, 과거와 현재의 교섭

---

[33] 최인자, 앞의 논문, 82쪽.

[34] 윤지관, 〈빌둥의 상상력 : 한국 교양소설의 계보〉, 《문학동네》 2000년 여름호.

[35] 김준오는 '사소설'을 일본 문단의 용어로 정리하면서, 작가가 자신의 인생관이나 생활 태도를 신변사를 통해서 표현하는 것으로 픽션보다 사실의 고백을 주로 하는 '심경소설'이라고 하였다. 김준오, 《한국현대장르비평론》, 문학과지성사, 1991, 159쪽.

[36] 가라타니 고진, 박유하 옮김, 《일본 근대문학의 기원》, 민음사, 1997, 104쪽.

을 통해 얻어지는 새로운 의미의 창출에 실패했음을 의미하는 것이기도 하다. 이와 같은 몇 가지 문제들로 인해 한국 현대 성장소설은 문화 재생산에 긍정적인 기능을 하지 못하고 있다. 이는 근대화 이후 소설 독자들이 한국 현대 성장소설보다는 외국의 성장소설들을 즐겨 읽는 이유와도 연관이 있다.[37] 이는 한국 현대 성장소설이 한국의 청소년들에게 성장 모델을 제시하지 못함으로 인해 문화 재생산에 치명적 약점을 갖고 있음을 의미하는 것이기도 하다. 그러므로 앞으로의 성장소설들은 이러한 문제점들을 보완함으로써 참다운 성장의 모델을 제시하여 문화 재생산에 순기능적 역할을 수행하여야 할 것이다.

한국 현대 성장소설의 전도

지금까지 한국 현대 성장소설에 드러난 '성장'의 다층적 함의를 밝혀내고, 그 함의가 형성하는 대항담론과 상징권력의 의미를 탐색함으로써 그것들이 어떻게 문화적 재생산에 기여하는지를 살펴보았다.

---

[37] 1920년부터 2000년까지 80년 동안 실용서나 학습참고서를 제외하고 가장 많이 팔린 책으로 추정되는 것은 생텍쥐페리의 《어린 왕자》다. 보이지 않는 것도 볼 줄 아는 동심의 눈에 비친 어른의 허위의식을 잘 드러낸 이 책은 한국인의 심성에 가장 잘 맞는 교양 성장소설로 자리잡았다. 단행본으로는 1972년에 처음 나온 문예출판사 것만도 120만 권이 팔려 나가는 등 모두 600만 권이 팔려 나갔다. 100여 출판사 이상에서 중복 출간된 것도 한국 출판사상 최고의 기록이다. 이 책은 지금도 매년 태어나는 60만 명의 어린이 중 3분의 1인 20만 명에게 읽혀지고 있다고 봐야 한다. 이 책 다음으로 많이 팔린 책은 헤르만 헤세의 《데미안》, 이솝의 《이솝 이야기》, 리처드 바크의 《갈매기의 꿈》, J. M. 바스콘셀로스의 《나의 라임 오렌지나무》 등이다. 이 책들은 한결같이 교양 성장소설이며 중복출판이 이뤄졌다. 모두 300만~500만 부가 팔려 나갔다. 한기호, 〈베스트셀러 80년사〉, 동아일보창간 80주년 기념 특집, 동아일보, 2000.4.1. 기사.
이 신문 기사에서 보는 바와 같이 성장을 모티프로 한 작품들이 가장 많이 팔린 것으로 추정되고 있다. 그러나 문제는 그러한 베스트셀러 작품들이 모두 서구의 것들이라는 점이다. 이는 한국 소설 문학사에서 성장소설의 전범이 될 만한 탁월한 작품이 없었음을 의미하며, 또 한편으로는 성장 과정에 있는 한국의 많은 어린이들이 성장의 기준을 우리 것이 아닌 서구적인 것으로 삼는 파행의 문제를 내재하고 있는 것이기도 하다.

앞부분에서는 혼용되어 사용되고 있는 '성장소설'의 개념과 갈래적 정체성의 혼돈의 근원을 살펴보고, 그 과정에서 '성장'의 다층적 함의를 제시하였다. 성장의 함의는 '교양Bildung'과 '형성Formation', 그리고 '입사Initiation'의 개념 속에서 탄생과 죽음, 대항과 적응이라는 의미를 함축하고 있음을 고찰하였다. 이러한 '성장'의 함의가 한국 현대 성장소설에서는 기성 사회에 대한 대항의 담론으로, 혹은 기성 사회를 간접적으로 내면화시키는 상징권력으로 기능하였다. 하지만 이러한 대항담론은 이미 기성 사회의 담론을 수용한 채 이루어지고 있다는 점에서 그 한계를 내포하고 있으며, 그것은 기성 사회와의 타협, 적응의 한 단면으로 읽혀지기도 한다. 또한 안이한 화해와 결말 처리란 점에서 한국 현대 성장소설은 상징권력으로 작용하기도 하지만 그것이 새로운 문화적 재생산으로까지 발전하지 못한다는 한계를 보여 주었다.

그런 점에서 한국 현대 성장소설은 미학적 관점과 역사철학적 관점 사이의 조화로운 균형을 보여 주지 못한 채 혼돈스러운 상황에 매몰되거나 개인의 내면에 침잠했던 것이 사실이다. 이 점이 한국 현대 성장소설이 리얼리즘의 관점에서도, 모더니즘의 관점에서도 온당한 평가를 받지 못했던 요인일 것이다. 이는 성장소설이 생성되고 정립될 수 있는 성숙한 문화적 토대와 이념이 미약했기 때문임은 재론의 여지가 없다.

하지만 한국 현대 성장소설의 문학사적 의의는 한국 근대문학의 화두인 자아의 정체성 문제를 심도 있게 탐색한 소설 유형이라는 점이다. 이제 한국 현대 성장소설의 전도에 대한 새로운 유형학적 접근과 문화적 토대에 대한 공동체 구성원 모두의 이해가 필요하다. 즉, 참된 자아의 정체성에 대한 인식과 그로부터 시작하는 용기 있는 실천이 이루어지는 성장소설, 개인의 내면과 외부 세계, 미학과 역사 현실 사이에서 조화로운 균형을 유지하는 성장의 이야기야말로 앞으로 한국 현대 성장소설이 지향해야 할 바라고 생각한다.

III
여성의 성장과 이미지

이미지의 작용 방식과 언어적 상상력

김 혜 영

이 글은 〈국어교육〉(한국어교육학회) 105권에 발표한 논문의 제목을 수정하여 재수록한 것이다.

문학교육이 상상력 교육으로 나아가려면

상상력이란 주어진 대상을 가지고 이미지를 만들어 가는 정신적 능력을 말한다. 일반적으로 인간이 자신을 둘러싼 세계를 익숙한 것으로 이해할 수 있는 것은 대상에 대한 지각을 자연스럽게 개념으로 연결시킬 수 있는 능력 때문이라고 한다. 일상적 차원에서 이루어지는 지각에서 개념으로의 자동적 변환 과정에서 벗어나 대상과 인식, 지각과 개념화 사이를 가르는 빈틈의 공간을 확장하고 이 공간에 거주하는 형상 혹은 기호들의 세계, 다시 말해 이미지들의 세계를 포착하는 지점에 상상력이 자리 잡고 있다. 상상력 이론에서는 상상을 지각된 대상이 개념으로 정착되기 이전 단계에 작용하여 개념 자체를 바꿀 수 있는 힘으로 본다. 대상을 무엇인가로 보는 경험의 개입을 지연시키면서 대상과의 관계를 새롭게 정립하려는 시도가 상상인 셈이다.

상상력은 기존의 이미지를 변형하거나 새롭게 생성하는 작용을 함으로써 상식적이고 규범적인 차원에서 이루어지는 지각-개념화 과정을 문제 삼을 뿐만 아니라, 부재하는 것을 떠올려 '지금 여기'가 아닌 세계의 존재 가능성을 타진해 보인다. 상상력이 예술 작품의 창작과 수용 과정에서 핵심적인 역할을 담당하고 있는 이유도 여기에 있다.

예술에서의 상상력은 전달하고자 하는 내용이 얼마나 새로운 것인지의 문제와 함께 그것을 표현하기 위해 장르적 조건을 어떻게 활용하고 있으며, 매체가 가진 속성은 어떠한 영향을 미치고 있는지에 따라 달라진다. 그 가운데 매체는 예술에서의 상상력에 영향을 미치는 핵심적인 변인으로 작용한다. 각각의 매체가 가진 물질적 조건, 예를 들어 영상, 소리, 언어 등이 예술 작품의 내용이나 장르를 제한하는 조건으로 작용한다는 점은 예술 작품의 상상력 논의에서 매체의 작용이 중요하게 다루어져야 함을 말해 준다. 그런 의미에서 매체를 중심으로 한 상상력 연구는, 매체의 속성이 상상력에 작용하는 측면을 고려하면서도 상상력이 매체의 경계를 확장하는 지점을 포착하여 그 의미를 탐구하는 방식이어야 한다고 본다.

상상력을 어떻게 교육할 것인지는 문학교육이 안고 있는 핵심 문제이다. 문학교육은 언어를 통해 형상을 창조하는 예술인 문학을 대상으로 삼고 있기 때문에 언어의 창조적인 사용과 관련된 부분, 즉 상상력이 어떠한 방식으로 언어에 작용하여 구체적인 형상을 만들어 내는지의 문제가 중요한 교육 내용이 된다.[1] 하지만 상상력이 학습자의 문학 능력의 중요한 부분을 차지하고 있음에도 불구하고, 지금까지 이루어진 문학 상상력에 대한 논의는 많은 편이 아니다.[2] 문학교육은 상상력을 그 기반으로 삼고 있다고 말하면서 상상력에 대한 연구가 충분히 이루어지지 못한 것이나 문학교육의 실천적 맥락을 고려하고 있지 못한 점 등은 문학교육에서 상상력 교육이 직면한 현실을 보여 준다.

이러한 문제의 원인을 상상력 자체의 논의 부재에서 찾을 수는 없다. 왜냐하면 철학, 미학, 문학 등의 분야에서 상상력에 대한 방대하고

---

[1] 상상력과 관련된 부분은 문학교육에서 도달해야 할 궁극적인 지향점과 관련되어 있다. 7차 교육과정 《문학》 과목에서는 문학적 감수성과 상상력이 작품의 수용과 창작 활동을 통해 도달해야 할 목표가 되고 있으며, 개정 교육과정에서는 "인간의 체험과 상상력의 산물인 문학은 음성과 문자를 중심으로 한 다양한 매체로 존재하며 사회 · 문화의 다른 영역과의 관련 속에서 소통된다.", "문학이 상상력과 감수성을 길러 수준 높은 소통 능력을 함양함을 이해한다."라고 하여 상상력을 문학의 본질적인 측면, 문학의 기능적 측면에서 다루고 있다.

[2] 본격적으로 상상력을 문제 삼은 논의로는 윤여탁, 〈문학교육에 상상력의 역할─시의 표현과 이해과정을 중심으로〉, 《문학교육학》3, 한국문학교육학회, 1999 ; 김창원 외, 〈문학교육과 상상력〉, 《독서연구》 제5호, 2000 ; 정정순, 〈1920년대 낭만주의 시와 상상력 교육〉, 《문학교육학》 5, 한국문학교육학회, 2000 ; 염은열, 〈고전문학교육과 신화적 상상력〉, 《선청어문》 28, 서울대국어교육과, 2000 ; 한창훈, 〈고전문학감상교육에서 있어서 역사적 상상력의 역할에 관한 시론─〈우부가〉, 〈용부가〉의 풍자적 성격과 그 해석을 대상으로〉, 《문학교육학》9, 한국문학교육학회, 2002 ; 선주원, 〈상상력 형성을 위한 이해와 표현으로서의 소설교육〉, 《문학교육학》10, 한국문학교육학회, 2002 ; 정재찬, 〈문학교육과 도덕적 상상력〉, 《문학교육학》14, 한국문학교육학회, 2004 ; 노철, 〈시 감상교육에서 상상력의 활용에 관한 연구〉, 《문학교육학》14, 한국문학교육학회, 2004 ; 김혜영, 〈서사적 상상력의 작용방식 연구─자립적 주체형성을 중심으로〉, 《문학교육학》14, 한국문학교육학회, 2004 ; 최지현, 〈문학교육의 교육적 상상력〉, 《국어국문학》147, 2007 등이 있다.

깊이 있는 논의가 축적되어 있기 때문이다. 이는 상상력에 대한 이론과 실제 작품의 생산과 수용에 작용하는 상상력 사이의 간격, 예를 들어 상상력 이론을 실제 작품의 생산과 수용에 적용해 본다고 하더라도 문학작품의 생산과 수용에 관여하는 상상력의 작용을 파악하기 어렵다는 점과 연관되어 있다.

상상력에 대한 논의가 문학교육으로 전이되지 못한 이유가 어디에 있는지에 대한 고민이 이 연구의 출발점이며, 그로부터 문학교육이 실천적인 측면에서의 상상력 교육으로 나아갈 수 있는 계기를 찾고자 하는 것이 이 연구가 도달해야 할 지점이다. 이러한 탐색의 근간을 형성하는 것은 언어라는 매체가 가진 상상력의 방향성이다. 다시 말해, 언어적 상상력이 가능한가, 가능하다면 언어적 상상력은 어떠한 방식으로 작동하는가 하는 문제를 중심으로 이미지, 언어, 상상력을 통합하는 지점을 모색하고자 한다.

이를 해결하기 위해서는 실제 작품에서 상상력이 작용하는 방식을 가지고 상상력의 문제에 접근할 필요가 있다. 상상력의 작용 방식을 연구하기 위해 요구되는 조건은 상상을 불러일으키는 구체적인 대상과 그로부터 촉발되는 상상 세계의 관계에 대한 탐구이기 때문이다. 작가의 상상력을 촉발시킨 대상과의 관계를 떠나서 텍스트화한 결과를 가지고 상상력을 고찰하는 일은 상상력을 정신 작용으로만 보게 될 가능성이 크다. 상상력은 정신 작용이지만, 그것이 사물의 형태나 질감과 같이 개념화 작용으로 포착되지 못한 수많은 국면들을 읽어 내지 못한다면 발휘될 수 없는 부분이기도 하다. 그런 점에서 상상력에 대한 연구에는 상상을 촉발시키는 대상과 그로부터 상상된 세계를 언어화한 자료가 동시에 필요하다고 하겠다. 이를 위해 선정한 텍스트는 이성복이 쓴《오름 오르다》이다.

《오름 오르다》에는 사진작가인 고남수가 '오름 오르다'라는 제목으로 전시했던 제주도 오름 사진 24장과 오름 사진 각각에 대한 이성복의 사진 에세이가 담겨 있다. 《오름 오르다》속 사진들은 제주도 오름의 사실적 모습을 보여 주고 있어, 사진에서 읽어 낼 수 있는 부분과 읽어 내기 어려운 부분의 경계가 비교적 명확하다. 《오름 오르다》를 가지고 상상력의 문제를 살펴보려고 한 것도 《오름 오르다》에는 대상 텍스트인 고남수의 제주도 오름 사진에서는 읽어 낼 수 없는 것들을 형상화하고 있다고 판단했기 때문이다. 이와 함께 《오름 오르다》에는 창작 방법과 관련하여 상상력의 작용을 시사하는 내용이 제시되어 있어 상상력의 구체적인 양상을 논의하는 데 도움을 받을 수 있다.

대상에는 없는 어떤 것을 생성하거나 대상의 이미지를 변형하는 데 작용하는 것이 상상력이라는 점에서 사진에서 읽어 낼 수 없는 부분을 어떤 방식으로 읽어 냈는가, 그것을 어떤 언어로 표현하고 있는가를 밝힐 수 있다면 상상력이라는 활동을 체계화할 수 있을 뿐만 아니라 상상력 안에서 언어적 상상력이 작용하는 방식도 고찰할 수 있을 것으로 보인다.

우선 《오름 오르다》가 대상 텍스트로 삼고 있는 사진의 존재 방식을 살펴본 다음, 사진이 어떻게 상상력을 환기하는 매체가 될 수 있는지를 고찰해 본다. 이어서 《오름 오르다》를 중심으로 상상력의 조건이라고 할 수 있는 사물에 대한 태도와 기존의 대상 인식에서 벗어나 상상의 세계로 들어가기 위한 사물 지각의 방법을 살펴본다. 그리고 상상력이 사물과 주체의 관계 형성의 문제라는 점에서 출발하여 사물과의 소통 방법으로서의 교감에 대해 논의하려고 한다. 마지막으로, 앞의 논의를 바탕으로 형태 이미지를 표현하는 과정에서 작용하는 언어적 상상력의 존재 방식을 규명해 본다.

상상 매개체로서의 사진

《오름 오르다》가 사진을 대상으로 삼아 다양한 상상의 세계를 펼치고 있다는 점은, 사진이 존재하는 방식 자체가 상상력을 촉발하는 단서를 제공하는 것은 아닌가 하는 생각이 들게 한다. 매일 익숙한 방식으로 접하는 사진으로부터 우리는 어떠한 사건이나 사물이 존재했었다는 사실 정보를 얻는다. 사진은 과거의 한 부분을 있는 그대로 재현하며, 그러한 사진의 속성으로 인해 사진은 언제나 과거의 사실을 입증하는 증거로 자리 잡아 왔다. 사진의 이러한 속성은 그것이 발생했건 발생하지 않았건 간에 사진 속에 재현되었다는 것만으로도 그것이 사실임을 입증하기도 한다. 특히 뉴스, 신문, 잡지, 책 등에 실린 사진의 경우 언어적 메시지와 함께 제시되어 사진과 언어는 상호 보충의 관계를 형성해 왔다.

　하지만 사진이 언어의 매개 없이 제시된다면, 홀로 충분한 의미 작용을 수행할 수 있을까? 인간은 매 순간 특정한 상황 속에 존재하는데, 사진 속에서 보게 되는 상황이란 실제 그 상황을 공유하지 않은 이상, 그 의미를 오해할 가능성에 노출되어 있다. 모르는 영상이 다른 사람에게 어떻게 해석되는지를 파악하기 위해 자신이 찍은 사진을 사람들에게 보여 주고 떠오르는 생각을 말하도록 하였으나, 실제 맥락과 같이 해석하는 경우는 드물다는 결과를 보고한 바 있다.[3] 이처럼 하나의

3　예를 들어, 모로는 스리랑카의 차 농장에서 정관수술 설명을 듣기 위해 일꾼들이 모여 있는 모습을 사진으로 담고, 사람들에게 보여 주었다. 사람들은 '각성하는 아시아 대중을 연상시킨다. 이목구비가 반듯하다. 물러설 곳이 없는 사람들이 자신들의 존재 이유를 묻고 있는 듯한 표정이다.', '위에서 찍히는 건 썩 기분 좋은 일이 아니다. 정치적 집회 아닐까. 이 남자들은 아주 심각하고 무겁다. 웃음기가 거의 없다. 모두 젊다. 노인도 아니도 없다. 전부 동년배다.', '눈은 이 사람들이 살아온 삶을 말해 준다. 그들은 아무 것도, 사소한 특권도 가져보지 못했다. 정치적인 변화가 일어나고 있는 지금, 이들은 자신의 운명을 바꿀 수 있을 것 같다. 이들은 국가 간의 차이를 조금씩 깨닫고 있다.' 등으로 대답했다고 한다. J. 버거 & J. 모로, 이희재 옮김, 《말하기의 다른 방법》, 눈빛, 2004, 54~55쪽.

사진을 보고도 그것을 본 사람마다 서로 다른 해석을 낳을 수 있는 것은 사진이 본질적으로 코드 없는 메시지, 즉 '탈코드'[4]라는 점과 관련된다. 사진의 이미지는 문자를 통해 내용을 고정시켜 주지 않으면 임의로 해석될 가능성을 막을 수 없다.[5] "사진은 설명하지 않고, 해석하지 않고, 주석을 달지도 않는다"[6]고 하는데, 이는 사실의 충실한 재현 매체로서의 사진이라고 할지라도 소통 과정에서 그 의미가 변형될 가능성이 존재한다는 것을 시사하고 있다.

이처럼 사진이 지시적 맥락에서 벗어나 상상의 촉발체가 될 수 있는 이유는 사진이 프레임으로 분절되어 있기 때문이다. 사진은 그것이 상황을 구성하는 전체의 한 부분에 해당함으로 인해 그 자체만으로는 전체 이야기를 전달하는 데 한계를 갖고 있다. 사진의 프레임은 "분절되고 모호한 상태의 한 장면을 통해 그 이전에 한 번도 제대로 본 적이 없는, 의미 없거나 사소한 것이 아닌 것처럼 보일 수 있도록 하는 하나의 상징"[7]을 전달함으로써 사진의 내부와 외부를 단절하는 역할을 함과 동시에 사진의 내부에 하나의 완결성을 부여한다.

이경률에 의하면, 사진은 재현 대상의 의미가 무엇이든 우선 이미지의 상황 속에 내재된 어떤 생성의 실재를 지시한다는 점에서 사진을 찍는 것은 의미를 생산하는 것이 아니라 의미를 잉태하는 배경을 만드

---

[4] R. 바르트, 김인식 편역, 〈사진의 메시지〉, 《이미지와 글쓰기》, 세계사, 1993, 67쪽.

[5] 바르트의 정박 개념도 탈코드와 연관되어 있다. 바르트는 언어적 메시지의 기능을 '정박ancrage'과 '중계relais'의 두 가지 기능을 갖는다고 본다. 정박이란 다소간 직접적이며 부분적인 방법으로 '이것은 무엇인가'라는 의문에 답하는 행위와 관련된다. 언어적 메시지는 장면의 요소들과 장면 그 자체를 동일시하는 것을 돕는다. 정박이란 불확실한 기호들이 지각의 올바른 층위를 선택할 수 있도록 도와주며, 주체의 시선뿐만 아니라 사고를 맞추는 것을 가능하도록 한다. 텍스트는 이미지의 시니피에들 사이에서 독자를 지도하며, 거기에서 어떤 것은 피하고 어떤 것은 받아들이도록 해 준다. 섬세한 배치를 통해 텍스트는 독자를 사전에 선택된 의미로 원격 조정한다. 반면 중계는 풍자화와 일반 만화 속에서 메시지들의 연속 속에 이미지에서 발견되지 않는 의미를 배치함으로써 행위를 실제로 앞당기게 한다. R. 바르트, 김인식 편역, 〈이미지의 수사학〉, 《이미지와 글쓰기》, 세계사, 1993, 94~95쪽.

[6] P. 뒤보아, 이경률 옮김, 《사진적 행위》, 사진마실, 2005, 114쪽.

[7] J. 샤코우스키, 《《사진가의 눈》 서문〉, 《사진과 텍스트》, 김유룡 엮음, 눈빛, 2006, 177쪽.

는 작업이고, 의미가 아직 들어가 있지 않는 빈 껍질 그대로인 존재를 누설하는 행위라고 한다. 그런 의미에서 사진은 의미의 전달이 아니라 존재의 증거가 된다고 볼 수 있다.[8]

중요한 것은 사진의 프레임이 갖고 있는 자체의 완결성으로 인해 사진의 이미지가 사실 지시를 넘어서서 감상자의 기억을 확장하는 계기를 마련한다는 점이다. 이경률은 사진적 방법에 의해 재현될 수 있는 기억 이미지는 두 가지라고 본다. 하나는 사진적 이미지이고, 다른 하나는 의미적 이미지다. 전자는 사진은 과거 사실의 자국으로 현실의 사실주의와 관련된 일종의 그림적 이미지, 즉 기억 이미지는 구체적 물질인 사진의 음화 이미지와 정확히 일치한다는 사고인 반면에, 후자는 사진으로 나타난 기억 이미지는 단지 그 기억적 대상에 대한 외관적 모습만 재현한다는 현상학적 개념에 기반을 둔다. 후자의 경우 사진은 이러한 대상의 실체 혹은 본질을 감지하게 하는 사인sign에 불과한 것으로서[9] 기억의 유도체, 상상의 유도체로 작용한다고 볼 수 있다.

이러한 점은 어떻게 《오름 오르다》가 사진을 가지고 다양한 상상의 작용을 보여 줄 수 있는지를 설명하는 준거를 마련해 준다. 사진은 그 자체가 이미지라는 점에서 이미지를 생성하는 더 직접적인 계기를 제공한다. 사진이 제공하는 이미지는 감상자의 기억에 작용하여 과거를 현재와 연결시킨다. 감상자의 기억을 확장하고 외부의 세계를 끌어오는 계기가 되는 사진의 이미지는 사르트르가 말한 '아날로공analogon'과 그 맥락을 같이한다. 아날로공은 어떤 상상하는 의식이 겨냥한 대상의 직관적인 내용을 채울 수 있게 도와주는 유사 물질 혹은 유사 재현물[10]

---

8 이경률, 〈사진 영상의 감성과 의미의 논리-사진 영상의 매재적 모습과 실재의 증거〉, 《기호학연구》 14, 한국기호학회, 2003, 102~104쪽.

9 이경률, 〈현대미술에 나타난 흐린 사진 영상과 기억적 재현〉, 《서양미술사학회논문집》 14, 서양미술 사학회, 2000, 106쪽.

10 책 표지에 그려진 호랑이 그림을 보고 호랑이를 상상한다면 그 그림은 나의 의식이 호랑이라는 대

인데, 사진이 제공하는 이미지는 감상자로 하여금 어떤 것을 상상하도록 하는 매개체가 된다.

사진 가운데에서도 특히 흑백사진의 경우는 현실감을 저하시키는 측면이 있지만 깊이감이라는 표현 효과를 만들어 냄으로써 예술적인 느낌을 고양시킨다. 컬러사진은 그 색채감 때문에 일상적인 개념화 방식으로 쉽게 환원되는 측면이 있다. 이와 달리 흑백사진은 컬러에 비해 깊이감이 강해, 사물 자체의 존재감에 주목하도록 만든다. 또한 흑백사진은 사물들을 선과 면과 같은 형태로 단순화시킴으로써 사물을 변환 가능한 이미지로 환원한다. 이는 흑백사진이 컬러사진보다 무엇을 담은 사진이고 무엇을 전달하고자 하는지의 지시적 · 소통적 관점에서 벗어나는 데 용이하며, 그로 인해 주관성의 측면, 보는 주체의 느낌이나 기억을 촉발시키는 데 효율적인 매체일 수 있다는 점을 말해 준다.[11]

《오름 오르다》에서 대상 텍스트로 사진을 선택하는 이유에 답을 찾기 위해 소통의 맥락에서 사진이 갖고 있는 몇 가지 속성을 살펴보았다. 《오름 오르다》가 사진, 특히 흑백사진을 대상 텍스트로 삼아 또 다른 텍스트를 생산할 수 있는 것은 사진 자체가 갖고 있는 조건, 사진은 탈코드로서 보는 주체의 느낌이나 기억을 환기시킬 수 있는 매개체라는 점 때문이며, 흑백사진의 경우 주체의 관여가 더 효율적일 수 있다는 사실을 확인했다. 그렇다면 《오름 오르다》에서는 이러한 사진을 매개로 삼아 어떤 방법과 절차로 상상의 세계로 나아가는지를 살펴본다.

상을 떠올리도록 도와주는 아날로공이고, 그 아날로공을 매개로 하여 나의 의식은 호랑이를 상상하는 것이다. 지영래, 〈우리는 왜 이미지의 세계에 빠져드는가?―사르트르의 이미지론에 대한 재고〉, 《상상력》, 2008, 기파랑, 252쪽.

11 흑백사진에 관한 논의는 신수진, 〈흑백과 컬러 사진에서 깊이 지각의 차이〉, 《한국사진학회지》 12, 한국사진학회, 2005를 참고하였음.

상상력 논의를 위한 조건

《오름 오르다》에 제시된 오름의 사진들은 대부분 현실 지시적인 측면이 두드러진다. 감상자는 오름의 사진들을 보면서 오름의 아름다움에 감탄할 수도 있고, 오름에 오르고 싶다는 생각을 하거나 언젠가 갔던 제주도를 떠올릴 수 있다. 아니면 어렴풋하게 형체를 드러내고 있는 오름의 내부에 주목하여 그것이 실제 무엇인지를 밝히려고 할지 모른다. 이는 보편적인 사진 감상 방법으로, 사진 속에서 현실의 사물을 확인하는 방식에 기반을 두고 있다. 이러한 감상 방법은 오름이 갖고 있는 사회적 · 문화적 의미의 소통에 초점이 맞춰져 있으며, 그 기저에는 사진의 효율성과 유용성이 전제되어 있다고 하겠다.

상상력이란 그 구체적인 작용 측면에서 살펴본다면 '어떻게 하면 일상적으로 볼 수 없는 것을 보는가'의 문제로부터 출발한다. 이는 사물은 어떻게 지각되며, 지각된 인상이 쉽게 개념화되는 것을 지연시킬 수 있는 방법은 무엇인가 하는 문제와 연관되어 있다. 즉, 《오름 오르다》를 통해 상상력의 작용 방식을 탐구하고자 하는 이 연구에서 초점을 맞춰야 할 부분은, 《오름 오르다》에서 일상적인 이미지 너머의 이미지를 생성해 내는 방식을 찾아내는 일이다. 《오름 오르다》는 사진 속 오름의 모습을 '오름' 혹은 '산', '나무들', '풀'이 있다는 수준의 개념적 이해를 넘어 상상 유도체로 만들고 있는데, 어떻게 그것이 가능한지를 파악하는 작업이 그것이다. 이성복이 《오름 오르다》를 쓰게 된 계기를 밝히는 부분에서 《오름 오르다》의 상상력 작용 방식을 파악할 수 있는 단서를 찾을 수 있다.

'오름 오르다'라는 제목이 오른쪽 하단에 명조체로 인쇄된 그 흑백의 포스터에는 오름의 모습이 거의 추상적인 도형으로 단순화되어 있어서,

오름에 대한 예비지식이 없는 나에게는 '오름 오르다'라는 제목만큼이나 종잡을 수 없는 것으로 비쳤다. 지금 왜 그때 그토록 그 사진에 이끌렸는가를 묻는다면, 나는 막연히 '추상', '도형', '물상'이라는 단어를 중얼거리는 수밖에 없으리라. (중략) 참으로 신기했던 것은 내가 사진에서 보았던 선과 면으로 실제의 오름을 분해하고 재구성해 볼 수 있었다는 점이다. (중략) 제주도에 머무는 동안 나는 고 형이 포착한 오름의 도형에 말을 거는 일, 다시 말해 언어라는 이질적 렌즈로 사진 속의 오름을 재분해하고 재구성하면 어떨까 하는 생각을 해보았고, 오랜 게으름과 우여곡절 끝에 이제서야 말문을 트게 되었다.(4~5)

이 인용문에서 이성복은 《오름 오르다》를 쓰게 된 계기가 포스터의 오름 모습이 추상적인 도형으로 단순화되어 있는 것에서 비롯된 종잡을 수 없는 느낌에 있음을 설명하고 있다. 추상적인 도형으로 오름을 인식하게 된 점, 오름으로부터 설명할 수 없는 느낌을 받게 된 점, 이로부터 실제의 오름을 선과 면으로 재분해·재구성하게 되었다는 점 등으로 이어지는 설명은 사물에 대한 지각으로부터 출발하여 사물 자체에 새로운 의미를 부여하는 과정, 즉 상상력이 작용하는 일련의 과정이라고 볼 수 있다. 《오름 오르다》는 상상력을 논의한 책이 아니라 오름의 모습을 매개로 하여 펼쳐진 상상의 결과물일 뿐이지만, 이 인용문에서 제시한 것과 같은 몇 가지 단서를 통해 상상력의 작용 방식에 관한 재구성이 가능하다. 《오름 오르다》는 상상력의 작용 방식이 사물에 대한 지각 방식을 변화시키는 것에서 비롯된다는 점에서 출발하고 있기 때문에 사물과 주체가 지각을 중심으로 만나는 방식에 관한 몇 가지 아이디어를 제공해 준다.

첫째, 상상력이 작용하기 위한 전제에 해당하는 것으로 선험적으로 사물을 규정하는 방식에 해당한다. 사물이 상상을 불러일으키는 대상이 되기 위해서는 사물은 현실을 지시하는 대상이 아니라 소리, 형태, 색채와 같은 이미지의 복합체로 규정될 필요가 있다.

둘째, 사물의 이미지에 도달하기 위해서는 지각 활동의 단계를 확장시킬 필요가 있는데, 이러한 일환으로 지각의 단계 가운데 감각 활동에 해당하는 '느낌'에 주목할 필요가 있다. 《오름 오르다》에서는 느낌과 함께 사물을 흐릿하게 보는 방법인 매직 아이의 방법을 관습화된 지각 방식에서 벗어나는 방법으로 제안한다.

셋째, 지금까지 상상력은 이미지를 변형하고 생성하는 능력이라는 점에서 확산적 사고 혹은 창의적 능력과 연관되어 다루어 온 측면이 있는데, 사물 이미지에 관심을 갖는다면 사물의 사물성을 재발견하는 일, 근본적으로는 사물과의 교감이 가능해진다. 사물과의 교감은 새로운 이미지가 창출해 내는 사물의 질서 속에 참여하는 일이라고 할 수 있으며, 이를 통해 주체는 사물과의 새로운 관계를 형성할 수 있다. 이들 각각에 대해 구체적으로 살펴본다.

1) 사물은 이미지의 복합체

《오름 오르다》에서는 사물을 '기억의 덩어리'라고 부른다. 사물을 기억의 덩어리라고 바라본 것은 사물 자체가 어떤 기억을 축적하고 있다는 의미는 아니다. 베르그송의 말처럼 사물은 기억을 축적하고 있지 못하다. 기억을 축적할 수 있는 것은 시간의 지속에 의해 가능하며, 시간을 지속할 수 있는 것은 어떤 것을 기억하고 있는 인간이다.[12] 그러므로 사물은 그 스스로 기억을 담고 있는 것이 아니고, 기억을 환기시키는 존재가 된다. 즉, 기억을 통해 인간은 사물과 다시 만난다고 할 수 있다.

---

[12] H. 베르그송, 박종원 옮김, 《물질과 기억》, 아카넷, 2005.

철사줄이 뒤엉키고 뭉쳐 철사줄로 보이지 않는 것처럼 기억의 압축으로 두부모처럼 생겨난 기억의 덩어리, 아무도 사물의 압축파일을 풀 수 없다. (중략) 사물은 자신에게 붙은 까시래기들과 헌 딱지들은 자신의 존재의 알리바이, 보다 정확히 말하자면 자신의 비밀의 빌미로 삼는 것일까. 애초에 사물은 자신의 비밀이라는 빌미로 존재하는 것이 아닐까. 그리하여 빌미 자신이 비밀이 되고 급기야는 사물이 되는 것이 아닐까. (16)

사물은 '모종의 낌새', '모종의 초대'를 던지며 그렇게 제공되는 빌미를 통해 자신의 한 측면만을 열어 보여 준다. 사물의 빌미는 사물의 잠재된 깊이를 잠간 드러내 보여 주지만, 결코 누구도 사물의 존재를 알 수 없다는 점에서 빌미야말로 사물과 소통할 수 있는 유일한 통로이다. 사물의 빌미를 통해 감상자는 자신의 기억을 떠올리게 되고, 그러한 사물과의 소통 과정에서 사물은 자신의 존재를 드러낸다. 이처럼 기억과의 만남을 허용하는 장field은 바로 사물을 개념화하기 이전의 상태, 곧 사물이 하나의 이미지로 존재하게 되는 상태이다.

그렇다고 해서 사물이 아예 존재하지 않는 것은 아니다. 이를테면 그것은 '거의 존재하지 않는' 방식으로 존재한다. 우리가 바라보는 화면 속 희끗희끗한 반점들처럼, 그것은 산포되거나 팽창하거나 수축하는 '현상'으로 존재할 뿐이다. (중략) 태양계의 별들이 한순간 미세한 입자들의 고도의 응축에 의해 생겨났다고 하듯이 마치 손두부를 만드는 공정처럼 산포된 파편들을 압축하여 사물의 형태로 만들어 내는 것은 인간의 환상이다. 물론 그 환상의 에너지는 난생, 화생, 섭생이 아니라 태생으로 태어나는 인간의 유구한 탯줄로부터 유래하는 것이다. (115)

사물은 그것의 경계를 뚜렷하게 가진 사물로서가 아닌 흩어지고, 펼쳐지며, 수축하는 현상으로 존재하며, 그러한 현상에 하나의 형태를 부여하는 것은 환상을 하나의 존재 방식으로 가지는 인간에 의해서이다. 여기에서 '산포되거나 팽창하는 방식으로 존재하는 현상'은 아직 규정되어 있지 않은 사물의 존재 방식을 의미한다는 점에서 사물 이미지와 맞닿아 있다. 대부분의 경우 우리는 사물에서 이미 개념화된 혹은 규정된 이미지만을 볼 수 있으며, 습관화된 삶의 방식을 유지하는 한 개념화할 수 없는 이미지와 직면하는 상황을 기대하기는 어렵다.

그럼에도 불구하고 규정할 수 없는 이미지는 중요한데, 그 이유는 이미지와의 소통이 개념화, 의미화를 거치지 않고 직접 사물과 만나는 방법이 되기 때문이다. 들뢰즈의 표현에 의하면 표상될 수 없는 것이야말로 감성에 나타난 강도적 크기를 가리키며, 감성을 자극하여 사유하게끔 강요한다고 한다.[13] 감성적인 것은 동일성에 따르는 재현 원리에 포괄되지 않으며 무규정적인 것, 비논리적인 생성의 차원을 드러낸다.[14] 표상될 수 없는 것이 바로 사물의 이미지다. 규정될 수 없는 사물의 이미지를 사유하고자 하는 것은 사물과의 새로운 소통과 연관되며, 이를 작동시키기 위한 힘이 상상력이라고 할 수 있다.

2) 사물과 만나는 방식 : 느낌과 매직 아이

상상력을 작동시키기 위해서는 사물의 이미지에 주목해야 하며, 그러기 위해서는 기존의 지각 방식에서 벗어나야 한다. 《오름 오르다》에서는 기존의 지각에서 벗어나기 위해 사물로부터 받은 느낌에 주목하는 방법과 매직 아이를 제안한다. 두 가지 방법 모두 감각적 반응에 초점

---

[13] J. 들뢰즈, 김상환 옮김, 《차이와 반복》, 민음사, 2004, 88~89쪽.
[14] R. 보그, 이정우 옮김, 《들뢰즈와 가타리》, 새길, 1995, 95~99쪽.

을 맞추어 사물이 기존의 개념적 규정 안으로 환원되는 것을 지연시키려는 의도를 가지고 있다. 외부 세계는 감각을 통해 의식에 들어온다. 감각은 주체의 의지와는 상관없이 누구나 갖게 되는 수동적 반응이지만, 주체와 세계를 연결해 줄 뿐만 아니라 본격적인 지각으로 이행하는 과정에서 핵심적인 역할을 하게 된다.

개념화의 단계 이전, 사물은 이미지로 존재한다. 하지만 이미지로 존재하는 사물은 즉각 개념화의 대상이 된다. '썩은 탱자 위에 실 모양으로 퍼렇게 피어 있는 것'을 곰팡이라고 부르자마자 그것은 버려야 할 것, 세균의 덩어리로 의미화된다. '썩은 탱자 위에 실 모양으로 퍼렇게 피어 있는 것'을 곰팡이라고 부르기 전에 그 이미지 자체를 볼 수 있는 능력, 썩은 사물 속에서 또 다른 무엇인가를 피워 낼 수 있는 사물의 이면을 볼 수 능력이 없다면, 곰팡이의 세계는 우리가 살고 있는 세계로부터 배제되어 추방될 것이다. 그러나 만약 무엇으로도 불리지 않은 그 이미지를 볼 수 있다면, 다시 말해 사물과 교감할 수 있다면, 그때서야 비로소 '썩은 탱자 위에 실 모양으로 퍼렇게 피어 있는 것'은 '곰팡이'에서 '탱자꽃'이 될 수 있고, 지금까지 배제되었던 또 다른 세계로 나아갈 수 있다.[15]

지금까지 느낌이란 원인을 알 수 없는 것, 설명할 수 없는 것, 모호한 것, 주관적인 것이라는 선입견 속에 다루어져 온 측면이 있다. 그런데 상상력의 작용을 논의하기 위해서는 이 설명할 수 없는 느낌의 세계로부터 출발하지 않을 수 없는데, 그 이유는 이 설명할 수 없는 느낌이 개념화된 의미 작용으로부터 벗어나 이미지의 세계, 즉 사물적인 것, 감성적인 것을 향하게 만들기 때문이다. 특히 느낌은 언어로 표현할 수 없는 것, 예를 들어 감정들, 무의식의 존재들을 표상함으로써 이성

---

15 나희덕, 〈탱자〉, 《어두어진다는 것》, 창작과비평사, 2001.

적인 세계 이면에 잠재되어 있는 세계의 존재를 밝히는 데 탁월한 방식이 될 수 있다. 《오름 오르다》에서는 오름을 인간과 소통할 수 있는 하나의 사물로 바라보고 있는데, 이는 사물을 느끼고 사물에 반응한다는 점으로 나타난다. 이를 "사진을 본다는 것이 사진에 반응하는 것이며, 좋은 예술가는 대상 속의 숨은 그림에 가장 민감하게 반응하고 또한 자신의 반응을 가장 잘 전염시키는 자"라고 표현하고 있다.

앞의 인용문에서는 오름에 끌린 이유를 명확하게 설명할 수 없지만 '오름', '산'이라는 개념적 접근 속에 드러나는 세계로부터 오름을 추상적 도형으로 환원할 수 있었기 때문이라고 기술하고 있다. 오름을 보고 떠올린 '추상, 도형, 물상' 등은 이러한 환원 작용의 결과물인 셈이다. 이처럼 오름을 추상적 도형으로 환원시킬 수 있었던 것은 사물의 형태에 초점을 맞추는 매직 아이의 방법과 연관된다. 곧, 추상, 도형, 물상 등은 사물의 형태에 주목하는 시각을 반영하고 있는데, 이는 사물의 흐릿한 형태에 관심을 갖는 매직 아이의 방법으로부터 나온다. 《오름 오르다》에서는 사물이 가진 관습적인 개념에서 벗어나기 위해서는 사물에 대해 실눈을 뜨고, 사물의 이미지에 주목하는 방법을 제안하고 있다. 이는 사물의 숨은 그림에 가장 민감하게 반응하기 위한 방법이다.

문제는 그 이법을 개념으로써가 아니라 이미지로써 포착하는 것이며, 그러기 위해서는 우선 이미지에 들러붙는 개념의 때를(때로는 이법이라는 개념의 때까지도) 가뭇없이 벗겨내야 한다. 그러나 그것은 결코 쉬운 일이 아니다. 그 점에서 한 별똥별 관찰자의 충고는 참으로 요긴하게 들린다. 별똥별을 뚜렷하게 보려면 첫째, 불빛이 닿지 않는 어두운 곳에서 바라보아야 하고 둘째, 높은 곳에 올라가 보아야 하고 셋째, 매직 아이를 볼 때처럼 시야를 흐릿하고 넓게 가져야 한다는 것이다. (248)

사물의 이미지를 포착하기 위한 방법은 별똥별을 뚜렷하게 보기 위한 방법과 같다. 어두운 곳과 높은 곳에서 보라는 말은 주변의 상황에서 벗어나 보고자 하는 사물 자체에 집중하기 위한 것이며, 매직 아이를 볼 때처럼 시야를 흐릿하고 넓게 가져야 한다는 말은 사물의 개념에 즉각적으로 도달하는 것을 지연시키면서 사물의 다른 이미지를 발견하기 위한 방법이다. 사물은 "산포되거나 팽창하거나 수축하는 현상"으로 존재하는데, 이러한 방식으로 사물을 바라볼 때, 즉 사물 자체의 현실적 조건에 거리를 둘 때 비로소 사물에 주목할 때와는 다른 이미지를 발견할 수 있으며, 이러한 과정을 통해 사물은 새로운 사물성을 부여받게 된다. 매직 아이의 방법을 통해 사물은 면이나 선과 같은 형태적인 것으로, 무채색의 빛깔들로, 여러 가지 소리로 풀어진다. 곧, 매직 아이가 사물을 형태, 색채, 소리 이미지로 만드는 장치가 된다. 매직 아이의 방법이 사물에 대한 지각 방식을 변화시킬 수 있는 방법일 수 있는 것도 이 때문이다. 매직 아이는 형태 중심의 관점에서 세계를 바라보는 하나의 틀이 된다.

3) 상상력 : 사물과의 교감

사물이 가진 아직 규정되지 않은 이미지를 발견하여 그것과 소통하려는 태도는 '보는 주체'로서의 인간을 '보이는 주체', 즉 사물이 인간을 바라보고 있다는 관점으로 전환한다. 사물의 규정되지 않은 이미지가 사물과의 소통이 될 수 있는 이유는 사물을 특정한 방식으로 개념화하는 것이 사물의 비밀에 비추어 볼 때, 일방적인 규정이고 폭력일 수 있기 때문이다. 이처럼 사물 이미지를 중심으로 사물과 소통한다는 입장에서 상상력의 위상을 자리매김함으로써 인간 중심, 주체 중심의 패러다임에서 사물과의 교감 형성이라는 새로운 패러다임으로의 전환을 모색해 볼 수 있다. 이제 상상력은 주제의 의식 작용의 일부가 아니라,

사물의 존재 가능성을 다양하고 중층적으로 제시하여 사물과의 교감할 수 있는 길을 여는 소통의 방식이 된다.

보들레르는 '상응correspondance'을 감각과 감각, 대상과 대상, 인식 주체와 대상 사이에서 자신들이 고유하게 지니고 있는 본질적인 가치와 진실을 서로 교환하고 일치시키는 현상이라고 설명한다.[16] 보들레르가 제기한 지각 혹은 인식 과정으로서의 상응은 "내가 보고 있는 사물들은 내가 그 사물들을 바라보고 있는 것처럼 나를 바라보고 있는 것이다"라는 베냐민의 아우라 개념과 닿아 있다.[17] 들뢰즈가 프루스트의 소설 《잃어버린 시간을 찾아서》에서 마들렌 체험의 분석을 특징짓는 것은 공명 효과 역시 교감과 유사한 활동이다. 공명이란 우연히 마들렌을 맛보면서 비자발적으로 과거의 동일한 맛을 상기하게 되고 그로부터 행복감을 느끼는 경험을 말한다. 과거의 마들렌 경험과 현재의 마들렌 경험이 병치됨으로써 생기는 행복감이 공명 효과이다.[18]

이러한 교감의 세계를 바르트는 사진과 연관하여 '푼크툼punctum'이라 명명한다. 바르트는 사진이 주는 메시지를 두 요소로 나누어 설명한다. '스투디움studium'은 사진작가의 의도를 숙명적으로 만나는 것이고, 그 의도와 일치하는 것이며, 그것에 찬성하거나 반대하는 것이지만, 언제나 자신 안에서 그것을 이해하고 그것에 의문을 제기한다. 스

---

[16] 박기현, 〈낭만주의 상상력 연구─코울리지와 보들레르〉, 《불어불문학연구》 제56집, 2003, 181쪽.

[17] W. 베냐민, 반성완 옮김, 〈기술복제시대의 예술작품〉, 《발터베냐민의 문예이론》, 1996.

[18] J. 들뢰즈, 서동욱 외 옮김, 《프루스트와 기호들》, 민음사, 2004 ; 서동욱, 〈공명효과─들뢰즈의 문학론〉, 《철학사상》 27, 서울대철학사상연구소, 2008. 서동욱의 논문에서는 공명에 관해 다음과 같이 보충 설명하고 있다. "두 항 사이에 공명이 있다는 것은 두 항을 서로 독립시켜 주는 개념(정체성)과 두 항을 서로 관계시켜 주는 개념(유사성)이 탄생했다는 뜻이라고 설명한다. 따라서 공명의 발생 과정은 경험을 규정하는 개념의 발생 과정과 동일하며 그렇기에 공명 효과의 가능 근거를 묻는 것은 개념의 탄생이 어떻게 가능한가를 묻는 것이기도 하다. 두 계열의 마들렌 사이에는 유사성이 있다. 심지어 둘 사이에는 어떤 동일성이 있기도 하다. 그럼에도 불구하고 비밀은 여기에 있지 않다. 개념의 획득과 동시에 경험적 차원에서 이루어지는 현재와 과거 사이의 공명이 아니라 그 공명을 가능하게 하는 선험적 근거를 묻고 있기에 비밀은 여기에 있지 않다고 말하는 것이다."

투디움이 일종의 교육(지식과 예절)으로서 '나는 좋아한다/나는 좋아하지 않는다' 정도의 나른한 욕망, 다양한 관심, 일관성 없는 취미의 매우 방대한 영역에 해당한다면, 푼크툼은 찔린 자국이고 작은 구멍이며, 조그만 얼룩이고, 작게 베인 상처이며 주사위 던지기다. 사진의 푼크툼은 세부적인 요소가 우연히 감상자를 찌르는 상황에서도, 그것이 존재한다는 사실만으로도 사진 읽기가 변하고 있음을, 자신이 바라보고 있는 것이 훌륭한 가치가 새겨진 새로운 사진임을 느끼게 되는 현상을 말한다. 푼크툼은 증여, 은총과 같은 보충적 성격을 지니고 있다고 할 수 있다.[19]

사물과 교감하는 일은 과거와 현재의 경험의 병치, 과거 사물과 현재 사물의 병치, 과거 주체와 현재 주체의 병치를 통해 사물의 새로운 존재 방식을 창출하는 행위다. 《오름 오르다》에서 이러한 교감을 가능하게 만드는 것은, 주체가 말하고자 하는 것과 사물이 말하고자 하는 것이 소통되는 접점으로서 사물 이미지를 포착하면서도 매 순간 다르게 변화하는 사물 이미지를 이미지들의 계열체적 관계 속에서 자리매김하고 있다는 점이다. 사물 이미지의 생성 안에서 우리의 존재도 생성된다는 점에서 교감은 존재를 만들어 내는 동력이 된다.

언어적 상상력의 작용 방식

1) 형태 이미지 생성의 원리

우리는 경험한 것에 개념을 부여함으로써 세상과 소통해 나간다. 하지만 개념화 작용에 의해 포착할 수 없는 이미지의 세계와 마주칠 경우

---

19 스투디움과 푼크툼에 대한 논의는 R. 바르트, 김웅권 옮김, 《밝은 방》, 동문선, 2006을 참고하였음.

가 존재할 수 있으며, 이러한 상황을 해결하는 방법은 그것을 어떤 매체로 표현할 것인지에 따라 달라진다. 상상력을 표현하는 매체가 음성이나 문자언어가 매체일 경우 언어적 상상력이 관여하게 되는데, 이는 사물 이미지를 "무엇'으로서' 지각하는 단계에서 작용하게 된다. 구체적으로 언어적 상상력은 그 사물 이미지가 무엇과 유사한가, 즉 무엇을 떠올리는가 아니면 어떤 모습인가를 묘사하는 과정에서 작용한다.

언어적 상상력은 언어라는 매체가 지닌 한계를 포함하지 않을 수 없는데, 그것은 언어적 상상력의 출발점은 또 다른 맥락에서의 개념화 작용이며, 이 경우의 개념화는 기존의 개념화된 질서를 일정 부분 교란시킬 수 있어야 한다는 것이다. 우리는 사물을 '나무로서', '칠판으로서', '꽃으로서' 지각하고, '나무이다', '꽃이다', '칠판이다'와 같이 표현할 수 있다. 그러나 나무를 나무로, 칠판을 칠판으로 보는 개념화된 지각에서 벗어나기 위해서는 나무를 나무 아닌 것으로, 꽃을 꽃 아닌 것으로 지각하는 방식이 필요한데, 이처럼 이미 '무엇으로서' 인식된 사물에 대해 새롭게 또 다른 '무엇으로서' 지각하기 위해서는 사물을 그 속성이나 관계에서 비롯되는 다양한 스펙트럼 속에 배치한 다음, 유사성이나 인접성의 축을 중심으로 가로지르기를 시도함으로써 사물의 정체성과 타자성을 잠재성이나 우연성 속에 노출시키는 방법이 가능하다.

언어적 상상력은 우리 주변의 사물들이 펼치는 무한한 이미지의 운동을 유사성 혹은 인접성의 범주 안에 재구성, 재배열하는 일이라고 말할 수 있다. 이처럼 사물의 속성, 관계와 같은 사물 이미지를 포착해 내기 위한 방법으로 유사성과 인접성을 활용하게 된다는 점에서 은유와 환유는 언어적 상상력을 구현하는 효과적인 방법일 수 있다.

느낌이 사물에 대한 감각을 확보하기 위한 장치였다면 그 다음 단계는 사물을 지각하는 단계이고, 그러한 지각 과정에서 사물의 이미지를 가장 효과적으로 구현할 수 있는 방법은 느낌이 촉발시킨 사물의 이미지에 주목하는 일이다. 《오름 오르다》에서는 사물의 이미지 가운데 형태를 중심으로 이미지의 변주를 보여 준다. 형태의 지각은 인간이 사물을 지각하는 가장 원초적이고 근원적인 단계에 해당한다. 형태심리학에서는 사람들의 지각 성향을 형상과 배경이라는 개념으로 설명한다. 사람들은 시각 이미지를 접할 때 지배적 형상과 배경을 분리해 보는 경향이 있다고 한다.[20]

바슐라르는 형태적 상상력은 대상을 뚜렷한 외곽선으로써 비타협적으로 다른 대상들과 경계 짓고 나타나 결코 그 외곽선을 이지러뜨리지 않는 모습으로 파악하며, 그 결과 상상력은 대상의 저항을 느껴 그것을 있는 그대로 내버려 두고 만다고 본다.[21] 이러한 판단은 형태를 그 과도한 경계에만 초점을 맞추어 파악한 데서 나온다. 《오름 오르다》의 경우처럼 하나의 형태를 선이나 면, 체적으로 해체하고 구성할 수 있었다면 바슐라르도 형태적 상상력이 얼마나 유연하게 작용할 수 있는지를 인정할 수 있었으리라 생각한다.

《오름 오르다》에서는 형태 이미지를 포착하기 위해 '무엇과 유사한가', '무엇이 연상되는가'라는 질문을 던진다. '무엇과 유사한가', '무엇이 연상되는가'의 관점에서 사물을 바라볼 때 '그것은 ~처럼 보인다', '그것은 ~을 떠올린다'의 구체적인 이미지가 포착될 수 있다. 하지만 무엇보다도 《오름 오르다》에서 형태 이미지는 기본적으로 은유, 유사성에 토대를 두고 생성된다. 오름의 모습에서 지각된 특정한 형태 이미지는 유사한 형태나 속성, 의미를 가진 다른 사물들의 연상으로 나아가기도 하고, 유사성에서 출발하면서도 하나의 사물이 관점에 따라 대립적으로 보일 수 있는 지점을 보여 주기도 한다. 뿐만 아니라 사물

---

[20] D. 챈들러, 강인규 옮김, 《미디어기호학》, 소명출판, 2006, 248~249쪽.
[21] 곽광수, 《가스통 바슐라르》, 민음사, 1995, 42~43쪽.

의 의미 변화가 인접한 사물에 영향을 미침으로써 인접성을 중심으로 한 이미지 계열이 형성되기도 한다. 이러한 경향을 정리하면, 《오름 오르다》에서는 형태의 유사성에 토대를 둔 지각의 모습을 보여 주면서도 이를 확장해 나가는 양상에서 사물들 간의 동질성, 대립성, 관계성을 추구하는 경향으로 발전하고 있음을 알 수 있다.

(가) 가령 귀를 쫑긋 세운 진돗개나 셰퍼드에 비해 매가리 없는 귀를 슬리퍼짝처럼 늘어뜨린 농네 개늘은 연민을 느끼게 하는데 그것은 귀가 세워져 있거나 누워 있거나의 차이에서 오는 것만은 아니다. 차라리 슬픔은 늘어진 귀의 방만하고 대책 없는 곡선에서 오는 것이며 그러한 곡선으로 돋아난 귀는 지금 화면의 펴져 누운 오름처럼 결코 빳빳하게 세워질 수 없다. 그것은 토란잎처럼 내려덮인 코끼리의 귀나, 망토처럼 늘어뜨린 가오리의 귀에서도 발견되는 느낌이다. 흐느적거리는 곡선으로 늘어진 그것들의 귀는 늘어져 있기 때문에 흐느적거리는 것이 아니라, 흐느적거리기 때문에 곧추세워질 수 없는 것이다. 그 느린 곡선 속에 숨어 있는 직선은 푹 삶긴 순대처럼 녹아 허물어지고, 그 때문에 곡선은 폴대가 쓰러진 텐트처럼 맨바닥에 달라붙거나 하는 것이다. 그리하여 무기력한 곡선은 꼿꼿한 직선들의 기둥으로 떠받쳐진 원주의 긴장을 가지지 못한다.(54)

(나) 드러나고 또 숨으며 다열 횡대로 물결치는 낮은 언덕들에서 문득 물비린내가 느껴지는 것은 횟집 수조 속에 꿈틀거리는 거뭇한 뱀장어들이 생각났기 때문일까. 또 자맥질하는 검은 언덕들이 나란히 떼지어 움직이는 모습은 해군에서 배를 탈 때 구룡포 앞바다에서 보았던 돌고래의 이동과 흡사해서, 무덤을 덮기 위한 잔디의 뗏장처럼 요동치는 바다 한 자락을 용접기로 절단해 놓은 듯한 느낌이다. 그러나 그중에는 고대

왕릉처럼 높이 솟아오른 것들이 너럭바위 같은 평평한 언덕들 사이 더러 눈에 띄기도 해서, 선산 해평에서 도개 가는 길의 고분군을 상기시키기도 한다. 아무래도 저것들은 벌거벗은 여자들이 다열 횡대로 누워 풍욕하는 모습 같다. 그 젖무덤들이 탱탱하게 솟아올라 좀처럼 흘러내리지 않는 것을 보면 아직 남자를 모르는 앳된 처녀들의 것이려니 짐작할 수도 있겠다.(112~113)

(다) 그러나 기위표로 만나는 하얀 길들이 오름들 사이 공간을 다만 내포의 바다로 불러들이는 것만은 아니다. 길들이 포개진 지점을 손가락 끝으로 가만히 만지면 내포의 바다는 여기저기 벌레 먹은 한 장의 나뭇잎으로 바뀌고, 또한 그 나뭇잎의 돌기 많은 굴곡은 고대 왕릉에서 출토된 금관의 나뭇잎 장식으로 떠오른다. 사슴뿔처럼 날렵한 문양은 퇴색한 금관 주위로 흔들리는 곡옥의 희미한 음향을 들려주면서 그것을 둘러싼 시꺼먼 오름들의 형상을 빛이 들지 않는 고분의 내부로 바꾸어 버린다. 그와 더불어 내포의 바다 여기저기 떠 있는 섬처럼 보이던 지형지물은 오래 돌보지 않은 야산의 무덤들처럼 화면의 상단 중앙으로부터 석양빛을 받고 있다. 그 따뜻한 빛으로 인해 생기를 되찾은 무덤들은 조금씩 떠다니기 시작하고, 동남아 어딘가에 있다는 물 위의 시장에서처럼 기이한 말소리와 함께 괴괴한 죽음들 사이의 거래가 이루어지는 것이다.(106)

(가)는 유사한 형태의 이미지를 상상하여 사물들 간의 동질성을 추구하는 경우이다. 오름의 물컹거리는 모습은 개나 코끼리, 가오리의 귀로 연결되거나 삶긴 순대, 폴대가 쓰러진 텐트를 연상시킨다. 이들이 보여 주는 곡선은 연민, 슬픔의 느낌과 연결되며, 그러한 정조의 밑바닥에는 흐느적거림, 내리덮임, 늘어뜨림, 느림, 허물어짐, 달라붙음,

무기력함 등의 속성이 자리 잡고 있다. 사물의 속성을 중심으로 서로 다른 계열의 사물—개, 코끼리, 가오리, 순대, 텐트—들이 동질적인 계열 속에 자리 잡게 된다. 이외에도 형태 자체의 유사성을 제시하고 있는 경우—메뚜기, 개구리, 도다리, 낙타, 소의 눈—이 있는가 하면, 형태가 주는 의미에 초점을 맞춘 경우—뒷오름이 솟구치다가 굴러내리는 듯한 것을 앞오름이 받아들이는 모습을 앞으로 떨어지는 공을 잡아내는 야구선수, 높은 데서 떨어지는 아이를 받는 엄마로 연결—가 있다.

(나)는 낮은 언덕들을 보고 물비린내를 느끼면서 시작된 검은 뱀장어의 연상에서 돌고래의 이동을 떠올리면서 갇혀 있음/자유로움의 대립이 생겨나고, 검은 뱀장어는 고분군은 길다/둥글다의 대립을 만들어내며, 이는 살아 있음/죽어 있음의 의미를 갖게 된다. 고분군의 무덤들은 둥근 젖가슴의 연상과 함께 죽어 있음/살아 있음의 대비를 만들어낸다. 이는 상상력이 유사성에 토대를 두면서도 대립적인 층위로 위치를 옮기면서 확장될 수 있음을 보여 준다. 동일한 사물이라고 하더라도 그로부터 떠올려진 것이 상반된 축으로 옮겨질 수 있는 것은 중층적으로 존재하는 사물성과 그것을 반응할 수 있는 주체의 교감 결과물이다.

(다)에서 상상력은 관계성을 중심으로 한 형태의 변환으로 확장되어 나타난다. 형태 변환이란 형태의 어떤 부분이 '~처럼' 보이면서 이와 인접해 있는 다른 사물들도 그 의미가 변화하게 되는 현상을 말한다. 또한 전체가 '~처럼' 보이면서 부분의 위상을 변화시키기도 한다. 이러한 과정을 통해 인접해 있는 부분과 전체의 관계가 바뀌고, 사실(실제)과 연상의 관계도 뒤바뀐다. 이처럼 인접하고 있는 것에 의해 의미가 바뀌는 전환은 사물들의 위상이 절대적으로 존재하는 것이 아니고 인접해 있는 사물과의 관계에 따라 그 의미가 달라질 수 있다는 것을 보여 준다. 발상의 전환은 실제 사진과 연상 사이, 연상된 것들 사이에서 일어나며 과거의 기억이 현재의 오름을 지우고 과거의 기억을

떠올려 둘을 중첩시켜 실제 오름을 다시 태어나게 한다.

가위표로 만나는 하얀 길들로 인해 오름들 사이의 공간은 바다였다가 나뭇잎이 되었다가 금관의 나뭇잎 장식이 되면서 주변의 모습 역시 고분의 내부가 된다. 햇빛을 받는 고분의 무덤은 다시 떠다니기 시작하는데, 그와 동시에 주변은 동남아의 어느 강처럼 변한다. 하얀 길이 만들어 낸 선의 형태를 어떻게 바라보는지에 따라 사진 속 사물들의 관계가 달라진다. 이처럼 오름의 모습을 전제와 부분 사이에 변주되도록 만드는 것은 선이다. 그런 의미에서 '감정이 있는 선'은 조형의 근간이 되는 선, 혹은 조형을 위한 선을 말하는 것이 아니라 선 그 자체로 감정을 불러일으키고 상징을 넘어서 우리 인식을 일깨울 수 있다. 지각 혹은 형태심리학의 중심에 선이 있는 것도 선이 지각을 확장하며, 인식을 확장하기 때문이다.[22]

유사성은 사물들 간의 동질성을 찾는 기반이 되면서 대립적인 차이를 파생시킬 뿐만 아니라 부분과 전체의 관계를 통해 인접해 있는 사물의 의미를 변화시키기도 한다. 이러한 방식 모두 유사성에 기반을 두고 다양한 사물을 등가적으로 연결함으로써 사물의 정체성, 사물과 사물의 경계에 대한 근원적 문제를 제기한다는 점에서 공통점을 가진다. 형태의 유사성은 서로 다른 계열에 속한 사물들을 동질적·대립적·관계적인 범주 속에 묶어 냄으로써 사물의 존재에 새로운 의미와 가치를 부여하는데, 이처럼 유사성을 중심으로 동질성과 대립성, 관계성을 변주해 나가는 표현 방식을 넓은 의미의 '은유'라 부를 수 있다.

2) 은유 : 언어적 상상력의 메커니즘

은유란 사물들 사이의 유사성을 확인하고, 이를 통해 사물을 등가로

---

[22] 진동선, 《한 장의 사진 미학》, 예담, 2008, 138쪽.

배치하는 활동이다. 그런 점에서 은유는 우리가 믿는 것보다는 우리가 보는 것을 바꾸는 작용을 한다고 볼 수 있다. 또한 은유는 통찰을 자극하는 문자적 문장을 만듦으로써 어떤 하나를 다른 것으로 보도록 만든다.[23] 은유가 언어적 상상력에서 근본적이고 중추적인 역할을 할 수 있는 것도 이 때문이다. 지금까지 논의해 온 이미지를 중심으로 은유를 설명한다면, 은유는 유사성에 의해 사물을 결합하여 새로운 의미와 관계를 창출하는 비유법으로 이미지의 운동을 가장 잘 보여 준다고 말할 수 있다.

이미지는 그 자체로 운동적 특성을 가지고 있다. 베르그송에게 이미지는 물질로부터 비롯되면서 사물에 대한 의식과 연관되며, 들뢰즈에게 이미지는 객관적 사물도 아니고 주관적 심상도 아닌 그 중간에 존재하는 것으로 규정된다. 베르그송이나 들뢰즈는 인간의 의식 자체가 우주를 이루고 있는 무한한 나타남 중의 하나, 이미지라고 보는데, 의식이라는 이미지와 다른 이미지의 작용, 반작용의 운동이 지각을 이룬다. 우리가 지각하지 못하는 이미지가 존재하고 우리가 목격하지 못하는 운동이 존재하듯이 우리가 보지 못하는 사물이 존재한다는 점에서 우리가 보는 것은 사물의 부분 집합일 뿐이다.[24] 장시기 역시 근대의 문학교육이 언어와 언어 외적인 것, 텍스트와 독자 사이에 생성적 관계를 무시하고 문자언어의 기호적 측면만을 반영하고 있다고 비판한다. 그는 퍼스의 도상적 환원 개념을 가지고 문학이 지닌 상호 생성적인 관계의 힘이 이미지의 운동에서 비롯된다고 진단한다.[25]

23 황희숙, 〈은유의 인식론〉, 《시학과 언어학》 15호, 2008. 8, 26쪽.

24 베르그송과 들뢰즈의 이미지 개념은 박성수, 〈들뢰즈의 이미지-사유 개념에 관하여〉, 《한국동서철학회》, 2002, 가을 학술발표회를 참고함.

25 퍼스는 언어의 근원을 이미지, 즉 도상으로 바라본다. 문학이 지니고 있는 상호생성적 관계의 힘, 구비문학에서 음유시인과 독자가 상호텍스트를 구성하는 힘과 근대문학에서 텍스트와 독자가 상호의미를 생성하는 힘은 말과 글이라는 문자 언어에서 작용하고 있는 이미지의 운동이며, 이러한 이미지의 운동을 퍼스는 도상적 환원이라고 한다. 장시기, 〈탈근대 영화들의 문학적 장르 확산〉, 《문학과

이러한 논의들은 이미지를 중심으로 지각, 인식의 문제에 접근할 경우, 주체와 객체, 지시 대상과 언어라는 견고한 관계의 틀에서 벗어나 이미지의 운동을 통해 형성되는 새로운 관계를 구축할 수 있다는 관점에 서 있다. 이때 주체의 의식은 과거 지각한 이미지와 앞으로 지각할 이미지의 교차점으로 작용하면서 이미지들의 상호작용을 이끌어내며 형태, 소리, 색채 등 사물을 구성하고 있는 이미지들은 중첩, 교차, 융합의 방식으로 존재하면서, 의식과 의식 이전의 심층적 무의식의 세계를 연결하게 된다. 그런 점에서 이미지는 그 운동적 속성을 통해 지시 대상과 언어 사이, 사물 혹은 상황과 그것을 개념화하는 것 사이에서 작용함으로써 사물이나 상황의 비결정성, 다층성, 다질성, 잠재성 등을 확장해 나갈 수 있다.

최근 신경생리학 연구 역시 은유를 사용하는 능력에 이미지를 떠올리는 능력이 동반되며, 이미지 처리를 담당하는 영역이 손상되면 은유를 이해하거나 사용할 수 없다고 한다. 은유의 처리 과정은 저마다 신경적 기반을 지닌 서로 다른 두 가지 심리적 과정을 포함한다. 이 견해에 따르면 비유적 언어의 올바른 해석은 '언어 기반language—based' 처리와 '심상 기반image—based' 처리의 통합에 달려 있다고 본다. 따라서 우뇌 손상은 시각적인 '심상 기반' 부분을 손상시켜 은유를 온전히 해석할 수 없게 만든다고 한다.[26]

은유의 이미지 운동 가운데 특징적인 점은 이미지의 운동 사이에 돌연 공백이 마련되며, 그 공백이야말로 은유의 체험을 죽음과 생성의 변주 속에서 이해하도록 한다는 점이다. 프루스트의 은유는 두 요소의 공존으로 특징지어지는 '현존 속의 은유'가 아닌, 한 요소가 다른 요소

영상〉, 2003 봄 · 여름, 166~167쪽.
[26] D. 드라이스마, 정준형 옮김, 《기억의 메타포》, 에코리브르, 2006, 33~34쪽.

를 파기하는 '부재 속의 은유'라고 한다. 라캉 역시 은유의 창조적인 섬광은 두 개의 이미지, 동시에 실현된 두 시니피앙의 현존으로부터 솟아나는 것이 아니라 시니피앙의 연쇄 속에서 하나가 다른 하나를 대체하고 그 자리를 차지하는 그런 두 개의 시니피앙 사이에서 솟아난다고 본다.[27] 《오름 오르다》에서 부분과 전체의 관계를 활용하여 하나의 이미지를 다른 이미지로 대체하는 모습은 이러한 사례를 전형적으로 보여 준다. 《오름 오르다》에서는 이를 착시 현상으로 설명하기도 한다. 이러한 착시 현상은 지각 착오를 더 적극적이고 의도적으로 활용하는 현상이 된다. 이는 꿈의 작업의 두 가지 원리인 압축과 이동과도 연결된다.

김윤식은 은유에서 직유에로의 과정이란 무엇인가가 '무엇인가로 보여서' 놀라는 체험에서, 무엇인가가 '무엇인가로 보고 판단하는 방법'이 생겨나는 과정에 대응된다고 한다. 무엇인가로 보고 판단하기란 직유이며, 이는 또한 무엇인가로 보여지기인 은유에로 역행하고자 한다고 본다. 곧 무엇을 무엇인가로 보고 판단할 때 사람은 원초적인 놀라움을 체험하게 된다는 것이다. 그는 오리-토끼 그림을 놓고 '절반은 시각 체험, 절반은 사고다'라고 비트겐슈타인의 주장을 인용하면서, 이 순간 매우 기묘한 체험을 하게 되는데 이를 시각과 사고의 교체지점의 '공백 체험'이라고 부른다.[28] 메타포에 사람들이 매료되고 여기에서 벗어나지 못하는 것도 공백의 공포, 죽음의 공포를 한순간 체험하고 이를 돌파해 나감에서 비롯된 것이라고 본다.

언어는 커뮤니케이션 수단이면서 동시에 현실을 분절하는 시스템

[27] Le Galliot, *Psychanalyse et langages littéraires*, Narhan, 1977, p. 62 ; J. Lacan, "L'instance de la lettre dans l'inconscieient", *Ecrits* I, Points, p. 265 ; 김희영, 〈프루스트의 은유와 환유〉, 《은유와 환유》, 한국기호학회 엮음, 문학과지성사, 1999에서 재인용.
[28] 김윤식, 《90년대 한국소설의 표정》, 서울대학교출판부, 1994, 122~135쪽.

이다. 언어적 상상력의 메커니즘으로서 은유는 이미지를 생성하는 운동이며, 그러한 운동 사이에 공백을 만들어 죽음과 삶을 체험하도록 해준다. 상이 교체되는 지점은 일종의 공백 체험이라고 볼 수 있지만, 이 공백 체험이야말로 새로운 이미지의 생성을 놀라움과 기쁨을 가지고 향유할 수 있는 영역이기도 하다. 언어적 상상력으로서 은유가 중요한 이유는 동일한 사물을 서로 다른 이름으로 명명하는 행위를 통해 사물의 존재를 환기시킴으로써 그때마다 새로운 세계가 구축될 수 있기 때문이다. 이미지의 운동이라는 관점에서 세계는 보이는 세계 이면에 보이지 않는 세계를 끊임없는 변화 속에 드러내면서 감추고 있다. 은유적 주체 역시 매 상황에서 스스로도 변화하면서 주변의 변화를 포착하는 존재여야 한다. 다시 말해 언어적 상상력을 가지고 있는 인간은 이미지의 세계를 언어로 지각하고 표현하는 작용을 하면서, 표현된 언어 위로 다시 변화하는 이미지의 세계를 포착해야 할 역동성 속에 놓인 주체이다.

형태를 넘어선 언어적 상상력

지금까지 《오름 오르다》를 중심으로 사물이 지닌 형태 이미지로부터 촉발된 상상력이 언어적 상상력으로 정착되는 과정을 살펴보았다. 최근 매체들 사이의 교섭 양상이 빈번해지면서 영화를 소설로, 소설을 만화로 변환하는 매체 변환의 현상이 두드러지고 있다. 매체 전환의 과정에서 고려해야할 점은 다른 매체와 비교하여 특정 매체가 가진 속성은 무엇인가이다. 특히 언어 매체의 경우, 다양한 매체의 중심에 자리 잡고 있으면서도 언어의 매체적 특성이 어떠한 방식으로 인간의 상상력이나 사고 형성에 작용하는가의 문제를 구체적으로 밝히지는 못하고 있다. 문학교육에서도 상상력 교육의 문제나 매체 전환이 중요하게 다루어지고 있지만, 언어적 상상력이 작용하는 방식에 대한 본격적인 연구는 아직 이루어지지 않고 있다. 이 연구는 상상력과 매체를 연결시켜 언어적 상상력이 어떻게 작동하는가의 문제를 규명하려는 의도에서 출발하였다.

먼저 사물을 지각하는 과정을 감각적 지각과 형태적 지각으로 나누고, 감각적 지각에 해당하는 것으로 사물과의 만남에서 받게 되는 느낌이 있다고 보았다. 이러한 느낌은 알 수 없는 모호한 상태로 존재하지만 사물의 드러나지 않은 존재를 밝히는 매개체가 될 뿐만 아니라, 감각적 지각의 상태를 확장하여 개념화의 단계로 쉽게 넘어가지 않도록 하는 역할을 한다. 또한 느낌은 사물과의 관계의 진정성을 회복해 주는 교감의 단계에 이를 수 있게 해 주기도 한다. 느낌이라는 감각적 지각에 구체적인 이미지를 부여하는 것은 형태적 지각이다. 언어적 상상력은 형태적 지각 단계에서 비로소 개입하게 된다. 언어적 상상력은 감각적 지각 단계에서는 모호하고 추상적인 상태로 존재했던 어떤 느낌에 구체적인 이미지를 부여한다. 형태적 지각 활동에서 이미지들은 유사성을 중심으로 생성되는데, 유사성에 의해 이미지가 생성되는 방식을 은유라고 보았다.

은유는 사물을 형태 이미지로 지각하는 단계에 작용하여 사물의 이미지를 기존의 것에서 벗어나게 한다는 점에서 언어적 상상력을 추동하는 메커니즘이 된다. 은유에 의해 작동하는 언어적 상상력은 사물의 이미지를 대상으로 삼는다는 점에서 사물의 다층성을 인정하고 있으며, 매 순간 이미지의 변화를 포착하여 제시한나는 점에서 이미지의 운동성을 전제한다. 특히 이미지의 운동성의 관점에서, 은유는 이미지와 이미지 사이에서 공백 체험을 가능하게 하는데, 이러한 공백은 놀라움과 함께 순간적인 죽음의 체험과 연결되어 이미지의 운동이 세계를 역동적인 변화 속에 자리매김하고 있음을 알 수 있다. 이미지의 운동이라는 관점에서 세계는 보이는 세계 이면에 보이지 않는 세계를 끊임없는 변화 속에 드러내면서 감추고 있으며, 이와 소통하는 주체 역시 매 상황에서 스스로도 변화하면서 주변의 변화를 포착하는 존재여야 한다. 다시 말해 언어적 상상력이란, 이미지의 세계를 언어로 지각하고 표현하는 작용을 하면서 표현된 언어 위로 다시 변화하는 이미지의 세계를 형상화해야 할 운명에 놓여 있다고 하겠다.

《오름 오르다》에서는 사진을 대상 텍스트로 삼은 만큼 오름이 주는 형태 이미지에 초점을 맞추고 있기는 하지만 사물과의 소통하고 교감하는 데 있어서 형태 외에도 소리, 색채 등의 이미지가 중요한 역할을 한다. 상상력을 본격적으로 논의하기 위해서는 사물의 다양한 이미지들의 중층적으로 작용하는 방식까지 포괄하여 논의의 대상으로 삼아야 한다고 생각한다. 형태에 국한하여 언어적 상상력의 작용 방식을 규명하고자 한 한계를 인정하면서 사물 이미지의 복합성을 살린 상상력 논의나 현장에서 이루어지는 문학교육에 적용 가능한 구체적인 방법론의 마련은 이후 연구에서 다루고자 한다.

|참고문헌|

이성복, 《오름 오르다》, 현대문학, 2004.

곽광수, 《가스통 바슐라르》, 민음사, 1995.

김창원 외, 〈문학교육과 상상력〉, 《독서연구》 제5호, 2000.

김희영, 〈프루스트의 은유와 환유〉, 《은유와 환유》, 문학과지성사, 1999.

김혜영, 〈서사적 상상력의 작용방식 연구－자립적 주체형성을 중심으로〉, 《문학교육학》 14, 한국문학교육학회, 2004.

나희덕, 〈탱자〉, 《어두어진다는 것》, 창작과비평사, 2005.

노철, 〈시 감상교육에서 상상력의 활용에 관한 연구〉, 《문학교육학》 14, 한국문학교육학회, 2004.

박기현, 〈낭만주의 상상력 연구－코울리지와 보들레르〉, 《불어불문학연구》 56, 2003.

박성수, 〈들뢰즈의 이미지－사유 개념에 관하여〉, 《한국동서철학회》, 2002.

서동욱, 〈공명효과－들뢰즈의 문학론〉, 《철학사상》 27, 서울대철학사상연구소, 2008.

선주원, 〈상상력 형성을 위한 이해와 표현으로서의 소설교육〉, 《문학교육학》 10, 한국문학교육학회〉, 2002.

신수진, 〈흑백과 컬러 사진에서 깊이 지각의 차이〉, 《한국사진학회지》 12, 한국사진학회, 2005.

염은열, 〈고전문학교육과 신화적 상상력〉, 《선청어문》 28, 서울대국어교육과, 2000.

윤여탁, 〈문학교육에 상상력의 역할－시의 표현과 이해과정을 중심으로〉, 《문학교육학》 3, 한국문학교육학회, 1999.

이경률, 〈사진 영상의 감성과 의미의 논리－사진 영상의 매재적 모습과 실재의 증거〉, 《기호학연구》 14, 한국기호학회, 2003.

_____, 〈현대미술에 나타난 흐린 사진 영상과 기억적 재현〉, 《서양미술사학회논문집》 14, 서양미술사학회, 2000.

_____, 〈사진 영상의 상상적 의식작용과 자극-신호-주체/관객의 입장에서 본 사진 영상의 기호학적 접근〉, 《기호학연구》 20, 한국기호학회, 2006.

장시기, 〈탈근대 영화들의 문학적 장르 확산〉, 《문학과 영상》, 2003 봄·여름.

정재찬, 〈문학교육과 도덕적 상상력〉, 《문학교육학》 14, 한국문학교육학회, 2004.

정정순, 〈1920년대 낭만주의 시와 상상력 교육〉, 《문학교육학》 5, 한국문학교육학회, 2000.

지영래, 〈우리는 왜 이미지의 세계에 빠져드는가-사르트르의 이미지론에 대한 재고〉, 《상상력》, 기파랑, 2008.

진동선, 《한 장의 사진 미학》, 예담, 2008.

최지현, 〈문학교육의 교육적 상상력〉, 《국어국문학》 147, 2007.

한창훈, 〈고전문학감상교육에서 있어서 역사적 상상력의 역할에 관한 시론-〈우부가〉, 〈용부가〉의 풍자적 성격과 그 해석을 대상으로〉, 《문학교육학》 9, 한국문학교육학회, 2002.

황희숙, 〈은유의 인식론〉, 《시학과 언어학》 15, 2008.

바르트, R., 김인식 편역, 《이미지와 글쓰기》, 세계사, 1993.

_____, 김웅권 옮김, 《밝은 방》, 동문선, 2006.

버거, J. & 모로, J., 이희재 옮김, 《말하기의 다른 방법》, 눈빛, 2004.

베르그손, H., 박종원 옮김, 《물질과 기억》, 아카넷, 2005.

보그, R., 이정우 옮김, 《들뢰즈와 가타리》, 새길, 1995.

챈들러, D., 강인규 옮김, 《미디어기호학》, 소명출판, 2006.

드라이스마, D., 정준형 옮김, 《기억의 메타포》, 에코리브르, 2006.

뒤보아, P., 이경률 옮김, 《사진적 행위》, 사진마실, 2005.

들뢰즈, J., 김상환 옮김, 《차이와 반복》, 민음사, 2004.

_____, 서동욱 외 옮김, 《프루스트와 기호들》, 민음사, 1997.

사코우스키, J., 김유룡 엮음, 〈《사진가의 눈》 서문〉, 《사진과 텍스트》, 눈빛, 2006.

여성 작가의 전쟁 체험 장편소설에 나타난 '모녀 관계'와 '딸의 성장' 연구
– 박경리의 〈시장과 전장〉과 박완서의 〈나목〉을 중심으로

박 정 애

이 글은 《여성문학연구》 제13호(2005)에 게재된 것이다.

부계문학에 대비되는 모성의 탈신화화

20세기 냉전 시대의 산물인 한국전쟁은 21세기 탈냉전 시대에 이르러서도 여전히 종결되지 않은 전쟁으로 남아 있다. 실제로도 불안정한 정전협정 체제 하에서 상시적인 전쟁 위협을 받고 있는 상태이거니와 남북 분단으로 인한 여러 가지 종류의 갈등과 위기, 전쟁을 직접 경험한 한국인의 영혼에 각인된 상처와 직·간접적으로 그 상처의 기억을 상속받은 전후 세대의 전쟁노이로제는 한국전쟁이 끝나지 않았음을 현재 시제로 증명한다.

　따라서 한국전쟁은 우리 현대문학사에서 하나의 압도적인 소재이자 작가의 창작 욕망을 추동하는 매우 중요한 자원으로 기능해 왔다. 당연하게도 한국전쟁의 경험을 소설화한 작품은 헤아릴 수 없이 많은데, 이 글에서 다루고자 하는 대상은 일차적으로 여성 작가의 전쟁 소재 장편소설이다. 전쟁을 직접 체험한 작가들은 흔히 문학이라는 도구를 통해 그 비극적 경험을 발화發話하고 상처를 치유하려 한다. 장용학의 《원형의 전설》, 선우휘의 《불꽃》, 《깃발 없는 기수》, 황순원의 《카인의 후예》, 이호철의 《무너앉는 소리》, 최인훈의 《광장》 등이 그러한 시도의 결과물인데, 여성 작가의 경우에는 최정희의 《인간사人間史》, 손소희의 《남풍南風》, 강신재의 《임진강의 민들레》, 임옥인의 《월남전후越南前後》, 박경리의 《시장과 전장》, 박완서의 《나목裸木》 등이 여기에 속한다.

　이 글에서는 작품의 양과 질 어느 쪽으로나 우리 문학사의 거목으로 우뚝 선 대표적 여성 작가 박경리와 박완서의 장편소설인 《시장과 전장》, 《나목》을 주된 텍스트로 삼아 거기에 나타난 '모녀 관계'와 '딸의 성장' 양상을 탐구하려 한다. '모녀 관계'는 《시장과 전장》, 《나목》이 남성 작가들의 전쟁 체험 장편소설에 대하여 보이는 변별점들의 한가운데를 관통하는 중요한 축이다. 여성이 주체성을 구성하고 재현하는 과정에서 자매애라는 여성 계보의 횡적 관계 못지않게 중요한 것이 모녀 관계라는 종적 구조이다.

모녀 관계와 딸의 주체 구성이 서사의 주된 줄기를 형성하는 '모계 문학'이라는 점에서 박경리와 박완서의 작품은 '고향 상실 시대의 부계 문학'[1]으로 범박하게 총칭할 수 있는 남성 작가의 전후소설에 대비된다. 또한 부계문학이 "전쟁에 대한 집단적 콤플렉스에서 비롯되는 증오와 죄의식을 해소하고 주체의 불구성을 포용하면서 현실의 불완전성을 보상해 줄 이념적 보상물로" 신화화된 "모성의 집"[2]을 추구하는 경향을 보이는 데 비하여, 《시장과 전장》과 《나목》은 모성적 헌신과 아울러 허위와 기만, 소유욕과 광기를 포함한 모성의 실체를 소설화함으로써 모성을 탈신화화한다.

《시장과 전장》과 《나목》은 그동안 현대문학 연구자들에 의해 여러 가지 각도에서 여러 가지 방법론으로 분석되고 해석되어 왔다. 1964년에 발표된 《시장과 전장》은, 한국전쟁이라는 시간과 한반도라는 공간을 아우르면서 여성과 남성, 시장과 전장, 생활과 이데올로기, 사랑과 이념, 삶과 죽음 등의 인식론적 대립 항을 탐색하고 있는 텍스트이기에 바라보는 관점에 따라 다양한 논의가 이루어졌다. 전쟁을 드러내는 방식의 관념성과 추상성 때문에 부정적인 평가도 더러 받았으나,[3] 대개 박경리 소설 세계의 시공간적 확대를 성공적으로 알려 준 작품으로 고평된다. 가령 전쟁의 비정을 잘 묘사했다거나[4] 공산당원의 분장을 한 니힐리스트라는 매우 독특한 인물을 창조했다거나[5] 시대적 상황과

---

1 전상국 · 김윤식 대담, 〈고향 상실 시대의 부계 문학〉, 《신동아》, 1981. 8.

2 권명아, 《가족이야기는 어떻게 만들어지는가》, 책세상, 2000. 45쪽.

3 대표적으로 백낙청의 평문, 〈피상적 기록에 그친 6 · 25 수난〉, 《신동아》, 1964. 4와 임중빈의 평문 〈삶 그리고 긍정의 모험〉, 《문학춘추》, 1966. 12이 그러하다.

4 김우종, 《한국현대소설사》, 성문각, 1978.

5 정명환, 〈폐쇄된 사회의 문학〉, 《한국 작가와 지성》, 문학과지성사, 1966.

개인의 내면을 균형 있게 성찰한 리얼리즘적 작품이라거나[6] 하는 식이다. 1990년대에 접어들어서는 더 본격적이고 정밀한 연구가 진행되어, 권영민에 의해 생활인의 시각과 이데올로기적 시각에서 동시에 전쟁과 역사를 바라본 작품으로,[7] 김복순에 의해 사랑과 이념이라는 두 가지 통로로써 구원을 문제시한 작품으로,[8] 구재진에 의해 시장과 전장이라는 대립 공간의 각축을 통해 생활 세계를 지향한 작품으로,[9] 이나영에 의해 60년대 정치권력의 작동 원리 속에서 박경리가 개인의식을 확립하고 현실에 응전하는 방식을 보여 주는 작품으로[10] 해석된다.

박완서의 등단작 《나목裸木》은 작가의 작품 세계의 원형질原形質이라 말할 수 있는 작품이다. 《나목》에 대해서는 체험과 문학적 기억의 고리를 살핀 김윤식[11]과 수용미학의 관점에서 작품을 다시 읽은 이태동[12]의 평문이 있고, 전쟁 체험 문학의 관점에서 본 이경훈,[13] 홍혜미[14] 등의 연구가 있었다. 이선미는 《나목》이 자기를 발견함과 동시에 발견된 자기를 은폐할 수밖에 없는 역설적 상황에 놓인 여성의 '자아의 서사'라 보았고,[15] 소영현은 《나목》이 복수의 글쓰기이자 치유 혹은 복원의 글쓰기라는 차원에서 박완서 소설 세계와 원형적으로 맞닿아 있다고 보았

6 조남현, 《《시장과 전장》의 이념 검증〉, 《한국의 전후문학》, 태학사, 1991.

7 권영민, 《한국현대문학사》, 민음사, 1993.

8 김복순, 〈《시장과 전장》에 나타난 사랑과 이념의 두 구원〉, 한국문학연구회 편, 《《토지》와 박경리 문학》, 1996.

9 구재진, 〈1960년대 박경리 소설에 나타난 '생활'의 의미〉, 민족문학사연구소 편, 《1960년대 문학연구》, 깊은샘, 1998.

10 이나영, 〈박경리의 《시장과 전장》에 나타난 '개인의식' 연구〉, 한국문학언어학회 편, 《어문론총 38호》, 2003. 6.

11 김윤식, 〈기억과 묘사〉, 《김윤식 선집 4》, 솔출판사, 1996.

12 이태동, 〈서 있는 여자의 갈등〉, 《문학사상》, 1992. 3.

13 이경훈, 〈작가의 전쟁 체험 문학의 핵심적 구조〉, 《문학사상》, 1996. 3.

14 홍혜미, 〈박완서 문학에 투영된 6·25 전쟁〉, 전단학회 편, 《단산학지》 5호, 1999. 12.

15 이선미, 〈박완서 소설의 서술성 연구―〈나목〉, 〈그 가을의 사흘 동안〉, 《그해 겨울은 따뜻했네》를 중심으로〉, 《여성문학연구》 5호, 2001. 6.

다.[16] 권명아는 〈한국전쟁과 주체성의 서사 연구〉에서 박완서의 전쟁 체험 소설들을 비동일화의 전형적 양상을 띠는 여성의 주체 구성 서사로 바라보는데, 그중에서도《나목》을 "'가장으로서의 어머니'의 전형이라 할 '억척 모성'의 표상과 함께 어머니와 딸의 관계라는 여성적 주체성 형성의 주요한 고리에 대한 탐색을 낳게"[17] 하는, 박완서 문학의 출발점으로 평가한다. 여기서 여성의 주체 구성이란 추상적 의미가 아니라 "명백하게 전쟁 경험에서 형성되는 전쟁미망인, 혹은 전쟁의 유족으로서 여성의 주체성에 대한 탐구이다. 박완서 문학에 지속적으로 반복되어 나타나는 어머니와 딸의 공감과 반감의 동학은 실상 '억척 모성'으로 상징되는 전쟁미망인으로서 여성의 주체 형성에 대한 거리 두기의 산물이다."[18]

이 글은 이와 같은 선행 연구들을 기반으로, 딸의 주체 형성에 지대한 영향을 미치는 모녀 관계와 그 상징화 양상에 초점을 맞추어 박경리와 박완서의 전쟁 체험 장편소설《시장과 전장》과《나목》을 다시 읽으려 한다.

한국전쟁과 모녀관계의 상징화

한국전쟁은 전후방이 따로 없는 전면전의 양상을 띤 전형적인 현대전이었다. 남북한 모두 자원을 총동원하였고, 내전에서 국제전으로 확대됨으로써 세계대전 규모의 인적·물적 피해를 남겼다. 전투 종사자보

---

16 소영현, 〈박완서의《나목》론―치유와 복원의 소실점, 글쓰기〉, 민족문학사연구소 현대문학분과 편, 《1970년대 장편소설의 현장》, 국학자료원, 2002.

17 권명아, 《한국전쟁과 주체성의 서사 연구》, 2001년도 연세대학교 대학원 박사학위 논문, 115쪽.

18 같은 곳.

다 민간인이 더 많이 죽는 현대전의 특성을 고스란히 보여 주는데, 남한만 하더라도 인명 피해가 물경 230여 만, 삶의 터전에서 내몰린 전재민戰災民의 수가 200여 만에 이르렀으며 그 와중에 수많은 전쟁고아와 과부, 상이군인이 탄생했다.[19]

전쟁에서 살아남은 한국인들은, 각자의 사회경제적 입지에 따라 천차만별로 다르기는 하되, 대개는 폐허에서 주체의 연속성을 생산하고 자기의식을 새로이 정립해야 하는 처지에 놓인다. 여기서 문학은 전쟁의 고통을 대리적으로 해소하고 살아남은 자의 존재를 위협하는 죽은 자(혹은 죽음)의 기억을 떼어 놓으면서(기념과 매장의 이중적인 방식으로) 부정한 존재를 정화함으로써 재생시키는 신성한 제관의 역할을 수행한다.[20]

《시장과 전장》과 《나목》의 여성 화자는 둘 다 작가 자신과 매우 흡사한 캐릭터이다.[21] 작가 박완서의 자전적 성장소설이라는 데에 이견의 여지가 별로 없는 《나목》뿐만 아니라, 《시장과 전장》을 딸의 성장 서사로 보는 이 글의 관점은 옥희도와 황태수, 하기훈과 이가화라는 독특하고 비중 있는 인물과 그들의 행적을 고려하지 않은 편협한 것일 수도 있다. 그러나 선행 연구에서 지적한 바대로 《나목》에서 생생하게 살아 있는 인물은 주인공 이경뿐이며, 옥희도와 황태수는 이경의 표면적 행동과 그 이면의 심리적 추이를 나타내기 위해서만 등장한다.[22] 《시장과 전장》에서의 기훈과 가화 또한 살아 있는 캐릭터라기보다는 이념과 사랑이라는 두 구원의 문제에 천착하기 위해 만들어 낸 상징에 가깝다.[23]

19 김동춘, 《전쟁과 사회 : 우리에게 한국전쟁은 무엇이었나》, 돌베개, 2000 ; 이임하, 《여성, 전쟁을 넘어 일어서다 : 한국전쟁과 젠더》, 서해문집, 2004 참조.

20 권명아, 앞의 글, 203쪽.

21 지영은 나의 현실적 모습 그 자체인데, 꿈꾸는 여자인 가화가 그 배경에서 지영을 위로합니다." 송호근, '삶에의 연민, 한의 미학', 작가세계, 1994 가을. 《나목》의 자전적 성격에 대해서는 김윤식, 앞의 글 참조.

22 소영현, 앞의 글 참조.

23 김복순, 앞의 글 참조.

자의식 강한 주인공 지영이 현실과 상호작용하면서 변화하고 성장하는 동안, 기훈과 가화는 자신들이 맡은 바 상징의 책무를 다할 뿐으로 생동감 있는 성격화 양상을 보이지 못한다. 지영이라는 인물에게 초점을 맞출 때, 기훈은 지영이라는 여자의 내면에 존재하는 아니무스animus이고, 가화는 지영이라는 냉철하고 예민한 자의식의 순수 지향적 타자他者라 할 수 있으며, 《시장과 전장》은 지영의 자아 탐색의 서사이자 성장의 서사라 볼 수 있는 것이다.

프랑스 페미니스트 뤼스 이리가라이는 여성이 자기 정체성을 긍정적으로 재현할 수 없게 된 원인의 대부분이 상징질서 내부에서 어머니와 딸의 관계가 왜곡된 데 있다고 생각했다. 가부장제 문화 속에서 '어머니motherhood'는 사회경제적 위치를 제공받지 못하며, 창조력이나 성욕과는 상관없이 양육과 보호의 기능만을 담당하는 인물로 전락한다. 여성들은 그 전락에 대한 보상으로 자제나 극기, 희생, 지나치게 소유욕이 강한 모성을 강조하게 되고, 딸은 어머니로부터 적절하게 분리되어 개별화된 정체성을 확립하지 못한다. 결과적으로 어머니와 딸은 그자신이 알지 못하고 알 수도 없는 존재가 되는 것이다.

'어두운 대지'와 같이 상징화되지 않은 모녀 관계는 가부장적 서구 형이상학의 상징질서에 대한 폭발적인 위험으로 존재한다. 그러나 모녀 관계가 상징화되지 않고 여성이 자기 정체성을 긍정적으로 재현하지 못한다면 그 위협은 영원히 잠재적인 형태로만 남아 있을 것이다. 여성은 적절한 상징화가 부재한 상태에서 자신을 개체화할 수 없고, 모녀는 정체성의 혼란을 경험하게 된다. 개별화되지 못한 여성에게는 기껏해야 어머니의 자리, 어머니로서의 기능이 주어질 뿐이다. 여성이 승화의 기능을 수행하기 어려운 까닭이 바로 이와 같은 모녀의 상징화되지 않은 관계이다. 그녀는 어머니의 억압 또는 망각이 서양의 사회·문화적 기반이 되었다면서 '모든 여성 속에 존재하는 어머니에 관해서, 모든 어머니 속에 존재하는 여성에 관해서 생각하는 것'은 부권적 질서의 기초를 훼손하고 성차의 혁명적 윤리를 가져다줄 금지된 행위라고 선언한다.[24]

이런 식으로 이리가라이는, 소녀에게는 해부학상 승화의 원동력인 거세 공포가 제외되어 있기 때문에 초자아로 나아가기 힘들다는 프로이트의 견해를 비판한다. 그리고 어머니의 충만한 창조력과 성욕을 인정하지 않는 가부장제 상징질서 내부에서 무정형의 어둠으로 밀려나고 주변화된 '어머니'를 여성으로 재현할 수 있는 새로운 언어를 주창한다. 새로운 언어를 통해 어머니와 딸은 모성애라는 사랑의 단일체를 유지하는 동시에 개별적인 정체성을 확보할 수 있게 된다.

이리가라이가 주창한 젖/언어le languelait는 모호하기도 하고 본질주의적 경도傾倒의 혐의가 없지 않지만, 그녀가 모녀 관계의 개선을 위하여 제시한 대안들은 매우 실질적이고도 유용해 보인다. 이리가라이는, 성모 마리아가 아기 예수를 안고 있는 성상에서도 볼 수 있듯 종교와 신화에 깊이 뿌리내린, 모자 관계로 이어지는 남성 중심의 틀[25]에서 벗어나기 위해서 어머니에게서 딸로 이어지는 여성 계보와 여성 나름의 문화를 구축해 나가야 한다고 역설한다. 이탈리아의 작은 교회에서 성모 마리아의 모친 안나가 어린 딸 마리아를 안고 있는 성상을 보았을 때의 신선한 감동과 충격을 떠올리며, 이리가라이는 모녀 관계의 매력적인 이미지가 널리 퍼져야 한다고 주장한다. 또한 그리스 신화에서 아주 드물게 모녀 관계를 형상화한 데메테르/페르세포네 신화를 여성 계보의 재현으로 보고, 가부장제가 결코 유일한 당위가 아님을 깨닫게

---

[24] Domna C. Stanton, "Difference On Trial", *Poetics of Gender*, pp. 159-160 참조.

[25] 이에 대해서는 우리나라도 예외가 아니어서 《조선왕조실록》을 비롯한 대다수의 역사적 기록물에서 "어머니와 딸은 함께 나오는 경우가 매우 드물며, 공주라든가 지배 계층의 딸이 혼례와 관련되어 나오는 경우가 대부분이다." 조은, 〈모성의 사회적·역사적 구성—조선 전기 가부장적 지배구조의 형성과 '아들의 어머니'〉, 《사회와 역사》 제55집, 1999. 76쪽, 각주 3번.

하는 이러한 신화의 이미지를 적극적으로 활용할 것을 역설한다. 항상 모자 관계로 대표되는 이미지에 둘러싸여 있는 가부장제의 현실은 딸들에게 병을 유발할 수 있다면서, 이리가라이는 딸의 공간에 모녀 관계가 상징화되어 있는 그림이나 모녀가 함께 찍은 사진을 걸어 놓으라고 권한다. 언뜻 사소하게 보이는 이러한 대안의 실천은 여성 정체성을 형성하고 모녀 관계를 주체적으로 회복하는 데 없어서는 안 될 긍정적 환경을 만들어 줄 것이다.[26]

한국전쟁은 남성 가장의 죽음 혹은 실종을 초래함으로써 남성 가장을 중심으로 연결되어 있던 어머니와 딸의 관계를 전면으로 부상시킨다. 그리고 가부장제 하에서 제도화된 모녀 관계에 은폐되어 있던 모순을 노출시키고 새로운 형태의 관계 정립을 강제하는 극적 계기가 된다. 딸은 전쟁과 전장이라는 고통스런 통과제의의 시공간을 통과하면서 자아를 발견하고 성장한다.

이 글은 여성 작가의 전쟁 소재 장편소설인《시장과 전장》과《나목》에서 딸이 주체의 재구성을 위해 자신의 모녀 관계를 서사화하면서 어머니와의 분리와 결합을 수행하는 지점에 주목한다. 여성 작가의 이러한 서사화 작업을 통해, 가부장제 상징질서 안에서 무정형의 어둠으로 남아 있던 모녀 관계는 그 왜곡된 현실태를 드러내는 것으로 일차적 상징화 단계를 밟는다. 거기서 상징화된 모녀 관계의 현실적 양상이 두 입술Two Lips[27]의 단계로까지 발전하여 모성과 여성적 창조력의 관계가 규명된다면 이리가라이가 말한 대로 '문화의 또 하나의 통사', '또 하나

---

26 모녀 관계에 관한 이리가라이의 논의는 다음 저서를 참고했다. 한국영미문학페미니즘학회,《페미니즘 : 어제와 오늘》, 민음사, 2000, 194~196쪽 ; 팸 모리스,《문학과 페미니즘》, 문예출판사, 1997, 216~219쪽.

27 이리가라이의 글에서 여성 성욕을 상징하는 개념인 '두 입술Two Lips'은 남근만을 강조하는 남성의 경우와 달리, 열려 있고 물처럼 흐르며 풍부하고 다양한 성질을 가진다. 근본적으로 자기애self-affection적이며, 분리와 결합을 동시에 나타내는 복수형인 두 입술의 관계는 어머니와 딸, 여성과 여성 사이에서나 가능한 것이다.

의 문법'을 발견하는 일[28]일지 모르겠다.

왜곡된 '어머니motherhood'와 병에 걸린 딸

"딸은 정체성을 획득하기 위해 어머니의 양육으로부터 분리되어야 한다. '어머니'라는 용어에 부과된 제한적인 의미 속에서 이는 총체적인 상실을 의미한다. 그녀에게는 양육의 정체성 이외에 다른 어떤 정체성도 허용되지 않기 때문이다."[29]

《시장과 전장》에서 어머니 윤 씨는 딸 지영 하나만을 바라보며 평생을 바친 홀어머니다. 윤 씨에게는 딸의 보호자·양육자로서의 '어머니'라는 기능적 정체성 이외에는 다른 정체성이 없다. 창조력과 성욕을 가진 여성으로 자기 정체성을 재현할 수 없는 그녀는, 결혼한 딸과 함께 살면서도 딸을 영원히 피양육자의 자리에 묶어 두려 함으로써 딸의 성숙을 방해한다.

어머니는 다른 어머니보다 좋은 사람이며 오직 저 혼자를 위해 사셨고 또 지금도 그렇게 하고 계시니까요. 우리의 생활은 어머니의 철저한 경제관념으로 단단해졌고 어느 모로나 행복하게 보이는 가정이었습니다. 그러나 이 행복한 가정에 제가 차지할 자리는 없었습니다. 오년 동안의 결혼생활에서 당신하고 저하고 극장에 한 번밖에 간 일이 없었다는 사실과 꽃병 하나 저의 손으로 사들고 들어오지 않았다는 것은 생활을 잃어버린 불행한 여사의 무관심이었습니다. 그러나 어머니는 그것이 지극히 건실한 생활태도라 보았고 또한 저에게 강요했습니다. 손수건 한

---

[28] Domna C. Stanton, 앞의 책, 같은 곳 참조.
[29] 팸 모리스, 앞의 책, 217쪽.

장도 저 자신이 선택하지 못할 정도였다면 그것은 한 가정의 주부로서는 물론 성숙한 한 사람으로서는 자격을 잃은 꼴이 아니겠습니까. 그것을 강행하고 저의 위치를 되찾을 권리는 저에게 분명히 있었습니다. 그러나 그런 조그마한 즐거움의 하나하나가 어머니의 생활방식으로 상처를 받아야 한다는 것은 차라리 애초부터 갖지 않으니만도 못했습니다. 한 번 저는 중대한 결심을 하고 어머니께 말씀드렸습니다. 시골에 집을 지어드리고 충분한 생활비를 보내드리겠으니, 시골에 가 계시면 잘 해드리겠다고. 말을 꾸며서 한 것도 괴로웠지만 불효하다는 자의식 때문에 저는 얼굴을 붉히고 죄인처럼 말을 더듬었습니다.

어머니는 우셨습니다.

"생활비고 집이고 무슨 소용인고, 자식에게 쫓겨난 년이. 내사 길거리에 거꾸러 죽든 자식 있다 소리 안 할란다. 남편 덕 못 본 년이 자식 덕을 바래? 에미 쫓아내고 니 신세가 미끈하겠다"

하며 옷보따리를 싸시는 거예요. 그 말들은 저를 미치게 했습니다. 저는 그 무서운 무기에 눌리어 어머니를 잡았을 뿐만 아니라 다시 그 말을 꺼내지 않았습니다. 경제관념이 굳은 어머니는 당신도 아시다시피 식모도 두지 않았습니다. 생활의 재미를 모르고 어머니 식으로 꾸며진 집속에서 저는 식모 구실을 할 수 없었습니다. 그래서 저는 불효자식이 되었고 그 불효자식이라는 의식의 노예가 되었습니다. 어머니는 언제나 너거 집에 와서 구박받는다고 했습니다. 도대체 내 집은 어디 있습니까?[30]

이 인용문은 어머니, 남편과 두 아이를 서울 집에 두고 38선 접경의 연안여고로 교편을 잡기 위해 떠난 지영이 남편에게 보낸 편지의 일부이다. 지영은 이 편지에서 자신의 연안행이 자신을 삶의 주체로 서지

---

30 박경리, 《시장과 전장》, 나남출판, 1999, 156~7쪽. 이후 인용부터는 쪽수만 명기.

못하게 하는 어머니와 남편으로부터의 탈출이었음을 고백한다.

윤 씨는 딸의 성숙과 독립을 가로막기 위한 '무서운 무기'로 자신의 평생에 걸친 희생과 헌신을 끊임없이 상기시킨다. 윤 씨는 언제나 '너거 집에 와서 구박받는다'고 했다. 그러나 그 집은 지영의 집이 아니었다. 지영은 그 집에서 어디까지나 손수건 한 장도 마음대로 선택할 수 없는 미성숙한 인간으로서 어머니의 양육과 보호 아래에 있어야 했다. 지영이 연안행 이전에 탈출과 독립을 감행할 수 없었던 것은 지영 스스로 어머니의 눈물겨운 희생에 걸맞은 보답을 하지 못한 '불효자식이라는 의식의 노예'가 되어 있었기 때문이다.

이리가라이가 통찰한 바대로, '양육자'라는 제한된 기능으로 전락轉落한 모성은 그 전락에 대한 보상심리로 극기와 희생과 자식에 대한 지나친 소유욕을 발현하게 되고, 그러한 자기희생적 모성에 대하여 죄의식을 가진 딸은 어머니로부터 적절하게 분리되어 개별화된 정체성을 확립하지 못하게 되는 것이다. 결과적으로 자신이 알지 못하고 알 수도 없는 존재가 된 딸은 가족으로부터 벗어나 객지에서 홀로 자신과 대면하려 한다. 어머니는 그런 딸에게 못내 섭섭함을 표하지만, 딸은 가족을 벗어나자마자 마음속에서 가족을 지운다. "어머니의 얼굴은 보이지 않았다. 물결에 산산이 부서져버린 듯 허무하게. 아이들도 남편의 얼굴도 눈앞에 그려낼 수 없다. 그들의 목소리마저 생각해낼 수 없다. 오늘 아침에 헤어져 왔는데 흐린 기억의 창문에 비친 먼 옛날의 친척들 얼굴처럼."(45)

(만일 내가 이북으로 납치되어 영영 가버린다면?)

지영은 그런 불행한 사태에 대하여 어떤 기대 비슷한 것을 갖는다. 가족들과 아주 헤어져버린다는 무서운 욕망 때문에.

(바이칼호… 바이칼 호수…)

지영은 러시아의 호수 이름을 중얼거려본다. 소설에서 본 호수의 환
상 그리고 다시.

(사하라 사막… 사하라 사막…)

학교에서 나오는 길에 지영은 시장에 들른다.

시장은 축제祝祭같이 찬란한 빛이 출렁이고 시끄러운 소리가 기쁜 음
악이 되어 가슴을 설레게 하는 곳이다. 동화의 나라로 데리고 가는 페르
시아의 시장—그곳이 아니라도 어느 나라, 어느 곳, 어느 때, 시장이면
그런 음악은 다 있다. 그 즐거운 리듬과 감미로운 멜로디가. 그곳에서는
모두 웃는다. 더러는 싸움이 벌어지지만 장을 거두어버리면 붉은 불빛
이 내려앉은 목로주점에서 화해술을 마시느라고 떠들썩, 술상을 두들기
며 흥겨워하고. 대천지 원수가 되어 무슨 이로움이 있겠는가. 오다가다
만난 정이 도리어 두터워지는 뜨내기 장사치들.

물감 장수 옆에 책을 펴놓고 창호지에 담배를 마는 사주쟁이 노인도
서편에 해가 남아 있는 동안은 희망을 버리지 않는다. 온갖 인생, 넘쳐
흐르는, 변함없이 생활이 이곳에서 소용돌이치고 있는 것이다.

지영은 이곳이 좋고, 혼자 거니는 외로움이 좋고, 아는 사람이 아무
도 없어 좋았다. 시장의 음악과 시장의 얼굴들은 어린 날과 조금도 다름
이 없다. 향한 곳도 없는 그리움과 어린 날의 아픔이 바람처럼 지영의
가슴을 친다.(131~2)

가족들과 영영 헤어져 버리고 싶은 무서운 욕망을 품고 바이칼 호
수와 사하라 사막을 그리는 지영의 심상心象은, 유치환의 시 '생명의 서
序'를 떠올리게 한다. "병든 나무처럼 생명이 부대낄 때" "저 머나먼 아
라비아의 사막으로" 가서 홀로 가혹한 자기 수련을 감당하며 실존과
대면하려 하는 생명주의적 대결의식을 엿보이고 있는 것이다. 그런데
인용문에서 볼 수 있듯 지영은 바이칼 호수나 사하라 사막 같은 초현실

적 공간이 아니라 어쩌면 가장 세속적이고 속악한 공간인 시장에서 원초적 생명력과 삶의 기쁨을 발견한다. 시장은 이데올로기의 세계인 전장과 대립하며 생활의 세계를 상징하는 공간인바, 이곳은 기실 역사적으로 '아버지 부재'의 가정을 책임진 이 땅의 어머니들이 척박한 삶을 꾸려 온 바로 그 공간에 다름 아니다. 그러므로 환상과 현실이 혼재되어 나타나기는 하나 지영이 '시장'에서 자아 본연의 생명력을 발견한다는 사실은 전쟁 발발 이후 지영이 어머니를 이해하면서 스스로 어머니가 되는 변화의 연결고리가 된다.

한편 《나목》에서의 어머니는 '아들의 어머니'로서의 제한적 정체성에 집착하는 인물이다. 기혼 여성이 아내 혹은 딸의 어머니가 아니라 '아들의 어머니'로 자기를 인식하고자 고집하는 데에는, '아들의 어머니'일 때에만 사회경제적 지위가 주어지는 가부장제의 역사성이 존재한다.[31] 남편이 죽고 난 다음에도 아들들이 건재한 이상 '아들의 어머니'로서 여성의 입지는 흔들리지 않는다.

> 혁이 오빠가 어머니 뺨에 자기 뺨을 댔다.
> 〈에이 징그럽다. 다 큰 녀석이……〉
> 어머니가 처음으로 활짝 웃었다. 고운 얼굴이었다. 아버지가 돌아가신 후로는 기름을 바르지 않아 약간 잔머리가 일어서 보이나 그래도 자연의 윤기를 지닌 검은 머리가 곱게 빗겨져 있고, 윤곽이 고운 얼굴과 아름다운 치아도 여전했다.
> 나는 어머니가 너무도 좋았다. 그러나 내가 하고픈 이야길 오빠들이

---

31 조선 전기 가부장제의 강화는 여성을 '아들의 어머니'로 규범화시키고 제도화시킴으로써 가능했다. "즉 재가녀 금고, 서얼 차대, 상제에서의 삼부팔모론, 여성의 재산 상속권 위축, 동종 양자제의 도입 등 여성의 지위 하락과 가부장제 강화의 모든 과정은 모성의 등급화 및 신분화와 연관되어 있다. 신분제와 어머니의 등급화, 그리고 '아들의 어머니'와 '딸의 어머니'의 차등화는 서로 묶여 가부장적 지배구조를 강화한다." 조은, 앞의 글, 95쪽.

다 해버리고 어리광까지도 피워 보였으니 나는 다시 되풀이하기도 쑥스러워 가만히 있었다. 좀 쓸쓸했다. 늘 아버지는 내 차지였고 어머니는 오빠들 차지였는데 아버지가 안 계신 지금 나는 어머니를 오빠들로부터 나누어 갖고 싶었으나 오빠들은 그런 내 눈치에 너무 무심했다.[32]

이경은 모성애라는 사랑의 단일체 안에서 어머니와의 결합을 갈망하나, 오로지 '아들의 어머니'이기만 한 어머니와 어머니의 사랑하는 아들들은 그녀의 심정을 몰라준다. 이 평화로운 중산층 가정의 모녀 관계가 내포한 허위성은, 아들들이 죽고 모녀만 남았을 때에야 날것으로 드러난다. 전쟁 중 폭격으로 두 오빠가 한꺼번에 죽는 비극적 계기를 통해 이경은 어머니에게 자신이 어떤 존재였는지 무섭고도 아프게 깨닫는다. 어머니에게 의미 있는 것은 오직 모자 관계뿐이었고, 어머니와 이경 사이에 사랑으로 결합된 모녀 관계란 애초에 존재하지도 않았다는 사실이 그것이다. 《시장과 전장》에서의 지영과 달리 이경은 어머니와의 분리를 시도하기도 전에 어머니로부터 모성애 자체를 부인당하게 된 것이다.

〈엄마, 나예요, 경아〉
나는 벅찬 탄성을 질렀다. 참으로 오랜만에 어머니의 눈에 부연 안개가 걷히고 어떤 감정이 담겼다. 나는 내 시선을 조금이라도 어머니로부터 비끼면 모처럼 돌아온 어머니의 영혼이 다시 훌쩍 떠나 버릴 것 같아 열심히 어머니의 눈에 맞추었다.
그러나 빛나던 어머니의 눈이 점점 귀찮다는 듯이 게슴츠레 감기며 나에게 잡혔던 손까지 슬그머니 빼내고 부스스 돌아눕더니 휴 하고 긴

---

32 박완서, 《나목》, 민음사, 1997, 237~8쪽. 다음 인용부터는 쪽수만 명기.

한숨을 쉬고는,

〈어쩌면 하늘도 무심하시지. 아들들은 몽땅 잡아가시고 계집애만 남
겨놓으셨노〉

(중략)

그날 이후 나는 어머니를 될 수 있는 대로 피하고 있었다. 어머니를
보면 살아 있다는 것이 송구스러워 절로 몸이 오그라들고 고작 어머니로
부터 피한다는 게 은행나무 밑이었다. 나는 나도 모르게 은행나무 밑에
서 하루하루 어머니에 대한 미움을 키우고 있었다.

어머니를, 지금의 내가 비참한 것만큼의 다만 얼마라도 비참하게 만
들어주고 싶었다.

〈너까지 어떻게 돼 봐라. 너의 어머니 신세가 뭐가 되나〉 큰어머니
가 분명 그랬겠다. 어머니를 남들이 불쌍하게 여기도록 해줘야지. 자식
이라고는 없는, 딸도 없는 불쌍한 여인으로 만들어 주어야지.(253~256)

인용문에서 나타나는 바대로 '아들의 어머니'이기만 한 어머니로부
터 상처받은 딸은 '살아 있다는 것이 송구스러운' 일종의 정신적 질병
에 걸린다. 살아 있다는 사실이 부끄러운 또 하나의 이유가 되는 것은
오빠들의 죽음에 대한 끈질긴 죄책감인데, 이 역시 어머니의 사랑을
갈망하되 어머니로부터 존재 자체를 부인당한 딸의 공포와 절망이 만
들어 낸 감정에 다름 아니다. 즉, 딸의 병을 유발한 근원적이고 직접적
인 원인은 전쟁도 아니고 오빠들의 죽음도 아닌 것이다. 전쟁과 오빠
들의 죽음이라는 사건은 모녀 관계를 전면에 부각시키고 '아들의 어머
니'로서만 자신을 인식하는 어머니를 고스란히 드러내는 계기로 작용
했을 뿐이다. 왜곡된 '어머니motherhood'가 딸로 하여금 자기 존재를 무
가치하게 여기고 살아 있음을 힘겨워하는 병, "지독한 반쪽의 슬픔과
허기증"(181)에 걸리게 한 것이다.

어머니의 의치義齒와 의치를 끼우지 않는 어머니는, 오빠들이 죽은 후의 이경과 어머니의 관계에 대한 하나의 상징이다. 오빠들이 살아 있을 때는 언제나 의치를 하고 있어 젊어 보이고 고와 보였던 어머니는 오빠들이 죽고 나자 다시 의치를 끼우지 않는다. '아들의 어머니'로서의 정체성이 군건할 때에는 고명딸 내지 양념딸을 귀여워할 여유가 있었으나, '아들의 어머니'가 아닌 다음에는 "아무것도 생각 않는 상태, 완전한 허虛"(181)일 따름으로 딸이 비집고 들어갈 여지를 주지 않는 것이다. 이런 어머니를 향한 이경의 반감은, 어머니를 "자식이라고는 없는, 딸도 없는 불쌍한 여인"(256)으로 만들어 주기 위해 자신을 파괴하고 싶은 욕망으로 나타나기도 하고, 두 아들의 어머니라는 이유로 남다른 동정을 받는 양공주 다이아나를 꼴사나워하고 시비를 거는 위악적 행위로도 나타난다.

어머니의 죽음과 딸의 성장

다수 남성 작가의 전쟁 체험 소설에서는 모성의 신화가 "'모성' 자체를 이념적 가치로 상정하는 서사 구성뿐 아니라, 무구한 모성에 이르지 못한 더럽혀진 여인들(주로 창녀와 그 연장선인 훼손된 누이)의 수난사라는 서사 속에서 더욱 강력하게 구성"되고, "이러한 모성의 신화는 상실된 민족, 훼손된 민족이라는 서사에서 선명하게 드러난다."[33] 그러나 박완서와 박경리의 전쟁 체험 소설은 왜곡된 모녀 관계를 축으로 모성을 탈신화화하면서 딸의 성장과 어머니 되기의 과정을 보여 준다. 여기서 전쟁은 무지막지한 파괴와 폭력으로 여성의 수난을 초래했을 뿐

---

[33] 권명아, 앞의 글, 41쪽.

만 아니라 가부장제 가족제도의 틀에 갇혀 있던 여성에게 자아 발견과 성장의 기회로 작용하기도 한다. 후자의 의미에서 전장은 여성이 독립적 개인으로 성장하기 위해 고통과 시련을 무릅쓰고 통과해야 하는 '제의적 공간'이 된다.

전쟁이 발발하고 힘겨운 귀갓길에 오르고서야 지영은 가족의 얼굴을 똑똑히 떠올리며 생전 처음으로 눈물까지 흘린다. 이제 가족은 지영에게 자기 존재와 밀접히 연결된 "새롭고 정답고 소중하기만"(186) 한 관계로 재인식된다. 기차에 깔려 죽거나 이북에 납치되는 상상을 하고 바이칼 호수와 사하라 사막에의 기투企投를 갈망하던 지영의 죽음 충동은, 전쟁이 초래한 갖가지 고통 앞에서 뿌리 없고 거추장스러운 고민으로 격하된다. 지영은 가족 관계 안에서 자신의 주체적 입지를 찾으며, "밟혀도 밟혀도 뻗어가는 잡초"(439), "끈질기고, 징그럽고, 지혜롭고, 민감하고, 무서운 여자"(440)로서 자기 정체성을 재구성한다. 생명과 자존에 대한 거대한 위협 앞에 직면함으로써 오히려 단순해진 지영은, 과거 어느 때보다 생명을 꽉 잡고 인생을 신뢰하는 모습을 보인다.

(아무도 오지 말라! 이 땅에, 아무도 오지 말라! 이 땅에! 내 혼자 내 자식들하고 얼음을 깨어 한강의 붕어나 잡아먹고 살란다. 북극의 백곰처럼 자식들 데리고 살란다!

아무도 오지 말라! 아무도! 영원히 영원히 이 밤이 가지 말구⋯)
(429~430)

이 인용문은 1・4후퇴 때 피난을 못 간 지영이 야밤에 혼자 얼음 바닥에 엎드려 내뱉는 독백이다. 남편의 행방은 묘연하고 폭격과 추위와 질병과 식량 부족에 끊임없이 시달리는 극한상황에서 지영의 '삶에의 의지'가 북극의 백곰과도 같은 모성애로 분출되고, 그토록 분리되고 싶어 했던 어머니에게로의 결합으로 연결된다는 사실은 의미심장하다. '삶에의 의지'란 결국 목숨과 사랑을 준(give life/love) 어머니 여성maternal woman의 발견[34]과 떼려야 뗄 수 없는 관계인 것이다.

전쟁으로 인한 수난 상황이 심각해질수록 지영은 어머니와 혼연일체가 되어 어린 자식들을 돌보고 보호하는 모성애적 행위에 완전히 몰입한다. 그러던 중, 인민군이 버리고 간 쌀을 구하기 위해 한강 모래밭으로 나갔던 윤 씨가 국군의 총탄에 맞아 죽는다. 어머니의 죽음은 역설적으로 딸의 어머니 되기의 여정을 완성시킨다. 어머니는 딸에게 어머니를 주었고, 딸은 어머니를 받아들여 스스로 어머니가 된 것이다.

《나목》에서 이경의 어머니는 현실과 삶을 부정하고 환상과 죽음 충동 속에서 목숨을 이어 간다. 이경은 의식이 없는 어머니를 간호할 때에만 어머니에 대한 애정을 고백하고, 오빠들 몫까지 효도하며 살 자신의 미래에의 꿈을 누릴 수 있다. 이경에게 깨어 있는 어머니는 공포의 대상이다. 어머니가 헛소리처럼 웅얼거리는 말 속에는 다만 "가끔 여보라든가 욱아, 혁아라든가 하는 낱말"(287)이 있을 따름이다. 꿈속에서 죽은 사람들과 함께 있을 때 어머니의 "표정은 그녀가 아주 즐겁던 날의 표정을 닮아가고 있었다."(287)

어머니의 모성애 시나리오 안에는 가부장과 아들의 자리만 있고 딸의 자리가 없다. 그런 사실을 거듭 확인하는 이경은 어머니가 회복되어 다시금 아들 없는 현실을 저주하고 살아남은 딸의 존재를 부인하게 될까 봐 두려워한다. 마침내 어머니가 죽자, 이경은 어머니의 죽음이 자기 때문이라는 가상 시나리오를 만들어 문상객들을 울리고 자신도 호곡號哭한다.

---

[34] Domna C. Stanton, "Difference On Trial", *Poetics of Gender*, ed. by Nancy K. Miller, Colombia University Press, p. 168 참조. 타자에게 목숨/사랑을 주는 이 본질적 능력은 임신한 육체라는 메타포를 통해 구체화된다.

〈저 때문이었어요. 저 때문이란 말예요. 그때 있잖아요? 제가 아주머니 댁에서 자고 온 날 어머니는 밤새, 저 골목 밖에서 떨면서 저를 기다리셨대요. 노인네가 그 추운 밤에 그래서 그만 급성폐렴이 돼서 그만 그만……〉(293)

"어머니는 기어이 오빠들 곁으로 가버렸구나"(291)라고 생각했을 뿐 특별히 슬픈 감정을 느끼지 못하고 진심 어린 눈물도 흘리지 못하던 이경은, 인용문과 같이 헌신적인 모성애의 시나리오를 발화하고 나서야 서러운 울음을 울 수 있게 된다. 물론 이경은 스스로도 속아 넘어간 거짓 시나리오에서 금세 벗어난다. 그러나 문상객들은 모두 모성애에 관한 이경의 거짓말을 좋아하고 신뢰한다. 여기서 작품은 '자식에게 무한히 희생적이고 헌신적인 어머니'라는 널리 알려진 모성애의 시나리오가 "새빨간 거짓말"(294)임을, "슬프고도 좀 아름다운, 그러나 어리석은 꿈"(294)임을 효과적으로 드러낸다. 이경은, 헌신적인 모성애의 시나리오를 꾸며 내고 그 꾸며 낸 거짓말에 빠져드는 자신을 향해 "생전의 어머니에게 품은 혐오감"(294)과도 비슷한 혐오감을 느낀다. '아들의 어머니'에 집착하는 모성애이거나 무한히 이타적이고 희생적인 모성애이거나 간에, 그것이 이데올로기적 허상 내지는 거짓말인 것은 마찬가지이므로 똑같이 혐오스럽다는 의미다. 이경은 아들의 어머니이기만 했던 "어머니를 기피하고 미워한 만큼" 헌신적 모성애에 대한 자신의 꿈을 "기피하고 혐오할 것 같았다."(294)

이경은 어머니처럼 현실과 삶을 부정하고 꿈속에서 살다 죽고 싶지 않다. 그렇다고 옥희도에게 자신의 존재가 그랬던 것처럼 신기루나 수증기 같은, 타인의 꿈으로 존재하기도 싫기에 자신에게 "가장 현실적이고 상식적인 소망을 품은"(307) 황태수가 고맙게 생각된다. "다시는 꿈을 꾸기도, 남의 꿈이 되기도"(308) 싫은 이경이 황태수를 선택하는 행위는, 현실과 삶을 지향하겠다는 의지의 표명이다.

　어머니가 임종의 날까지 집착하던 고가古家의 해체를 통해 어머니의 죽음은 상징의 차원에서 한 번 더 이루어진다. 고가의 해체를 지켜보면서, 다시 말해 어머니의 상징적 죽음을 바라보면서 이경은 자신의 육신이 해체되는 듯한 아픔을 견딘다. 낡은 주체를 허물고 새로운 주체를 구성하기 위한 제의적 고통이다. 그러나 남편의 아내로 자식의 어머니로 살아온 세월이 웬만큼 흘렀음에도 "아직도 해체되지 않은 한 모퉁이"는 이경의 "은밀한 곳"(314)에 여전히 남아 통증을 유발한다. 이 통증이야말로 죽은 어머니가 딸에게 말 걸고, 어머니가 된 딸이 죽은 어머니를 호출하는 하나의 형식일 것이다. 박완서로 하여금 끊임없이 전쟁 경험을 서사화하도록 충동하는 기제 또한 이 은밀한 곳의 통증일 것이다.

딸의 여정을 완성시키는 어머니의 죽음

모녀 관계와 딸의 주체 구성이 서사의 주된 줄기를 형성하는 모계문학이라는 점에서 박경리와 박완서의 작품은 '고향 상실 시대의 부계문학'으로 범박하게 총칭할 수 있는 남성 작가의 전후소설에 대비되는 바 있다. 부계문학이 신화적 모성 혹은 모성적 유토피아를 추구하는 경향을 보이는 반면, 《시장과 전장》과 《나목》은 모성적 헌신과 아울러 허위와 기만, 소유욕과 광기를 포함한 모성의 실체를 소설화함으로써 모성을 탈신화화한다.

　《시장과 전장》에서 어머니 윤 씨는 자식의 양육자이자 보호자로서의 어머니라는 정체성으로밖에 자기를 재현할 수 없기에 딸을 영원히 피양육자의 자리에 묶어 두려 한다. 딸은 어머니의 희생과 헌신에 대하여 적절히 보답하지 못하고 있다는 죄의식에 묶여 자기 인생의 주체로 성숙하지 못한다. 윤 씨의 경우와 달리,《나목》에서 이경의 어머니는 '아들의 어머니'로서의 가부장제적인 제한된 정체성에 집착하는 인물이다. '아들의 어머니'이기만 한 어머니로부터 상처받은 딸은 살아 있음에 대한 죄의식이라는 일종의 정신적 질병에 걸린다.

한국전쟁과 남성 가장의 죽음이라는 사건은 가부장제 하에서 제도화된 모녀 관계에 은폐되어 있던 모순을 노출시키고 새로운 형태의 관계 정립을 강제하는 극적 계기가 된다. 전쟁으로 인한 수난 상황이 심각해질수록 지영은 생명의 힘을 신뢰하게 되고 어린 자식들에 대하여 강한 모성애를 발휘한다. 그 와중에 일어난 어머니의 죽음은 역설적으로 딸의 어머니 되기의 여정을 완성시킨다.

한편《나목》의 어머니는 현실과 삶을 부정하고 환상과 죽음 충동 속에서 목숨을 이어 간다. 어머니의 모성애 시나리오 안에는 가부장과 아들의 자리만 있고 딸의 자리가 없다. 마침내 어머니가 죽자, 이경은 어머니의 죽음이 자기 때문이라는 가상 시나리오를 만들어 보지만, 곧 '아들의 어머니'에 집착하는 모성애이거나 무한히 이타적이고 희생적인 모성애이거나 간에 이데올로기적 허상 내지는 거짓말에 불과하다는 사실을 깨닫는다. 고가古家의 해체를 통해 한 번 더 이루어진 어머니의 죽음을 바라보면서, 이경은 낡은 주체를 허물고 새로운 주체를 구성하기 위한 제의적 고통을 느낀다. 어머니가 죽은 이후에야 이경은 내면의 은밀한 통증을 기제로 글쓰기라는 도구를 통해 죽은 어머니와 청춘의 통과제의를 호출한다. 자기 안의 통증으로 존재하는 어머니의 몸이, 상징적 아버지와 남성 연인들이라는 '글쓰기 팰러스writing phallus'를 대체하고 작가로 하여금 글쓰기에 이르도록 한 것이다.

《시장과 전장》과《나목》이외의 작품들을 살펴보고 여성작가의 전쟁 체험 장편소설 전반이 가지는 특질과 면모를 밝혀내는 일은 차후의 과제로 미룬다.

구재진, 〈1960년대 박경리 소설에 나타난 '생활'의 의미〉, 민족문학사연구소 편, 《1960년대 문학연구》, 깊은샘, 1998.

권명아, 《가족이야기는 어떻게 만들어지는가》, 책세상, 2000.

──────, 《한국 전쟁과 주체성의 서사 연구》, 2001년도 연세대학교 대학원 박사학위 논문

권영민, 《한국현대문학사》, 민음사, 1993.

김동춘, 《전쟁과 사회 : 우리에게 한국전쟁은 무엇이었나》, 돌베게, 2000.

김복순, 《《시장과 전장》에 나타난 사랑과 이념의 두 구원〉, 한국문학연구회 편, 《《토지》와 박경리 문학》, 1996.

김우종, 《한국현대소설사》, 성문각, 1978.

김윤식, 〈기억과 묘사〉, 《김윤식 선집 4》, 솔출판사, 1996.

박경리, 《시장과 전장》, 나남출판, 1999.

박완서, 《나목》, 민음사, 1997.

백낙청, 〈피상적 기록에 그친 6·25 수난〉, 《신동아》, 1964. 4.

소영현, 〈박완서 《나목》론─치유와 복원의 소실점, 글쓰기〉, 민족문학사연구소 현대문학분과 편, 《1970년대 장편소설의 현장》, 국학자료원, 2002.

송호근, '삶에의 연민, 한의 미학', 작가세계, 1994. 가을.

이경훈, 〈작가의 전쟁 체험 문학의 핵심적 구조〉, 《문학사상》, 1996. 3.

이나영, 〈박경리의 《시장과 전장》에 나타난 '개인의식' 연구〉, 한국문학언어학회 편, 《어문론총 38호》, 2003. 6.

이선미, 〈박완서 소설의 서술성 연구─《나목》, 〈그 가을의 사흘 동안〉, 《그해 겨울은 따뜻했네》를 중심으로〉, 《여성문학연구》 5호. 2001. 6.

이임하, 《여성, 전쟁을 넘어 일어서다 : 한국전쟁과 젠더》, 서해문집, 2004.

이태동, 〈서 있는 여자의 갈등〉, 《문학사상》, 1992. 3.

임중빈, 〈삶 그리고 긍정의 모험〉, 《문학춘추》, 1966. 12

정명환, 〈폐쇄된 사회의 문학〉, 《한국 작가와 지성》, 문학과지성사, 1966.

전상국 · 김윤식 대담, 〈고향 상실 시대의 부계 문학〉, 《신동아》, 1981. 8.

조남현, 《《시장과 전장》의 이념 검증〉, 《한국의 전후문학》, 태학사, 1991.

조은, 〈모성의 사회적 · 역사적 구성-조선 전기 가부장적 지배구조의 형성과 '아들
  의 어머니'〉, 《사회와 역사》, 제55집, 1999.

한국영미문학페미니즘학회, 《페미니즘 : 어제와 오늘》, 민음사, 2000.

홍혜미, 〈박완서 문학에 투영된 6 · 25 전쟁〉, 전단학회 편, 《단산학지》 5호, 1999.
  12.

팸 모리스, 강희원 옮김, 《문학과 페미니즘》, 문예출판사, 1997.

Caws, Mary Ann, "The Conception of Engendering, The Erotics of Editing", ed., Nancy K.
  Miller, *The Poetics of Gender*, Colombia University Press, 1986.

Irigaray, Luce, *This sex which is not one*, trans. by Catherine Porter, Cornell University
  Press, 1993.

_____, *The Speculum Of the Other Women*, trans. by Gillian C. Gill, Cornell University
  Press, 1985.

_____, "Sexual Difference", *French Feminist Thought*, ed., Toril Moi, Blackwell, Oxford,
  1987.

_____, "And the One Dosen't Stir Without the Other", *Sign*, Autumn, 1981.

Stanton, Domna C., "Difference On Trial", ed., Nancy K. Miller, *Poetics of Gender*,
  Colombia University Press, 1986.

.

19세기 미국의 젠더 이데올로기와
흑백 여성 성장서사
-《넓고 넓은 세상》과《노예 소녀의 삶의 사건들》

이 경 란

이 글은 〈19세기 미국의 여성 성장 소설과 젠더 정치학 : 수전 워너의 《넓고 넓은 세상》을 중심으로〉(영
미문학연구, 2008)와 "Body Politics : Black and White"(Ewha Institute of English and American Studies,
2003)에 각각 발표한 작품 분석을 토대로 수정 보완 확장한 것이다.

19세기 미국의 젠더 이데올로기와 젠더 이미지

미국의 19세기는 미국의 역사 중 아주 역동적인 시기다. 18세기 후반
에 "영국 왕의 신민subjects of English King"에서 "공화국의 시민citizens of
the Republic"으로 자신들의 정치적 · 국가적 정체성을 재정의하는 정치
적 혁명을 완수한 미국인들은, 19세기 내내 대서양 연안의 13주에 불
과했던 미합중국the United States of America을 태평양 연안까지 확장하여
북아메리카 대륙 거의 대부분을 차지하는 대륙 국가로 만드는 데 성공
한다. 전쟁과 구매와 개척, 아메리카 인디언들의 축출과 아프리카 흑
인노예제 등 수단 방법을 가리지 않고 미합중국을 대륙 국가로 확장시
켰던 그 백 년 동안, 미국은 사회문화적으로도 급격한 변화를 겪는다.
정치적 독립에 걸맞는 문화적 독립을 성취하고자 국민문학의 생산이
촉진되었고, 산업화와 도시화가 가속화되었으며, 뉴잉글랜드 중심의
백인 중심 문화를 유지하려는 노력에도 불구하고 다양한 인종과 민족
의 이민이 유입되어 미국은 세계적으로 유래가 없는 다인종 · 다문화 ·
다언어 국가가 되어 갔다.

　이렇게 복잡하고 역동적인 상황에서 백인/중산층/남성 중심의 국
가적 정체성을 구축하려는 19세기의 미국 사회는 여성성과 남성성, 여
성의 역할과 남성의 역할을 극단적으로 분리하여 규정하는 독특한 젠
더 이데올로기와 여성 이미지를 발전시킨다. 17세기 청교도 공동체 안
에서 남성의 유혹자로 경계되던 여성들은 이제 19세기 산업화된 미국
사회에서 시장과 정치에서 경쟁적으로 활동하는 남성들을 도덕적 · 정
서적으로 보호하는 '가정의 천사' 역할을 부여받았고, 독립 이전 식민
지와 개척지에서 남성과 더불어 경제적 · 공동체적 활동에 참여하도
록 고무되었던 여성들은 이제 19세기 미국에서는 공적 현장에서 분리
된 사적 가정 안에서 아내와 어머니의 역할에만 충실하라고 요구받는

다. "경건함, 순결함, 가정성 그리고 순종성"이라는 "진정한 여성성True Womanhood"을 갖춘 여성은 이상적인 여성으로 이상화되고 칭송되었으며, 그에 걸맞는 사회적 지위와 존경을 제공받았다.(물론, 표면적으로 대조적인 17세기와 19세기의 두 여성 담론이 여성을 남성의 타자로 구축하고 있다는 점에서는 차이가 없다.)

20세기 전환기에 "신여성New Woman"이라는 새로운 여성상이 등장하기 전까지 19세기 미국 문화를 지배하던 젠더 이데올로기의 핵심적 담론인 "진정한 여성성"은 시각적 재현에서도 뚜렷하게 드러난다. 19세기 미국 여성 화가 중 드물게 그 이름이 남은 메리 스티븐슨 커샛Mary Stevenson Cassatt(1844~1926)의 그림들은 19세기 미국과 유럽 중산층 여성들의 사적 생활에 대한 생생한 이미지들을 제공하고 있다. 거울을 보는 여자아이, 차를 마시거나 뜨개질을 하면서 담소 나누는 여성들, 아이들에게 책을 읽어 주는 어머니, 어린아이를 목욕시키는 어머니 등은 19세기 유럽과 미국의 문화를 지배했던 "분리영역Separate Sphere" 이데올로기의 생생한 증거들이다.(커샛의 그림 참조)

커샛과 대조적으로 19세기 미국의 대표적인 남성 화가들인 허드슨강파 화가들이 여성이나 가정적 장면이 완벽히 배제된 거대한 대자연만을 그리고 있었다는 사실(허드슨강파 그림 참조)이나, 19세기 미국 여성 작가들이 가정적인 장면들과 여성들의 삶을 그린 가정적이고 감상적인 작품들로 문학 시장에 진입하고 있을 때, 쿠퍼James Fenimore Cooper, 호손Nathaniel Hawthorne, 멜빌Herman Melville, 트웨인Mark Twain 같은 대표적인 미국 고전 남성 작가들은 미시시피 강, 바다, 개척지 같은 거대한 자연을 모험하는 남자들의 서사들을 생산하고 있었다는 사실은 남성의 영역과 여성의 영역을 이분법적으로 분리시켰던 19세기 젠더 이데올로기의 "분리영역" 담론이 얼마나 미국 문화에 지배적인 영향력을 미치고 있었는지 실감하게 한다.

메리 스티븐슨 커샛

The Reader (1877)

In the Box (1879)

Tea (1880)

The Child's Bath (1893)

19세기 여성화가인 커샛의 그림들이 사적 공간과 가정적 여성들을 통해 여성다움의 의미를 시각화하고 있을 때, 19세기 미국의 유명한 여성잡지 《고디즈 레이디스 북Godey's Lady's Book》은 다양한 시각적 자료를 통해 "진정한 여성성" 담론을 적극적으로 확산시키고 있었다. 1837년부터 40년간 이 잡지의 편집자였던 새러 조세파 헤일Sarah Josepha Hale은 1만에 불과했던 이 잡지의 구독자 수를 20여 년 만에 15만 부로 확대시켜 이 잡지를 명실공히 미국의 문화적 취향과 여성다움의 기준을 결정하는 중심 매체로 만든다. 특히 매 호에 실린 화려한 색채의 여성 의상 그림들은 여성성의 구체적인 모델을 제시하는 그림들이었으며, 이러한 여성 그림들을 통해 이 잡지는 문화적으로 이상적인 여성 이미지 구축에 적극적인 영향력을 행사한다.(《고디즈 레이디스 북》그림 참조)

　　손으로 직접 채색되어 잡지를 화려하고 비싸게 만들었던 여성 의상 도판들에서 여성들은 언제나 아주 희고 섬세한 손을 가진 여성들이며, 그들의 손에는 책이나 부채 같은 예쁜 물건들이 들려 있고, 빈손일 경우 서로를 가리키는 자세를 하고 있다. 이러한 여성들은 생산노동에서 면제된 백인 여성을 이상적인 여성으로 시각화하고 있으며, 여성들의 주된 업무가 감정적인 인간관계를 구축하는 일임을 암시한다.(Lehuu 79)

　　문제는 인종과 계급의 함의가 분명한 이러한 여성 이미지들이 마치 모든 여성들이 보편적으로 실현할 수 있는 여성상인 듯 고무되고 촉구되었으며, 실제로 수많은 여성 독자들이 이 잡지를 열광적으로 구독하였다는 사실이다. 미국의 문화적 취향과 여성다움의 이미지에 많은 영향을 미쳤던 이 잡지의 편집자가 남성이 아닌 여성이라는 사실은 여성의 삶을 사적인 영역에 제약하는 여성성의 구축에 여성들도 참여하고 있었음을 보여 주며, 또한 제한적인 여성 이미지를 널리 퍼뜨렸던 이 여성 편집자가 여성의 교육 같은 여성 문제에는 진보적 목소리를 내었던 여성이기도 했다는 사실들은, 미국의 여성성 이데올로기와 여성의

허드슨강파

Thomas Cole "*The Oxbow*"(1836)

Frederic Edwin Church "*Niagara Falls*"(1857)

John Frederick Kensett "*Mount Washington*"(1869)

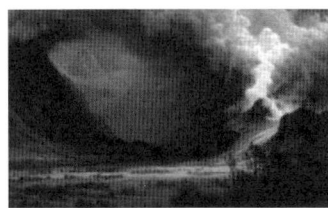

Albert Bierstadt "*Storm in the Mountains*" (1870)

고디즈 레이디스 북Godey's Lady's Book(1830–1878) fashion plates

삶이 매우 복잡한 역학 속에서 교차되고 배치되어 작동하고 있었음을 짐작하게 한다.

이 글에서는 미국 최초의 베스트셀러였던 백인 여성 작가 수전 워너Susan Warner의《넓고 넓은 세상The Wide, Wide World》(1850)과 흑인 노예 여성으로서의 자신의 삶을 자서전적 소설로 재현한 해리엇 제이콥스Harriet Jacobs의《노예 소녀의 삶의 사건들Incidents in the Life of a Slave Girl》(1861) 같은 19세기 미국의 대표적인 흑백 여성 성장소설들을 통해 19세기 미국에서 지배적인 힘을 발휘하던 이상적인 여성성에 대한 담론과 미국 여성들의 삶 사이의 복잡한 역학과 교차를 살펴보고자 한다.

"진정한 여성"으로 성장하기/만들어지기 : 수전 워너의《넓고 넓은 세상》

유럽 빌둥스로만Bildungsroman 장르의 성장과 다양한 양상을 연구한 모레티Franco Moretti의 지적처럼, 아킬레우스 · 헥토르 · 율리시스 같은 고전 서사시의 주인공이 성인 남자였다면, 18세기 말부터 등장한 빌헬름 마이스터 · 엘리자베스 베넷 · 쥘리엥 소렐 · 데이비스 코퍼필드 · 도로시아 부룩 같은 새로운 주인공들의 주된 특징은 젊음이었다.(3) 이는 유동성과 불안정성을 특징으로 하는 근대 문화에서 젊음이 중요한 삶의 의미를 담는 시기로 인정되었고, 이에 따라 젊은이의 성장과 사회화 과정을 다루는 성장소설이 중요한 근대적 장르가 되었음을 의미한다.

19세기 중반 미국에서 출판된 수전 워너의《넓고 넓은 세상》역시 극히 불안정하고 유동적인 근대 미국 사회 안에서 여성의 성장과 사회화 문제를 다루는 성장소설이다. '넓고 넓은 세상'이라는 제목과 여주인공이 도시에서 시골로 미국에서 영국으로 옮겨 가는 플롯 구성은 이

소설이 주인공이 집을 떠나 세상에서 다양한 경험을 하면서 자신과 주변 삶에 대한 지식을 획득하고 세상 안에서 적절한 자리를 확보한다는 빌둥스로만의 전형적인 서사 패턴을 따라가고 있음을 혹은 적어도 그러한 패턴이 서사의 밑그림으로 가정되어 있음을 시사한다.

고향과 가족을 떠나 "넓고 넓은 세상"을 경험하며 성장한다는 성장소설의 기본적인 패턴은, 근대 미국의 대표적인 남성 성장서사인 프랭클린Benjamin Franklin의《자서전The Autobiography》, 트웨인의《허클베리 핀의 모험Adventures of Huckleberry Finn》, 더글러스Frederick Douglass의《한 미국 노예, 프레드릭 더글러스의 생애 이야기, 스스로 쓴 것Narrative of the Life of Frederick Douglass, an American Slave, Written by Himself》 등에서도 공유되는 서사 패턴이다. 근대 미국의 개인 주체의 특징을 "자아 독립성 self-reliance"에서 찾은 에머슨Ralph Waldo Emerson의 주장에 걸맞게, 남성 성장서사들은 대체로 넓은 미국 사회를 자유롭게 움직이며 자신을 자율적이고 독립적인 개인으로 성장시키는 주인공을 다루고 있다. 노예였던 더글러스의 경우도 자신을 자유로운 인간이 아닌 순종적인 노예로 만들려는 억압적 시도에 강력하게 맞서 저항하던 그 순간을 자전적인 성장서사의 핵심적 순간으로 만든다.

그렇다면 공화주의와 개인주의를 주장하면서 세계에서 예외적인 국가임을 자랑하던 근대 미국은 과연 자국의 여성을 어떤 개인 주체로, 어떤 공화국 시민으로 호명하고 있었을까. 한 여자아이가 성장하는 과정에서 그녀가 겪는 '사소한' 사건들과 심리적 경험 등을 세세하고 실감나게 그려 냄으로써 미국 최초의 베스트셀러가 되었던 워너의 소설은 미국 근대 여성의 성장에 관한 이러한 질문들을 탐색해 볼 수 있는 흥미로운 텍스트를 제공한다.

사실 워너의《넓고 넓은 세상》이 다루는 공간적 배경이나 플롯은 제목과 달리 비교적 폐쇄적이고 단순하다. "넓고 넓은 세상"이라는 제목에서 당대 헉 핀이나 이슈마엘 같은 남성주인공들처럼 바깥세상을 자유롭게 여행하거나 경험하는 이야기를 상상했던 독자라면 실망할 것이다. 도시의 호텔에서 유럽으로 떠나야하는 병든 어머니와 어린 소녀 엘렌의 아픈 헤어짐을 그려 내는 첫 부분, 홀로 고아처럼 보내진 시골 고모네 마을에서 문화적 충돌을 겪으며 소녀로 성장하는 중간 부분, 그리고 어머니와 아버지의 죽음 후 스코틀랜드 외가로 보내져 바람직한 여성으로의 성장이 마무리되는 마지막 부분 등 이 작품의 주된 공간적 배경은 지역적 차이는 있어도 가정 혹은 마을이라는 닫힌 공간이기 때문이다. 또한 엘렌의 성장 플롯을 이루는 사건들은 아픈 어머니에게 드릴 토스트를 태운 소녀의 슬픔, 헤어질 딸에게 줄 선물을 준비하는 어머니의 애틋한 마음, 어머니와 갑작스럽게 헤어진 엘렌의 격렬한 울부짖음, 어머니가 준 하얀 양말을 회색으로 물들이고 학교를 보내 주지 않는 고모에게 대한 엘렌의 분노, 마을 목사님의 딸인 앨리스와 그의 오빠인 존에 의한 따스하면서도 엄격한 종교적 가르침들, 엘렌을 영국 귀족 여성으로 훈육시키려는 외가 어른들에 대항하여 검소하고 경건한 미국적 가치를 지키려는 엘렌의 시도들, 그리고 마침내 엘렌을 찾아 영국으로 온 존과의 감격스러운 만남, 엘렌과 존과의 사랑과 결혼에 대한 암시 등 지극히 사적이고 감정적인 사건들이다.

당대 미국의 의미를 질문하여 국민문학을 창조하려 했던 남성 작가들과 20세기 전반에 세계적인 국가로 성장하는 미국의 의미를 담은 작품들을 중심으로 미국 문학사를 재정비하고자했던 남성 비평가들이 이러한 여성 성장 플롯을 '가정적이고 여성적이며 감상적인, 그래서 사소하고 중요하지 않은' 보수적인 작품으로 평가한 것은 일면 이해할 만하다. 이 작품이 문학시장에서 거둔 성공조차 사회적 비판 의식이 적은 대중의 취향에 동조한 보수성의 증거로만 읽어 냈던 비평적 흐름을 바꾼 것은, 여성 작가 텍스트들의 문화적 작업을 분석해 내고 여성의 수동성과 권위에의 순종을 여성의 자기 의지적 행위로 재해석해 냄으로써 보수적 서사 구조를 가지고 있는 여성 소설에서 전복적인 여성의 감정과 행위를 찾아낸 베임Nina Baym과 탐킨스Jane Tompkins 같은 20세기 후반의 페미니스트 비평가들이다. 카비Hazel V Carby, 새뮤얼스Shirley Samuels 등 개정주의적 페미니스트 연구자들은 더 나아가 가정성 담론의 인종차별적, 계급차별적 하부텍스트를 읽어 내면서 가정소설과 가정성 담론의 보수성과 전복성에 대한 기존의 이분법적 논의들을 더 정교하게 발전시키기도 했다. 하지만 19세기 여성 작가들과 그들의 작품을 연구할 때 기억해야 할 것은, 그들이 당대 여성 문제에 대해 가지고 있는 입장들이 현대 페미니즘 어젠다 안에 매끄럽게 포섭되지 않는 유동적이며 불안정한 특징들을 보인다는 사실이다.

대부분의 19세기 중반의 백인 여성 작가처럼 워너도 다양한 경계 영역들을 넘나드는 특권적 경계인이었다. 그녀는 다인종·다민족 미국 사회에서 특권적인 백인이었지만, 뉴욕 근교의 외로운 섬에서 아버지의 파산으로 상실한 도시의 안락한 삶을 평생 동안 갈망했던 몰락한 중산층이었다. 또한 여성에게 전문적인 교육이나 경제활동을 허용하지 않았던 남성 중심 사회에서 여성들의 '사소한' 경험을 그린 이야기로 가족을 부양해야 했던 여성 작가였다. 한 백인 소녀가 근대 미국에서 바람직하다고 간주되는 여성으로 성장하는 과정을 담고 있는 워너의 성장소설이 한편으로는 근대 미국이 이상적인 여성으로 간주했던 "진정한 여성"이 어떠한 여성인지, 그러한 여성상이 그 시대 미국에서 어떤 기능을 담당했는지 드러내면서, 동시에 바로 그 보수적인 플롯이 여성성 담론의 허구성과 모순들을 드러내고 이상적인 여성으로의 성장하는 표면 서사와 충돌하는 욕망과 감정을 포착해 내고 있다는 역설적인 사실은 여성 작가의 경계적 경험과 무관하지 않을 것이다.

19세기의 이상적인 여성성이 단순히 외부에서 여성들에게 억압적으로 부과된 것만이 아니라, 여성들 자신도 그 구성과 실천에 참여하도록 호명한 문화적 이데올로기였음을 잘 설명하고 있는 것은 낸시 암스트롱Nancy Armstrong의 논의다. 생물학적 여성이라면 성취할 수 있는 혹은 성취해야 할 보편적 덕목으로 고무되었던 19세기의 이상적인 여성성에 대해 흔히 주장되는 논의는, 남성이 지킬 수 없는 전통적 가치를 여성에게 부여함으로써 산업화된 자본주의 미국 사회에서 양립할 수 없던 시장적 가치와 가정적 가치를 동시에 보존하려 했다거나(Carolyn Porter), 19세기 정치와 경제 영역에서 배제된 여성들이 갈등 없이 가정의 의무를 수행하게 하기 위한 수단이었다(Barbara Welter)는 비판이었다. 반면 낸시 암스트롱의 《욕망과 가정소설 : 소설의 정치적 역사 Desire and Domestic Fiction : A Political History of the Novel》(1987)는 영국 빅토리아 시기의 소설을 중산층의 성장과 섹슈얼리티의 정치학 관점에서 논하는 과정에서 보편적인 여성 가치로 고무했던 19세기의 이상적 여성상이 실제로는 계층적 함의를 지닌 가치였음을 보여 준다. 영국 중산층 여성들이 가정을 여성의 배타적인 고유 영역으로 받아들임으로써 가정과 여가와 친족 관계에서의 권위라는 새로운 형태의 정치권력을 확보하였고, 자신들의 문화적 기능을 통해 중산층의 성장과 세력 확보에 중요한 역할을 하였음을 분석해 낸다.

암스트롱의 통찰은 미국 여성들에게도 적용 가능하다. 미국은 스스로를 계층 없는 사회라고 주장하고 있었다. 실제로 당시 미국에 유럽과 같은 엄격한 계층 구별이나 계층 의식이 존재한 것은 아니었다. 하지만 워너의 텍스트는 아주 섬세하게 당대 미국 사회 안에 전통적인 농본 계층이나 유럽 혹은 남부의 귀족적인 가문과 구별되는 중산층이 형성되고 있었으며, 특정한 덕목을 갖춘 백인 여성들이 가정에서 담당하던 노동의 속성과 유흥의 종류, 가정을 채운 물건들의 특징을 통해 중산층 문화를 공고히 하고 중산층 세력을 강화하는 데 일조를 하고 있었음을 잘 보여 준다. 워너의 텍스트 안에서 바람직한 여성으로 등장하는 인물은 앨리스 험프레이즈Alice Humphreys와 몽고메리 부인Mrs. Montgomery 그리고 그녀의 어린 딸 엘렌 몽고메리Ellen Montgomery다. 이들이 이루는 가정의 공통된 특징은 시골에 사는 농촌 여성이며 여주인공 엘렌의 고모인 포춘 에머슨Fortune Emerson의 가정과 대조적이다. 전형적인 뉴잉글랜드 농본 가정인 포춘 고모의 가정에서 여성들은 우유 짜기, 치즈 만들기, 돼지고기 손질, 보존식품 만들기 등 생산적 노동을 하고 있고, 유흥도 생산활동과 밀착되어 있다. 반면 도시 중산층 몽고메리 부인의 가정과 지방 유지인 앨리스 가정에서는 여성들이 생산적인 가내 활동을 하지 않는다. 그들이 하는 빵 굽기, 차 끓이기 동은 하녀의 노동과 구별되는 고상한 노동이며, 그 주된 목적은 친밀한 인간관계를 유지하는 것이다. 그들이 즐기는 유흥도 책 읽기, 말 타기, 방문하기 등 생산활동과 분리된 여가 활동이다.

바람직한 여성들이 소중히 하는 물건들과 그들의 가정에 배치된 물건들도 당대의 이상적 여성들이 특정한 계층적 가치를 고무하고 있음을 여실히 드러낸다. 일하는 농촌 여성 포춘 고모의 집은 엘렌의 하얀 양말, 공부하기 위한 책, "깔끔하고 작은 옻칠한 화장품 상자"(32) 같은 물건들이 상징하는 문화적 세련됨과 감정적 안락함 둘 다가 결여된 곳이다. 반면, 마을 사람 모두가 이상적인 여성으로 존중하는 앨리스의 집은 엘렌이 즉각적으로 동일시할 수 있는 아름다운 물건과 장식들로 채워져 있다.

마루 가운데만 카펫이 덮여 있었고, 나머지 부분은 하얗게 칠해져 있었다. 가구는 평범하지만 왁스처럼 깔끔했다. 하얀 디미티 천으로 만든 풍부한 커튼이 세 개의 창문을 덮고 있고, 침대를 살짝 가리고 있었다. 화장대는 눈처럼 하얀 모슬린으로 덮여 있고 화장용 방석 옆에는 철이

지났음에도 꽃이 담긴 유리컵이 있었다.(163-64)

"카펫", "평범하지만 깔끔한 가구", "풍부한 커튼", "꽃이 담긴 유리컵" 같은 앨리스 가정의 물건들은 포춘 고모 집의 물건들처럼 실용적인 물건도 아니고, 엘렌의 영국 친척인 귀족 저택의 물건들처럼 장식적인 기능만 가지고 있는 것도 아니다. 중산층 가정의 물건들은 퀘이 Sara E. Quay가 날카롭게 지적하고 있듯이, 물리적 안락함과 감정적 편안함, 그리고 문화적 세련됨까지 담고 있다는 점에서 중산층 "가정과 관련된 감정들의 저장고"(40) 역할을 담당한다.

　같은 맥락에서 엘렌의 어머니 몽고메리 부인은 어린 딸과 헤어지기 직전 엘렌에게 특정한 감정적·문화적 가치를 지닌 물건을 제공해 줌으로써 엘렌을 바람직한 여성으로 성장시키고자 하는 열망을 표현한다. 병을 치유하기 위해 유럽을 떠나는 어머니 없이 홀로 살아야 할 어린 딸을 위해 몽고메리 부인은 아픈 몸을 이끌고 손수 성경책, 글을 읽고 쓸 수 있는 문구상자, 바느질 상자 등을 준비해 준다. 이러한 물건은 엘렌을 훈육시킬 어머니가 없는 상황에서 엘렌이 여성으로서 갖추어야 할 가치를 상기시키는 물건들이다. "내 선물들이 너에게 내 가르침을 잊지 않도록 상기시키는 것이 될 거야. 만약 나에게 편지 보내기를 잊으면 …… 책상이 부끄러워하라고 외칠 것이고, 양말에 구멍이 난 채로 한 시간을 보낸 경우 …… 바느질 상자를 보고 네 얼굴이 붉어졌으면 해."(37)라고 말하는 어머니의 훈육은 편지 쓰기, 책 읽기, 바느질 등과 같은 여성의 행위들이 엘렌이 성장하면서 갖추어야 할 덕목임을 강조한다. 앨리스와 몽고메리 같은 이상적인 여성들이 감당하는 노동이나 훈육의 속성은 젠더정치학이 곧 계층정치학이기도 함을 보여준다.

　워너의 소설은 동시에 미국의 진정한 여성성 이미지에 담겨 있는 인종적 함의도 드러낸다. 사실 이 작품은 흑인 노예가 없는 북부를 배경으로 하고 있으며, 작품 안에 흑인 인물도 등장하지 않는다. 당대 미국에서 가장 논쟁적인 문제인 흑인 노예제를 둘러 싼 인종적 갈등도 전혀 언급되지 않는다. 하지만 앨리스 집안을 묘사하는 위 인용문에서처럼 작품 곳곳에는 하얀색에 대한 강한 집착이 나타나 있다.

앨리스 집안은 마룻바닥, 수많은 커튼들, 물건들을 덮은 헝겊들이 모두 눈처럼 하얗다. 엘렌이 그토록 소중히 했던 어머니가 마련해 준 양말들도 모두 하얀색이다. 앨리스가 기르는 고양이는 "하얀 양말"과 "하얀 부츠"를 신고 있다고 할 정도로 하얗고, 산속에 사는 바우스 부인Mrs. Vawse이 자랑하는 암소도 검은 털 한 오라기 섞이지 않았다 하여 그 이름이 "눈snow"이다. 하얀색의 순수성과 우월성에 대한 강조는 앨리스의 오빠 존John이 길들이려고 하는 고집 센 야생마가 "검은 왕자 Black Prince"로 불릴 정도로 완벽히 검은색이라는 사실에 대비되어 더욱 부각된다.

누웬Phong Nguyen은 작품 곳곳에서 줄기차게 눈에 띄는 하얀색에 대한 집착을 몸과 노동의 물질성에 오염되지 않은 순수성에 대한 엘렌/진정한 여성의 갈망을 나타낸다고(45), 즉 계층적 상징이라고 해석한다. 하지만 하얀색을 순수성에 검은색을 오염과 악에 비유하는 색채상징은 다양한 피부색을 지닌 사람들이 사는 다인종 국가 미국에서 단순히 계층적 함의만을 가지고 있다고 주장할 수 없다. 하얀색에 대한 숭배는 백인성을 이상화하고 유색인종을 백인의 가치에 동화시키거나 아니면 축출 혹은 정복해야 할 백인의 이질적인 타자로 구축하는 인종주의적 정치학을 명시적 · 묵시적으로 실천하고 있기 때문이다.

워너 소설의 또 다른 흥미로운 점은 엘렌의 성장이 마무리되는 지역으로 영국의 스코틀랜드를 선택함으로써 미국이 보편적인 이상적 여성성으로 촉구했던 "진정한 여성성"이 계층적 · 인종적 함의에 더하여 국가적 함의까지 포함한 이데올로기였음을 드러낸다는 사실이다. 즉, 19세기에 근대 미국이 숭배했던 "진정한 여성"은 중산층/백인 여성이었을 뿐 아니라 두드러지게 '미국적' 여성이었던 것이다. 스코틀랜드에서의 엘렌의 삶을 다루는 부분은 여주인공이 유럽 이주민들이 걸어온 길을 역으로 되돌려 미국 신세계에서 구대륙으로 가게 한다. 그리고 바로 그곳 구세계에서 작가는 여주인공의 미국적 정체성이 도전받는 상황을 재연한다. 이러한 설정은 미국에 온 유럽 이민자들에게 자신의 국가적 정체성이 무엇인지, 구세계 유럽과 신세계 미국 중 어느 곳이 진정한 자신의 국가인지 새롭게 숙고하라고 요구한다. "네가 미국인임을 잊어라, 엘렌－너는 나에게 속한단다. 너의 이름은 더 이상 몽고메리가 아니고 린세이Lindsey야."(510)라고 강요하는 엘렌의 스코틀랜드 외숙은 엘렌의 미국 경험과 미국 기억을 지우고 미국적 가치 자체를 부정하는 행위다. 미국을 문명이 뒤떨어진 곳, 미국인을 신의를 배신한 반란자로 규정하는 외숙의 주장에 저항하며 엘렌은 미국인을 자유의 수호자로 재정의한다. 엘렌을 사교계의 여성으로 길러내려는 영국인 외할머니의 훈육에 저항하여, 엘렌은 자신이 미국에서 훈련 받은 대로 정신적이고 영적인 경건함을 고수하려고 노력한다.

　미국적 가치를 지키려는 엘렌의 시도들은, 카플란Amy Kaplan이 〈자명한 가정성Manifest Domesticity〉(1998)에서 통찰력 있게 지적하고 있는 것처럼, "진정한 여성성"을 유지하려는 미국 여성의 노력이 곧 "영국 제국에 대항하는 미국 혁명의 여성화된 재연"(601)이 되게 한다. 미국에서 엘렌을 찾아 영국으로 건너온 앨리스의 오빠 존이 화려한 유럽 사교계의 군중 속에 마치 주변 사람들과 분리된 듯 홀로 서 있는 엘렌에게서 발견하는 것이 바로 미국의 이상적 여성상이 구연하는 미국적 가치들이다. 가벼운 유흥을 즐기는 영국 귀족 여성들에 대비되는 경건하고 도덕적이며 순수한 미국 여성으로 성장한 엘렌은, 19세기의 가정성 수

사들이 당대 미국의 '자명한 운명' 수사들과 제국주의적 어휘들을 공유하고 있음을 설득력 있게 설명한 카플란(582-86)의 주장처럼, 백인 여성의 도덕적 영향력이 미국의 국가적 확장에 중요한 엔진으로 이용되었음을 시사한다.

백인 중산층 소녀 엘렌이 어머니를 잃은 어린 여자아이에서 존이라는 "올바른 남성"을 만나 사랑을 이루는 여성이 되기까지의 백인 여성 성장서사는 이렇게 인종적 · 계층적 · 국가적 함의를 내포한 "진정한 여성"이 되어가는 과정을 그린 성장서사다. 그런데 그 과정에서 엘렌은 자아를 지우고, 신과 가부장에 순종하며, 미국적 가치로 제시된 인종적 · 계층적 가치를 실천하라고 지속적으로 요구받는다. 타고난 격정이나 감정을 지속적으로 억제하고, 앨리스가 실천하는 것처럼 "모든 곳에 부족한 것을 제공하는 영향력을 발휘하고, 그림의 죽은 색체 위해 화가들이 바르는 투명한 유약처럼 알려지지 않은 채 전체에 생명과 조화를 주는"(205) 자기희생적인 여성이 되라고 훈육된다. 몽고메리 부인이 남편에게 그러했듯이 가부장에 대해서는 그의 말과 결정이 아무리 부당하게 느껴져도 신에 대해 순종하듯 순종하라고, 가정을 벗어난 바깥 사회는 여성에게는 언제나 위험에 가득한 곳이니 여성은 사회에서 자율적이고 독립적으로 생각하고 행동하는 인간이 아닌 가정에서 남성의 보호를 받으며 남성의 판단력에 의존하는 약한 인간으로 살아가라고 끈질기게 요구받는다. 당대 미국이 고무하던 독립적인 개인성에 대한 숭배를 염두에 둔다면, 이러한 "진정한 여성"으로서의 성장은 미국이 고무하는 "진정한 개인"으로서의 성장에 역행하는 반-성장이다.

근대 미국 산업사회에서 이상적인 여성으로 훈육되는 엘렌의 성장 과정을 극단적인 정도로 세세하고 진지하게 다루는 워너의 서사는, 역설적으로 바로 그 과정에서 여성이 개인 주체로 성장하는 것을 막는 당대 젠더정치학의 억압성과 모순성을 드러낸다. 소위 "진정한 여성"이 당대 여성 담론이 주장하듯 여성의 타고난 본질이 자연스럽게 발현된 결과가 아니라 엄격한 문화적 훈육에 의해 인위적으로 '만들어진 여성'이며, 보편적 가치로 주장되었던 "진정한 여성성"이 계층적 · 인종적 · 국가적 함의를 가지고 정치적 역할을 담당하고 있었음을 폭로한다. 더 나아가, 순종을 요구하는 권위자들이 어린 엘렌에게 가하는 심리적 학대에 대한 세세한 기록들, 순종적인 여성으로의 성장을 지속적으로 방해하는 여주인공 헬렌의 반항과 눈물들, 소위 순결하다고 가정되어 있는 여성 안에 잠재되어 있는 열정적 욕망에 대한 암시들, 여성의 지적 호기심과 정신적 능력을 높이 평가하는 엘렌의 교육 과정에 대한 진지한 묘사 등은 워너의 텍스트가 그것의 표면적인 보수적 서사와 충돌하는 진보적이고 저항적인 에너지를 담아내고 있음도 보여 주고 있다. 표면적으로는 분명하게 보수적인 서사 구조를 따라가고 있는 어린 백인 소녀 엘렌의 성장서사가 당대에 그토록 많은 사람의 사랑을 받았던 이유는, 분명 이 텍스트가 당대 여성의 삶을 둘러싸고 작동했던 미국 문화의 복합적 역학을 잘 포착하고 있었기 때문일 것이다.

흑인 노예 여성 성장기 : 해리엇 제이콥스의 《노예 소녀의 삶의 사건들》

워너의 여주인공과 대척점에 서 있는 흑인 노예 여자아이의 성장과 그녀의 삶의 중요한 사건들을 다루는 해리엇 제이콥스의 《노예 소녀의 삶의 사건들》은 19세기 미국의 "진정한 여성성" 담론이 그 계층적 · 인종적 구성성에도 불구하고 계층과 인종의 경계를 넘어 힘을 발휘하던 강력한 이데올로기였음을 드러내는 텍스트다.

사실 제이콥스가 선별하여 제시한 '노예 소녀의 삶의 사건들'은 간단하게만 살펴보아도 19세기 미국 사회에서 흑인 노예 여자아이는 결코 워너의 여주인공과 같은 "진정한 여성"으로 성장할 수 없음을 자명하게 드러낸다. 노예들의 결혼이 법적으로 인정되지 않는 상황에서 흑인 여자아이들은 여성적 미덕을 훈육하도록 되어있는 가정을 가질 수도 없고, 어머니의 보호를 받으며 성장할 수도 없다. 흑인 노예 여성들은 가부장/남성의 보호를 받기는커녕 어려서부터 주인인 백인 남성들의 성적 위협에 무방비로 노출되어 있다. 아이를 낳아 어머니가 되었을 경우에도 자신이 낳은 아이를 팔아 버리거나 성적으로 학대하는 주인의 폭력에 전적으로 무력하다. 제이콥스의 자전적 텍스트에 나오는 여주인공 린다 브렌트Linda Brent는 여섯 살이 될 때까지 자신이 노예인 줄 몰랐다고 할 정도로 가족과 친구들로부터 지지를 받고 성장했으며, 과자를 구워서 자신의 자유를 살 정도로 능력이 있던 외할머니의 보호를 받으며 성장하지만, 그러한 린다도 사춘기가 되자 다른 여자 노예들과 마찬가지로 주인의 성적 유혹과 협박을 피할 수 없게 된다. 할머니와 흑인 공동체가 더 이상 백인/주인/남성의 성적 위협에서 흑인/노예/여성인 린다를 보호할 수 없는 상황에서, 린다는 주인에게 성적으로 인격적으로 굴복하기보다는 마을의 백인 변호사인 샌드 씨Mr. Sands를 연인이자 보호자이며 자신의 아이들의 아버지로 선택한다. 자신의 아이들을 보호하고 노예 상태에서 해방시키기 위해 린다는 할머니 집의 아주 작은 다락방에서 몸을 숨기고 7년을 기다린 후 자기 힘으로 아이들을 구해 내어 북부로 데려간다. 뉴욕에서 두 아이를 가진 도망노예로, 불구가 된 몸을 가진 흑인 하녀로 아이들을 부양하던 린다는 마침내 어떤 백인 여성의 도움으로 자유의 몸이 되면서 이야기가 끝난다.

제이콥스의 흑인 소녀 성장서사는 성적 경험을 여성 성장의 핵심적 사건이며 출발점으로 설정하고 있다는 점에서, '올바른 남성'과의 순결하고 순종적인 결합 바로 그 지점에서 여성의 성장을 완성시키는 백인 소녀 엘렌의 성장서사와 아주 대조적이다. "나는 이제 15살이 되었다— 노예 소녀의 삶에서 슬픈 전환기다. 나의 주인은 내 귀에 사악한 말을 속삭이기 시작했다. 나는 어렸지만 그 의미를 모를 수가 없었다."(27)

이렇게 흑인 여성과 백인 여성의 삶이 대조적인 궤도를 그림에도 불구하고, 제이콥스는 흑인 여성 노예로서의 자신의 경험을 워너의 백인 여성 성장서사가 제시하는 이상적인 여성성 담론에 맞추어 재단하는 시도를 두드러지게 보인다. 특히 흑인 노예였던 자신의 성적 경험을 폭로하여 흑인 노예 여성들의 비참한 상황을 드러내고, 노예해방운동에 북부 백인 여성들의 공감을 얻어 내려는 정치적 목적에도 불구하고, 그녀의 서사는 여성의 성적 순결을 무엇보다 중요한 여성적 덕목으로 간주하는 당대 젠더 이데올로기와 자신의 경험에 대한 진술이 만나 야기될 긴장에 예민하게 반응한다.

제이콥스가 해리엇 비처 스토우Harriet Beecher Stowe의 도움을 받아 책을 쓰려고 했다는 것은 잘 알려져 있는 사실이다. 하지만 스토우 부인은 제이콥스의 이야기가 진실이라면 그녀의 이야기를 자신이 쓰고 있는 책에 일부로 포함시켜 주겠다고 냉담하게 반응한다.(Yellin xviii-xix) 제이콥스가 유명한 백인 여성 작가의 도움을 받아 자신의 이야기를 쓰고자 했던 이유는, 분명 자신의 "전락한" 성적 경험이 야기할 순결하지 못한 부도덕한 여성이라는 비난에 대한 두려움과 인종주의자들이 그녀의 사례를 단지 또 하나의 전형적인 "관능적인 흑인 여성" 모델로 해석할지 모른다는 두려움 때문이었을 것이다. 제이콥스의 책에 서문을 써 줌으로써 그녀의 경험이 사실이라는 백인 인증서를 제공한 마리아 차일드L. Maria Child 역시 제이콥스 이야기가 지닌 정치적 폭로라는 정당성과 "진정한 여성성"이라는 데코롬 사이의 긴장을 예민하게 인식한다.

나는 잘 알고 있다. 많은 사람들이 이 글을 대중에게 제시함으로써 예의범절을 깨고 있다고 비난할 것이라는 것을. 왜냐하면 이 지적이고 많은 상처를 입은 여성의 경험은 어떤 이들은 민감한 주제라고 하고 어떤 이들은 민감하지 않다고 하는 그런 범주에 속하기 때문이다. 노예제의 이 독특한 측면은 일반적으로 베일에 가려 있다. 하지만 대중은 이 끔찍한 모습들을 알아야 한다. 그래서 나는 기꺼이 그것들의 베일을 걷고 제시하는 책임을 맡는다.(3–4)

제이콥스는 이 문제를 해결하기 위해 자신을 직접 이야기의 주인공으로 내세우는 대신에 허구적 여주인공 린다 브랜트를 창조한다. 또한 빅토리아 문화가 인정해 주는 어머니의 권위에 의존하여 북부 여성 독자들을 "무심한 딸"로 지칭하면서 자신의 이야기에 귀를 기울이라고, 경험에서 우러나오는 권위 있는 목소리로 백인 남성들과 흑인 노예 여성들 사이의 비정상적인 성적 관계, 노예제도를 유지하기 위해 조직적으로 실천되는 그 관계를 대면하라고 촉구한다. 북부의 "무심한 딸들"에 대한 제이콥스의 요구는 도전적이면서 혁명적이다. 성적 순수성과 무지를 여성적 미덕으로 훈육받은 백인 여성 독자들에게 성적 순수성과 무지의 베일을 벗고 성적 문란함의 현실을 직시하라고 요구하고 있기 때문이다.

제이콥스가 남부의 흑인 여성 노예들의 성적 경험에 대해 잘 모르는 북부의 백인 여성 독자들의 공감을 얻기 위해 사용한 또 다른 전략은, 흑인 소녀들과 백인 소녀들 사이에 실제로 혹은 상징적으로 존재하는 자매애와 그들의 대조적인 운명을 강조하는 것이었다. "나는 한때 두 아름다운 아이들이 함께 노는 것을 보았다. 한 명은 아름다운 백인 아이고, 다른 아이는 그녀의 노예이면서 그녀의 자매였다. …… 아름다운 아이는 성장하여 더 아름다운 여성이 되었고 …… [노예인 자매는) 죄와 수치와 비참함의 컵을 들이켰다. 그것은 그녀의 학대받는 인종이 억지로 마시도록 강요받은 것이다."(29) 흑백 여성들의 자매성을 강조하고, 흑인 노예 여성들의 "문란한" 성적 경험이 노예로서 강요된 운명임을 강조함으로써 제이콥스는 북부의 백인 여성 독자들의 동정과 공감을 유도한다. 동시에 백인 여성에게는 몸이 없는 정신적 존재가 되기를 강요하는 바로 그 사회가 흑인 여성에게는 몸의 존재로만 살도록 강요하고 있음을 강조한다. 흑인 노예 여성들에게 강요된 역할들, 즉 노동자, 백인 아이들의 젖어미, 노예 생산자, 백인 남성들의 성적 대상…… 이 모든 역할이 몸을 매개로 이루어지는 상황에서 몸의 순결을 강조하는 "진정한 여성성" 이데올로기가 흑인 노예 여성들의 삶과 의식에 영향을 미치고 있었다는 사실은, "진정한 여성성" 미덕들이 당대 미국 사회에서 얼마나 보편적 미덕으로 이데올로기적인 힘을 발휘하고 있었는지 보여 준다.

린다의 할머니 역시 흑인 노예 소녀인 린다에게 그녀가 실천할 수 없는, 아니 정확하게 말하면 그녀에게 요구되지도 않는 "진정한 여성성"의 미덕들을 훈육한다. 하지만 "진정한 여성성" 이데올로기의 허구성과 인종적·계층적 한계는 린다가 주인에게 "순수의 원칙들"(27)과 기독교인으로서의 행동을 도덕적 방패로 내세웠을 때 전혀 효과가 없었을 뿐 아니라 오히려 그의 손에서 흑인 여성의 순종을 요구하는 무기가 될 뿐이라는 사실로 분명해진다. 백인 주인이 린다에게 성적 굴복을 요구하면서 "너는 내가 요구하는 대로 하면 돼. 네가 나에게 충실하면 너는 나의 아내처럼 덕성스럽게 될 수 있어"(75)라고 주장하였기 때문이다. 할머니와 흑인 공동체의 보호도, "진정한 여성성" 미덕에의 주장도 더 이상 자신을 보호해 줄 수 없음을 깨달은 순간, 린다는 전통적인 여성적 수동성을 버리고 자신의 몸과 성에 대한 지식을 이용해서 자신의 삶을 능동적으로 선택한다. 린다가 주인 대신에 마을의 백인 변호사인 샌즈 씨를 연인으로 받아들였다고 고백하는 장면에서 작가는 린다와 샌즈 씨 사이에 어떤 일이 일어났는지가 아니라 린다가 왜 그런 행동을 하였는지에 대한 세세한 설명만을 제시한다. 이런 방식으로나마 주인을 이기고 싶었으며 강제로 주인에게 굴복하기보다는 나 스스로 나 자신을 줌으로써 노예로서의 자신의 자존심과 감정을 유지하고자 했다는 린다의 고백, 자신이 낳은 아이들을 구하기 위한 계산된 행동이었다는 린다의 설명(그녀의 주인은 그녀와 노예들과의 관계에서 생긴 아이들을 늘 팔아 버리곤 했다.) 등은 흑인 노예 여성도 단지 수동적인 피해자만이 아니라 삶을 주체적으로 선택할 능력이 있는 인간임을 주장하는 행위다. 동시에 흑인 여성은 충동적이고 성적으로 문란하다는 당대의 부정적인 이미지에 대항하는 시도이기도 하다.

제이콥스는 린다의 입을 빌려 노예제도라는 독특한 제도가 흑인 여성들로 하여금 여성적 미덕을 지키지 못하도록 강요하고 있음을 부각시키고, 그래서 노예 여성을 다른 사람들과 같은 기준으로 판단해서는 안 된다고 지속적으로 상기시킨다. 하지만 이 모든 고백과 설명과 합리화에도 불구하고, 린다의 고백 장면에서 가장 힘이 실리는 부분은 자신의 선택이 "무모한 곤두박질"이며 "큰 죄"였다는 린다 자신의 도덕적 판단이다. 백인 남자에게 몸을 맡기고 그의 아이들을 낳은 자기 삶의 특정한 시기를 그녀는 "기꺼이 잊고 싶은 불행한 시기"(53)로 규정한다.

독자여, 나는 내 불행한 삶의 시기에 도달했다. 할 수만 있다면 기꺼이 잊고 싶은 시기다. 기억이 나를 슬픔과 수치에 가득하게 한다. 당신에게 그것을 말하려는 것이 나를 고통스럽게 한다. 하지만 당신에게 사실을 말하기로 약속했으니 그것을 정직하게 말하려고 한다. 어떤 대가를 치른다 해도.(53)

사실 "진정한 여성성"의 가치를 보존하려는 린다/제이콥스의 이러한 진술들은 어느 정도가 백인 독자를 염두에 둔 전략인지, 어느 정도가 "진정한 여성성"에 대한 존중에서 나온 것인지 그 선을 정확히 알기가 어렵다. 독자들을 "덕성스러운 독자들," "순결이 어린 시절부터 보호받고 애정의 대상을 자유롭게 선택하고 가정이 법으로 보호되는 행복한 여성들"이라고 부르면서 "불쌍한 노예 소녀"를 너무 엄하게 판단하지 말아달라고 호소하지만, 동시에 백인 남성과 흑인 노예 소녀 사이의 성을 둘러싼 힘겨루기를 단순히 성적 순결의 문제가 아닌 인간의 자존심과 자율성의 문제로 그려 내고 있기 때문이다.

　　하지만 그 모든 모호함에도 불구하고 린다의 성장서사와 "진정한 여성성" 담론이 분명하게 맞닿는 지점은 "모성성"에 대한 숭배다. 남성들처럼 홀로 자유를 찾아 도망치지 않고 아이들의 운명을 끝까지 책임지며, 아이들에게 가정을 마련해 주기 위해 모든 것을 감수하는 린다의 서사는 흑인/노예/여성의 삶을 백인/자유인/여성의 삶과 핵심적인 부분에서 접속하게 한다.

　　자신이 낳은 아이가 다른 곳으로 뿔뿔이 팔려 가는 운명을 막기 위해 자신의 주인이 아닌 다른 백인 남성에게 몸을 맡겼던 린다는, 아이들을 주인에게서 구해 내기 위해 농장에서 도망친 척 위장하고는 할머니의 다락방에 숨어 지낸다. 자신이 없으면 주인이 자신의 아이들을 팔고자 할 것이므로, 그때 아이들의 아버지가 아이들을 사도록 계획을 짠 것이다. 계획대로 아이들을 구해 낸 아이 아버지가 아이들을 해방시켜 주기를 기대하며 그녀가 숨어 지낸 다락방은 빛도 전혀 들어오지 않을 뿐 아니라 너무 작아 몸을 웅크리고서야 겨우 앉을 수 있는 관과 같은 공간이다. 이렇게 '관처럼 어두운 공간에 답답하게 갇혀 있는 검은 여성의 몸'은 노예제 사회 안에 사로잡힌 흑인 여성에 대한 적절한 상징이며 이미지다. 가부장제 사회 안에 백인 여성들이 겪는 심리적 고통을 나타내는 적절한 이미지가 "다락방의 미친 여자"인 것처럼. 하지만 린다가 기어 다녀야 하는 공간은 단지 상징적인 공간이 아니라 여주인공이 (그리고 저자가) 실제로 아이들을 노예제에서 구하기 위해 7년 동안 살아야 했던 현실의 공간이었다.

> 다락방은 겨우 길이 9피트에 넓이 7피트였다. 가장 높은 부분은 3피트였으며 헐거운 판자 바닥으로 갑작스럽게 경사져 있었다. 빛도 공기도 들어오지 않았다. …… 빛도 없이 매일매일 웅크린 자세로 앉거나 사는 것은 끔찍했다.(114)

이러한 지옥 같은 감금 생활의 결과, 비뚤어지고 망가진 린다의 검은 몸은 단지 기어 다녀야 하는 공간에서 그녀가 겪은 고통의 외적 표현이기만 한 것이 아니라, 노예제 사회 안에서 그녀가 겪는 신체적·심리적 트라우마의 표현이기도하다. 린다는 독자에게 이 오래 기간의 다락방에서의 지옥 같은 삶이 자신이 경험하고 관찰한 노예제보다 차라리 낫다고 고백한다. "하지만 나는 노예로서의 운명보다는 차라리 이 상황을 선택하였을 것이다."(114) 그녀의 다락방이 제공하는 상대적인 자유와 안정에 비하면, 노예제가 실천되는 외부의 넓은 외부 세계가 그녀에게는 더 감옥이었기 때문이다.

> 나는 한 번도 머리부터 발끝까지 회초리로 찢어진 적이 없었다. 나는 한 번도 한쪽에서 다른 쪽으로 몸을 돌릴 수 없을 정도로 매를 맞아 상처를 입은 적이 없었다. 나는 한 번도 도망가지 못하도록 뒤꿈치 근육을 절단당한 적이 없었다. …… 나는 뜨거운 인두로 지지거나 탐색견들에 의해 물어뜯긴 적이 없었다. 하지만, 비록 노예제 안에서 나의 삶은 비교적 어려움이 적었지만, 그러한 삶을 살도록 강제된 여자를 하나님 불

쌓히 여기소서!(14-15)

    린다가 다락방에서 밖을 내다보는 아주 작은 틈, 그녀 스스로 "은거의 틈The loophole of Retreat"이라고 부른 작은 구멍은 린다가 이 감옥 같은 공간을 노예제라는 감옥에서 벗어난 상징적이면서 현실적인 공간으로 만들어 내는 구멍이기도 하다. 다락방의 감옥 같은 공간 안에서 린다는 아이들의 자유를 위한 계획을 세우고 대본을 쓰고, 아이들의 운명을 결정할 순간을 기다리며 편지를 주인에게 보내어 그녀의 주인이 그녀가 멀리 도망가 있는 것으로 상상하게 만든다. 그 긴 기다림의 시간 동안 그녀를 살아 있게 유지시킨 것은, 그녀를 바깥과 연결시키는 다락방의 아주 작은 구멍이다. 그 구멍을 통해 그녀는 아무도 듣지 않으리라 간주되는 마을 사람들의 대화를 들을 수 있었고, 아무도 보지 않으리라 간주되던 장면들을 볼 수 있었다. 이러한 경험들은 점차 그녀로 하여금 마을 사람들의 심리적인 위장을 간파하는 눈을 가지게 하였고, 남부 마을을 지배하는 인종과 계층과 젠더의 복잡한 작동들을 꿰뚫어 볼 수 있게 하였으며, 백인들이 노예에게 하는 거짓말뿐 아니라 백인들이 스스로에게도 하는 거짓말까지 간파하게 하였다. 흥미로운 것은 이렇게 성장한 린다에 대한 묘사가 린다의 인간으로서의 성장을 부각시키기 보다는 노예제가 실천되는 남부의 상황을 북부의 독자에게 알려주고 노예제가 야기한 복잡한 문제들을 해결하는 것이 결코 쉽지 않음을 독자들이 깨닫게 하는 데 더 무게중심이 실려 있는 듯 느껴진다는 점이다. 이는 린다 서사의 목적이 린다의 인간적 · 여성적 성장을 부각시키기보다는 흑인 노예 여성이 겪는 성적 학대와 흑인 여성의 지극한 모성애를 부각시켜 백인 여성 독자들에게서 노예제 폐지 정당화를 확보하려는 것에 있는 것과 맥을 같이한다.

    제이콥스는 서사의 마지막 부분에서도 도망 노예인 흑인 여성의 몸이 소위 자유주인 북부에서조차 결코 그녀 자신의 것이 아니라는 사실을 부각시키는 데 주력한다. 북부로 도망간 린다는 브루스 가the Bruces에서 하녀로 일하는데, 그녀의 의무는 남부의 플린트 가에서 그녀가 하던 일과 크게 다르지 않다. 비록 더 이상 성적 괴롭힘을 당하지는 않지만 여전히 그녀는 생존을 위해 자신의 아이들보다는 주인집 백인들을 위해 봉사하며 대부분의 시간을 보낸다. 여전히 그녀는 다락방에서 살고 있고, 여전히 밤에 몰래 글을 쓰고 있다. 북부에서 흑인 여성의 자유가 너무나 제한적이라는 사실은 린다가 "마침내 자유"로운 사람이 되기 위해 브루스 부인Mrs. Bruce이 그녀의 몸을 구매해야 했다는 사실에서 잘 드러난다. 브루스 부인이 린다를 위해 그녀를 구매했다는 소식을 듣는 순간, 린다는 안심하면서도 인간을 사고파는 행위에 역겨움을 토로한다.

> 그렇게 나는 마침내 팔렸다! 한 인간이 뉴욕이라는 자유 도시에서 팔렸다. 매도 증서가 기록되었다. 미래의 세대는 그것을 보고 기독교를 믿는 19세기 말에 뉴욕에서 여성들이 판매 물품이었음을 알게 될 것이다. …… 나는 자유를 획득해 준 그 관대한 친구에게 깊이 감사한다. 하지만 나는 결코 자신에게 정당하게 속한 것이 아니었던 것에 지불을 요구했던 그 사악함을 경멸한다. (200)

여기서 제이콥스는 북부 독자들에게 미국에서의 흑인들의 자유가 얼마나 위태로운 것인지 인정하라고 요구하는 셈이다. 아프리카 야만인들에게는 관심을 가지면서 야만적인 남부 노예소유주들에게는 관심을 보이지 않는 북부 선교사들에게 제이콥스는 "미국 노예 소유자들에게 아프리카 야만인들에게 말하듯 말하라. 그들에게 인간을 사고파는 것은 잘못이라고 말하라. 그들에게 그들 자신의 아이들을 파는 것은 죄라고, 자신의 딸을 범하는 것은 잔혹한 짓이라고 말하라. 그들에게 모든 인간은 형제이며 인간은 형제에게 빛의 지식을 막을 권리가 없다고 말하라"(73)고 촉구한다. 이는 북부인도 남부의 노예 소유주만큼이나 인간을 사고파는 물건으로 만드는 노예제의 유지에 책임이 있음을 인정하라는 요구다.

"한 흑인 소녀의 삶의 사건들"은 이렇게 한 어린 흑인 노예 소녀의 사춘기의 성적 위협과 경험에서 시작하여, 아이들을 구하려는 흑인 노예 어머니로서의 고통과 노력들을 거쳐, 마침내 여주인공이 자신의 아이들과 자신의 자유를 획득하면서 마무리된다. 제이콥스가 자신의 내밀하고 사적이며 고통스러운 성적 경험을 서술하면서 성취한 것은 노예 여성의 검은 몸을 정치화한 것이다. 그녀는 노예 여성의 성적 학대라는 금지된 주제가 노예 문제의 공적 논의에 포함되어야 한다고 주장하였고(Yellin xiv), 몸의 정치학을 통해 사적이고 내밀한 것이 정치적이며 공적인 것임을 증명해 냈다. 동시에 제이콥스는 흑인 여성들의 성적 경험이 그들의 타고난 성적 문란함 때문이 아니라 백인 남성의 성적 욕망과 노예제의 부도덕함이 강제한 것임을 폭로함으로써, 흑인 여성과 백인 여성 사이에 존재한다고 가정되어 있던 넘을 수 없는 거리와 경계선을 흐려 놓는 성취를 이룬다.

충돌하는 젠더 이데올로기와 여성성 담론

남자들처럼 홀로 북부로 도망가지 않고 아이들의 운명을 끝까지 책임지며 아이들에게 가정을 마련해 주기 위해 어떤 고난도 감수하는 흑인 어머니로 성장하는 흑인 노예 소녀의 삶을 그려 낸 제이콥스의 서사는 가정성과 모성성을 흑인 여성이 실천하는 가치로 그려 낸다. 이는 흑인/노예/여성의 행위 영역의 경계선을 확장하고, 문란하고 충동적이며 무책임한 존재라는 당대의 부정적인 흑인 여성 이미지에 대항하는 전략이다. 흑인 여성의 가정성과 모성성을 내세우며 흑과 백의 경계선을 흔드는 제이콥스의 방식은 가정이라는 사적 영역에 갇혀 있던 당대 백인 여성들이 남성과 여성의 행위 영역 경계선을 흔들기 위해 사용한 전략이기도 했다.

백인 중산층 여성들이 노예해방운동, 금주운동, 어린이노동금지운동, 노동운동 등 온갖 사회문제에 목소리를 내고자 할 때, 그들은 '가정을 위해서'라는 기치를 내세웠다. 스토우 부인의 소설 《톰 아저씨의 오두막Uncle Tom's Cabin》은 노예제도가 어머니와 아이를 분리시키고 가정을 깨뜨린다고 고발하여 노예제 반대운동에 수많은 대중의 감성을 동원하는 데 성공한다. 19세기 중반에 사적인 가정 영역의 경계선을 넘어 글을 쓰고 돈을 버는 전문적인 대중작가가 된 수많은 여성 작가들도 자신의 여성적 예의범절에 어긋난 행위를 가정을 위하고 아이를 부양하기 위한 불가피한 선택이었다고 주장한다.

여성 화가 커샛의 가정적 그림들과 여성 편집자가 이끄는 여성 대중잡지 《고디즈 레이디스 북》의 이상적인 여성들에 대한 삽화들, 워너의 백인 소녀 성장기는 19세기 미국의 젠더 이데올로기를 아주 기껍게 따라가고 있다. 그러나 흥미로운 것은, 바로 그 과정이 젠더 이데올로기의 한계와 허구성을 드러나게 한다는 사실이다. 이는 젠더 이데올로기의 분리 영역 제한에서 벗어나 공적 영역에 나아가려는 여성들이 바로 그 젠더 이데올로기와 여성성 담론에서 자신의 행위를 지지할 원천을 찾아내곤 했다는 사실과 무관하지 않다. 반면 제이콥스의 흑인 노예 여성 성장서사는 흑인 노예 여성들이 "진정한 여성성" 미덕을 실천하지 "못하는" 상황을 설명해야 한다는 강박을 보여 주고 있으며, 흑인 여성의 지극한 모성애를 부각시킴으로써 백인 독자들의 공감을 유도

하고자 노력한다. 이러한 사실은 "진정한 여성성"을 실천할 수 없는 흑인 노예들에게도 19세기 미국의 "진정한 여성성" 담론이 영향을 미치고 있었음을 나타낸다. 서로 모순되고 충돌하는 이런 현상들은 19세기의 미국 젠더 이데올로기와 이상적 여성성 담론이 한편으로는 여성을 억압하는 강력한 힘을 발휘한 문화적 힘이었지만, 동시에 여성들이 그 안에서 자신의 힘을 확장할 논거를 찾아낼 수 있었던 탄력성 있는 자루이기도 했음을 보여 준다.

Armstrong, Nancy, *Desire and Domestic Fiction* : *A Political History of the Novel*, New York : Oxford UP, 1987.

Baym, Nina, *Woman's Fiction* : *A Guide of Novels by and about Women in America, 1920-1870*, Chicago : U of Illinois P, 1984.

Carby, Hazel V., *Reconstructing Womanhood* : *The Emergence of the Afro-American Woman Novelist*, New York : Oxford UP, 1987.

――――, *Reconstructing Womanhood* : *The Emergence of the Afro-American*.

Jacobs, Harriet A. *Incidents in the Life of a Slave Girl Written by Herself, 1861*, ed. Jean Fagan Yellin, Cambridge : Harvard UP, 1987.

Kaplan, Amy, "Manifest Domesticity", *American Literature* 70.3 (1998) : 581-606.

Lehuu, Isabelle, "Sentimental Figures : Reading *Godey's Lady's Book in Antebellum America*", *The Culture of Sentiment* : *Race, Gender, and Sentimentality in 19th Century America*, ed., Shirley Samuels, New York : Oxford UP, 1992, pp. 73-91.

Moretti, Franco, *The Way of The World* : *The Bildungsroman in European Culture*, Trans. Albert Sbragia, London : Verso, 1987, 2000.

Nguyen, Phong, "Naming the Trees : Literary Onomastics in Susan Warner's *The Wide, Wide World*", *Studies in American Fiction*, 34.1 (2006) : 33-52.

Porter, Carolyn, *Seeing and Being* : *the Plight of the Participant Observer in Emerson, James, Adams, and Faulkner*, Middletown : Wesleyan UP, 1981.

Quay, Sara E., "Homesickness in Susan Warner's *The Wide, Wide World*", *Tulsa Studies in Women's Literature* 18.1 (1999) : 39-58.

Samuels, Shirley, ed. *The Culture of Sentiment* : *Race, Gender, and Sentimentality in 19th Century America*, New York : Oxford UP, 1992.

Tompkins, Jane, *Sensational Designs* : *The Cultural Work of American Fiction, 1790-1860*, New York : Oxford UP, 1985.

Warner, Susan, *The Wide, Wide World*, New York : Feminist Press, 1987.

Welter, Barbara, "The Cult of True Womanhood : 1820—1860", *American Quarterly* 18 (1966) : 151—74.

Yellin, Jean Fagan, "Introduction", *Incidents in the Life of a Slave Girl Written by Herself, 1861*, ed., Jean Fagan Yellin, Cambridge : Harvard UP, 1987, pp. xiii—xxxvi.

카리브 디아스포라들의 인종적 갈등과 탈식민 주체로의 성장

-《광활한 사르가소 바다》와 《내 어머니의 자서전》을 중심으로

이성진

이 글은 《영어영문학21》 제26권 1호(2013)에 게재된 〈카리브 디아스포라들의 인종적 갈등과 화해―《광활한 사르가소 바다》와 《내 어머니의 자서전》을 중심으로〉를 수정한 것이다.

식민시대의 카리브 디아스포라들의 삶

카리브 지역은 식민역사의 결과 유럽과 아프리카 그리고 아시아 후손들로 이루어진 다인종/다문화 사회를 이루고 있으며, 따라서 이 지역은 오늘날 탈식민문학 및 (탈)식민담론의 논의에서 중요한 위치를 점하고 있다. 카니발, 칼립소, 레게, 스틸 밴드 그리고 랩과 힙합 등은 세계적으로 널리 알려진 이 지역의 음악 장르이며, 노벨상을 수상한 월컷Derek Walcott(1930~)과 나이폴V. S. Naipaul(1932~)을 비롯하여 래밍George Lamming(1927~), 브래드웨이트Kamau Brathwaite(1930~), 필립스Caryl Phillips(1958~), 브로드버Erna Brodber(1940~), 그리고 핫지Merle Hodge(1944~) 등 많은 작가들이 이 지역 출신이다. 주지하는 바와 같이, 이들 음악은 아프리카인들이 아메리카 대륙에 가져온 것들이며, 이 지역 작가들 역시 주로 아프리카나 아시아 디아스포라들의 후손으로서 다양한 식민 경험을 바탕으로 저작 활동을 하고 있다.

디아스포라는 식민역사와 밀접한 관계를 이루며, 디아스포라 문제는 카리브 지역의 탈식민문학 내에서 쉽게 찾아볼 수 있다. 따라서 탈식민담론은 탈식민문학 내에서 재현되고 있는 디아스포라 연구를 위해서 반드시 필요하다. 탈식민담론은 지역마다 역사적 · 문화적 · 인종적으로 상이한 양상들이 생산되고 수용되는 현장에서 차이를 구분하는 이념이라기보다 윤리를 지향하는 문화정치학으로서 영어권 문화를 분석하는 데 매우 중요한 이론적 틀이 될 수 있다. 1990년대 이후 활발히 논의되고 있는 탈식민주의와 문화 연구는 기존의 백인 중심의 토대에서 성전화된 지식 체계에서 벗어나 다양한 방법으로 기존의 인문학에서 배제되고 탈락된 영어권, 특히 카리브 지역의 문화와 문학을 전경화하고 있다. 따라서 카리브 지역 디아스포라들의 인종적 갈등 양상을 탈식민적인 관점에서 고찰하는 것은 필연적이고 필수적인 일이다.

디아스포라라는 용어는 식민주의와 밀접한 관계가 있다. 디아스포라라는 용어는 그리스어의 '흩뿌리다'라는 동사(speiro)와 '~ 위에'라는 전치사(dia)의 합성어로서, 고대 그리스인들이 디아스포라라는 용어를 인간에게 적용하여 사용했을 때는 '이주migration'나 '식민화colonization'와 관련하여 생각했으며, 이 용어는 추방이라는 집단적 트라우마collective trauma, 즉 유배지에 살지만 조국을 꿈꾸는 것을 의미했다.(Cohen ix) '이주'라는 맥락에서 디아스포라는 수렵채집을 하던 인류가 한 지역에서 다른 지역으로 옮겨 다니던 시절까지 거슬러 올라갈 수 있지만(Sheffer 34), 가장 일반적이고 전형적인 디아스포라 개념은 유대인 디아스포라이다.(Sheffer 36)

바빌론의 왕 네부카드네자르Nebuchadnezzar에 의해 유대왕국이 패망한 후 바빌론에 노예로 끌려간 유대인들을 일컫던 유대인 디아스포라 또는 이산(자)라는 용어는 점차 의미의 적용 범위가 확대되어 이후에는 시간과 공간을 달리하여 살고 있는 이들을 일컫게 되었다.(박종성 79-80, 이석구 35-37, Sheffer 43) 따라서 정치적인 이유에 의한 디아스포라 연구에서 점차 경제적 또는 "문화적 디아스포라"(Cohen 144) 연구로 확대되었다.

19세기 중반 유럽에서의 혁명의 실패로 촉발된 이탈리아나 독일의 디아스포라는 조직화된 민족-국가적 디아스포라ethno-national diasporas 양상을 보였으며, 폴란드나 아일랜드 그리고 러시아와 같은 유럽의 디아스포라는 조국의 악화된 정치적·경제적 상황에서 초래되었다.(Sheffer 32) 근대 식민주의자들의 노예무역에 의해 강요된 아프리카 노예들의 이주나 아시아 계약노동자들indentured laborers의 이주 역시 정치적·경제적·역사적 맥락에서 이루어졌으며, 카리브 지역은 이 후손들의 전치된displaced 정착지가 되었다. 진 리스Jean Rhys(1890~1979)와 자메이카 킨케이드Jamaica Kincaid(1949~)의 소설은 식민주의와 노예무역에 의해 "이산의 경험과 그에 따른 많은 결과를 주로 다루는 이산가족의 후손들이 쓴 텍스트"(McLeod 33)로서 카리브 디아스포라들의 인종적 갈등 양상과 탈식민 주체로서의 성장 과정을 보여 주고 있다.

도미니카 출신의 리스와 앤티가 출신의 킨케이드는 카리브 지역의 대표적인 탈식민 이산작가로 꼽을 수 있다. 비록 리스는 백인 크레올 creole이고, 킨케이드는 유색인이라는 점에서 차이가 있지만, 이 두 작가는 모두 카리브 지역에서 성장하여 한 사람은 영국으로 또 한 사람은 미국으로 이주하여 생활하였을 뿐만 아니라 그들의 소설은 카리브의 노예제 폐지 이후를 배경으로 하고 있다. 물론 이 글에서 다루고자 하는 시점은 성장 후 영국(유럽)과 미국에서의 이주 생활보다는 그들의 선조들이 유럽과 아프리카로부터 이주해 온 카리브 지역에서의 삶을 대상으로 한다.

이처럼 복잡한 혼종 문화와 역사의 메카로 자리매김한 이 지역의 역사적·문화적·인종적 다양성은 카리브 지역 출신 디아스포라 작가들의 상상력에 뚜렷한 영향을 미치고 있다. 이 지역 작가들은 작은 섬들이라는 지형학적 공간 속에서 드러나는 여러 파편화된 양상들, 예컨대 인종과 계급, 젠더와 이산 등의 문제를 심도 있게 재현하고 있다. 그중에서도 리스와 킨케이드는 이 지역의 식민사에 대해 각각 《제인 에어Jane Eyre》에서 미치광이로 배제된 버사Bertha Mason의 목소리를 되살려 내고, 백인 식민주의자에 의해 왜곡된 카리브의 역사를 탈식민적 서사로 재구성함으로써 인종과 젠더 그리고 이산의 문제를 부각시키고 있다. 무엇보다 리스의 소설과 킨케이드의 소설 속 두 여주인공이 어려서부터 정체성의 근원이라 할 수 있는 어머니를 잃음으로써 크나큰 상실감과 인생의 좌절을 겪을 뿐만 아니라, 그들의 삶이 다름 아닌 그들의 어머니의 삶을 다시 재연하고 있으며 이것은 다름 아닌 식민시대의 카리브 디아스포라들의 삶의 한 단편이라는 점에서 두 작품을 함께 연구할 가치가 있다.

따라서 이 글에서는 진 리스의 《광활한 사르가소 바다Wide Sargasso Sea》(1966)에서 앙투아네트Antoinette라는 크레올 여성과 친구인 흑인 소녀 사이의 인종적 갈등과 화해를 통한 탈식민 주체로의 성장 과정을 고찰하고, 자메이카 킨케이드의 《내 어머니의 자서전The Autobiography of My Mother》(1996)에서 다양한 디아스포라들, 즉 아프리카계 후손과 프랑스, 미국의 후손과 멸족한 카리브 족의 후손들 사이의 인종적 갈등의 양상과 화해의 가능성을 모색함으로써 주엘라Xuela가 어떻게 탈식민 주체로 성장해 나가는지 고찰하고자 한다.

식민주의와 디아스포라

본격적인 논의에 앞서 우선 제1세계의 문화생산의 일부로 왜곡되고 정형화되어 온 카리브 지역의 탈식민 상황을 돌이켜보고 인종, 계급, 문화담론 속에 내재되어 있는 권력관계를 고찰할 필요가 있다. 식민/제국주의 유럽(특히 영국)은 새로운 기호 식품으로 떠오른 '설탕'을 공급받기 위해 카리브 지역에 설탕 플랜테이션sugar plantation을 건설하게 된다. 이 과정에서 아메리카 인디오들이 멸절되고 이들을 대체하기 위해 아프리카로부터 흑인들이 대서양 항로Middle Passage를 통해 노예로 들어오게 된다. 아프리카 흑인 노예들은 노동력뿐만 아니라 부두voodoo교나 라스타파리아니즘Rastafarianism과 같은 종교적 양식과 재즈, 블루스, 칼립소와 같은 새로운 아프로-카리비언 음악Afro-Caribbean Music을 생성시킨다. 노예제도가 폐지된 후 새로운 노동자들이 아시아, 특히 인도로부터 들어온다. 오늘날 인도계 카리브인들은 힌두교를 중심으로 생활하면서 아프리카계 카리브인들과 많은 갈등 양상을 보이고 있지만

이 글에서 구체적 논의는 하지 않는다. 카리브 지역의 노예 유입을 시대별로 간략해 보면 다음과 같다.

대서양 노예무역이 번창하기 전인 14세기 중엽에도 유럽에서는 아프리카 노예무역이 활발히 이루어졌다. 흑사병이 창궐한 이후 인구의 급격한 감소 때문에 남부의 집약농업 지역에서는 아랍 상인을 통해 아프리카로부터 노동력을 충당했다. 이렇듯 본격적인 대서양 노예무역시대 이전에도 지중해를 중심으로 아랍 상인들에 의한 아프리카 노예 매매가 활발히 이루어지고 있었다. 십자군전쟁이 한창이던 가운데 무슬림으로부터 설탕 제조법을 배운 유럽인은 사탕수수 플랜테이션을 지중해를 지나 마데이라 같은 대서양의 섬들로 확장하였고, 마침내 아메리카 대륙까지 확대한 이후 각 플랜테이션에 필요한 노동력을 점점 더 많은 노예들로 충당하게 되었다. 15세기 이후 번성한 대서양 노예무역은 대개 이런 플랜테이션에서의 노동력 수요에 대한 대응이었다.

카리브 지역에 대한 수탈은 스페인으로 가져갈 금을 캐기 위해 섬을 파헤쳤던 스페인 정복 시절로 거슬러 올라간다. 그리고 콜럼버스가 본국에 카리브 지역이 사탕수수 재배에 적합한 곳임을 알리면서 식민주의자들에 의해 이곳에 많은 플랜테이션이 생겨나게 되었고, 노동 집약적인 사탕수수 재배와 슈거콘sugar corn 생산을 위해 많은 노동력이 필요하게 되었다. 컷조Selwyn R. Cudjoe에 따르면, 1492년 콜럼버스의 신대륙 발견이 있고, 1494년 콜럼버스의 2차 항해 때 카리브 지역에 처음으로 아프리카 노예가 유입되었다. 16세기 후반에 들어서면서 카리브 지역에 사탕수수 재배가 가능해지고, 유럽에서 설탕 수요가 나날이 늘어남에 따라 아프리카 노예 수입 역시 이에 비례하여 증가하였다.(6) 식민주의에 의한 사탕수수 플랜테이션 건설 결과, 카리브 지역에는 백인 크레올, 카리브계 후손, 아프리카계 후손, 그리고 아시아계 후손들이 함께 살게 되었다.

식민지 건설 과정을 거치면서 카리브 지역에는 '블랑크blancs'라 불리는 백인 농장주들과, '물라토mulattoes'라 불리던 흑백혼혈과, 농장주와 원주민 사이의 혼혈이 있었으며, 아프리카 출신의 노예들과 아시아 출신의 계약노동자들이 있었다. 《광활한 사르가소 바다》에서 앙투아네트의 아버지 코스웨이Cosway나 양아버지 메이슨 씨Mr Mason 그리고 《내 어머니의 자서전》에서 주엘라의 할아버지 존 리처드슨John Richardson 이나 자크 라바트Jacques LaBatte 씨는 유럽에서 온 크레올이자 농장주이기 때문에 '블랑크'에 속하며, 《광활한 사르가소 바다》에서 다니엘Daniel 이나 《내 어머니의 자서전》에서 주엘라의 아버지 알프레드 리처드슨 Alfred Richardson은 농장주와 아프리카 노예 사이의 혼혈이기 때문에 '물라토'에 속한다. 《광활한 사르가소 바다》에서 티아Tia나 크리스토핀 Christophine은 아프리카계 노예/후손이며, 《내 어머니의 자서전》에서 주엘라는 농장주와 원주민 사이의 혼혈이다. 주엘라의 선생님과 친구들 역시 아프리카 노예의 후손이며, 어머니는 카리브 원주민이다. 다니엘 이나 존과 같은 유색 자유인이었던 혼혈들은 당시 읽고 쓸 수 있을 정도의 기본적인 교육을 받았으며, 농장을 감독하는 위치에 있었고 개인의 집이나 작은 토지를 소유하기도 했다. 실제 《광활한 사르가소 바다》에서 다니엘은 자신의 집을 갖고 있으며, 《내 어머니의 자서전》에서 존은 경찰이면서 농장을 소유하고 있다.

식민주의로 인한 카리브 지역의 인종적 혼종성은 노예제가 폐지된 이후 새로운 권력 구조를 불러왔으며, 이로 인해 서로 다른 인종과 계급 그리고 성 간에 갈등이 도출되었다. 《광활한 사르가소 바다》의 역사적 배경은 노예해방이지만, 노예제가 폐지되기까지는 식민지에서 많은 피식민자들의 투쟁이 있었으며 그 대표적인 사건이 1831~1832년에 있었던 '자메이카 노예 혁명Great Jamaican Slave Revolt' 또는 '크리스마스 항쟁Christmas Uprising'으로도 알려진 '뱁티스트 전쟁Baptist War'이다. 또한 《내 어머니의 자서전》의 역사적 배경은 생도밍그Saint Domingue에서 프랑스 식민주의에 반발해 일어난 '아이티 혁명Haitian Revolution'이다. 1791년에서 1804년까지 계속된 아프리카 노예들의 저항의 결과 신대륙에서 최초로 흑인 노예에 의한 자유국가가 탄생했다. 이러한 식민주의와 카리브 지역의 디아스포라와의 인과관계는 《광활한 사르가소 바다》에서 크레올과 흑인과의 갈등, 크레올과 백인과의 갈등, 그리고 백인과 흑인과의 갈등을 일으켰으며, 《내 어머니의 자서전》에서 카리브 원주민과 흑인과의 갈등, 카리브 원주민과 백인과의 갈등을 불러왔다.

《광활한 사르가소 바다》에서의 인종 갈등

인종 간의 갈등은 인종주의 때문이며, 인종주의의 기원은 노예무역에서부터 비롯되었다. 최근 일부 연구자들은 노예무역에 대한 연구에서 아랍 상인들에 의한 노예무역이 그 규모에서 대서양 노예무역에 버금가며, 아프리카 지역은 노예무역의 절대적 피해자라기보다 노예무역의 주체였음을 주장하고 있다.[1] 기존 연구에서 아프리카 노예무역에 구슬이나 구리사슬처럼 보잘것없는 물건들이 이용되었다는 것과 달리, 최근의 연구는 인도의 최고급 면직물이나 값비싼 총이 노예 거래에 이용되었음을 밝히고 있다.(주경철 289-91)

이런 논의는 기존의 연구들이 아프리카를 영구히 무능하고 수동적인 사회로 정형화할 수 있다는 데 대한 반동이라는 점에서 의의가 있지만, 백인 식민주의에 면죄부를 줄 수 있다는 점뿐만 아니라 노예무역

---

[1] 아프리카인들이 노예무역의 주체였음을 주장하는 학자로는 페이지J. D. Fage나 엘티스David Eltis가 대표적이다. 이러한 주장에 대해서는 주경철의 《대항해시대》 제6장 〈노예무역 : 근대 세계의 비극〉을 참조.

의 절대적이면서 최고의 과오라 할 수 있는 인종주의를 묵과하고 있다는 점에서 전적으로 수용하기 어렵다. 노예무역은 아프리카인들을 인간보다 하등한 존재로 간주하였기 때문에 가능할 수 있었고, 또 그렇게 간주하는 것을 당연시하였다. 이런 그릇된 생각은 미개하고 야만적인 원주민들을 개화하고 문명화시킨다는 식민 이데올로기를 양산하게 되었고, 모든 유색인들을 타자화시켜 버렸다. 더 나아가 백인임에도 불구하고 신대륙에 거주하는 크레올들 역시 타자로 간주함으로써 카리브 지역에서 인종 간의 갈등을 양산하였다.

리스의 《광활한 사르가소 바다》에서 사탕수수 농장주의 딸이며 백인 크레올인 앙투아네트는, 흑인과 인종적 갈등을 겪는다. 노예제도가 폐지된 후 흑인들은 백인 크레올들을 '흰 바퀴벌레'라고 부른다. 앙투아네트가 우연히 길에서 만난 흑인 소녀는 그녀에게 "흰 바퀴벌레야, 가버려, 가버리란 말이야. 너를 좋아하는 사람은 아무도 없어. 가버리라고."[2]라고 몰아세운다. 앙투아네트의 친구인 티아 역시 그녀를 "흰 검둥이"라고 공격한다. 티아는 자메이카에는 새로운 백인들이 많으며 그들은 금화를 갖고 있기 때문에 진정한 백인이며 기존의 백인 크레올들은 가난하기 때문에 더 이상 백인일 수 없다고 말한다.(WSS 24) 이것은 과거 노예제도가 시행되던 때에는 피부색에 의해 흑과 백이 구분되었지만, 노예제도 폐지 이후에는 경제력에 의해 흑과 백이 구분되고 있음을 보여 준다. 더 나아가 경제력은 크레올과 흑인과의 갈등의 또 다른 중요한 요인으로 작용한다. 흑인들의 입장에서 경제력을 잃은 크레올은 더 이상 생존하지 못하고 도태될 존재이지만 경제력을 얻은 크레올은 또다시 지배자로 군림할 수 있는 위협이 된다. 이를 단적으로 보여 주는 예가 아네트Annette의 말이다.

---

2 Jean Rhys, *Wide Sargasso Sea*, New York : Norton, 1982, p. 23. 이하 이 작품의 인용은 'WSS'와 쪽수로 표기함.

그(메이슨 씨)가 우리를 가난과 고통으로부터 구제하였지만 어떤 면에서는 그가 오기 전이 더 좋았단다. '또한 너무나 정확한 시기에(구해주었지).' 우리가 가난했을 때는 흑인들이 우리를 그토록 많이 증오하지는 않았단다. 우리는 백인이었지만 가진 돈이 없었기 때문에 (노예제 폐지 후 유럽으로) 탈출하지 못했고 머지않아 죽을 게 분명했단다. (그러니) 증오할 게 뭐가 있었겠니?(WSS 34)

1833년 카리브 지역에서 노예제가 폐지된 이후 많은 농장주들은 수입이 없어 생계의 위협을 받았으며, 영국 정부는 이를 해결하기 위해 농장주들에게 2천만 파운드씩 보상하기로 약속하였다. 하지만 보상은 너무 더디게 진행되었다.(블루에 53) 이러한 보상의 지연으로 인해 러트렐 씨Mr Luttrell처럼 스스로 목숨을 끊는 이들도 있었으며, 아네트처럼 겨우겨우 목숨을 연명하는 이들도 있었다. 이는 노예제도 폐지 이후 식민권력 구조가 피부색에서 경제력으로 바뀜으로써 크레올과 흑인 사이의 갈등이 새로운 양상으로 접어들었음을 말해 줄 뿐만 아니라 이로 인해 이들의 새로운 자기 인식, 즉 정체성 확립의 계기가 되었음을 알 수 있다.

크레올과 흑인과의 갈등은 무엇보다 쿨리브리 저택Coulibri Estate 방화사건에서 가장 잘 드러난다. 해방을 맞은 아프리카계 노예들은 자신들이 그 땅의 주인이 될 것으로 기대하며 아네트로 대표되는 몰락한 크레올을 압박하지만, 몰락한 농장을 싼값에 사들이려는 새로운 식민주의자 메이슨 씨가 등장한다. 신식민주의자인 메이슨은 한 걸음 더 나아가 노예제 폐지로 인한 노동력을 보충하기 위해 동인도East India로부터 새로운 노동자들(coolies)을 유입시킴으로써 몰락한 크레올을 대신해 새로운 지배자로 부상한다.(WSS 35) 아프리카계 카리브인들은 자신들의 기대가 수포로 돌아갈 뿐만 아니라 생계를 유지할 수 있는 일자리마저 인도인들에게 빼앗길 수 있다는 극도의 불안감을 갖게 되며, 그 결과 흑인들은 쿨리브리 저택을 방화하고 몰락한 크레올로 대표되는 앙투아네트의 어머니 아네트는 비극적 죽음을 맞는다.

크레올과 흑인 간의 갈등의 주요 원인은 크레올 계층이 경제적 주도권을 상실하고 소수자로 전락하였음에도 불구하고 흑인들을 여전히 타자로 간주했기 때문이다. 아네트는 하인 가드프리Godfrey나 사스Sass가 쿨리브리에 도움을 주기 위해 있는 것이 아니라 갈 곳이 없거나 늙어 환영받지 못하기 때문에 머무는 것으로 간주한다. 아네트는 사스는 어미가 버린 비쩍 마른 아이였는데 튼실한 아이로 키워 놨더니 멀리 떠나 버렸으며, 가드프리에 대해서는 "그는 어쩌면 우리를 쫓아내려 할 거다." (WSS 22)고 말함으로써 그를 위협적인 존재로 인식한다. 크리스토핀의 도움으로 겨우겨우 살고 있음을 인정하면서도, 아네트는 차라리 그녀가 떠나 버렸더라면 사람들의 기억에서 잊혀지거나 죽게 되어 사람들로부터 나쁜 소리는 듣지 않았을 것이라고 말한다. 이것은 아네트가 역경 속에서 참담한 마음으로 내뱉는 절규일 수도 있지만 여전히 흑인들의 진실된 도움을 받아들일 수 없는 크레올들의 심정을 보여 준다.

어머니 아네트와 달리 노예제 폐지 이전 번창했던 백인 크레올 사회를 경험하지 못한 앙투아네트는 노예제 폐지 이후의 자메이카 사회를 거부하지 않는다. 번창했던 백인 크레올 사회를 상징하는 쿨리브리 저택이 황폐화되고 더 이상 일할 노예도 없지만 앙투아네트는 슬프지 않다. 왜냐하면 그녀는 그곳이 번창했던 곳이라는 것을 기억하지 못하기 때문이다.(WSS 19) 따라서 그녀는 뱁티스트나 힐다에게 친근하게 대할 수 있으며, 다른 흑인들에게도 입을 맞추거나 껴안을 수 있었다. 이런 맥락에서 앙투아네트는 노예제 폐지 이후의 자메이카 문화를 자신의 정체성으로 받아들일 수 있는 유일한 인물로 볼 수 있다.

무엇보다 어릴 적 앙투아네트는 크리스토핀과 대부분의 시간을 보내면서 그녀의 파트와와 칼립소를 수용하며 그녀를 대리모로 인정하며 성장한다. 하지만 앙투아네트 역시 아직은 아프리카계 흑인을 완전한 동반자로 받아들일 수 없다. 그녀는 좋아하지는 않았지만 양아버지 메이슨 씨로 인해 영국적인 생활을 할 수 있게 된 것을 기쁘게 생각하며 자신이 좋아하는 '방앗간 집 딸Miller's daughter'이라는 그림을 보며 그림 속의 소녀와 자신을 동일시한다. 그리고 가난했던 시절 음식을 같이 먹고 강에서 같이 수영했던 티아를 부유해지면서부터 더 이상 만나지 않는다. 앙투아네트는 크리스토핀의 요리를 그리워하면서도 '영국 소녀'처럼 살게 된 것을 기뻐한다. 식민지에서 생존의 위협을 느낄 만큼 생활이 빈곤하고 식민모국으로부터는 어떠한 도움도 받을 수 없는데도 아네트는 항상 스패니시 타운Spanish Town에 나아가려 하고 앙투아네트는 영국 소녀처럼 살고자 하는 것은, 크레올/디아스포라들이 카리브에 살면서도 늘 식민모국을 동경하고 있으며 자신의 정체성을 백인 식민주의자로 자리매김하고 있음을 알 수 있다. 이는 론다 카범Rhonda Cobham이 리스의 소설이 1833년 노예제 폐지 이후 카리브 크레올들 사이에 생겨난 정체성의 혼돈이라는 신경증적 현상을 파헤치고 있다는 주장을 확인해 준다.(12)

크리스토핀이 준 동전(penny) 몇 개를 두고 티아와 앙투아네트 사이의 언쟁은 크레올과 흑인이 우호적인 관계를 유지할 수 없는 이유를 보여 주는 또 다른 예이다. 화가 난 앙투아네트는 "그렇담 그것들을 가져, 이 사기꾼 검둥이야." "내가 원할 때 난 더 가질 수 있어."(WSS 24)라고 말한다. 이에 티아는 자신이 들은 이야기는 이와 다르며, 앙투아네트 가족은 신선한 물고기를 살 돈이 없어 염장된 물고기를 먹으며 집안 이곳저곳에 빗물이 새는 것을 알고 있으며, 자메이카에 많은 백인, 즉 금화를 가진 진짜 백인real white people이 있다고 말한다.(WSS 24) 이는 과거 노예들이 주로 먹었던 염장된 대구를 먹고 있는 앙투아네트는 친구이기보다 모욕의 대상일 뿐이며, 앙투아네트 역시 아직까지 티아를 완전한 친구이기보다 '사기꾼 검둥이'로 여기고 있음을 보여 준다.

앙투아네트가 흑인과 벌이는 갈등의 일면을 볼 수 있는 것은, 폭동을 일으킨 흑인들을 향해 양아버지 메이슨 씨가 소리칠 때 들려오는 소리다.(WSS 38) 폭도들의 절규가 앙투아네트에게는 동물들의 울부짖는 소리보다 더 끔찍하게 들린다는 것은, 폭도에 대한 단순한 두려움과 공포 때문일 수도 있겠지만 그녀의 심리 저변에 아직까지 흑인들에 대한 막연한 공포감과 적대감이 도사리고 있음을 암시한다.

흑인 사회에 완전히 동화할 수 없는 크레올 앙투아네트는 백인/남편 로체스터Rochester로부터도 동일한 존재로 받아들여지지 못한다. 그는 "그녀가 어쩌면 영국 순수 혈통의 후손인 크레올일지 모르지만, 그들은 영국인도 아니고 유럽인도 될 수 없다."(WSS 67)고 생각하기 때문에 앙투아네트를 완전한 백인으로 받아들이지 않는다. 카리브 디아스포라이자 크레올의 정체성의 혼란은 앙투아네트가 로체스터에게 하는 말에서 찾아볼 수 있다.

> 그것은 흰 바퀴벌레에 대한 노래였어요. 그게 나예요. …… 그리고 나는 영국 여인들이 우리를 하얀 검둥이라 부르는 것을 들었어요. 그래서 나는 당신과의 사이에서 나는 누구일까, 내 조국은 어디일까, 나는 어디에 속하는 걸까 그리고 도대체 나는 왜 태어났을까를 생각하곤 해요.(WSS 102)

결국 앙투아네트는 백인도 흑인도 아니며 유럽인도 카리브인도 될 수 없는 존재이다. 경제적으로 몰락한 앙투아네트와 그녀의 가정은 흑인과 백인 모두에게서 외면당하고 있다.(Dash 121)

메이슨은 아네트가 흑인들의 위협을 피해 자메이카를 떠나자고 수

차례 말해도 그녀의 말을 귀담아듣지 않으면서도, 아네트가 궁핍한 생활을 할 때 코라 이모Aunt Cora가 돕지 않은 것을 비난한다. 코라 이모가 도울 수 없었던 것은 카리브인들을 싫어했던 영국인 남편 때문이었는데도 메이슨은 모든 과오를 크레올인 이모에게 돌리고 있는 것이다. 앙투아네트가 흑인 아이들의 놀림에 달아나다 도움을 받은 알렉산더 코스웨이Alexander Cosway의 아들 샌디Sandi는, 피부색이 흰 사촌임에도 불구하고 메이슨은 앙투아네트에게 유색인 친척에 대해 수치심을 느끼도록 가르친다.(WSS 50)[3] 이는 백인과 디아스포라 사이에도 공존할 수 없는 장벽이 자리하고 있으며, 그 원인은 식민모국/백인만이 가장 숭고하고 본질적인 존재이고 식민지/디아스포라는 오염되고 부수적인 존재라는 오리엔탈리즘적 인식이 자리하고 있기 때문이다.

식민주의자들에게 식민지는 착취와 억압의 대상일 뿐 이해와 화합의 대상은 아니다. 메이슨은 아네트를 통해 토지와 성적 욕망을 채우고, 로체스터는 앙투아네트를 통해 지참금과 성적 욕망을 채운다. 흑인들의 위험을 피하고 피에르Pierre의 치료를 위해 자메이카를 떠나는 것은 설탕 사업을 위해 온 메이슨에게는 있을 수 없는 일이며, 지참금을 얻기 위한 아버지의 계략으로 앙투아네트와 결혼한 로체스터에게 크레올 아내에 대한 사랑 역시 있을 수 없는 일인 것이다.

백인과 아프리카계 카리브인 사이의 갈등 역시 분명히 존재한다. 진 리스 역시 카리브의 크레올 여성 작가이기 때문에 소설 속 대부분의 서사를 앙투아네트라는 크레올 여성을 중심으로 전개함으로써 식민

---

3 알렉산더 코스웨이는 앙투아네트의 아버지 코스웨이의 혼혈 서자이며, 알렉산더는 또 다른 혼혈 여성과 결혼하여 샌디를 낳았는데 그의 피부색은 흰색이다. 이는 호주의 '도둑맞은 세대Stolen Generation'에서도 찾아볼 수 있는 일로, 백인과 유색인 사이에서 태어난 혼혈이 또 다른 백인이나 혼혈과 결혼할 경우 그 후손 중에는 백인이 태어나는 경우가 있다. 백인들은 이럴 경우 순수 혈통의 백인을 가려낼 수 없게 됨을 염려하여 호주 선주민과 백인 사이에서 태어난 아이들을 강제로 분리하였다. 호주의 도둑맞은 세대에 대한 내용은 필립 노이스 감독의 영화 〈토끼 울타리Rabbit-Proof Fence〉(2002)를 참조.

역사에서 가장 혹독한 경험을 한 흑인들의 목소리를 대부분 생략하였지만, 카리브 흑인들이 백인들로부터 열등한 존재로 간주되는 예를 어렵지 않게 찾을 수 있다. 쿨리부리 저택의 방화사건에서 메이슨은 분노한 흑인들에 대해 "한 무리의 술 취한 검둥이들"(WSS 38)이라거나 "파리 한 마리 죽이지 못하는 아이들"(WSS 35)이거나 게으른 존재로 경시한다. 하지만 이들은 쿨리브리를 불태움으로써 배제되고 탈락된 식민역사를 다시 쓸 준비를 갖추었다고 할 수 있다. 백인 식민주의자의 흑인들에 대한 이분법적 시선은 앙투아네트의 남편 로체스터에게서 찾아볼 수 있다.

> "그들이 치맛단을 들어 올리지 않고 걷는 것은 존경심을 표하기 위해서예요." 앙투아네트가 말했다. "또는 잔치나 미사에 가기 위해서예요."
> "그리고 오늘은 잔칫날 중 하나예요."
> "이유야 어떠했든 그것은 청결한 습관은 아니오."
> "그래요. 당신은 전혀 이해하지 못해요. 그들은 옷이 더러워지는 것에 신경 쓰지 않아요. 왜냐하면 그러한 행위는 그것이 그들이 가지고 있는 유일한 옷이 아니라는 것을 보여 주기 때문이에요. 당신은 크리스토핀을 좋아하지 않죠?"(WSS 85)

로체스터는 청결하지 못한 관습이라는 이유로 카리브 흑인들이 치맛단을 끌며 걷는 행위를 경멸하고 있다. 하지만 영국 귀족 사회에서도 권위와 품위를 내보이기 위해 옷과 마차를 치장하고 자선을 베풀다가 파산한 경우가 있었음을 상기하면, 카리브 흑인들의 의복문화를 통한 존경과 여유로움의 표시가 단순히 경멸의 대상이 될 수는 없다. 그리고 앙투아네트의 "당신은 전혀 이해하지 못해요."라는 말은 소설 전반부에서 메이슨이 쿨리브리 저택에 대한 흑인들의 적개심을 이해하지 못해 발생한 방화사건과 연관되며, 이것은 백인들의 카리브 문화에 대한 몰이해를 보여 준다.

뿐만 아니라 로체스터는 그랑브와Granbois를 떠나던 날 몹시 슬피 우는 이름 없는 소년을 재미 삼아 죽일 수도 있다고 생각한다. 하지만 그 소년은 앙투아네트와 로체스터가 그랑브와에 처음 오던 날 떠날 때 자신도 함께 데려가 달라고 부탁했던 소년이다. 그는 돈을 원하지도 않았으며 단지 로체스터와 함께 지낼 수 있게 해 달라고 부탁했다.(WSS 171) 이는 흑인들 중 일부는 백인 주인에 대해 호의적인 사람도 있었지만, 백인은 끝까지 그들을 인정해 주지 않았음을 보여 준다. 소설에서 이 소년의 이름이 없었던 것 역시 백인에게 우호적이었던 소년에 대한 로체스터의 강한 부정의 상징이다.

식민주의자들은 카리브 디아스포라들을 자신이 원하는 이름으로 호명함으로써 타자화시킨다. 로체스터는 아내 앙투아네트를 '버사'라고 부름으로써 자신의 목적에 맞게 광녀로 정형화시켜 버린다. 반대로 뱁티스트의 이름은 앞서 언급한 것처럼 뱁티스트 전쟁을 암시함으로써 식민주의에 대한 저항의 의미를 갖는다. 뱁티스트 전쟁이 자메이카 노예들의 해방을 이끌었다는 점에서 이 소설의 배경으로 간주되지만 시기적으로 보면 1865년에 일어난 '모런트 베이 폭동Morant Bay Rebellion'이 더 직접적인 배경이 된다. "그곳에는 많은 베이 사람들이 있었음이 분명하지만 나는 한 사람도 알아 볼 수 없었다."(WSS 42)라는 앙투아네트의 말에서 '베이 사람들bay people'이 언급된 것도 이 소설이 모런트 베이 폭동과 관련 있음을 보여 준다.

"너도 떠날거니?"
"아니오." 뱁티스트가 말했다. "나는 이곳의 감독입니다."

나는[로체스터] 그 애가 나를 '나으리'나 '주인님'이라고 부르지 않는다는 것을 알아차렸다.(WSS 142)

뱁티스트는 지참금을 획득하고 앙투아네트를 광녀로 규정한 다음 그랑브와를 떠나려는 로체스터에 대해 더 이상 예속적이고 굴종적인 태도를 취하지 않음으로써 식민주의의 부당함에 맞선다.

식민주의자의 카리브 여성에 대한 시각은 양가적이다. 앞서 언급한 것처럼 《광활한 사르가소 바다》에서 로체스터는 차남으로서 유산을 상속받지 못했기 때문에 앙투아네트의 3만 파운드라는 결혼 지참금을 가로채기 위해 처음에는 그녀를 사랑하는 척하지만 목적이 달성되자 그녀를 거부하며 괴롭힌다. 그는 또한 아멜리Amélie를 처음엔 "야만적인 외모"(WSS 72)를 가지고 있으며 "이곳[카리브]의 다른 많은 것들처럼 교활하고 짓궂으며 악의적"(WSS 65)이라고 여기지만 이후 그녀를 성적 욕망의 희생물로 삼는다. 《내 어머니의 자서전》에서 라바트 씨Mr LaBatte나 필립Philip Bailey의 주엘라에 대한 태도 역시 어느 면에서 그녀를 미개한 원주민, 더 나아가 착취와 억압의 대상으로 여기면서 또 다른 면으로는 성적 욕망의 시선을 저버리지 못한다. 이는 페미니즘적 탈식민 연구에서 자주 논의되고 있는 착취와 성적 욕망이라는 식민주의의 양가적인 태도로 볼 수 있다.

식민주의자들의 카리브 여성에 대한 또 다른 양상은 증오와 경계의 대상이다. 《광활한 사르가소 바다》에서 수줍음 때문에 자주 웃는 힐다 Hilda는 미숙한 원주민일 뿐이며, 로체스터의 속마음을 꿰뚫어 보는 듯한 크리스토핀은 증오와 두려움의 대상이다. 로체스터가 프레이저 씨 Mr Fraser로부터 받은 편지는 크리스토핀으로 대표되는 증오와 두려움의 대상인 아프리카계 카리브 여성에 대해 예시해 준다.

문제의 그 여인은 조세핀이나 크리스토핀 뒤부아 또는 그와 같은 어떤 이름으로 불리며 코스웨이 가의 하인들 중 한 사람이었습니다. …… 그녀는 나름대로 똑똑하며 자신의 생각을 잘 표현할 수 있지만, 나는 결코 그녀의 외모를 좋아하지 않으며 그녀는 가장 위험한 인물이라고 생각합니다.(WSS 143)

아나톨Giselle Liza Anatol에 따르면 노예제가 시행되던 때 식민지배자들은 남성에 비해 여성 노예들이 훨씬 더 '나쁘다'고 공언했는데, 그 이유는 폭동을 부추길 수 있는 여성 노예의 구술능력verbal power에 대한 노예주들의 불안 때문이었다. 여성 노예들은 일을 하는 동안 힘을 북돋거나 폭동에 대한 정보를 전달하기 위해서 또는 노예주를 조롱하기 위해 크레올어로 노래를 불렀다.(940) 또한 크리스토핀은 소설 속에서 오비어obeah를 행하는 흑인 여성이면서 자신의 주장을 분명히 하는 백인 제국주의에 대한 비판자로서 백인에게 증오와 경계의 대상으로 자리한다.(Burrows 38)

《광활한 사르가소 바다》에서 카리브 디아스포라들의 갈등 양상을 앙투아네트의 서사를 통해 크레올과 흑인, 크레올과 백인 그리고 백인과 흑인 간의 관계로 보았다면, 《내 어머니의 자서전》에서는 주엘라의 서사를 통해 카리브 원주민과 흑인 그리고 카리브 원주민과 백인 사이의 갈등이 어떻게 전개되는지 살펴보자.

《내 어머니의 자서전》에서의 인종 갈등

진 리스가 샬럿 브론테Charlotte Brontë의 소설에서 왜곡되고 탈락된 하위 주체들의 역사를 다시 썼다면, 킨케이드는 새로운 형태의 자서전적 글쓰기를 통해 식민 과거와 현재 그리고 미래를 말하고 있다. 일반적으로 자서전은 화자가 자신의 삶을 기록해 나가는 방식이지만, 킨케이드의《내 어머니의 자서전》은 딸인 주엘라가 고인이 된 어머니의 삶을 추적하는 과정이다. 하지만 이런 과정을 통해 자신이 누구이며, 어디서 왔고 어디로 가야 하는지를 인식한다는 맥락에서 어머니뿐만 아니라 주엘라 자신 그리고 카리브 여성 더 나아가 보편적인 여성의 자서전으로 읽힐 수 있다.(Edwards 114) 또한 전통적 형식에서 벗어난 킨케이드의 자서전은 탈식민적 글쓰기 전략으로 볼 수 있다. 에드워즈의 언급처럼 《내 어머니의 자서전》은 화자이면서 등장인물이자 역사적 인물인 저자가 이야기함으로써 킨케이드가 실제 자신의 어머니의 삶에 토대를 둔 주엘라의 삶을 이야기 하고 있는 것으로 이해될 수도 있고, 주엘라가 죽은 어머니의 삶을 되살리려는 과정에서 주엘라 자신의 삶에 대해 이야기 하고 있는 것으로 이해될 수도 있다.(116-17)

식민주의는 인종주의를 근간으로 계몽화·문명화라는 식민담론을 통해 식민권력을 정당화하였으며, 노예제도 폐지 이후에는 식민권력의 역학 관계에 변화가 생기면서 새로운 권력관계가 형성됨으로써 인종 간의 갈등 양상을 야기시켰다. 이는 카리브 지역뿐만 아니라 식민지 경험을 가진 아프리카나 인도 등에서도 식민주의자들의 분할통치의 결과로 독립 이후에 민족 간의 분열이 발생해 왔다. 식민통치로 인한 인종 간의 갈등 양상은 자메이카 킨케이드의 소설에서도 쉽게 찾아볼 수 있다. 대표적으로 주엘라의 아버지 알프레드가 주민들에게 농지를 빼앗기 위해 행하는 억압이라든지, 주엘라와 남편과의 관계 그리고 주엘라와 유니스Eunice Paul와의 관계나 주엘라와 학교 선생님과 친구들 사이의 관계에서 살펴볼 수 있다.

식민담론은 카리브 후손과 아프리카 후손 사이에 오리엔탈리즘적 인종주의 갈등 양상을 불러일으킨다. 주엘라가 처음으로 학교에 다니게 되었을 때 그녀가 아프리카 후손들과의 사이에서 겪게 되는 갈등이 바로 그것이다. 아프리카 후손인 선생님과 학교 친구들은 어머니가 카리브인이라는 점을 들어 주엘라를 배제하고 타자화시킨다.

> 그곳[학교]에는 일곱 명의 소년들과 내가 있었다. 소년들 역시 모두 아프리카 후손이었다. 선생님과 이 아이들은 나를 주시하고 또 주시했다. …… 내 어머니는 카리브족 여성이었고 그들이 나를 주시할 때 그들이 보는 것은 이 점이었다. 카리브 후손들은 패배하고 근절되어 정원의 잡초처럼 내동댕이쳐졌다. 아프리카 후손들은 패배하였지만 살아남았다.[4]

아프리카 후손과 카리브 후손 모두 식민주의의 피해자임에도 불구하고 아프리카 후손들은 카리브족들이 정원의 잡초처럼 뽑혀진 패배한 집단으로 규정하고 배제한다. 이는 아프리카 르완다에서 후투와 투치족 사이의 갈등 원인과 유사하다.[5] 주엘라의 선생님 역시 식민주의자들로부터 오로지 선good과 악evil에 대해서만 생각하도록 훈육되었으며, 그 때문에 그녀는 주엘라의 남다른 기억력이 카리브족 어머니에게서 온 것으로 간주하여 주엘라를 악마이거나 악령에 홀린 사람으로 단정한다.(AMM 16) 선생님의 이러한 행위는 나와 다른 타자를 무조건 오염된/부정적인 존재로 간주했던 이분법적 식민담론의 결과이며, 더 나아가 문화의 차이를 인정하지 않는 식민지 교육 때문이다.

식민 이데올로기에 의한 카리브 후손과 아프리카 후손 사이의 갈

---

4 Jamaica Kincaid, *The Autobiography of My Mother*, New York : Plume, 1997, pp. 15~16. 이하 이 작품의 인용은 'AMM'과 쪽수로 표기함.

5 인구 구성에서 소수임에도 불구하고 식민지배자로부터 더 많은 혜택을 받았던 투치족에 대해 식민해방 이후 후투족이 가한 살육전의 원인은, 피부색에 의해 종족을 차별하고 이간질시킨 백인 식민지배자의 인종주의 때문이다. 아프리카의 후투족과 투치족 사이의 갈등 양상은 테리 조지 감독의 영화 〈호텔 르완다Hotel Rwanda〉(2004)를 참조.

등 양상은 마 유니스Ma Eunice와 주엘라에게서도 찾아볼 수 있다. 태어나자마자 죽은 생모를 대신해 주엘라를 키우는 유니스는 자신이 사용하는 프랑스어나 영어 파트와가 아닌 순수 영어로 아버지를 찾는 주엘라의 말에 놀라워한다.(AMM 7) 이는 유니스가 식민주의자의 언어 또는 주인의 언어master's language에 권위를 부여하고 있음을 보여 준다. 나아가 유니스가 영어에 열등감을 갖는 이유는, 대영제국이 식민지 어디에서나 영국과 영국인 그리고 영어가 가장 숭고하고 본질적인 것으로 가르쳤기 때문이다. 이렇듯 유니스는 식민 이데올로기의 피해자 중 한사람임에도 불구하고 주엘라에게 새로운 형태의 권력자로 부상한다. 유니스는 "천국HAVEN"이란 글씨가 금박으로 새겨진 도자기 접시를 식민모국인 영국으로 이상화하며, 주엘라가 이것을 깨트렸을 때 그녀에게 교훈을 주겠다는 훈육관/식민주의자의 역할을 자임한다. 그녀는 잘못했다고 사과하지 않는 주엘라를 태양이 직접 내리쬐는 돌무더기 위에 무릎을 꿇고 두 손에 큰 돌덩이를 든 채 손을 들고 있게 한다.(AMM 9-10) 하지만 유니스의 체벌은 권력을 가진 자가 권력을 갖지 못한 자에 대한 억압에 지나지 않는다.

> 왜 이 체벌이 오래 동안 내게 각인되어야만 했는가, 왜 이 체벌은 어른과 아이, 권력자와 피권력자, 강자와 약자의 동기를 통해 모든 방식에 있어서 체포자와 포로, 주인과 노예 사이의 관계로 생각될까? …… 유니스는 격노한 것들의 계승자로 변신하여 내 위에 서 있었다.(AMM 10)

하지만 주엘라에 대한 유니스의 압제자의 역할은 식민주의의 혹독한 삶으로부터 비롯되었다. 유니스는 주엘라에게뿐만 아니라 자신의 친자식들에게도 자상한 어머니는 아니었으며, 그 이유는 자신이 겪은 가혹한 삶 때문이었다.

유니스는 불친절하지 않았다. 그녀는 나를 그녀의 친자식을 대하는 방식 그대로 대했다. 하지만 이것은 그녀가 자신의 친자식들에게 친절했다는 것을 말하는 것은 아니다. 이런 곳에서 잔인성brutality이란 실제로 상속받은 유일한 것이며, 학대cruelty란 대가 없이 주어지는 유일한 것이다.(AMM 5)

식민주의는 식민체제를 유지하기 위해 피식민자를 서로 경계하고 불신하게 만들었다. 유니스는 주엘라뿐만 아니라 자신의 친자식들까지도 사랑할 수 없게 되었고, 주엘라의 선생님과 친구들은 주엘라를 배척하면서도 자신들 간에도 서로 사랑하지 못하게 되었다. 주엘라의 계모stepmother 역시 주엘라를 사랑하지 않는다. 그녀는 주엘라에게 아버지와 함께 있을 때에는 영어로 이야기하지만, 함께 있지 않을 때에는 프랑스어 파트와로 말함으로써 그녀에게 영원한 굴욕감과 비천함을 심어 주려 한다.(AMM 30-31) 또한 아버지와 함께 살게 된 첫날 아침 그녀가 주엘라에게 준 음식은 오래되어서 곰팡이 핀 것이었다.(AMM 33)

그녀가 주엘라에게 선물로 준 목걸이는 그녀의 증오심을 단적으로 보여 준다. 목걸이를 선물로 받은 주엘라는 뭔가 의심스러워 개의 목에 몰래 걸어 주었고 그 개는 하루를 못 버티고 죽고 만다.(AMM 34-35) 물론 계모가 이 목걸이에 오비어를 걸어 주엘라를 죽이려 했다고 볼 수도 있지만, 주엘라가 유니스로부터 벌을 받을 때 세 마리 거북을 사랑으로 돌봐주겠다며 죽음으로 이끈 사건에서 볼 수 있는 것처럼 단순히 '먹을 것'을 제공하는 보살핌은 오히려 상대의 정신을 황폐하게 하고 환멸과 분노를 유발시킴을 보여 준다. 주엘라는 알프레드가 결혼을 하여 낳은 유일한 아이이며, 그녀의 생모가 카리브인이라는 점에 반해 계모는 아프리카 후손이라는 점에서 인종 간의 갈등 양상으로 볼 수 있다. 그리고 그 갈등의 원인은 식민주의 교육과 담론으로부터 비롯되었다.

그레그Veronica Marie Gregg는 주엘라가 처음으로 한 말이 영어였다며, 그녀가 처음으로 기억하는 행동 중 하나는 영국을 천국으로 생각해 온 유니스의 환상을 파괴한 일이라고 말한다.(930) 당시 주엘라는 어린아이였고 정식으로 교육을 받지 않은 상태였기 때문에 식민주의에 대한 저항 또는 조롱으로 영어를 사용하고 접시를 깨트렸다고 말할 수 없지만, 이는 주엘라의 의식을 상징적으로 보여 주는 것으로 볼 수 있다.

부종J. Brooks Bouson은 어린 주엘라가 접시를 깨트렸을 당시 영국 시골의 존재에 대해 알지 못했지만, 접시에 대한 강박적인 호기심과 그 결과 그것을 깨트린 것은 영국 식민주의에 대한 응시fascination와 저항을 드러낸다고 주장한다.(121) 반면 주엘라의 첫 번째 말이 영어였다는 것은 주엘라의 모국어 부재를 의미하며 그 원인은 어머니의 부재이다. 어머니의 죽음으로 인해 주엘라는 카리브의 모국어로 상징되는 역사와 전통을 이어받지 못하게 될 뿐만 아니라 상실감과 두려움의 원인이 된다. 그리고 이러한 정서적 불안은 그 누구도 사랑하지 못하고 경계하게 만들었다. 결국 카리브 디아스포라들의 인종적 갈등의 근저에는 인종과 민족 간에 불화를 조장하는 식민주의가 자리하고 있는 것이다.

카리브 디아스포라들의 인종적 갈등 양상은 카리브 후손과 백인 식민주의자 사이에서 분명하게 드러난다. 주엘라가 로조Roseau에서 공부하기 위해 머물게 된 곳은 아버지의 친구 라바트 씨의 집이다. 금전적 탐욕이 가득한 라바트 씨와 아이를 낳지 못하는 라바트 부인Lise LaBatte은 백인 디아스포라로서 주엘라를 한편으로는 성적 노리개로 간주하고, 또 한편으로는 "영지를 계승할 후계자"(Edwards 126)를 생산하는 수단으로 간주한다. 처음에 라바트 부인은 주엘라에게 친절히 대하고 주엘라도 한동안 그녀를 어머니처럼 여기기도 하지만, 라바트 부인이 주엘라에게 원하는 것은 자신이 낳지 못하는 아이를 대신 낳아 주는 것이었다.(AMM 77) 라바트 부인이 자신을 대신해서 식민지배자의 후계자를 생산하도록 유도하는 수단은 그녀가 입었던 드레스를 주엘라에게 선물하는 것이다.

> 어느 날 아무런 준비도 없이 그녀[라바트 부인]는 자신이 더 이상 입지 않는 아름다운 드레스를 내게 주었다. 그 옷은 여전히 그녀의 몸에 맞았지만 그녀는 더 이상 그것을 입지 않았다. …… 나는 그녀에게서 그 옷을 받았다. 나는 그 옷을 입지 않았다. 나는 결코 그 옷을 입지 않았다. 나는 단지 그 옷을 받아 잠시 동안 가지고 있었을 뿐이다.(AMM 68-69)

그 옷을 입지 않고 얼마 동안 보관만 하였을 뿐이라는 말에서 알 수 있듯이, 주엘라는 옷으로 상징되는 백인 식민주의를 어쩔 수 없이 받아들이기는 하였지만 그것을 거부하고 저항한 것으로 볼 수 있다.

아이가 없는 라바트 부인과 어머니가 없는 주엘라 사이의 우호적일 수 있는 모녀 관계는 라바트 부인의 부당한 욕망에 의해 좌절되어 버린다.《내 어머니의 자서전》에서 어머니를 잃은 주엘라에게 유니스, 양어머니, 라바트 부인과 모이라Moira와 같은 대리모들이 등장하지만 모두 좋은 관계를 맺지 못한다. 킨케이드의 소설 속 모녀 관계는 (탈)식민주의와 밀접한 관계가 있다. 킨케이드는 모녀 관계, 즉 어머니가 딸을 훈육하는 방식이 식민권력의 역학 관계와 유사하며, 이에 대한 딸의 저항 역시 탈식민적인 것으로 간주하고 있다.(Anatol 938) 따라서 《광활한 사르가소 바다》에서 아네트와 앙투아네트 모녀가 같은 옷을 해 입은 것은 표면적으로는 앙투아네트에게 새 옷을 마련해 주는 것이지만, 이로 인해 새로운 변화, 즉 메이슨 씨와 결혼하여 다시 풍족한 백인 가정을 꾸린다는 점에서 새 옷은 어머니가 딸에게 백인 문화를 계승시키려는 것으로 볼 수 있다.(WSS 27) 어머니를 대신하는 라바트 부인의 드레스는 주엘라로 하여금 백인 식민주의의 계승을 강요시키는 것으로써 카리브인의 정체성 말살로 볼 수 있다. 또한《내 어머니의 자서전》에서 모녀 관계는 조국의 상실로도 해석된다. 태어나자마자 어머니를 잃고 보호받지 못한 주엘라에게 어머니의 죽음은 카리브 원주민 공동체의 몰락을 상징한다.

식민주의가 카리브 디아스포라들의 정체성을 말살시킨 또 다른 예를 소설 속 등장인물들의 이름에서 찾아볼 수 있다. 아프리카에서 끌려온 노예들은 자신의 주인 이름이나 영국의 유명한 이들의 이름을 따라 호명됨으로써 자신이 누구인지 알 수 없었다. 익히 알려진 것처럼 킨케이드 역시 자신의 조상/정체성과는 무관한 일레인 포터 리처드슨 Elaine Potter Richardson이라는 이름을 버리고 자메이카 킨케이드로 개명하였다.

에드워즈Justin D. Edwards에 따르면, 킨케이드가 자신의 이름을 개명한 것은 카리브 여성으로서 자신의 복합적인 정체성을 반영하면서 새로운 정체성을 부여받고 싶었으며, 카리브의 식민과거와 자신의 뿌리를 잊지 않기 위해서라고 말한다. 개명은 흔히 정복과 식민지배에 대한 메타포로 사용되며 이것은 킨케이드의 소설에서 자주 드러난다.(2)《내 어머니의 자서전》에서 주엘라는 자신의 이름이 주엘라 클로데트 데바리오Xuela Claudette Desvarieux라고 말하면서, 이것은 그녀의 어머니의 이름이지만 이것이 진짜 어머니의 이름이라고 말할 수 없다고 한다. 주엘라는 자신의 삶이나 어머니의 삶에서 어떤 것이 진짜 이름일지 반문한다. 그녀의 아버지 이름 역시 데바리오 리처드슨Desvarieux Richardson이지만 클로데트Claudette나 데바리오Desvarieux 그리고 리처드슨Richardson이라는 사람들은 누구였을지 묻는다. 그리고 이런 이름을 살펴보면 카리브 디아스포라들을 가득 채우고 있는 절망과 굴욕을 찾을 수 있을 뿐이라고 말한다.(AMM 79)

하지만 클로데트나 데바리오 그리고 리처드슨이라는 사람들은 누구인가? 그 속을 들여다보는 것, 그것을 보는 것은 단지 절망감으로 당신을 채울 뿐이다. 수치심이 당신을 자기혐오에 취하게 할 수 있을 뿐이다. 왜냐하면 어떤 이의 이름은 곧 개괄되고 요약된 그녀의 역사이기 때문이다.(AMM 79)

어느 한 사람의 이름은 그 사람의 요약된 역사를 보여 주기 때문에 노예 주인이나 식민모국의 누군가의 이름을 물려받은 카리브 디아스포라들에게는 그들의 이름이 뼈아픈 식민과거를 상기시킬 뿐이다. 이것은 또한 킨케이드의 글이 카리브 디아스포라들의 반복되는 포스트식민 역사를 반영하고 있음을 보여 준다.

라바트 부인이 어린 주엘라에게 대신 아이를 낳아 주기를 기대하는 것은 주엘라를 이해하고 수용하는 것이 아니라, 백인 식민주의자가 흑인 피식민자를 아직까지도 착취와 압제의 대상으로 여기고 있음을 보여 준다. 탐욕스러운 라바트 씨의 아이를 뜻하지 않게 임신한 주엘라는 산지산지Sange-Sange라는 여인의 도움으로 아이를 낙태시킨다.(AMM 82) 그것은 그녀가 지금까지 상상해 본 그 어떤 고통보다 더 큰 것이었다.

그 고통은 지금까지 내가 상상해 본 그 어떤 것과도 같지 않았다. 그 고통은 마치 고통이라는 말 그 자체로 정의되는 것이었다. …… 그런 다음 나는 새로운 사람이 되었다. 나는 전에 내가 알지 못했던 것들에 대해 알게 되었다. 내가 겪은 것만큼 당신이 겪게 되었을 때 당신도 알 수 있을 것들을 나는 알게 되었다. 나는 내 손으로 직접 내 자신의 삶을 살 수 있었다.(AMM 82-83)

주엘라에게 낙태는 뼈아픈 자아 인식의 계기가 되었다. 킨케이드의 소설에서 뜻하지 않은 임신은 남성중심사회에 의해 강요받는 여성의 무력powerlessness과 연약함vulnerability을 보여 주는 모티브(Snodgrass 31)라는 맥락에서 볼 때, 주엘라의 임신은 식민 폭력의 희생이며, 낙태는 이에 대한 적극적인 저항으로 볼 수 있다. 비정한 마음의 실행으로 보이는 그녀의 낙태는 자기삭제self—canceling이자 자기학대self—flagellating 행위이며, 역설적으로 이런 행위는 혹독했던 역사를 잔인하게 시정하거나 삭제하는 것으로써 과거와 현재 그리고 미래를 부정함으로써 과거와 현재를 다시 연결시켜 준다.(Gregg 928-29) 따라서 주엘라의 낙태는 부당한 식민과거를 삭제하고 새로운 현재를 인식하는 계기가 된다.

　　카리브 후손과 백인 식민주의 사이의 인종적 갈등은 주엘라의 영국인 남편 필립과 그의 전처 모이라에게서도 나타난다. 필립은 주엘라와 함께 카리브족의 마을에서 주엘라의 도움을 받고 살면서도 그들을 수용할 수 없다. 그는 자신이 알아듣지 못하는 언어를 사용하는 카리브족의 마을에서 주엘라의 통역을 통해 겨우겨우 살아가면서도 과거 자신의 승리의 유물이라 할 수 있는 역사나 지리 그리고 과학이나 철학 책들을 정돈했다 다시 정돈하며 지내고 있다.(AMM 224) 이것은 백인 식민주의자인 필립이 카리브 흑인 아내를 진심으로 인정하지 않기 때문이다.

　　내가 결혼한 그 남자, 내 남편은 외톨이다. 하지만 그는 이것을 받아들이지 않는다. 그는 그렇게 할 힘을 가지고 있지 않다. 그는 자신이 태어난 세상의 떠들썩함, 즉 정복 그리고 타자들의 세상에 대한 성공적인 파괴를 끌어들였다. 그와 그의 동포는 이해할 수 없는 사람들과 그들의 현실 세계에 대한 파괴를 가져왔다. 그래서 그들은 어떤 이해할 수 없는 것 앞에서 고개를 숙이는 대신 머리를 꼿꼿이 들고 살인에 열중한다.(AMM 223-24)

식민지배자의 영광을 재연하고 있는 필립은 결국 타자를 이해하고 수용하지 못하고 있는 것이다. 그의 전처 모이라 역시 자신이 백인 귀부인임에 반해 주엘라는 보잘것없는 여성임을 강조하면서 카리브인들을 경멸하고 무시한다.(AMM 158-59) 그녀가 그토록 백인성whiteness에 집착한 나머지 주엘라가 소개한 흰 꽃에 중독되어 피부색이 검게 변해 죽음을 맞는 것이나, 주엘라에 의해 필립이 흰옷을 입은 것은 피부색으로 구별되는 인종주의에 대한 심문이다. 인간은 누구나 죽으면 검은색을 띠게 되고 피부색이란 자신의 의지에 의해 결정되는 것도 아니기 때문이다. 결국 라바트 부부나 필립 부부는 자신들의 탐욕과 우월감에 갇혀 타자와 화해하는 데 실패한 것이다.

《내 어머니의 자서전》에서 카리브 디아스포라들의 인종적 갈등을 해결하는 인물은 주엘라이다. 그녀는 카리브 디아스포라들의 혼종적 정체성을 수용함으로써 화해의 가능성을 열고 있다. 라바트 씨의 아이를 낙태한 후 뼈아픈 자기 인식을 거친 주엘라는 자신에게 내재되어 있는 아프리카성과 카리브성을 수용한다. 즉, 그녀는 자신의 두꺼운 눈썹과, 숱이 적고 두꺼운 곱슬머리, 넓은 미간과 쭉 찢어진 입술(AMM 15)에 편안함과 애정을 느낀다. 그리고 자신을 대신할 그 어떤 것도 인정하지 않는다.(AMM 100) 그리고 라바트 씨나 필립과는 달리 보잘것없는 부두 노동자인 롤런드Roland에게 진정한 사랑을 느낀다.(AMM 167-69) 그는 아프리카 노예의 후손으로서 조국도 역사도 갖지 못했으며, 곱슬머리에 주엘보다 키가 작았다. 이 두 사람 사이의 사랑을 카리브 후손과 아프리카 후손 사이의 인종적 화해의 메타포로 본다면, 70살의 주엘라가 주변 사람들을 통해 인식하게 되는 죽음이라는 운명은 백인 식민주의자들에 대한 용서이다. 그녀가 만나고 싶었던 자신보다 강한 존재 그리고 복종할 수 있는 존재는 다름 아닌 죽음이었으며, 모든 것들이 피할 수 없는 것이 바로 죽음인 것이다.(AMM 228) 정복자와 피정복자가 모두 피할 수 없는 것이 죽음이라면, 킨케이드가 그녀의 소설에서 얻고자 했던 화해는 식민지배자들이 더 이상 노예 주인이기를 포기하고 노예들도 더 이상 노예가 아닌 자유인이 되는 것이다.(킨케이드 95)

(탈)식민역사에 대한 되받아 쓰기

진 리스와 자메이카 킨케이드의 《광활한 사르가소 바다》와 《내 어머니의 자서전》은 모두 (탈)식민역사에 대한 되받아 쓰기이다. 앞서 언급한 것처럼 리스는 식민역사 속에서 배제되고 억압당한 카리브 크레올 여성의 목소리를 통해 식민역사를 재해석함으로써 하위주체들에게 변호할 수 있는 기회를 주었으며, 킨케이드는 자서전이라는 탈식민적 글쓰기 전략 하에 식민주의 시대 때 주변화되었던 카리브 원주민 여성의 삶을 조명함으로써 카리브 디아스포라의 정체성을 정립하고 있다.

백인과 흑인 사이에 끼어 있는 앙투아네트는 자신이 누구인지, 자신의 나라는 어디인지 혼란스러워 한다. 그녀는 한동안 자메이카에 살면서도 영국을 동경하며, 크리스토핀이나 티아로 대표되는 호의적인 흑인들에게 친근감을 갖으면서도 그들을 보잘것없는 검둥이로 치부해 버리며, 메이슨이나 로체스터로 대표되는 백인들이 자신을 보호해 줄 것으로 믿으며 그 사회에 동화되기를 갈망하지만 백인들로부터 거부당한다. 이런 과정 속에서, 무엇보다 백인 사회로부터의 배제는 앙투아네트의 자아 인식의 계기가 되며 그녀는 자신이 속할 곳, 자신이 살 곳은 바로 카리브의 자메이카라고 생각한다. 손필드Thornfield에서 꾸는 꿈속에서 그녀는 크리스토핀에게 도움을 청하며, 불붙은 손필드 저택에서 카리브의 쿨리브리를 떠올리며 티아의 이름을 부르며 지붕에서 뛰어내린다. 이는 순수 백인의 정체성에서 식민역사에 의해 혼종화된 카리브의 정체성을 수용함으로써 탈식민 주체로 성장하는 과정이다.

식민 모국/백인 사회에도 속하지 못하고 식민지/흑인 사회에도 속하지 못했던 앙투아네트처럼, 아버지와 남편이 속한 지배사회에도 속하지 못하고 이들로부터 핍박받는 피지배 계층에도 속하지 못하는 주엘라는 온갖 성적, 인종적 갈등과 억압에도 불구하고 자신의 정체성을 카리브에 두고자 한다. 주엘라가 흑인을 대표하는 롤런드를 사랑하는 것은, 그녀가 권력자나 지배자보다 하위주체의 정체성을 추구하는 것으로 볼 수 있다. 또한 백인 식민주의자를 대표하는 필립을 비롯한 모든 이들의 죽음을 목격하면서 주엘라는 흑과 백의 이데올로기보다 더 큰 의미의 자연 또는 죽음이라는 운명을 수용함으로써 탈식민 주체로 성장하였음을 알 수 있다. 앞서 언급한 것처럼 주엘라의 이야기가 비단 그녀만의 이야기가 아니고 킨케이드나 보편적인 식민지 여성의 이야기라는 것은 주엘라의 자아가 아프리카, 카리브, 유럽, 아시아 등의 역사와 문화가 함께한다는 것을 의미하기 때문이다. 브래디Thomas Brady와의 인터뷰에서 킨케이드의 언급, 즉 "나는 하늘에서 갑자기 뚝 떨어진 것이 아닙니다. 나는 이런 모든 사람들과의 관계에서 비롯되었습니다."(Bouson 115)라는 말은 킨케이드를 대신하는 주엘라의 혼종적/탈식민적 정체성을 말해 주고 있다.

박종성, 〈식민지인의 디아스포라 내러티브 쓰기 : 나이폴의《당혹스런 도착》〉, 《현대영미소설》11.2(2004) : 79-102.

블루에, 올윈 엠, 《현대 카리브의 삶과 문화》, 신정환 · 문남권 · 하상섭 옮김, 한국외국어대학교 출판부, 2008.

이석구, 《제국과 민족국가 사이에서―탈식민시대 영어권 문학 다시 읽기》, 한길사, 2011.

주경철, 《대항해시대―해상 팽창과 근대 세계의 형성》, 서울대학교 출판부, 2008.

킨케이드, 자메이카, 《카리브해의 어느 작은 섬》, 이성진 옮김, 전남대학교 출판부, 2011.

Anatol, Giselle Liza, "Speaking in (M)Other Tongues : The Role of Language in Jamaica Kincaid's *The Autobiography of My Mother*", *Callaloo*, 25.3 (Summer, 2002) : 938-53.

Bouson, J. Brooks, *Jamaica Kincaid : Writing Memory, Writing Back to the Mother*. Albany : SUNY P. 2005.

Burrows, Victoria, *Whiteness and Trauma : The Mother-Daughter Knot in the Fiction of Jean Rhys, Jamaica Kincaid and Toni Morrison*, London : Macmillan. 2004.

Cobham, Rhonda, "The Background" *West Indian Literature*. Ed. Bruce King, London : Macmillan, 1995, pp. 11-26.

Cohen, Robin, *Global Diasporas : An Introduction*. Seattle : U of Washington P, 1997.

Cudjoe, Selwyn R., *Resistance and Caribbean Literature*. Athens : Ohio UP, 1980.

Dash, Cheryl M. L., "Jean Rhys" *West Indian Literature*. Ed. Bruce King, London : Macmillan, 1995, pp. 11-26.

Edwards, Justin D., *Understanding Jamaica Kincaid*. Columbia : U of South Carolina P, 2007.

Gregg, Veronica Marie, "How Jamaica Kincaid Writes the Autobiography of Her Mother", *Callaloo* 25.3 (Summer, 2002) : 920-37.

Kincaid, Jamaica, *The Autobiography of My Mother*, 1966, New York : Plume, 1997.

McLeod, John, *Beginning Postcolonialism*. Manchester : Manchester UP, 2000.

Rhys, Jean, *Wide Sargasso Sea*, 1966, New York : Norton, 1982.

Sheffer, Gabriel, *Diaspora Politics : At Home Abroad*, Cambridge : Cambridge UP, 2003.

Snodgrass, Mary Ellen, *Jamaica Kincaid : A Literary Companion*, Jefferson : McFarland & Company, 2008.

성장 없는 서사, 빌둥스로망의 최전선
성장 이미지 서사

2013년 8월 31일 초판 1쇄 발행

지은이 | 조선대학교 인문학연구원 이미지연구소
펴낸이 | 노경인

펴낸곳 | 도서출판 앨피
　출판등록 | 2004년 11월 23일 제2011-000087호
　주소 | 우)120-842 서울시 영등포구 양평동 2가 37-1 동아프라임밸리 1202-1호
　전화 | 02-336-2776　팩스 | 0505-115-0525
　전자우편 | lpbook12@naver.com